U0033622

# 用聽的
# 背日檢
# N2
# 單字3700

齊藤剛編輯組

日文＋中文
MP3

- MP3 大力播放
- 一個日文單字，一個中文意思
- 二遍背單字法，搞定 N2 單字

# 前言

N2「文字 語彙」（32 題）納入「言語知識」項目中，與「文法」合起來佔 60 分。單字是拿分最有效率的項目，同時也是日語能力的根基。因此字彙能力的累積、培養是絕對不可輕忽，反而是平常就要多磨練的基本功。

在新日檢應考有幾個重點，如「看懂說明書，如家電說明書等等」、「聽懂新聞、天氣預報等等內容」、「填寫獎學金申請表等各種表格的運用」、「從對話中聽出對方想表達的重點與目的」等等。

新舊制難易度比較

| 舊制 | 新制 |
|---|---|
| 一級 | N1：比舊制的 1 級困難 |
| 二級 | N2：難度近乎舊制的 2 級。 |
|  | N3：介於舊制的 3 級～ 2 級之間 |
| 三級 | N4：相當於舊制 3 級 |
| 四級 | N5：相當於舊制 4 級 |

因此本書在收錄單字時，便以此為準則，同時參照新制、舊制日檢的考古題，以及出題基準字彙，收錄 3700 個命中率最高的單字，歷屆重點一字不漏！

本書因應新制需求而設計，特色如下：

全方位的收錄單字基準：蒐集考古題中的出題單字，更標示出 2010 年後新出題單字，利用有聲 MP3，背誦起來不但有效率，記憶得更牢。

增加口語用法及慣用句、諺語等：新日檢的測試目標明確訂定為「測驗學習者的日語溝通能力」，因此口語的用法及慣用句等等出題率增加。針對新趨勢，本書增加收錄了慣用句等，讀者準備起考試更為周全。

　　收錄舊日檢的考題提供練習：雖然舊考題題型已有所更動，但是就單字回饋練習而言，比起自行撰寫的模擬考題，製作嚴謹的考古題是更好的選擇。

　　另外，本書附加有聲 MP3，收錄全書內容，一個日文單字配上一個最重要的中文意思。讀者可以利用 MP3 利器，利用二遍式學習法，用聽的背單字：

　　第一遍，抓出自己陌生的字彙

　　接著翻書看文字加深印象，緊接著聽第二遍

　　第二遍，全方位再聽一次，內容就絕不忘記！

　　新日檢希望學習者不要死背句型文法而忽略溝通能力，聽力當然是重點考查目標。MP3 大力播放，邊聽邊背，像被洗腦一般，每個日文單字在印在腦海中，如此一來可以輕鬆準備字彙考題，對準備「聽解」也大有助益！

　　希望本書的設計不僅能幫助奪取高分，也能真正達到新日檢所設定學以致用的目標！

——齊藤剛編輯組

# 本書特色

一網打盡的編輯方式,不只考試,學校、生活運用
完全攻略!

### (1) 詞彙的排列順序

平假名詞彙在先,片假名詞彙在後,按 50 音圖順序排列。

### (2) 體例以及符號的意義

**1** 聲調:用 ① 、② 、③ 等表示

**2** 詞彙的表記形式:漢字表記用【 】,外來語語源用( )表示

**3** 詞性:用 ▇ 表示

**4** 多義詞的詞義:用「 ; 」隔開

**5** 同一意思的不同表達形式:用「 , 」隔開

**6** 關聯詞、派生詞:用「 ⇨ 」表示

**7** 近義詞:用「 ⇒ 」表示

**8** 慣用形、諺語:用「 ➡ 」表示

**9** 反義詞、對應詞:用「 ⇔ 」表示

**10** 同義詞或同一詞彙的另外的表記形式:用「 = 」表示

**11** 考古題:( 2000-I-3 ) 2000 年的第一大題的第三小題

**12** **1** ～ **15**:表示該單字在 2010 年前在考題中出現的次數

**13** **N2**:表示在 2010 年後在 N2 考題中出題過

**14** **N3**:表示屬於 N2 基準字彙,但在 N3 考題中出題過

## (3) 略語表示

| | | | |
|---|---|---|---|
| 名 | 名詞 | 副 | 副詞 |
| 代名 | 代名詞 | 接續 | 接續詞 |
| 五 | 五段動詞 | 助 | 助詞 |
| 上一 | 上一段動詞 | 助動 | 助動詞 |
| 下一 | 下一段動詞 | 連體 | 連體詞 |
| サ | サ變動詞 | 連語 | 詞組 |
| カ | カ變動詞 | 感 | 感嘆詞 |
| 自 | 自動詞 | 接尾 | 接尾語 |
| 他 | 他動詞 | 接頭 | 接頭語 |
| 形 | 形容詞 | 略 | 略語 |
| 形動 | 形容動詞 | 補助 | 補助動詞 |
| 形動タルト | 文言形容動詞 | 造語 | 造詞 |

# 平假名詞彙

#

| | |
|---|---|
| **あいかわらず** ⓪ | 【相変わらず】副 照舊，仍舊 **4** |
| **あいこう** ⓪ | 【愛好】名・他サ 愛好 |
| **あいじょう** ⓪ | 【愛情】名 愛情 |
| **あいず** ① | 【合図】名・自他サ 暗號，信號 **N2** |
| **あいだがら** ⓪ | 【間柄】名（血緣）關係；來往關係 |
| **あいつぐ** ① | 【相次ぐ・相継ぐ】自五 相繼發生，接連 **N2** |
| **あいづち** ⓪③ | 【相槌】名 幫腔，隨聲附和；打對錘 **1** |
| **あいにく** ⓪ | 【生憎】名・形動・副 不湊巧，偏巧；對不起，遺憾 **N2** |
| **あいまい** ⓪ | 【曖昧】形動 含糊，曖昧；可疑，不正當的 **N2**<br>⇨ 曖昧屋（暗娼）　➡ 曖昧模糊（模稜兩可） |
| **あう** ① | 【遭う】自五 遭遇，遇到 **3** |
| **あえて** ① | 【敢えて】副 特意；未必，不必；強行，斗膽 **1** |
| **あおじろい** ④ | 【青白い】形 皎潔的，青白色；臉色蒼白，無血色 **2** |
| **あきらめる** ④ | 【諦める】他下一 放棄，死心；想開，達觀 **6**<br>⇨ 諦め（死心） |
| **あきる** ② | 【飽きる】自上一 厭煩；夠，滿足 **6** |
| **あきれる** ⓪ | 【呆れる】自下一 吃驚，發呆；厭煩 **3**<br>⇨ 呆れ返る（十分驚訝）<br>⇨ 呆れ果てる（目瞪口呆） |
| **あく** ① | 【悪】名・接頭 惡，歹，壞；反派角色　⇔善<br>⇨ 悪事（壞事）　⇨ 悪趣味（低級趣味）<br>⇨ 悪天候（壞天氣，惡劣的天氣）<br>⇨ 悪影響（壞影響，不良影響）<br>⇨ 悪条件（不利條件）　⇨ 悪魔（惡魔）<br>⇨ 悪人（惡人）　⇨ 悪癖（惡習） |

| | |
|---|---|
| **あくしゅ**① | 【握手】**名・他サ** 握手；合好，合作 |
| **あくび**⓪ | 【欠伸】**名** 哈欠 **2** |
| **あくまで**①② | **副** 到底；徹底，始終 **2** |
| **あけがた**⓪ | 【明け方】**名** 黎明，拂曉 |
| **あげく**⓪ | 【揚げ句】**名**（大部分指不好的結果）最終；日本的連歌或俳句的最後一句 |
| **あける**⓪ | 【明ける】**自下一** 天亮；過年；期滿，到期 **2** |
| **あける**⓪ | 【空ける】**他下一** 穿，挖；空開，騰出；不在家 **4** |
| **あげる**⓪ | 【挙げる】**他下一** 舉行；例舉；獲得；檢舉，逮捕 **3** |
| **あげる**⓪ | 【揚げる】**他下一**（空中）放，懸；油炸；卸（貨）**5** |
| **あこがれる**⓪ | 【憧れる】**自下一** 嚮往，憧憬；仰慕，眷戀 ⇨ 憧れ（憧憬，嚮往）**2** |
| **あし**② | 【足】**名** 腳，腿；（器物）的腿；步行，腳步；交通手段 ➡ 足が棒になる（腿酸了）➡ 足が付く（找到（犯人的）線索）➡ 足が出る（虧空；露出馬腳）➡ 足が早い（走得快；〔食品〕容易腐爛；暢銷）➡ 足を洗う（改邪歸正）➡ 足を運ぶ（前往）➡ 足を引っ張る（扯後腿，暗中阻止） |
| **あし**① | 【葦】**名** 蘆，蘆草，葦 **2** |
| **あしもと**④③ | 【足元】**名** 腳步；腳下；身旁，左右 **1** ➡ 足元につけ込む（抓住別人的弱點）➡ 足元に火がつく（大禍臨頭）➡ 足元へも寄り付けない（望塵莫及）➡ 足元を固める（鞏固目前狀態） |
| **あずかる**③ | 【預かる】**他五**（受託）收存、保管、照顧；承擔；保留，暫不解決 ⇨ あずかり（寄存，保管）**3** |
| **あずける**③ | 【預ける】**他下一** 寄存，寄放；（委託）照顧；委託 **3** |
| **あせる**② | 【焦る】**自五** 著急，焦躁 ⇨ 焦り（急躁）**N2** |

| あたい⓪ | 【値・価】名（商品等的）價格；價值；數學值❶ |
|---|---|
| あたえる⓪ | 【与える】他下一 授予，給予；使蒙受 N2 |
| あたたか③② | 【暖か・温か】形動 暖和；溫暖，熱情；充裕，富裕，富足；溫和 |
| あたたまる④ | 【暖まる・温まる】自五 變熱；感到溫暖；（手頭）充裕 |
| あたためる④ | 【暖める・温める】他下一 加熱；孵蛋；重溫；保留；悄悄地據為己有❶ |
| あたり① | 【辺り】名・接尾 周圍；大約；之類的❽ |
| あたりまえ⓪ | 【当たり前】形動 當然；普通❽ |
| あたる⓪ | 【当（た）る】自五 碰上，撞上；命中；曬（太陽），吹（風）等；相當於；恰當；取暖；苛待；對抗；處於（時間、地點）；打聽；輪值；中毒；適用❾<br>⇨ 当り散らす（發脾氣）　⇨ 当り障り（妨礙）<br>⇨ 当たらず障らず（不得罪人，圓滑）<br>➡ 暑気に当たる（中暑） |
| あちこち②③ | 代名 到處；相反，顛倒❻<br>＝あちらこちら（那兒；到處） |
| あつい⓪ | 【篤い】形 病重；（感情）深厚 |
| あつかう⓪③ | 【扱う】他五 處理；對待，接待；操作，使用；經營；報導 N2 ⇨ 扱い（操作；招待；對待；處理；管理） |
| あつかましい⑤ | 【厚かましい】形 無恥，臉皮厚❹ |
| あつくるしい⑤ | 【暑苦しい】形 熱得難受，悶熱❶ |
| あっしゅく⓪ | 【圧縮】名・他サ 壓縮，縮短 |
| あっしょう⓪ | 【圧勝】名・自サ 大勝；以壓倒性優勢獲勝 N2 |
| あてな⓪ | 【宛て名】名 收信（件）人姓名（和地址）❶ |
| あてはまる④ | 【当て嵌まる】自五 適用，合適 |
| あてはめる④ | 【当て嵌める】他下一 適用；套用❷ |
| あてる⓪ | 【当てる】自他下一 碰撞；命中；曬；緊靠；中（獎）；猜對，預測正確；指名，委派；（投機）獲得成功<br>⇨ 当てこすり（指桑罵槐） |

| | |
|---|---|
| **あと** ① | 【跡】名（獵物等的）痕跡；印記；遺跡，遺物，廢墟等；繼任，繼承家業 ⇨ 跡継ぎ・後継ぎ（繼承人）<br>➡ あとを継ぐ（羞愧得無地自容）❶ |
| **あな** ② | 【穴・孔】名穴，洞；虧空；缺點，漏洞；（不為人知的）好地方；意外財 ⇨ 穴埋め（填補虧空）<br>➡ 穴があれば入りたい（羞愧得無地自容） |
| **あばく** ② | 【暴く】他五 揭發；發掘 ⇨ 暴き出す（揭穿）❶ |
| **あばれる** ⓪ | 【暴れる】自下一 胡鬧；闖蕩 |
| **あぶら** ⓪ | 【脂】名油脂，脂肪；活動力，幹勁 ❸<br>⇨ 脂っこい（油膩的） ⇨ 脂身（肥肉）<br>➡ 脂が乗る（油脂增加；幹得起勁；圓熟） |
| **あぶる** ② | 【焙る・炙る】他五 烤，曬；烘；烤火取暖 ❶ |
| **あふれる** ③ | 【溢れる】自下一 溢，滿；形容人很多；洋溢 ❷ |
| **あまえる** ⓪③ | 【甘える】自下一 撒嬌；承蒙 ❷<br>⇨ 甘えん坊（愛撒嬌的孩子）<br>➡ お言葉に甘えて（您既然這麼說了～） |
| **あまぐ** ② | 【雨具】名雨具 ❶ |
| **あまど** ② | 【雨戸】名木板套窗，防雨板 |
| **あまもよう** ③ | 【雨模様】名要下雨的樣子 ❶ |
| **あまやかす** ④⓪ | 【甘やかす】他五 縱容，放任，驕縱，嬌養；嬌生慣養 |
| **あまる** ② | 【余る】自五 剩，餘；超過 ❻<br>⇨ 余り（剩餘，剩下的；過度～的結果，過於～而）<br>➡ 目に余る（目不忍睹）<br>➡ 想像に余る（難以想像） |
| **あむ** ① | 【編む】他五 編織；編纂；定計劃，安排 ❷<br>⇨ 編物（編結，編織，編織品） |
| **あやしい** ⓪③ | 【怪しい】形 奇怪的；可疑的，難以置信的；靠不住的，不確定的；曖昧的 ❷ |
| **あやまる** ③ | 【誤る】他五 錯，弄錯；耽誤，貽誤 N2<br>⇨ 誤り（錯誤）❷ |
| **あやまる** ③ | 【謝る】他五 謝罪，道歉，認錯；認輸；謝絕 ❹ |

| あらい ⓪ ② | 【荒い】形 粗暴；劇烈，凶猛；胡來 ❶ |
| | ⇨ 荒々しい（粗暴） |
| | ⇨ 荒っぽい（粗暴；粗糙） |
| | ➡ 気性が荒い（性格粗暴） |
| あらかじめ ⓪ | 【予め】副 預先，事先，事前 N2 |
| あらし ① | 【嵐】名 暴風雨；（喻）糾紛，困難，風暴 ❶ |
| | ➡ 嵐の前の静けさ（暴風雨前的寧靜） |
| あらすじ ⓪ | 【粗筋】名 概要，概略，梗概 |
| あらそう ③ | 【争う】他五 競爭；爭吵，爭論；主張，申辯 ❷ |
| | ⇨ 争い（吵，爭論，不和；競爭） |
| あらた ① | 【新た】形動 新；重新；猶新 ❹ |
| あらためて ③ | 【改めて】副 再次；重新；改天 ❷ |
| あらためる ④ | 【改める】他下一 改，更新；改正；檢查，檢驗 N2 |
| あらゆる ③ | 連體 所有，一切 ❶ |
| あらわれ ⓪ | 【表れ・現れ】名 表現，表露，現象；結果 ❶ |
| あらわれる ④ | 【表れる・現れる】 |
| | 自下一 露出，呈現；暴露，被發現 ❽ |
| ありかた ③ ④ | 【在り方】名 存在的狀態；應有的樣子，理想狀態 ❷ |
| ありがたい ④ | 【有り難い】形 難得，少有，寶貴；值得感謝，感激；值得慶幸 ❽ |
| ある ① | 【或る】連體 某；有的 ❿ |
| あるいは ② | 【或いは】接續・副 或者；用於列舉同類事項；也許 ❶ |
| あるきまわる ⓪ ⑤ | 【歩き回る】自五 各處走動 ❷ |
| あれこれ ② | 代名・副 這個那個；種種 ❸ |
| あれる ⓪ | 【荒れる】自下一 蕪，荒廢；狂暴；（波濤）洶湧，（天氣）不好；（行為、秩序等）胡鬧，荒唐；（皮膚）變粗糙，龜裂 ⇨ 荒れ狂う（狂暴）⇨ 荒れ地（荒地）⇨ 荒れ果てる（荒廢；壞到無可救藥） |
| あわ ② | 【泡】名 泡沫；唾沫 ⇨ 泡立つ（起泡沫）❷ |

| | |
|---|---|
| あわせる ③ | 【合(わ)せる・併(わ)せる】他下一 合併;相加,合計;調整機械;適應;切合;核對;使一致,配合;混合 ① ⇨ 合わせ(合在一起)<br>➡ 歩調を合わせる(使歩調一致) |
| あわただしい ⑤ | 【慌ただしい】形 慌忙,匆忙;不穩定的,劇變 N2 |
| あわてる ⓪ | 【慌てる】自下一 慌忙,匆忙;不穩定的<br>⇨ 慌て者(冒失鬼) ⇨ 慌てふためく(驚惶失措) |
| あわれ ① | 【哀れ】名・形動 傷,悲哀;可憐;淒慘,悲慘;情趣,情感 ⇨ 哀れみ(憐憫) ⇨ 哀れむ(憐惜;憐愛) |
| あん ① | 【案】名 意見,主意;計畫,方案;意料,設想 ④<br>⇨ 案の定(不出所料)<br>➡ 案を出す(出主意) ➡ 案を立てる(訂計畫) |
| あんい ①⓪ | 【安易】形動 容易;看得太簡單;馬馬虎虎的 ③ |
| あんか ① | 【安価】形動 廉價,便宜;沒有價值,膚淺,淺薄 ② |
| あんがい ①⓪ | 【案外】形動・副 意外的(地) ④ |
| あんき ⓪ | 【暗記】名・他サ 背誦 ② |
| あんせい ⓪ | 【安静】名・形動 安定,穩定;安穩,穩當 ① |
| あんてい ⓪ | 【安定】名・形動・自サ(狀態、物理上的、化學上的)安定,穩定 ④ ⇨ 不安定(不安定;不穩定) |

### 歷屆考題

- 何をするにも、＿＿＿＿＿方法をとっていては、成功はむずかしい。

（1999-Ⅲ-10）

① 安静な ② 安定な ③ 安易な ④ 安価な

答案③

解 這 4 個選項用的都是形容動詞的連體形。答案以外的選項,其讀音和意思分別是:①「安静」(安靜,寂靜);②「安定」(安定,穩定);④「安価」(便宜,廉價)。

翻 不論做什麼事,如果圖省事的話,是很難成功的。

■ 見ないで言えるように覚えること。（2000-IV-2）

① 暗記する　② 思い出す　③ 記念する　④ メモする

答案①

解　答案以外的選項，其讀音分別是：②「思い出す」（想起，憶起，記起；聯想）；③「記念する」（紀念）；④作筆記。

翻　要做到不用看都能說得出來。

■ 他人の迷惑を考えないで、行動するようす。（2003-IV-2）

① あつかましい　② あわただしい　③ はなはだしい　④ いさましい

答案①

解　答案以外的選項，其漢字形式和意思分別是：②「慌しい」（慌張，匆忙；不穩）；③「甚だしい」（很，非常；太甚，嚴重）；④「勇ましい」（勇敢，勇猛；活潑）。

翻　採取行動時不考慮是否造成別人的困擾。

■ こわい人かと思っていたら、＿＿＿＿いい人だった。（2004-III-8）

① 案外　② 事実　③ 少々　④ 当然

答案①

解　答案以外的選項，其漢字的讀音和意思分別是：②「事実」（事實）；③「少々」（少許，稍微，一點）；④「当然」（當然）。選項②是名詞，其他選項為副詞。

翻　本以為他是個很可怕的人，沒想到是個好人。

■ 昨日の大雨で川の水が＿＿＿＿、付近の家屋が被害にあった。

（2005-III-3）

① うなり　② つもり　③ こぼれ　④ あふれ

答案④

解　這4個選項用的都是動詞的中止形。其他選項動詞基本形的漢字形式和意思分別是：①「唸る」（呻吟；吼，嘯；嗚嗚響）；②「積もる」（堆積；累積）；③「零れる」（灑落，溢出）。選項③雖然也有「溢出」的意思，但一般用來表示規模較小的事物，比如

15

眼淚、酒等。

🈁 河水因為昨天的大雨而淹了上來，導致附近的房屋遭到損失。

- 旅行につれていけないので、わたしは友人にペットの犬を＿＿＿＿＿＿＿。

（2006-Ⅲ-1）

① あずけた　　② ふざけた　　③ くっつけた　　④ よびかけた

答案①

🈁 這 4 個選項都是動詞過去式的常體，其他選項動詞基本形和意思分別是：②「ふざける」（開玩笑；戲弄，嘲弄）；③「くっ付ける」（把～貼上；使靠近）；④「呼び掛ける」（呼喚；號召，呼籲）。

🈁 因為不能帶去旅行，所以我把寵物犬寄放在朋友那裏。

- 甘やかす（2007-Ⅴ-4）
① コーヒーに砂糖を入れて甘やかします。
② その子犬は甘やかされた声で母犬をよんでいました。
③ 今日会社で課長に「よくやった」と甘やかしてもらった。
④ 彼は小さいころから甘やかされて育ったらしい。

答案④

🈁 「甘やかす」只能用於人，不能用於東西和動物。選項①、②、③為誤用。①可改為「甘くする」（使變甜）；②可改為「甘える」（撒嬌）；③可改為「褒める」（表揚）。

🈁 ④他好像從小就被寵大的。

♬ 007

| いいあらわす ⑤ | 【言(い)表す】他五 表達，表現，說明，陳述 ❶ |
| いいかえる ④③ | 【言(い)換える】他下一 換個說法；改變話題 |

| | |
|---|---|
| **いいかげん** ⓪ | 【いい加減】名・形動・副 適度地；無根據，不負責任；很，相當 **1**<br>➡ いい加減にしなさい／いい加減にしろ（不要太過分，夠了，適可而止） |
| **いいだす** ③ | 【言（い）出す】他五 開始說；說出口 **2** |
| **いいつける** ④ | 【言（い）付ける】他下一 命令，吩咐；告狀；說慣，常說 ⇨ 言いつけない（說不慣的，不常說的） |
| **いいわけ** ⓪ | 【言（い）訳】名 解釋，辯解 **N2** |
| **いいん** ① | 【委員】名 委員 ⇨ 委員会（委員會） |
| **いえる** ⓪ | 【言える】自下一 能說，可以說；說過，所說 |
| **いがい** ⓪① | 【意外】形動 意外，想不到，出乎意料 **N2** **N3** |
| **いかが** ② | 【如何】副・形動 怎樣，如何 **8** |
| **いかす** ② | 【生かす】他五 使活著；使復活；活用 **2** |
| **いかに** ② | 【如何に】副 如何，怎麼樣；（無論）多麼 **2** |
| **いき** ① | 【息】名 呼吸，喘氣；氣息；步調 **4**<br>➡ 息を抜く（休息一會兒）<br>➡ 息が長い（長時間的，冗長的）<br>➡ 息を引き取る（斷氣，去世）<br>➡ 息を吹き返す（甦醒）<br>➡ 息をつく（深呼吸；鬆口氣，休息一下） |
| **いぎ** ① | 【意義】名 意義；價值 |
| **いきいき** ③ | 【生き生き】副・自サ 生氣勃勃，栩栩如生 **N2** |
| **いきおい** ③ | 【勢い】名・副 氣勢，勢頭；趨勢，形勢；勢必 **N2**<br>➡ 破竹の勢い（破竹之勢） |
| **いきなり** ⓪ | 副 突然，冷不防 **N2** |
| **いきもの** ③② | 【生き物】名（狹義）動物，生物；有生命力的東西 **3** |
| **いく** ① | 【幾】接頭 幾個，若干，多少；許多<br>⇨ 幾年（幾年） ⇨ 幾度（幾次） |
| **いくじ** ① | 【育児】名・自サ 育兒 **3** |
| **いくぶん** ⓪ | 【幾分】名・副 一部分；一點，一些，少許 **7** |

| | |
|---|---|
| **いご** ① | 【以後】名 以後；今後，將來；（某個時間）之後 ❶<br>⇒ 以降 |
| **いこう** ⓪ | 【意向】名 意向，打算，意圖 |
| **いこう** ① | 【以降】名（前接時間或時代等名詞）以後，之後 |
| **いこう** ⓪ | 【移行】名・自サ（制度、管轄等）過渡，轉變；轉移，<br>移交 ⇒ 移行時期（過渡時期）N2 |
| **いさましい** ④ | 【勇ましい】形 勇敢的，勇猛的；大膽的；雄壯的；潑<br>辣的 ❷ |
| **いし** ① | 【意思】名 意思，想法，打算，意圖 ❶ |
| **いし** ① | 【意志】名 意志，意願，志向 ❸ |
| **いじ** ① | 【維持】名・他サ 維持，維護，保養 ❶ |
| **いしき** ① | 【意識】名・他サ 知覺，意識；認識，覺悟到<br>⇒ 無意識（無意識，失去知覺） |
| **いじょう** ⓪ | 【異常】名・形動 異常的，非同尋常的 |
| **いしょくじゅう** ③ | 【衣食住】名 吃穿住，衣食住 |
| **いじる** ② | 【弄る】他五 擺弄，玩弄；玩味；隨意更動 ❶ |
| **いじわる** ③② | 【意地悪】名・形動 心眼壞 ❷ |
| **いずみ** ⓪ | 【泉】名 泉，泉水；源泉；材料，資料 ❸ |
| **いずれ** ⓪ | 【何れ・孰れ】代名・副（兩者之中）哪個；反正，橫<br>豎，終歸；不久，最近 ❹ |
| **いぜん** ⓪ | 【依然】副・形動 依然 ⇒相変わらず N2<br>⇒ 依然として（依然） |
| **いそぎあし** ③ | 【急ぎ足】名 疾步，快走 ❶ |
| **いた** ① | 【板】名 木板；金屬薄板；熟練，適合 ❹<br>➜ 板につく（工作熟練，純熟；穿合得身） |
| **いたい** ⓪ | 【遺体】名 遺體，屍體 ❷ |
| **いだい** ⓪ | 【偉大】形動 偉大；宏偉，魁梧 ❶ |
| **いだく** ② | 【抱く】他五 抱；懷有，抱有 ⇒ 抱く N2 |

| | |
|---|---|
| いたずら ⓪ | 【悪戯】名・自サ・形動 惡作劇，淘氣(的)；玩笑；擺弄；(男女)胡搞 ⇨ 悪戯盛り(正淘氣的年齡)⑤ ⇨ 悪戯っ子(淘氣鬼)⇨ 悪戯小僧(淘氣鬼) |
| いただき ⓪ | 【頂】名 頂部，上部；山巔；樹尖⇨ 山の頂(山巔) |
| いただく ⓪ | 【頂く・戴く】他五 頂，戴，頂在上面；領受，蒙~賜給；(「食う」「飲む」的謙恭說法)吃，喝；推舉⑬ ⇨ 頂き／戴き(〔比賽等〕穩操勝算) |
| いたましい ④ | 【痛ましい】形 凄慘，令人心酸，慘不忍睹 N2 |
| いたむ ② | 【痛む】自五 痛，疼痛；(精神上)苦惱，悲痛，痛苦 ⇨ 痛み(痛，疼；悲痛，難過) |
| いたむ ② | 【傷む】自五 (食物)腐爛，損壞 N2 ⇨ 傷み(損傷，破損；腐爛) |
| いためる ③ | 【痛める】他下一 弄疼；令人痛苦，破壞；受傷② |
| いためる ③ | 【傷める】他下一 損壞；使食品腐爛 |
| いたる ② | 【至る】自五 到，至，到達；到來，來臨；達到(某種狀態)，到~的地步 N2 |
| いたるところ ② | 【至る所】名・副 到處；各處 N2 |
| いち ① | 【位置】名 位置，場所；地位，立場，處境；位於⑤ |
| いちいん ⓪② | 【一員】名 一員，一分子③ |
| いちおう ⓪ | 【一応】副 大體上；暫且① |
| いちじ ② | 【一時】名・副 某個時期，有一段時間；當時，一時；暫時；一點；一次 ⇨ 一時的に(暫時) N2 |
| いちだん(と) ②⓪ | 【一段(と)】名・副(名②)(階梯)一級，一層；(文章)一段；(副⓪)更加，越發① |
| いちどに ③ | 【一度に】副 同時，一起；一下子① |
| いちば ① | 【市場】名 市場，集市；商場 ⇨ マーケット① |
| いちぶ ② | 【一部】名 一部分；一冊，一部，一套④ |
| いちめん ⓪ | 【一面】名 一片，全面；事物的一個方面；報紙頭版 N2 |
| いちりゅう ⓪ | 【一流】名 一流，頭等；獨特；一個流派① |

| | |
|---|---|
| **いつか** ① | 【何時か】副 不知何時；曾經，以前；早晚，遲早；總有一天；改日 **5** |
| **いっか** ① | 【一家】名 一家，一戶人；全家；一家，一派；一棟房子 |
| **いっきに** ① | 【一気に】副 一口氣；一下子，急速地 **N2**<br>⇒ 一気（〔呼吸〕一口氣） |
| **いっこう** ⓪ | 【一行】名 一行，一行人；一個行動，一個舉動 **1** |
| **いっしゅ** ① | 【一種】名・副 一種；某種，少許 **2** |
| **いっしゅん** ⓪ | 【一瞬】名 一瞬間 ⇒ 瞬間 ⇒ 瞬時 **2** |
| **いっしょう** ⓪ | 【一生】名 一生；生命 ⇒ 一生懸命（拼命地） |
| **いっしょく** ④⓪ | 【一色】名（接在名詞後）全都是（某傾向）；一種顏色<br>⇒ 歓迎ムード一色（洋溢著歡迎氣氛）**N2** |
| **いっせいに** ⓪ | 【一斉に】副 一起，同時 **N2** |
| **いっそう** ⓪ | 【一層】副・名 更加；（城樓等的）一層 **2** |
| **いったい** ⓪ | 【一体】名・副 一體，同心協力；一種式樣；（佛像）一尊；總的來說，整體上；到底（表示強烈疑問）**1**<br>⇒ 一体化（一體化） ⇒ 一体全体（究竟） |
| **いったん** ⓪ | 【一旦】副 一旦；姑且 **3** |
| **いっち** ⓪ | 【一致】名・自サ 一致，符合 **1** |
| **いってい** ⓪ | 【一定】名・自他サ 固定；一定，規定<br>⇒ 一定不変（固定不變）**1** |
| **いつのまにか** ④ | 【何時の間にか】副 不知不覺地，不知什麼時候 **4** |
| **いっぷく** ⓪④ | 【一服】名・他サ 喝一杯茶，抽一支煙；一帖藥；稍事休息；歇一會兒 **1** |
| **いっぽう** ③ | 【一方】名・助・接續 一個方向；一方面；（相對的兩者中的）其中一方；（成雙的）其中一個；一個勁地，一直；從另一方面來說 **N2**<br>⇒ 一方的（單方面的）<br>⇒ 一方通行（單行道；單方面的意見） |
| **いつまでも** ① | 【何時までも】副 始終，永遠，到什麼時候都 **2** |

| | |
|---|---|
| **いつわる** ③ | 【偽る】他五 說謊；欺騙 ⇨ 偽り（謊言；虛偽）❶ |
| **いてん** ⓪ | 【移転】名・自他サ 遷移，搬家；轉讓；變遷 ❸ |
| **いと** ① | 【意図】名・自他サ 意圖，企圖 N2 |
| **いど** ① | 【緯度】名 緯度 |
| **いど** ① | 【井戸】名 井 ➡ 井戸の中の 蛙（井底之蛙） |
| **いどう** ⓪ | 【異動】名・自他サ 變動；調動 ❶ |
| **いどう** ⓪ | 【移動】名・自他サ 移動，轉移；巡迴 ❸ |
| **いとぐち** ② | 【糸口】名 線頭；頭緒，線索，端緒；開始，開端 ❶ |
| **いにしえ** ⓪ | 【古】名 以往，古代 ❶ |
| **いね** ① | 【稲】名 水稻 ⇒ 稲作（種水稻；稻子的收成） |
| **いねむり** ③④ | 【居眠り】名・自サ 打盹，打瞌睡 ❷ |
| **いのち** ① | 【命】名 命，生命；壽命；最寶貴的東西；命脈 ❺<br>➡ 命の洗濯（〔辛勞後〕喘氣，休息，休養）<br>➡ 命を削る（費盡心血）➡ 命の綱（命根子） |
| **いばる** ② | 【威張る】自五 趾高氣揚，擺架子 ❶ |
| **いはん** ⓪ | 【違反】名・自サ 違反 N2 ❸ |
| **いふく** ① | 【衣服】名 衣服，衣裳 ⇒ 衣装 |
| **いまに** ① | 【今に】副 至今，直到現在；不久，即將；早晚 ❷ |
| **いまにも** ① | 【今にも】副 馬上，不久，眼看 ❶ |
| **いまや** ① | 【今や】副 現在正是；馬上，眼看就；現在已經 ❶ |
| **いよいよ** ② | 副 更，越發；果真，確實；到底，終於；最後關頭 ❷ |
| **いよう** ⓪ | 【異様】形動 奇怪，奇異 ❶ |
| **いよく** ① | 【意欲】名 熱情，意願，幹勁 N2<br>➡ 意欲が高まる（幹勁高昂） |
| **いらい** ⓪ | 【依頼】名・他サ 委託；依靠，依賴 ❶ |
| **いらい** ① | 【以来】名 那之後，以來；今後 ⇒ 以後 ❻ |
| **いらいら** ① | 副・自サ 情緒煩躁，心理不安；（皮膚）感到刺痛 N2 |

| | |
|---|---|
| **いりょう** ① | 【衣料】名衣服；衣料 ⇨ 衣料品(衣料)② |
| **いりょう** ①⓪ | 【医療】名醫療，治療 ③ |
| **いる** ⓪ | 【入る】自五進入；(太陽)沒入 ⇨ 入る<br>⇨ 梅雨入り(入梅) ⇨ 入(り)婿(入贅)<br>⇨ 入(り)江(海灣或湖岔)<br>⇨ 入(り)乱れる(混雜) |
| **いる** ① | 【炒る・煎る】他五炒，炒乾；煎 |
| **いれかえる** ④③ | 【入れ替える・入れ換える】他下一更新，調換；轉<br>軌；換場；洗心革面 ⇨ 入れ替え(換入的新品)① |
| **いれもの** ⓪ | 【入(れ)物】名容器，器具，器皿 ① |
| **いろどり** ⓪④ | 【彩り】名・他サ上色，著色；配色；裝飾，點綴 |
| **いわう** ② | 【祝う】他五祝賀，賀禮；慶祝 N2<br>⇨ 祝い(祝賀，慶祝；賀禮)<br>⇨ 祝(い)事(喜事) |
| **いわば** ①② | 【言わば】副說起來，可以說 ④ |
| **いわゆる** ③② | 【所謂】連體所謂的 ② |
| **いんかん** ⓪③ | 【印鑑】名印鑑；印，圖章 |
| **いんさつ** ⓪ | 【印刷】名・他サ印刷 ① |
| **いんしゅ** ⓪ | 【飲酒】名・自サ飲酒 ① |
| **いんしょう** ⓪ | 【印象】名印象 ①<br>⇨ 印象主義(印象主義) ⇨ 印象的(印象深刻的)<br>⇨ 印象付ける(給人以深刻印象) |
| **いんせき** ⓪① | 【隕石】名隕石 ① |
| **いんたい** ⓪ | 【引退】名・自サ引退，退職；下野 ③ |
| **いんよう** ⓪ | 【引用】名・他サ引用 N2 ⇨ 引用文(引用文) |
| **いんりょう** ⓪③ | 【飲料】名飲料<br>⇨ アルコール飲料(含酒精飲料) |
| **いんりょく** ① | 【引力】名引力 ① ⇔ 斥力(排斥力) |

## 歷屆考題

■ あのけちな人<sub>ひと</sub>が＿＿＿＿＿にも 100万円<sub>まんえんきふ</sub>寄付したそうです。

（1999-Ⅲ-4）

① 意外<sub>いがい</sub> ② 以外<sub>いがい</sub> ③ 案外<sub>あんがい</sub> ④ 例外<sub>れいがい</sub>

答案①

解 答案以外的選項，其漢字的讀音和意思分別是：②「以外<sub>いがい</sub>」（以外，之外）；③「案外<sub>あんがい</sub>」（意外，意想不到）；④「例外<sub>れいがい</sub>」（例外）。選項③雖然也有「意想不到」的意思，但是沒有「案外<sub>あんがい</sub>にも」這種用法。

翻 聽說那個吝嗇的人居然出人意外地捐贈了100萬日圓。

■ いきいき（2000-Ⅴ-2）
① 彼<sub>かれ</sub>は最近<sub>さいきん</sub>いきいきと仕事<sub>しごと</sub>をしている。
② このさしみはいきいきとしている。
③ テレビから地震<sub>じしん</sub>のいきいきとしたようすがわかる。
④ 野菜<sub>やさい</sub>はゆでるよりいきいきと食<sub>た</sub>べるほうが好<sub>す</sub>きだ。

答案①

解 選項②、③、④為誤用。②可改為「このさしみは新鮮<sub>しんせん</sub>だ」（這個生魚片很新鮮）；③可改為「生々<sub>なまなま</sub>しいようす」（慘烈情況）；④可改為「生<sub>なま</sub>で食<sub>た</sub>べる」（生吃）。

翻 他最近工作生龍活虎。

■ あの犬<sub>いぬ</sub>は彼<sub>かれ</sub>にとって、＿＿＿＿子<sub>こ</sub>どものようなものだ。（2001-Ⅲ-9）

① いずれ ② いわば ③ さすが ④ まさか

答案②

解 這4個選項都是副詞。答案以外的選項，其意思分別是：①哪個，反正，早晚，改日；③真不愧是，果然，但是；④難道，決不，怎能，萬一。

翻 那隻狗對他而言，可以說就像孩子一樣。

■ 彼女<sub>かのじょ</sub>は結婚生活<sub>けっこんせいかつ</sub>に大<sub>おお</sub>きな夢<sub>ゆめ</sub>を＿＿＿＿いる。（2002-Ⅲ-9）

① いだいて　　② くだいて　　③ かかえて　　④ むかえて

**答案①**

**解** 這 4 個選項用的都是動詞的「て」形。答案以外的選項，其動詞基本形的漢字形式和意思分別是：②「砕く」（弄碎；煩心；使之通俗）；③「抱える」（用手抱；有麻煩事；雇）；④「迎える」（迎接）。

**翻** 她對婚姻生活有著很大的期待。

■ 彼は、今度のコンサートが終わったら歌手を＿＿＿＿＿＿＿したいと語った。

（2003-Ⅲ-9）

① 移動　　② 引退　　③ 失業　　④ 完了

**答案②**

**解** 答案以外的選項，其漢字的讀音和意思分別是：①「移動」（移動，轉移）；③「失業」（失業）；④「完了」（完畢，完成）。

**翻** 他說這次音樂會結束後想引退，不當歌手了。

■ 自分が書く文章の中で、他人が書いた文章を使うこと。

（1997-Ⅳ-9）

① 写生　　② 執筆　　③ 引用　　④ 清書

**答案③**

**解** 答案以外的選項，其漢字的讀音和意思分別是：①「写生」（寫生，速寫）；②「執筆」（執筆，寫作）；④「清書」（謄寫，謄清）。

**翻** 在自己所寫的文章裏，使用他人寫的文章。

■ 昨夜は、ベッドで本を読んでいるうちに＿＿＿＿＿＿＿寝てしまった。

（2006-Ⅲ-3）

① いつのことか　　② いつのまにか　　③ いつまでも　　④ いつでも

**答案②**

**解** 答案以外的選項，其意思分別是：①不知是什麼時候的事情；③永遠，始終；④不管什麼時候，隨時。

🈠 昨天在床上看書，不知不覺就睡著了。

■ 昨日ゼミで話し合った話題は、子どもの数が減っているという、
　_____「少子化」の問題だった。（2007-Ⅲ-5）

① あらゆる　　② いわゆる　　③ あくる　　④ さる

（答案②）

🈷 這 4 個選項都是連體詞。答案以外的選項，其漢字、意思分別
　是：①（所有的）；③「明くる」（下一個，翌）；④「去る」（過去
　的，前面的）。其中選項①沒有漢字形式。

🈠 昨天在研討課上討論的話題是，孩子的數量在減少這所謂的「少
　子化」的問題。

🎵 013

| うえき ⓪ | 【植木】图 盆栽的花木；栽種的樹 ③ ⇨ 植木鉢（花盆） |
|---|---|
| うお ⓪ | 【魚】图 魚 ➡ 魚心あれば水心（あり）（你對我好，我就對你好） |
| うがい ⓪ | 【嗽】图・自サ 漱口 |
| うかす ⓪③ | 【浮かす】他五（使）飄浮，（使）浮，（使）泛；省出，騰出，籌出 ② |
| うかぶ ⓪ | 【浮（か）ぶ】自五 浮上水面，在空中飄；浮現，顯露；想起 ③ ➡ 名案が浮かぶ（想出好辦法）③ |
| うかべる ⓪ | 【浮（か）べる】他下一 浮，泛；露出，現出；想起 ① |
| うかる ② | 【受かる】自五 考上，考中；及格 ⇨ 合格（合格）① |
| うく ⓪ | 【浮く】自五 浮，飄；浮現；鬆動；結餘，剩餘；高興 ⇨ 浮き（救生圈；浮標） ⇨ うきうき（喜不自禁）⑦ |
| うけいれる ⓪④ | 【受（け）入れる】他下一 接收，採納；領取；承認；接納 ⇨ 受（け）入れ（接納；收進；答應）N2 |

| | |
|---|---|
| **うけたまわる** ⑤ | 【承る】他五 謹聽；謹受；聽說；知道 |
| **うけつける** ④⓪ | 【受(け)付ける】他下一 受理；接受，採納；對（藥品、食物等）吸收 ⇨ 受付（受理；收發〔室〕）❷ ⇨ 受付 係（收發員） ⇨ 受付口（收發窗口） |
| **うけとる** ⓪③ | 【受(け)取る】他五 接，收，領；理解 ❽ ⇨ 受(け)取り（收，領；收據，收條） |
| **うけもつ** ③⓪ | 【受(け)持つ】他五 掌管，負責；擔任（課程）❶ ⇨ 受(け)持ち（擔任，擔當） |
| **うごかす** ③ | 【動かす】他五 使活動；使行動；開動（機械等）；移動；變更；動員；使感動；影響；（金錢等）運用 ❾ |
| **うしなう** ⓪ | 【失う】他五 失去，丟失；錯過；迷失 ❷ |
| **うしろむき** ⓪ | 【後ろ向き】名 背身，背對著；消極，保守 ⇔ 前向き |
| **うすぐらい** ④⓪ | 【薄暗い】形 昏暗，微暗 ❶ |
| **うすめる** ⓪③ | 【薄める】他下一 弄淡，稀釋 ❶ |
| **うせつ** ⓪ | 【右折】名・自サ 向右轉 ⇔ 左折（向左轉）❶ |
| **うたがう** ⓪ | 【疑う】他五 懷疑，疑惑；嫌疑，疑慮，擔心 ❶ |
| **うたがわしい** ⓪⑤ | 【疑わしい】形 可疑；靠不住 ❶ |
| **うちあわせる** ⑤⓪ | 【打ち合(わ)せる】他下一 商量，商洽，碰頭；使～相碰撞 ⇨ 打ち合(わ)せ（商談；磋商，商量）❶ |
| **うちがわ** ⓪ | 【内側】名 內側；內部的事 ❶ |
| **うちけす** ⓪③ | 【打(ち)消す】他五 否定，否認；消除（聲音） ⇨ 打(ち)消し（否定，否認；取消） |
| **うちすてる** ⓪④ | 【打(ち)捨てる】他下一 不管，置之不理；拋下；砍人 ❶ |
| **うちゅう** ① | 【宇宙】名 宇宙；天地古今 ❸ ⇨ 宇宙開発（宇宙開發） ⇨ 宇宙飛行士（太空人） ⇨ 宇宙ロケット（太空火箭） |
| **うつ** ① | 【撃つ】他五 射擊，開槍；攻擊 |
| **うつ** ① | 【討つ】他五 討伐，進攻；斬 |
| **うっかり** ③ | 副・自サ 迷糊，心不在焉；疏忽 N2 |

| | |
|---|---|
| うつす ② | 【移す】他五 移動；調動工作；轉移（注意力）；移交；改變狀態；傳染 ❹ |
| うつす ② | 【写す】他五 謄寫，抄寫；摹；拍照；描寫 ❸<br>⇨ 写し（抄本，副本，仿製品） |
| うつす ② | 【映す】他五 映照；（電影）放映 ❸ |
| うったえる ⓪ ④<br>③ | 【訴える】他下一 訴訟，控告；主張；訴諸於～；感動，打動　⇨ 訴え（訴訟；呼籲，訴說）<br>➡ 武力に訴える（訴諸於武力） |
| うっすら ③ | 副 稍微地；隱約地；薄薄地 |
| うつむく ③ ⓪ | 【俯く】自五 俯首，低頭；往下垂著 N2<br>⇔ 仰向く（仰頭） |
| うとうと ① | 副・自サ 打瞌睡，打盹，迷糊地（睡） N2 |
| うなずく ③ ⓪ | 【頷く】自五 點頭，首肯 ❶ |
| うなる ② | 【唸る】自五 呻吟，哼哼；（猛獸、犬類）吼、嘯、叫；發出嗚嗚聲；吟，哼，唱；讚歎，叫好 ❶<br>⇨ うなり（呻吟聲；吼聲；呼嘯聲；節拍；響笛）<br>➡ 唸るほど金がある（有很多錢；有的是錢） |
| うばう ② | 【奪う】他五 搶奪，剝奪；強烈吸引，迷人<br>⇨ 奪い取る（掠奪，奪取）<br>➡ 目を奪う（引人注目）❶ |
| うまる ⓪ | 【埋まる】自五（被某物覆上）埋著；（凹洞、空缺等）填滿；填補，彌補 ❶ |
| うむ ⓪ | 【生む・産む】他五 生，產；產生，產出<br>➡ 生みの恩より育ての恩（養育之恩大於生育之恩） |
| うむ ① | 【有無】名 有無；可否<br>➡ 有無を言わせず（不容分說） |
| うめこむ ③ | 【埋め込む】他五 埋入，嵌入 ❶ |
| うめる ⓪ | 【埋める】他下一 埋，掩埋，埋入；填；填（滿），補；彌補，補足；（往熱水裡）添涼水 ❶<br>⇨ 埋め立てる（填平；彌補） |
| うもれる ⓪ | 【埋もれる】自下一 湮沒，埋沒；（被）埋上，壓埋 ❶ |

| | |
|---|---|
| **うらがえす** ③ | 【裏返す】他五 翻過來　⇨ 裏返し（翻面；表裡相反） |
| **うらぎる** ③ | 【裏切る】他五 背叛，倒戈；辜負，與期待相反 **1** |
| **うらなう** ③ | 【占う】他五 占卜；斷言，預言 **1**<br>⇨ 占い（占卜，算命）　⇨ 占い師（算命先生） |
| **うらむ** ② | 【恨む】他五 怨恨；抱怨 ⇨ 恨み（恨，怨，仇恨）**1** |
| **うらめしい** ④ | 【恨めしい】形 可恨；遺憾 |
| **うらやましい** ⑤ | 【羨ましい】形 令人羨慕的；令人嫉妒的 **5** |
| **うらやむ** ③ | 【羨む】他五 羨慕，嫉妒，眼紅 |
| **うりきれる** ④ | 【売（り）切れる】自下一 賣光 **1**<br>⇨ 売（り）切れ（全部售完） |
| **うりつける** ④ | 【売（り）付ける】他下一 強行推銷，硬賣給 **1** |
| **うりょう** ① | 【雨量】名 雨量 **1** |
| **うれゆき** ⓪ | 【売れ行き】名（商品的）銷售情況，銷路 **1** |
| **うれる** ⓪ | 【売れる】自下一 暢銷，好賣；賣出去，脫手；馳名，出名；嫁出去 **6** |
| **うろうろ** ① | 副・自サ 徘徊，徬徨；心神不安，不知所措 **N2**<br>⇨ うろつく（徘徊） |
| **うわさ** ⓪ | 【噂】名 傳言，閒談，風言風語，謠傳 **2**<br>➡ 根も葉もない噂（毫無根據的謠傳）<br>➡ 人の噂も七十五日（傳言不長久）<br>➡ 噂をすれば影がさす（說曹操，曹操就到） |
| **うわて** ⓪ | 【上手】形・名 高明，優秀；高處，上邊（⇒ かみて ⇔ 下手）；採取（壓迫人的）態度（⇔ 下手）；（相撲）從對手臂外側抓住對方腰帶 |
| **うんえい** ⓪ | 【運営】名・他サ 運作，經營 ⇨ 経営 |
| **うんそう** ⓪ | 【運送】名・他サ 運送，運輸 **2** |
| **うんちん** ① | 【運賃】名 運費，車資 **N2** |
| **うんと** ①⓪ | 副 數量多；用力，使勁，狠狠地 |
| **うんめい** ① | 【運命】名 命，命運；遭遇；必然結果 **2** |

**うんゆ** ⓪ ① 【運輸】 名 運輸 ⇒運搬

## 歷屆考題

■ 悪い人にだまされて、財産をすべて＿＿＿＿しまった。

（1998-Ⅲ-2）

① 失って　　② 疑って　　③ 補って　　④ 払って

**答案①**

**解** 這4個選項都是動詞的「て」形。答案以外的選項，其動詞基本形和意思分別是：②「疑う」（懷疑，疑惑；猜疑）；③「補う」（補上，補充；補償，彌補）；④「払う」（揮；支付；除掉；賣掉；傾注）。

**翻** 受到壞人的欺騙，失去了所有的財產。

■ ＿＿＿財布を落としてしまい、家へ帰るバス代がない。（1999-Ⅲ-11）

① ずっと　　② しっかり　　③ こっそり　　④ うっかり

**答案④**

**解** 這4個選項都是副詞。答案以外的選項，其意思分別是：①比～得多，遠遠，始終；②牢固，健壯，好好地；③悄悄地，偷偷地，躡手躡腳。

**翻** 一不小心把錢包給弄丟，連回家的公車錢也沒有了。

■ そんな＿＿＿＿は、でたらめだ。信じないほうがいい。（2004-Ⅲ-7）

① うがい　　② うまさ　　③ うらみ　　④ うわさ

**答案④**

**解** 答案以外的選項，其漢字形式和意思分別是：①「嗽」（漱口）；②「旨さ」（美味，好吃的程度）；③「恨み」（怨恨，仇恨）。

**翻** 那種傳言是胡說八道。不要相信比較好。

■ ほかの人の物を見て自分もほしいと思ったり、ほかの人の様子を見て自分もそうだったらいいのにと感じたりする気持ち。（2005-Ⅳ-2）

① まぶしい　② たのもしい　③ うらやましい　④ もったいない

**答案③**

**解** 答案以外的選項，其漢字形式和意思分別是：①「眩しい」（耀眼；光彩奪目）；②「頼もしい」（可靠；有出息）；④「勿体ない」（可惜，浪費）。

**翻** 看到別人的東西自己也想要，或者看到別人的樣子，自己也想變成那樣的心情。

■ うたがう（2006-Ⅴ-1）
① 田中君は、クラスのみんながうたがっている人気者である。
② わたしは、彼がかならず帰ってきてくれるとうたがっている。
③ あの人は、わたしがうそを言っているのではないかとうたがっている。
④ 前からうたがっていたのですが、あのカレンダーの写真は何の写真ですか。

**答案③**

**解** 選項①、②、④為誤用。①可改為「好かれて」（討人喜愛）；②可改為「信じて」（相信）；④可改為「思って」（想，思索）。

**翻** 那個人懷疑我是不是在說謊。

■ 社長は、記者会見でそのうわさを打ち消した。（2007-Ⅵ-4）
① 正しくないと言った　　　② おかしくないと言った
③ 聞きたくないと言った　　④ わからないと言った

**答案①**

**解** 這4個選項的讀音、漢字形式和意思分別是：①「正しくないと言った」（說～不正確）；②「可笑しくないと言った」（說～不奇怪）；③「聞きたくないと言った」（說不想聽～）；④「分からないと言った」（說不知道）。與「打ち消した」意思相近的是選項①。

**翻** 總經理在記者招待會上否認了那個傳言。

🎵 017

| え ⓪ | 【柄】名柄，把手 ① |
|---|---|
| えいえん ⓪ | 【永遠】名・形動永遠 ② |
| えいきゅう ⓪ | 【永久】名永久，永遠 ⇨ 永久歯（恒齒）① |
| えいきょう ⓪ | 【影響】名・自サ影響 |
| えいぎょう ⓪ | 【営業】名・自他サ營業 |
| えいご ⓪ | 【英語】名英語 |
| えいせい ⓪ | 【衛生】名衛生 ⇨ 衛生状況（衛生狀況）① |
| えいぶん ⓪ | 【英文】名英文；英國文學 ② |
| えいよう ⓪ | 【栄養・営養】名營養 ⇨ 栄養満点（營養滿分）① ⇨ 栄養失調（榮養失調） ⇨ 栄養不良（榮養不良） ⇨ 栄養食（有營養的食物）⇨ 栄養分（營養成分） |
| えいわ ⓪ | 【英和】名英語和日語 ⇔ 和英（日語和英語） |
| えがお ① | 【笑顔】名笑臉 ② |
| えきたい ⓪ | 【液体】名液體 ⇔ 気体 ⇔ 固体 ② ⇨ 液体酸素（液態氧） |
| えさ ② ⓪ | 【餌】名飼料；誘餌；（俗）食物 ① |
| えど ⓪ | 【江戸】名江戸（東京的舊稱）① ➡ 江戸の仇を長崎で討つ（在意外的地方或不相關的問題上進行報復） |
| えらい ② | 【偉い】形傑出，卓越；偉大，了不起；地位（身份）高，高貴；嚴重，厲害 ⑤ |
| えりごのみ ⓪ | 【選り好み】名・自他サ挑剔 ① |
| える／うる ① | 【得る】他下一（透過努力、手段等）得到；領會 N2 ⇨ 考え得る（可以想像的） ⇨ あり得る（可能有） ➡ やむを得ない（不得已） |
| えん ① | 【縁】名緣分；血緣；姻緣，關係；（建物）邊緣的走廊 ➡ 縁を切る（斷絕關係）② ➡ 縁もゆかりもない（毫無關係） |

| | |
|---|---|
| **えんかい** ⓪ | 【宴会】名 宴會 |
| **えんき** ⓪ | 【延期】名・他サ 延期 ❻ |
| **えんぎ** ⓪ | 【縁起】名 事物、寺廟等的由來、起源；前兆 ❶<br>⇨ 縁起物（象徵吉祥的東西）<br>➡ 縁起を担ぐ（講迷信） |
| **えんぎ** ① | 【演技】名・自サ 演技；表演 |
| **えんけい** ⓪ | 【円形】名 圓形 ❶ |
| **えんげい** ⓪ | 【園芸】名 園藝 |
| **えんげき** ⓪ | 【演劇】名 演劇，戲劇 |
| **えんしゅう** ⓪ | 【円周】名 圓周　⇨ 円周率（圓周率）❶ |
| **えんしゅう** ⓪ | 【演習】名・自サ 演練；大學的專題討論；軍隊的演習 |
| **えんしゅつ** ⓪ | 【演出】名・自他サ 演出；（戲劇、電視劇等的）導演；<br>炒熱氣氛 ❶ |
| **えんじょ** ① | 【援助】名・他サ 支援 N2 |
| **えんしょう** ⓪ | 【炎症】名 發炎，炎症 |
| **えんじる** ⓪③ | 【演じる】他上一 扮演，演出；造成（壞事等）❶<br>＝ 演ずる |
| **えんぜつ** ⓪ | 【演説】名 演說　⇨ 街道演説会（街頭政見發表演說）<br>⇨ 立会い演説（公開意見發表演說） |
| **えんそう** ⓪ | 【演奏】名・他サ 演奏 ❸ |
| **えんそく** ⓪ | 【遠足】名・自サ 遠足，徒步旅行，郊遊 ❷ |
| **えんだか** ⓪ | 【円高】名 日圓升值　⇔ 円安 |
| **えんちょう** ⓪ | 【延長】名・自他サ 延長；延長時間；全長；延長線 ❶ |
| **えんとつ** ⓪ | 【煙突】名 煙囪 ❶ |

## 歷屆考題

- あの議員の＿＿＿＿＿には人を納得させるものがある。（1999-Ⅲ-8）
① 演劇　② 演技　③ 演習　④ 演説

**答案④**

**解** 這 4 個選項都是名詞，其中選項②③④可用作サ變動詞。答案以外的選項，其漢字的讀音和意思分別是：①「演劇」（演劇，戲劇）；②「演技」（演技）；③「演習」（專題討論）。

**翻** 那位議員的演講裏有令人信服的東西。

■ 時間が足りないときにやめないで続けること。（2000-Ⅳ-5）
① 延期　② 延長　③ 長期　④ 成長

**答案②**

**解** 答案以外的選項，其漢字的讀音和意思分別是：①「延期」（延期，推遲）；③「長期」（長期）；④「成長」（生長，成長）。

**翻** 時間不夠時，不停止而繼續。

■ あの薬局は夜遅くまで＿＿＿＿しているので、便利だ。

（2001-Ⅲ-7）
① 営業　② 作業　③ 授業　④ 商業

**答案①**

**解** 答案以外的選項，其漢字的讀音和意思分別是：②「作業」（工作，操作）；③「授業」（上課）；④「商業」（商業）。其中選項①、②、③是サ動詞，選項④是名詞。

**翻** 這家藥局晚上營業到很晚，十分方便。

# お

♫019

| | |
|---|---|
| **おい** ⓪② | 【老い】名老年，衰老；老年人<br>⇒老いる（年老，衰老）<br>➡老いの一徹（老人的頑固脾氣）<br>➡老いの繰言（年老愛嘮叨）**7** |
| **おいかける** ④ | 【追(い)掛ける】他下一 追趕；緊接 **1** |
| **おいこす** ③ | 【追(い)越す】他五 趕過去；超過 **2** |

| | |
|---|---|
| **おいつく** ③ | 【追(い)付く】**自五** 趕上，追上；來得及 |
| **おいて** ①⓪ | 【於て】**連語** 於，在；在～方面，關於 **⑫** |
| **おう** ⓪ | 【追う・逐う】**他五** 追，追逐；驅趕，轟走，驅逐；追求；按照順序，遵循 **②** |
| **おうえん** ⓪ | 【応援】**名・他サ** 支援；聲援，從旁助威 **③** |
| **おうじる** ⓪③ | 【応じる】**自上一** 回答；應允；滿足；適應，按照 **⑨**<br>＝応ずる |
| **おうせつ** ⓪ | 【応接】**名・自サ** 接待 ⇨ 応接室 (會客室，接待室) |
| **おうたい** ⓪ | 【応対】**名・自サ** 接待，應酬；應對 **②** |
| **おうだん** ⓪ | 【横断】**名・自サ** 横穿；横越，横斷 **❶**<br>⇨ 横断歩道 (人行道) ⇔ 縦断 (縱斷；縱貫) |
| **おうとう** ⓪ | 【応答】**名・自サ** 應答，應對 **N②**<br>⇨ 質問応答 (問題回答) |
| **おうふく** ⓪ | 【往復】**名・自サ** 往返；書信往來；交際 |
| **おうよう** ⓪ | 【応用】**名・他サ** 應用，運用，利用 **❸** |
| **おえる** ⓪ | 【終える】**他下一** 完成，結束 **N②** |
| **おおう** ②⓪ | 【覆う】**他五** 蓋上，覆蓋；掩蓋，掩藏；籠罩，充滿；包括，概括 |
| **おおげさ** ⓪ | 【大袈裟】**形動** 誇大；小題大作，鋪張 **N②**<br>⇒ オーバー |
| **おおごえ** ③① | 【大声】**名** 大聲，高聲 **❶** |
| **おおどおり** ③ | 【大通り】**名** 大道，大路，大街 **②** |
| **おおはば** ⓪④ | 【大幅】**名・形動** 大幅度，廣泛；寬幅 **N②** |
| **おおまわり** ③ | 【大回り】**名・自サ** 繞大彎，繞遠 **❶** |
| **おおむね** ⓪ | 【概ね・大旨】**副** 大概，大意；大致；幾乎所有的 |
| **おおめ** ⓪③ | 【多め】**名・形動** 多一些，略多些 **❶** |
| **おおよそ** ⓪ | 【大凡】**名・副** 大體，大概，大約，大致 **❶** |
| **おかす** ②⓪ | 【犯す】**他五** 犯法，違反道德；強姦，施暴 |

| | |
|---|---|
| **おかず** ⓪ | 【御菜・御数】图 配菜，菜肴 |
| **おかまいなく** ⓪⑤ | 【お構いなく】慣 請別張羅，請別客氣 ❸ |
| **おがむ** ② | 【拝む】他五（合掌）拜，祈願；懇求，央求；（謙讓）瞻仰，見識 ❶ |
| **おき** ⓪ | 【沖】图 海上，洋面；湖心 |
| **おぎなう** ③ | 【補う】他五 補充，補上；彌補，補償 N2 |
| **おきのどくに** ⓪ | 【お気の毒に】慣 可憐；真抱歉，真過意不去 ❷ |
| **おく** ① | 【奥】图 裏頭，深處；後面；裏屋，內宅，上房；（事物的）盡頭，（書信的）末尾 ❸ |
| **おくがい** ② | 【屋外】图 戶外，室外，露天　⇔ 屋内（室內） |
| **おくりがな** ⓪ | 【送り仮名】图 漢字後面標的假名（例如：「書く」的「く」） |
| **おこる** ② | 【起（こ）る】自五 發生，產生；起因；興起，起源；發熱，發電；發病 ❶ |
| **おさえる** ③② | 【押（さ）える】他下一 壓，按，捂；堵；抓住；扣押（證據、犯人）❸ |
| **おさえる** ③② | 【抑える】他下一 抑制；壓倒，凌駕；抑制感情；降低程度 ❸ |
| **おさない** ③ | 【幼い】形 幼小的；幼稚的 ❹　⇨ 幼子（幼兒，嬰兒） |
| **おさめる** ③ | 【収める】他下一 收，接受；取得，獲得；收藏，收存；使鎮靜下來 ❶ |
| **おさめる** ③ | 【納める】他下一 繳納；賣給；納入；（以「～納める」形式）結束 ❶ |
| **おさめる** ③ | 【治める】他下一 治理，統治；平定，平息，鎮壓 |
| **おしい** ② | 【惜しい】形 可惜，遺憾；珍惜，可貴；捨不得 |
| **おしうり** ⓪ | 【押（し）売り】图・他サ 登門推銷，強行推銷 |
| **おしつける** ④ | 【押（し）付ける】他下一 壓上，按上；強加於人 ❶ |
| **おしゃべり** ② | 图・形動・自サ 閒聊，聊天；多嘴多舌，健談（的人）；議論，傳言，風言風語 ❹ |

35

| | |
|---|---|
| **おしゃれ** ② | 【お洒落】**名・形動・自サ** 打扮；好打扮（的人）**1** |
| **おせん** ⓪ | 【汚染】**名・自他サ** 汚染 ⇨ 大気汚染（空氣汚染）**3** |
| **おそう** ⓪② | 【襲う】**他五** 襲擊，侵襲；突然到來；（陳舊用法）繼承 **1** |
| **おそくとも** ②④ | 【遅くとも】**副** 最晚，最遲 **N2** |
| **おそらく** ② | 【恐らく】**副** 恐怕，大概，或許；很可能；估計 **4** |
| **おそれ** ③ | 【恐れ・虞】**名** 害怕，恐怖，恐懼；有～危險，恐怕會～ **4** |
| **おそれる** ③ | 【恐れる】**自下一** 害怕，畏懼；擔心；敬畏 **9** |
| **おそろしい** ④ | 【恐ろしい】**形** 可怕的；驚人的；不可思議的；令人擔心的 **N3** |
| **おそわる** ⓪ | 【教わる】**他五** 受教 **1** |
| **おたがい** ⓪ | 【お互い】**名・副** 彼此，互相 ⇨ お互いに（互相）**2** |
| **おだやか** ② | 【穏やか】**形動** 平靜，平穩；溫和，安詳 **3** |
| **おちこむ** ⓪③ | 【落（ち）込む】**自五** 掉進，落入；塌陷，下陷；消沉，處於不好的狀態；（成績、行情等）急劇下滑 **1** |
| **おちつく** ⓪ | 【落（ち）着く】**自五** 鎮靜，平心靜氣；穩定，安定；坐得穩；有頭緒，有結果；（顏色、衣服等）淡雅 **6** ⇨ 落（ち）着き（沈著，鎮靜，穩重） |
| **おどかす** ⓪③ | 【脅かす】**他五** 威脅，嚇唬 ⇨ 脅す |
| **おとずれる** ④⓪ | 【訪れる】**自下一** 拜訪；通信，問候；（季節等）到來 **N2** |
| **おとなしい** ④ | 【大人しい】**形** 老實，溫順；（顏色、花樣等）雅緻 **4** |
| **おとなびる** ④ | 【大人びる】**自上一** 像大人樣，帶大人氣，老成起來 **1** |
| **おどろかす** ④ | 【驚かす】**他五** 驚動，震動，使驚訝；嚇唬，使害怕，使恐懼 |
| **おとる** ⓪② | 【劣る】**自五** 不如，劣，次，不及，比不上 **N2** ⇔優る ⇨ 劣らない（不遜色，不亞於，不輸給） |
| **おないどし** ② | 【同い年】**名** 同年齡，同歲 |

| | |
|---|---|
| **おのおの** ② | 【各々】**名・副** 各自，分別 **1** |
| **おのれ** ⓪ | 【己】**代名・副・感**（代名）己，自己；你；（感）發怒時的聲音 **1** |
| **おばけ** ② | 【お化け】**名** 妖怪；醜陋難看，奇形怪狀 **1**<br>⇒ 化け物（妖怪；擁有奇特能力的人） |
| **おび** ① | 【帯】**名** 衣帶；（繞在雜誌或書皮外作廣告用的）腰封；聯播節目　⇨ 帯紙（新聞、雜誌等郵寄時包在中間上面寫上收件人地址的封帶條；書籍腰封）**1** |
| **おぼえ** ③② | 【覚え】**名** 記憶，記憶力；體驗，經驗；自信，信心；信任，器重；備忘錄 **10** |
| **おぼれる** ⓪ | 【溺れる】**自下一** 溺水；沉溺於，專心於；溺愛 |
| **おまいり** ⓪ | 【御参り】**名・自サ** 參拜神佛，拜廟；掃墓 |
| **おめでたい** ④⓪ | **形** 可喜，可賀；過於老實，憨厚，傻氣；過分樂觀，過於天真 |
| **おめにかかる** ⑤⑥ | 【お目に掛かる】**連語** 見面，拜會（「会う」的謙讓語） |
| **おも** ① | 【主】**形動** 主要的　⇨ 主に（主要；大部分；多半）**3** |
| **おもいうかべる** ⓪⑥ | 【思い浮（か）べる】**他下一** 想起，憶起 **1** |
| **おもいがけない** ⑤⑥ | 【思い掛けない】**形** 意想不到，沒料到，意外 **N2** |
| **おもいきり** ⓪ | 【思い切り】**名・副** 斷念，死心；決心，決意；盡情地，狠狠地，徹底地 **2** |
| **おもいきる** ④⓪ | 【思い切る】**他五** 死心，斷念；下決心 **N2** |
| **おもいこむ** ④⓪ | 【思い込む】**自五** 深信，確信；以為，認定；下決心，一心打算 **1** |
| **おもいちがい** ⓪ | 【思い違い】**名・自サ** 想錯，誤會，誤解 **1** |
| **おもいつき** ⓪ | 【思い付き】**名** 偶然的想法，一時興起的想法；打算，主意 **1** |
| **おもいつく** ④⓪ | 【思い付く】**他五**（突然）想到，想出，想起 **3** |
| **おもいで** ⓪ | 【思い出】**名** 追憶；紀念 **2**<br>⇨ 思い出話（往事） |

| | |
|---|---|
| **おもくるしい** ⑤ | 【重苦しい】形 鬱悶，沉悶，不舒暢 ❶ |
| **おもたい** ⓪ | 【重たい】形 重，沉；沉重，沉悶 ❶ |
| **おもに** ⓪ | 【重荷】名 沉重的貨物；沉重負擔，包袱，累贅 |
| **おもわず** ② | 【思わず】副 不禁，不由得，不知不覺地；意外地，意想不到地 |
| **おやかた** ③④ | 【親方】名（師徒行業的）師傅 |
| **およそ** ⓪ | 【凡そ】名・副 大體上；凡是；大約，總的說來；完全，全然 N2 |
| **およぶ** ⓪② | 【及ぶ】自五 達到，及於，涉及；發展成，臨到；匹敵，比得上；（用否定形式表示）不需要，不必 ❸<br>⇨ 及び（以及）　➡ 及びもつかない（忘塵莫及） |
| **おり** ② | 【檻】名 籠，圈，欄，檻；牢房，牢籠 ❷ |
| **おろす** ② | 【下ろす・降ろす】他五 取下，拿下，放下；（貨物）卸下，（使人）降下；上鎖；使用新東西；砍下，切開（魚肉）；墮胎；落（髮）；提領（金錢）；風從高處刮下<br>➡ 髪を下ろす（削髮為（尼）僧）❶ |
| **おろす** ② | 【卸す】他五 批發　⇨ 卸し売り（批發）❷ |
| **おわる** ⓪ | 【終わる】自・他五 完，結束 ⓬⇔ 始まる　⇔ 始める<br>⇨ 終り（終了，結束；末期） |
| **おん** ⓪ | 【音】名 聲音，響聲；發音；（日語中漢字的）讀音，音讀；音色 ❷ |
| **おん** ① | 【恩】名 恩情 ❷<br>⇨ 恩着せがましい（賣人情，迫使人感恩）<br>➡ 恩を売る（賣人情）<br>➡ 恩を仇で返す（恩將仇報） |
| **おんこう** ⓪ | 【温厚】名・形動 溫厚，敦厚 N2 |
| **おんたい** ⓪ | 【温帯】名 溫帶 |
| **おんだん** ⓪ | 【温暖】名・形動 溫暖　⇔寒冷 ❶ |
| **おんちゅう** ⓪① | 【御中】名（用於寫給公司、學校、機關團體等的書信）敬啟，公啟 |

## おんど ① 　　【温度】名 溫度 3

### 歴屆考題

■ 夜おそく暗い道を一人で歩くのは＿＿＿＿ものです。（1999-III-15）

① にくらしい　　② おそろしい　　③ おとなしい　　④ やかましい

**答案②**

**解** 這 4 個選項都是形容詞。答案以外的選項其漢字形式和意思分別是：①「憎らしい」（討厭；可憎，憎恨）；③「大人しい」（老實，溫順；善良；乖巧）；④「喧しい」（吵鬧，嘈雜；嚴厲，嚴格；嘮嘮叨叨）。

**翻** 深夜一個人走夜路是很可怕的。

■ 他人に不幸なことが起こったときに言う言葉。（2002-IV-3）

① おかまいなく　　② おきのどくに　　③ おつかれさま　　④ ごくろうさま

**答案②**

**解** 答案以外的選項，其漢字形式和意思分別是：①「お構いなく」（請別張羅）；③「お疲れ様」（辛苦了）；④「ご苦労様」（辛苦了〈一般不用於上司、長輩〉）

**翻** 他人發生不幸時說的話。

■ あの人はおそらくパーティーには出席しないだろう。（2003-VI-2）

① たしかに　　② もちろん　　③ たとえ　　④ たぶん

**答案④**

**解** 各選項的漢字形式和意思分別是：①「確かに」（確實）；②「勿論」（當然）；③「仮令」（縱然，即使）；④「多分」（大概，也許）。

**翻** 那個人恐怕不會出席晚會吧！

■ このたび国へ帰ることになりました。長い間 _____。（2004-Ⅲ-3）

① おかげさまで　　　　　　② おじゃましました

③ おせわになりました　　　④ おまちどおさま

答案③

解 答案以外的選項，其漢字形式和意思分別是：①「お陰様で」（托您的福，多虧了您）；②「お邪魔しました」（打擾了）；④「お待ち遠様」（讓您久等了）。選項①不可以用在句末，其他選項可以。

翻 我要回國了。長期以來承蒙您的照顧。


■ 「お茶のおかわり、いかがですか?」

「あ、もう、_____。そろそろ帰りますので。」（2005-Ⅲ-5）

① おまたせしました　　　　② おかまいなく

③ かしこまりました　　　　④ ごえんりょなく

答案②

解 答案以外的選項，其漢字形式和意思分別是：①「お待たせしました」（讓您久等了）；③「畏まりました」（我知道了）；④「ご遠慮なく」（請不要客氣）。

翻 「再來一杯茶怎麼樣？」「啊，請不要張羅了。我差不多該回去了。」


■ 新しい考えが頭に浮かぶ。（2006-Ⅳ-1）

① 思い込む　② 思い合う　③ 思い出す　④ 思いつく

答案④

解 答案以外的選項，其漢字的讀音和意思分別是：①「思い込む」（深信，確信）；②「思い合う」（相愛）；③「思い出す」（回想起，記起）。

翻 腦子裏浮現出新的想法。

♬ 024

| | |
|---|---|
| か ① | 【課】名（教科書中）課；（部門）課 ☑ |
| か ⓪ | 【蚊】名 蚊子 ☑ |
| かい ⓪ | 【甲斐】名 效果；價值 ❶ ⇨ 生<sup>い</sup>きがい（活著的價值） |
| がい ① | 【害】名 害，害處 ☑ |
| がい | 【街】造語 街道 ⇨ 商店街<sup>しょうてんがい</sup>（商店街）N2 |
| かいあげる ④⓪ | 【買（い）上げる】他下一（政府向民間）買進，收購 ❶ |
| かいいん ⓪ | 【会員】名 會員 |
| かいが ① | 【絵画】名 畫，繪畫 ☑ |
| かいかい ⓪ | 【開会】名・自他サ 開幕，開始會議 ⇔ 閉会<sup>へいかい</sup> ❶ |
| かいがい ① | 【海外】名 海外，國外 ☑ |
| かいかん ⓪ | 【会館】名 會館 |
| かいけい ⓪ | 【会計】名・他サ 算帳，付款；會計；帳目 ❶ |
| かいけつ ⓪ | 【解決】名・自他サ 解決 ⇨ 未解決<sup>みかいけつ</sup>（未解決）N3 |
| かいけん ⓪ | 【会見】名・自サ 會見，接見，面晤 N2<br>⇨ 記者会見<sup>きしゃかいけん</sup>（記者招待會） |
| がいけん ⓪ | 【外見】名 外觀，外表 N2 |
| かいごう ⓪ | 【会合】名・自サ（為了談話）聚會，集會；（化學）締結 ☑ |
| がいこう ⓪ | 【外交】名・自サ 外交；對外事務，外勤（人員）；對外聯繫 ⇔ 内政<sup>ないせい</sup> ⇨ 外交官<sup>がいこうかん</sup>（外交官） |
| かいこく ⓪ | 【開国】名・自サ 建國；門戶開放，與外國開始交往 ❶ |
| かいさい ⓪ | 【開催】名・他サ 舉行，召開 N2 |
| かいさつ ⓪ | 【改札】名・自サ 剪票 ④ ⇨ 改札口<sup>かいさつぐち</sup>（剪票口）④ |
| かいさん ⓪ | 【解散】名・自他サ 解散，散開；（組織等）解體，解散 N2 |
| かいし ⓪ | 【開始】名・自他サ 開始 ⇔ 終了<sup>しゅうりょう</sup> ☑ |

| かいしめる ④ | 【買い占める】他下一 全部買下，買斷 N2<br>⇨ 買い占め（囤積） |
|---|---|
| かいしゃく ① | 【解釈】名・他サ 解釋 2 |
| かいしゅう ⓪ | 【回収】名・他サ 回收；取回，收回 1 |
| がいしゅつ ⓪ | 【外出】名・自サ 外出 2 |
| かいしょう ⓪ | 【解消】名・自他サ 解除；消除；撤消 N2 |
| かいすい ⓪ | 【海水】名 海水　⇨ 海水浴 |
| かいすう ③ | 【回数】名 次數 ⇨ 回数券（回數票）2 |
| かいせい ⓪ | 【快晴】名 晴朗，萬里無雲 2 |
| かいせい ⓪ | 【改正】名・他サ 改正，修改，修正 N2 |
| かいせつ ⓪ | 【解説】名・他サ 解說 |
| かいぜん ⓪ | 【改善】名・他サ 改善 N2 |
| かいぞう ⓪ | 【改造】名・他サ 改造，改組，改裝 N2 |
| かいぞくばん ⓪ | 【海賊版】名 盜版 |
| かいつう ⓪ | 【開通】名・自サ 開通 1 |
| かいて ⓪ | 【買（い）手】名 買主，買方 1 |
| かいてい ⓪ | 【改定】名・他サ（定價、規定等）改訂；修改 1 |
| かいてい ⓪ | 【改訂】名・他サ（書籍、詞典等）重新修訂 N2 |
| かいてき ⓪ | 【快適】名・形動 舒適，舒服 3 |
| かいてん ⓪ | 【回転】名・自サ 轉；腦子轉得（快等）；資金周轉 |
| かいとう ⓪ | 【解答】名・自他サ 解答 5 |
| かいとう ⓪ | 【回答】名・自サ 回答 4 |
| かいとる ④ | 【買（い）取る】他下一 買下，收購<br>⇒ 買（い）受ける（買；購買；承購） |
| がいねん ① | 【概念】名 概念 1 |
| かいはつ ⓪ | 【開発】名・他サ 開發；研製　⇨ 未開発（未開發）3 |
| がいぶ ① | 【外部】名 外側；外界　⇔ 内部 1 |

| | |
|---|---|
| **かいふう** ⓪ | 【開封】名・他サ 啟封，拆開；敞口，不密封 **1** |
| **かいふく** ⓪ | 【回復】名・自他サ 恢復；康復，復原 **N2** |
| **かいほう** ⓪ | 【開放】名・他サ 打開；出入自由；開放 |
| **かいほう** ⓪ | 【解放】名・他サ 解放，擺脫，釋放 **N2** |
| **かいむ** ① | 【皆無】名・形動 全無，毫無，完全沒有 **1** |
| **かいめん** ⓪ | 【海面】名 海面，海上 **1** |
| **かいよう** ⓪ | 【海洋】名 海洋 |
| **かいろ** ① | 【海路】名 海路 ⇔ 空路 |
| **がいろん** ⓪ | 【概論】名・自サ 概論 |
| **かう** ① | 【飼う】他五 飼養 ⇒ 飼育 **6** |
| **かえす** ① | 【帰す・還す】他五 使（打發）回去，叫～回去 **2** |
| **かえって** ① | 【却って・反って】副 反而，反倒，相反地 **2** |
| **かえる** ⓪ | 【蛙】名 青蛙 ➡ 蛙 の子は 蛙（有其父必有其子） |
| **かえる** ① | 【返る】自五 復原；復歸 **3** |
| **かえる** ⓪ | 【換える】他下一 交換 **2** |
| **かえる** ⓪ | 【替える】他下一 替換 **1** |
| **かえる** ⓪ | 【変える】他下一 改變；變更 **13** |
| **かえる** ⓪ | 【代える】他下一 代替 |
| **かおく** ① | 【家屋】名 房屋，房子 **1** |
| **かおり** ⓪ | 【香り・薫り】名 香氣，芳香 **2** |
| **がか** ⓪ | 【画家】名 畫家 **3** |
| **かかえる** ⓪ | 【抱える】他下一 用手抱；有麻煩事；雇用 **N2** |
| **かかく** ⓪① | 【価格】名 價格，價錢 ⇒ 低価格（低價） **N2** |
| **かがく** ① | 【化学】名 化學 **3** |
| **かがむ** ⓪ | 【屈む】自五 彎腰；蹲下 ⇒ 屈める（把腰彎下） **1** |
| **かがやく** ③ | 【輝く】自五 閃爍；燦爛 **1** <br> ⇒ 輝かしい（耀眼的，奪目的） |

| | |
|---|---|
| **かかわる** ③ ⓪ | 【係わる・関わる・拘わる】**自五** 有關，關係到；有牽連，有瓜葛；拘泥 **15**<br>⇨ 係わり（有關係，有牽連）<br>⇨ かかわり合う（相互有關係、有牽連） |
| **かきつける** ④ ⓪ | 【書（き）付ける】**他下一** 寫上，記上；經常寫，寫熟，寫慣 **1** |
| **かきて** ③ | 【書（き）手】**名** 寫（字、文章、書）的人，筆者；畫畫的人；書法家；畫家；文學家 **1** |
| **かきとめ** ⓪ | 【書留】**名** 掛號（信） |
| **かきね** ② ③ | 【垣根】**名** 圍牆，柵欄，籬笆；牆根 |
| **かぎり** ③ ① | 【限り】**名** 限，限度；極限，止境；在～範圍內，只要～就～；以～為限 **15**<br>➡ 限りでない（不在此限制內）<br>➡ 限りを尽くす（極盡全力） |
| **かぎる** ② | 【限る】**自他五** 限制，限於；（以「…は…に限る」的形式）最好；（否定的形式）不一定，未必 **13** |
| **かく** ⓪ | 【欠く】**他五** 缺乏；弄壞；疏忽 **3**<br>➡ 信用を欠く（缺少信用）<br>➡ 欠くべからざる（不可或缺） |
| **かく** ① | 【掻く】**他五** 抓，搔；攪拌；削去；撥，推 **2**<br>➡ あぐらをかく（盤腿坐） ➡ 鼾をかく（打呼）<br>➡ 汗をかく（出汗） ➡ 恥をかく（丟臉） |
| **かぐ** ⓪ | 【嗅ぐ】**他五** 嗅，聞 **1** |
| **がく** ⓪ ② | 【額】**名** 額數，金額，數量；匾額；畫框，鏡框 **4** |
| **かくう** ⓪ | 【架空】**名・形動** 空中架設；空想，虛構 |
| **かくご** ① ② | 【覚悟】**名・自他サ** 有心理準備；決悟；死心，認命 **1** |
| **かくじ** ① | 【各自】**名** 每個人，各自 |
| **かくじつ** ⓪ | 【確実】**名・形動** 確實，可以信賴，堅實，可靠 **1** |
| **がくしゃ** ⓪ | 【学者】**名** 學者 **7** |
| **かくしゅ** ① | 【各種】**名** 各種，每一種，種種 **1** |

| かくじゅう ⓪ | 【拡充】 名・他サ 擴充 N2 |
|---|---|
| がくしゅう ⓪ | 【学習】 名・他サ 學習 4 |
| がくじゅつ ⓪ ② | 【学術】 名 學術;學問 1 <br> ⇨ 学術 会議（學術會議） ⇨ 学術 論文（學術論文） |
| かくしん ⓪ | 【確信】 名・他サ 確信，堅信 1 |
| かくしん ⓪ | 【革新】 名・他サ 革新 ⇔ 保守 1 |
| かくす ② | 【隠す】 他五 藏，隱藏;掩蓋，掩飾;隱瞞 N2 |
| かくだい ⓪ | 【拡大】 名・自他サ 擴大 ⇔ 縮小 1 |
| かくち ① | 【各地】 名 各地 1 |
| かくちょう ⓪ | 【拡張】 名・他サ 擴張 |
| かくど ① | 【角度】 名 角度，角的度數;觀點，立場，角度 1 |
| かくにん ⓪ | 【確認】 名・他サ 確認 6 |
| かくべつ ⓪ | 【格別】 形動・副 格外;特別 1 |
| がくもん ② | 【学問】 名 學問，學識;學業，學習;科學，學術 1 |
| かくりつ ⓪ | 【確率】 名 概率;可能性，或然率 1 |
| かくれる ③ | 【隠れる】 自下一 躲藏;隱藏;隱遁;隱蔽，不為人知 <br> ⇨ 隠れん坊（捉迷藏）4 |
| かげ ① | 【影】 名 影子;倒影，影像;蹤影，行蹤 4 <br> ➡ 影が薄い（氣息奄奄;無精打采;不受重視） <br> ➡ 影も形もない（無影無蹤;面目全非） <br> ➡ 影を隠す（躲起來，不露面） <br> ➡ 影をひそめる（隱藏起來） |
| かげ ① | 【陰】 名 背光處;背後;暗地 4 <br> ➡ 陰で糸を引く（幕後操縱） <br> ➡ 陰で舌を出す（背後嗤笑） <br> ➡ 陰になり日向になり（明裡暗裡，人前人後） |
| がけ ⓪ | 【崖】 名 懸崖，絕壁 2 |
| かけい ⓪ | 【家計】 名 家庭經濟狀況 ⇒ 生計 2 |
| かけつ ⓪ | 【可決】 名・他サ 通過（決議、議案） ⇔ 否決 |

| | |
|---|---|
| **かけよる** ⓪③ | 【駆（け）寄る】**自五** 跑到跟前，跑近 **1** |
| **かける** ⓪ | 【欠ける】**自下一** 缺損；欠缺；月缺 **3** |
| **かける** ② | 【掛ける】**他下一** 掛，垂下，懸；放置火上；覆蓋；<br>灑；鎖上，扣上；輕輕握住，搭（肩）；鉤，釣；捆<br>（箱子等）；設置；靠著；開動，使運轉；坐；佩戴；<br>設計使陷入圈套；影響到；打招呼；作用到；討論；<br>送入；花費；加入保險；徵收；乘法 **6** |
| **かげん** ⓪ | 【加減】**名・他サ・接尾** 調節；加法和減法；事物的狀<br>態；健康狀態；程度 **2**<br>⇨ いい加減（適度；敷衍；相當）<br>⇨ 火加減（火的大小程度）<br>⇨ 湯加減（洗澡水的熱度） |
| **かこ** ① | 【過去】**名** 過去，既往；前生，前世 **2**<br>⇔ 現在 ⇔ 未来 |
| **かご** ⓪ | 【籠】**名** 籠，筐 **4** |
| **かこう** ⓪ | 【下降】**名・自サ** 下降 ⇔ 上昇（上升）**2** |
| **かこう** ⓪ | 【火口】**名** （火山的）噴火口；（高爐的）爐門 |
| **かこむ** ⓪ | 【囲む】**他五** 包圍，圍繞，圍上；圍攻 **3** |
| **かさい** ⓪ | 【火災】**名** 火災 **1** |
| **かさかさ** ⓪① | **副・形動** 乾燥狀；（乾燥）沙沙作響；不圓滑 **N2** |
| **かさなる** ⓪ | 【重なる】**自五** 重疊；（時間）撞期；重復；（山巒）重<br>重、連連 ➡ 不幸は重なるものだ（禍不單行）**4** |
| **かさねる** ⓪ | 【重ねる】**他下一** 使重疊（堆起來）；再加上；反覆，屢<br>次，累積 **3** ⇨ 重ね（重複）**N3**<br>➡ 馬齢を重ねる（馬齒徒長） |
| **かざん** ① | 【火山】**名** 火山 ⇨ 火山灰（火山灰）**2** |
| **かしきる** ③ | 【貸（し）切る】**他五** （交通工具、場所、房屋）全部包<br>租下來 ⇨ 貸（し）切り（包租） |
| **かしこい** ③ | 【賢い】**形** 聰明，伶俐；周到 **N2**<br>⇨ ずる賢い（狡猾） |
| **かしこまる** ④ | 【畏まる】**自五** 恭敬；正坐；（謙）知道了，遵命 **5** |

| かしだし ⓪ | 【貸(し)出し】名・他サ 借出，出租；放款，貸款 ❶ |
| かしつ ⓪ | 【過失】名 過失 |
| かじつ ① | 【果実】名 果實，果子；水果；收益，收穫 |
| かしゅ ① | 【歌手】名 歌手，歌唱家 ❸ |
| かしょ ① | 【箇所・個所】名 地方，部分，～之處 |
| かじょう ⓪ | 【過剰】名・形動 過剰，過多 ❶<br>⇨ 過剰 包装（過度包裝）<br>⇨ 自意識過剰（自我意識過剰） |
| かじる ② | 【齧る】他五 咬，啃（略硬物）；一知半解，稍微懂得 ❶ |
| かず ① | 【数】名 數目，數；許多；數得上，算得上<br>➡ 数 知れない（無數） |
| かすか ① | 【微か】形動 微弱，隱隱約約；貧苦，微賤 N2 |
| かせい ⓪ | 【火星】名 火星 |
| かぜい ⓪ | 【課税】名・自サ 課税 |
| かせぐ ② | 【稼ぐ】自・他五 賺錢；（為賺錢而）拼命地工作；努力爭取 ⇨ 共稼ぎ（夫妻雙方均在工作） |
| かせん ⓪ | 【下線】名 下畫線 ⓭ |
| かぞえる ③ | 【数える】他下一 數，計算；列舉 ❹ |
| かたがわ ⓪ | 【片側】名 一側，單側；一面，另一面 ❶ |
| かたこと ⓪④ | 【片言】名 不完整的單詞；一言半語<br>⇨ 片言まじり（夾雜著不清楚的話） |
| かたず ⓪ | 【固唾】名（屏息等待時）嘴裏的唾沫，緊張屏息，提心吊膽 ❶<br>➡ 固唾を呑む（注視著情況的變化；緊張，屏息） |
| かたづく ③ | 【片付く】自五 收拾整齊，整理好；得到解決，處理好，做完，賣掉；出嫁，嫁人 ❶<br>⇨ 片付ける他下一（收拾；解決；嫁出去；除去妨礙者） |
| かたな ③② | 【刀】名 刀；刀類總稱；腰刀<br>⇨ 剣 ⇨ 刃物（刀劍等利器） |

| | |
|---|---|
| **かたはば** ② | 【肩幅】名 肩寬，兩肩的寬度 **1** |
| **かたほう** ② | 【片方】名（兩隻中的）一隻，（兩方中的）一方，一面 **3** |
| **かたまり** ◎ | 【塊】名 塊，疙瘩；群，集團，堆；極端的人，執迷不悟（的人）⇨ 肉の 塊（肉塊）**1**<br>⇨ 欲の 塊（極為為貪婪的人） |
| **かたまる** ◎ | 【固まる】自五 凝固，變硬；集中到一處；固定，穩固，確實；熱中 ⇨ 固まり（硬塊）**3**<br>⇒ 凝り 固る（凝固，凝結） |
| **かたみち** ◎ | 【片道】名 單程；單方（面）⇨ 片道きっぷ（單程車票） |
| **かたむく** ③ | 【傾く】自五 傾斜，傾，偏，歪；偏西，西斜；有～傾向；衰落；傾心於 **N2** ⇨ 傾き（傾斜；傾向） |
| **かたよる** ③ | 【偏る・片寄る】自五 偏重；失去平衡；偏向；偏頗；不公正 **N2** ⇨ 偏り（偏向一方，偏頗，偏重） |
| **かたる** ◎ | 【語る】他五 談，講，講述；說唱 **5** ⇨ 物 語（故事） |
| **かち** ① | 【価値】名 價值 **1** |
| **がち** ◎ | 接尾（傾向）每每，往往；常常，經常 **10**<br>⇨ 病 気がち（動輒生病） |
| **かちまけ** ①② | 【勝ち負け】名 勝負，勝敗，輸贏 ⇒ 勝 負 ⇒ 勝 敗 **1** |
| **かちん** ② | 副（略小堅硬物碰撞）嘩啦嘩啦，叮叮噹 **1**<br>➡ かちんと来る（被開玩笑而發怒） |
| **がっか** ◎ | 【学科】名 科系 |
| **がっかい** ◎ | 【学会】名 學會 **1** |
| **がっかり** ③ | 副・自サ 失望的樣子；非常疲勞的樣子 **4** |
| **かっき** ◎ | 【活気】名 活力，有生氣 **N2** |
| **がっき** ◎ | 【楽器】名 樂器 **1** |
| **がっき** ◎ | 【学期】名 學期 |
| **がっきゅう** ◎ | 【学級】名 班級 |

48

| | |
|---|---|
| かつぐ ② | 【担ぐ】他五 擔扛，挑扛；推舉；騙人，耍弄，上當；迷信 ➡ 縁起を担ぐ（迷信）<br>➡ 片棒を担ぐ（幫忙幹一半的工作（多用於壞事））<br>➡ みこしを担ぐ（抬神轎；捧人） |
| がっくり ③ | 副・自サ 突然無力地，頹廢 ❶ |
| かっこ ① | 【括弧】名 括弧 ❶ |
| かっこう ⓪ | 【格好】名・形動・接尾 樣子，外形；姿態，姿勢；打扮，裝束；正好，合適 N2<br>⇨ 格好良い（帥氣，瀟灑）<br>➡ 格好が悪い（難為情；不好意思）<br>➡ 格好が付く（像樣子，像回事）<br>➡ 格好を付ける（使不失體面） |
| かつじ ⓪ | 【活字】名 鉛字，活字　⇨ 活字体（印刷體） |
| がっしょう ⓪ | 【合唱】名・他サ 合唱，齊唱 ❶<br>⇨ コーラス　⇨ 斉唱　⇔ 独唱 |
| かって ⓪ | 【勝手】名・形動 方便；情況；生活；任意，隨便，為所欲為；廚房 ⇨ 自分勝手（任性，隨便，自私）N2 |
| かっとう ⓪ | 【葛藤】名 糾紛，糾葛 ❶ |
| かつどう ⓪ | 【活動】名・自サ 活動，工作 ❺ |
| かっぱつ ⓪ | 【活発】名・形動 活躍，活潑 N2 |
| かつやく ⓪ | 【活躍】名・自サ 活躍，大展身手 N2 |
| かつよう ⓪ | 【活用】名・他サ 有效地利用，正確使用；詞尾變化，活用 ❶　⇨ 活用形（活用形） |
| かつりょく ② | 【活力】名 活力，生命力 |
| かてい ⓪ | 【仮定】名・自サ 假定，假設 N2 |
| かてい ⓪ | 【過程】名 過程 ❶ |
| かてい ⓪ | 【課程】名 課程 |
| かどう ⓪ | 【稼働】名・自他サ 勞動，做工，工作；（機器的）開動，運轉　⇨ 稼働率（開工率）❶ |

**かなう** ②　【叶う・適う】自五（願望）實現；符合，合乎；能做到；比得上，敵得過 **N2**
➡ 叶わぬ時の神頼み（臨時抱佛腳）

**かなしむ** ③　【悲しむ・哀しむ】他五 悲傷，悲痛　⇔ 喜ぶ②

**かならずしも** ④　【必ずしも】副（下接否定）未必，不一定②

**かねる** ②　【兼ねる】他下一 兼，兼帶；兼任，兼職；兼作；（接動詞連用形）不能，難以 **10**

**かのう** ⓪　【可能】名 可能 **8**
⇨ 可能性（可能性）　⇨ 不可能（不可能）

**かはんすう** ②④　【過半數】名 過半數，半數以上 **1**

**かび** ⓪　【黴】名 黴（總稱）；迂腐陳舊
⇨ かびる（發黴；陳舊）　➡ かびが生える（發黴）

**かぶ** ⓪　【株】名（樹砍下來後，留下來的）樹墩，樹頭；（植物的）根，株，棵；股票；職業上的特權，特殊身份 **1**
⇨ 株式（股份；股票；股權）　⇨ 株価（股價）
⇨ 株式会社（股份公司）　⇨ 株主（股東）

**かぶせる** ③　【被せる】他下一 蓋上，罩上；灑，澆；推諉 **1**

**かぶる** ②　【被る】自他五 蒙受；承擔；蓋，戴，蒙；澆；終場；曝光過度　➡ 猫をかぶる（裝老實）**3**
➡ 罪をかぶる（遭受懲罰）

**かま** ⓪　【釜】名 鍋　➡ 釜を起こす（成家立業）

**かまう** ②　【構う】自・他五 管，顧，理睬；照顧，照料；招待；戲弄 **10**

**かまえる** ③　【構える】他下一 整修，修築；自立門戶，居住；擺出姿勢，採取某種態度；準備好；托辭，裝作 **1**
⇨ 構え（〔房屋〕構造；（劍道等的）姿勢；心理準備）

**がまん** ①　【我慢】名・自他サ 忍耐，忍受；饒恕，原諒；將就，克服　⇨ 我慢強い（有耐心）**1**
⇨ やせ我慢（硬著頭皮忍耐）

| | |
|---|---|
| **かみ** ① | 【上】名 上方，高處；上游；(文章的)前半部分；(身體、衣服的)上半身；天子，皇帝；朝廷，衙門；上座；舞臺的右側　⇨ 上座 (上座)　⇔ 下 |
| **かみくず** ③ | 【紙屑】名 廢紙，紙屑 |
| **がめん** ①⓪ | 【画面】名 畫面；映；照片的表面 N2 |
| **かもく** ⓪ | 【科目】名 科目；項目，條目 ① |
| **かもしれない** ① | 連語 也許，可能，說不定，恐怕，也未可知 ⑪ |
| **かもつ** ① | 【貨物】名 貨物 |
| **かゆい** ② | 【痒い】形 癢<br>➡ 痒いところに手が届く (體貼入微) ① |
| **かよう** ⓪ | 【歌謡】名 歌謠；有節奏的歌，流行歌曲<br>⇨ 歌謡曲 (流行歌曲) |
| **から** ② | 【空】名 空的；假，虛偽 ⑩<br>⇨ 空回り (空轉；白費事；徘徊)<br>⇨ 空っぽ (空，空空的，空虛)<br>➡ 空になる (變空的) |
| **から** ② | 【殻】名 皮，殼；豆腐渣 ⑤<br>➡ 自分の殻に閉じこもる (性格孤僻) |
| **がら** ⓪ | 【柄】名 身材；人品，品格；身份，地位，資格；花樣，花紋 ⑭<br>⇨ 人柄 (人品)　⇨ 仕事柄 (工作關係、性質)<br>⇨ 大柄 (身材高；大花紋)　⇨ 小柄 (個頭小；細花紋) |
| **からかう** ③ | 他五 嘲笑，戲弄 ③ |
| **がらがら** ①⓪ | 副・形動 (副①) 轟隆轟隆；嘩啦嘩啦；真爽；(形動⓪)(人很少) 空蕩 N2 |
| **からくり** ⓪② | 【絡繰り・機関】名 (巧妙的)機關，好消息，自動裝置；計策，策略，詭計 ② |
| **かり** ⓪ | 【仮】名 臨時，暫時　⇨ 仮運転免許 (臨時駕照) N2 |
| **かり** ⓪ | 【借り】名 借款，欠債；應該報答的恩情，應該報復的怨恨　⇨ 前借り (預支，預借) ① |

| | |
|---|---|
| **かりょく** ⓪① | 【火力】名 火力 ⇨ 火力発電所 |
| **かる** ⓪ | 【刈る】他五 割；剪（髪） ⇨ 稲刈り（割稲）④ |
| **がる** ① | 接尾（接在形容詞、形容動詞的語幹後面，構成五段動詞）感覺，覺得；自認為，自以為 ❶ ⇨ 不思議がる（覺得不可思議） |
| **かるた** ① | 【歌留多】名 日本遊戲紙牌，上面印有《小倉百人一首》 |
| **かれる** ⓪ | 【枯れる】自下一 枯萎；技藝等造詣精深，成熟 ④ |
| **かわ** ② | 【皮・革】名 皮，表皮；毛皮，皮革；表皮；殼 ④ |
| **かわいがる** ④ | 【可愛がる】他五 愛，疼愛；（反語用法）教訓，嚴加管教 |
| **かわいらしい** ⑤ | 【可愛らしい】形 可愛，討人喜歡；小巧玲瓏 |
| **かわかす** ③ | 【乾かす】他五 曬乾，烘乾；晾乾；弄乾 |
| **かわせ** ⓪ | 【為替】名 匯兌，匯款；匯票 |
| **かわら** ⓪ | 【瓦】名 瓦 |
| **かわり（に）** ⓪ | 【代（わ）り・替（わ）り】名 代替，補償 |
| **かわる** ⓪ | 【代（わ）る・換（わ）る・替（わ）る】自五 更換，更送；代替，替代，代理 ⑮ ⇨ 代（わ）り・替（わ）り（替代；補償；再來一碗） ⇨ 日替わり（每天更換，每天改變） |
| **かん** ① | 【管】名・接尾 管子；（數笛子、筆等）支；圓管；管轄；（樂器）管 ② |
| **かん** ⓪ | 【勘】名（本能的）直覺，第六感，靈感，理解力 ② |
| **かん** ① | 【官】名 國家、政府、國家機關（的官員）；官職，職位 |
| **かん** ① | 【巻】名・接尾 卷，書，書本；捲曲；捲起；（書的）卷數 ② |
| **かん** ① | 【間】名 間隙，機會；隔閡，裂痕；期間，中間，之間 ➡ 間一髪（千鈞一髪）❶ |
| **かん** ① | 【感】名・造語 感，感覺；感慨，感激，感動 ⑧ ➡ 感無量（感慨萬千） ➡ 感に堪えない（不勝感激） |

| | |
|---|---|
| かんかく 0 | 【間隔】名 間隔；距離；（時間的）間隔 |
| かんかく 0 | 【感覚】名・他サ 感覺；感受力 1 |
| かんきゃく 0 | 【観客】名 觀眾 1 |
| かんきょう 0 | 【環境】名 環境 6 |
| がんきょう 0 | 【眼鏡】名 眼鏡 1 ⇒めがね |
| かんげい 0 | 【歓迎】名・他サ 歡迎；款待 1 |
| かんげき 0 | 【感激】名・自サ 感激，感動 1 |
| かんさつ 0 | 【観察】名・他サ 觀察 4 |
| かんじ 1 | 【幹事】名 幹事；主持人，管事人 2 |
| がんじつ 0 | 【元日】名 元旦 ⇒元旦（がんたん） |
| かんじとる 4 | 【感じ取る】他五 感到，感覺到，覺得 1 |
| かんしゃ 1 0 | 【感謝】名・他サ 感謝 6 |
| かんしょう 0 | 【鑑賞】名・他サ 鑑賞 |
| かんしょう 0 | 【完勝】名・自サ 完全勝利，全勝 |
| かんじょう 0 | 【感情】名 感情，情緒 |
| かんじょう 3 | 【勘定】名・他サ 付賬，結賬；計算；考慮，估計 N2 |
| かんじょう 0 | 【環状】名 環狀，環形 |
| がんじょう 0 | 【頑丈】形動 結實，堅固；強健，健壯 N2 |
| かんじる 0 | 【感じる】自・他上一 感覺；感到；感動 13 ＝感（かん）ずる ⇨感（かん）じ（感覺，知覺；心情，情感；印象；意境） |
| かんしん 0 | 【関心】名 關心；感興趣 N3 ⇨無関心（むかんしん）（不感興趣，不關心） |
| かんしん 0 | 【感心】名・形動・自サ 欽佩，佩服；覺得好，贊成，讚美；令人吃驚 5 |
| かんしん 0 | 【歓心】名 歡心 ➡歓心（かんしん）を買（か）う（討人歡心）1 |
| かんじん 0 | 【肝心】名・形動 心肝腎；首要，要緊 1 |
| かんする 3 | 【関する】自サ 關於 7 |

| | |
|---|---|
| **かんせい** ⓪ | 【完成】**名・自他サ** 完成，落成，完工，竣工 **2** |
| **かんせつ** ⓪ | 【間接】**名** 間接 ⇨ 間接的 ⇔ 直接 **2** |
| **かんせつ** ⓪ | 【関節】**名** 關節 |
| **かんぜん** ⓪ | 【完全】**名・形動** 完全，完整，完善 **5** |
| **かんそう** ⓪ | 【完走】**名・自サ** 跑完全程 |
| **かんそう** ⓪ | 【乾燥】**名・自他サ** 乾燥；枯燥 **3** |
| **かんそう** ⓪ | 【感想】**名** 感想 **1** |
| **かんそく** ⓪ | 【観測】**名・他サ** 觀察，觀測，測定；推測 **3** |
| **かんたい** ⓪ | 【寒帯】**名** 寒帶 |
| **かんちがい** ③ | 【勘違い】**名・他サ** 誤解 |
| **かんちょう** ① | 【官庁】**名** 政府機關 |
| **かんでんち** ③ | 【乾電池】**名** 乾電池 |
| **かんどう** ⓪ | 【感動】**名・自サ** 感動 **4** |
| **かんとく** ⓪ | 【監督】**名・他サ** 監督，監視；導演，教練；監工 |
| **かんのう** ⓪ | 【官能】**名** 器官的機能；官能，肉感，性感 **1** |
| **かんぱい** ⓪ | 【乾杯】**名・自サ** 乾杯 **1** |
| **かんばん** ⓪ | 【看板】**名** 招牌；信用；幌子；令人矚目的，招牌類的（人物）；關門，下班 **2** |
| **かんぱん** ⓪③ | 【甲板】**名** 甲板 |
| **かんびょう** ① | 【看病】**名・他サ** 看護，護理 **3** |
| **かんべん** ⓪ | 【簡便】**名・形動** 簡單，簡便 **1** |
| **かんぼう** ⓪ | 【官房】**名**（內閣、各部等直屬長官的）辦公室 **1** ⇨ 官房長官（內閣官房長官） |
| **がんぼう** ⓪ | 【願望】**名・他サ** 願望，心願 **1** |
| **かんぽうやく** ③ | 【漢方薬】**名** 中藥 |
| **かんむり** ⓪③ | 【冠】**名** 冠，冠冕；（漢字）字頭＝かんぶり ➡ お冠だ（生氣）➡ 冠を曲げる（情緒不好，生氣） |

| かんゆう ◎ | 【勧誘】名・他サ 邀請，慫恿 N2 |
| かんり ① | 【管理】名・他サ 管理，管轄；保管，經營 N2 |
| かんりゃく ◎ | 【簡略】名・形動 簡略，簡短 N2 |
| かんりょう ◎ | 【完了】名・自他サ 完了，完結；完成 2 |
| かんれき ◎ | 【還暦】名 花甲，滿六十歲 1 |
| かんれん ◎ | 【関連】名・自サ 關聯 2 |
| かんわ ◎① | 【漢和】名（①）漢語和日語；（◎）「漢和辞典」的略語 |

## 歷屆考題

■ この公園は国が＿＿＿＿している。（1999-Ⅲ-6）
① 監督　② 管理　③ 生産　④ 調節

**答案②**

**解** 這4個選項都是サ變動詞。答案以外的選項，其漢字的讀音和意思分別是：①「監督」（監督，督促；導演）；③「生産」（生產）；④「調節」（調節）。

**翻** 這個公園由國家管理。

■ 見たり聞いたりして、思ったこと。（2001-Ⅳ-2）
① 感覚　② 感謝　③ 感心　④ 感想

**答案④**

**解** 答案以外的選項，其漢字的讀音和意思分別是：①「感覚」（感覺）；②「感謝」（感謝）；③「感心（欽佩，佩服）。

**翻** 見到或聽到後產生的想法。

■ ものが多すぎて余っている状態。（2003-Ⅳ-4）
① 多分　② 多量　③ 過剰　④ 過半数

**答案③**

**解** 答案以外的選項，其漢字的讀音和意思分別是：①「多分」（大多數；大概，也許）；②「多量」（大量）；④「過半数」（過半數）。

**翻** 東西過多，有剩餘。

- 会社をやめる＿＿＿＿で、社長の命令に逆らった。（2004-Ⅲ-10）
① 不満　　② 我慢　　③ 承知　　④ 覚悟

答案④

**解** 答案以外的選項，其漢字的讀音和意思分別是：①「不満」（不滿，不滿意）；②「我慢」（忍耐，容忍）；③「承知」（同意，贊成；知道；允許；原諒，饒恕）。

**翻** 在違抗總經理的命令時，我已經做好了辭職的心理準備。

- 彼は最後に感謝のことばを述べた。（2005-Ⅵ-3）

① おれい　　② いわい　　③ あいさつ　　④ わかれ

答案①

**解** 各選項的漢字形式和意思分別是：①「お礼」（感謝；回禮，答禮）；②「祝い」（祝賀，慶祝；賀禮）；③「挨拶」（打招呼，寒暄；致詞）；④「別れ」（分別，分手）。與「感謝」意思相近的是選項①。

**翻** 他最後表示了感謝。

- 飲み終わったら、＿＿＿＿になったビンをこちらに捨ててください。

（2006-Ⅲ-2）

① あき　　② なし　　③ すき　　④ から

答案④

**解** 答案以外的選項，其漢字形式和意思分別是：①「空き」（空隙；閒空；空缺，空位；空的）；②「無し」（沒有）；③「隙」（縫隙；空間，餘地；漏洞）。雖然選項①也有「空的」之義，但不能和「になる」連用。

**翻** 喝完之後，請把空瓶扔到這裏面。

| | |
|---|---|
| き ◎ | 【気】名 空氣；氣氛；風味、味道；意志；心情；意識；「～する気」的形式表示「有心做～」；樣子，勢頭<br>⇨ 気落ち（沮喪）　⇨ 気がかり（擔心，掛念）**12**<br>➡ 気が合う（合得來，情投意合）<br>➡ 気が置けない（彼此無需客氣）<br>➡ 気が気でない（焦慮不安）　➡ 気が利く（機靈）<br>➡ 気に入る（中意，看上，喜歡）<br>➡ 気に食わぬ（討厭，不順眼）<br>➡ 気は心（略表寸心）　➡ 気が進む（起勁）<br>➡ 気が付く（注意到）　➡ 気になる（掛在心上）<br>➡ 気に病む（擔心）　➡ 気を付ける（注意，小心）<br>➡ 気をまわす（猜疑）　➡ 気をもむ（焦慮） |
| きあつ ◎ | 【気圧】名 氣壓 **2** |
| ぎいん ① | 【議員】名 議員 **1** |
| きおく ◎ | 【記憶】名・他サ 記憶 **5** |
| きおくれ ◎② | 【気後れ】名・自サ 膽怯，怯場，畏縮 |
| きおん ◎ | 【気温】名 氣溫 **6** |
| ぎかい ① | 【議会】名 議會　⇨ 市議会（市議會） |
| きかえる ③② | 【着替える】他下一 換衣服 **1**<br>⇨ 着替え（換衣服；換的衣服） |
| きかく ◎ | 【企画】名・他サ 計畫，規劃 **1**　⇒ プラン |
| きかん ①② | 【機関】名 機關，組織；機械，裝置 **3**<br>⇨ 機関車（火車頭） |
| きかん ①◎ | 【期間】名 期間 **7** |
| きき ①② | 【危機】名 危機　➡ 危機一髪（千鈞一髮） |
| きき ①② | 【機器】名 機械，器具 **2** |
| ききかえす ③ | 【聞（き）返す】他五 反問；反覆問 **2** |
| ききだす ③ | 【聞（き）出す】他五 刺探出，打聽出；開始聽；嗅出 **2** |

| | |
|---|---|
| **ききとる** ③ | 【聞（き）取る】他五 聽見，聽懂；聽取 N2<br>⇨ 聞き取り（聽取；聽懂；聽力） |
| **ききながす** ④ | 【聞（き）流す】他五 當作耳邊風，充耳不聞 ❶ |
| **きぎょう** ① | 【企業】名 企業　⇨ 中小企業（中小企業）❷ |
| **ききわける** ④ | 【聞（き）分ける】他下一 聽辨出來；聽話，懂事 ❶ |
| **ききん** ②① | 【飢饉】名 饑饉，饑荒；缺乏，缺 ❶ |
| **きく** ⓪ | 【利く・効く】自他五 有效，見效；敏銳；經得住；起作用，有影響；說話　➡ 鼻が利く（嗅覺敏銳）❺<br>➡ 気が利く（機靈）　➡ 押しが利く（有威信） |
| **きぐ** ① | 【器具】名 器具，用具，器械，儀器 ❶ |
| **きげん** ① | 【紀元】名 紀元 ❶ |
| **きげん** ① | 【期限】名 期限 ❸ |
| **きげん** ⓪ | 【機嫌】名 心情，情緒；高興的，暢快的<br>➡ 一杯機嫌（微醉）　➡ 機嫌を取る（討好，取悅） |
| **きこう** ⓪ | 【気候】名 氣候，氣象 ❺ |
| **きごう** ⓪ | 【記号】名 記號，符號 ❶ |
| **きこく** ⓪ | 【帰国】名・自サ 回國，歸國；回到家鄉 ❶<br>⇨ 帰国子女（因為父母工作的關係，在國外待過的學齡孩子） |
| **ぎざぎざ** ⓪① | 名・形動・副・自サ 鋸齒狀刻紋，呈鋸齒狀 ❶ |
| **きざむ** ⓪ | 【刻む】他五（肉、蔬菜等）切細，剁碎；雕刻；鐘錶計時；銘刻，牢記 ❷ |
| **きし** ② | 【岸】名 岸　⇨ 向こう岸（對岸）❶ |
| **きじ** ① | 【生地・素地】名 布料、衣料的質地；未塗釉的陶瓷坯，素胎；本來的面目；不化粧的本來面目 ❶ |
| **きじ** ① | 【記事】名（報紙、雜誌）上的報導，消息<br>⇨ 三面記事（社會新聞）❻ |
| **ぎし** ① | 【技師】名 技師，工程師 ❶ |
| **ぎしき** ① | 【儀式】名 儀式　⇨ 儀式張る（講究排場） |

| きしゃ ②① | 【記者】名 記者 ❶ |
|---|---|
| きじゅつ ⓪ | 【記述】名・他サ 記述 ❷ |
| きじゅん ⓪ | 【基準】名 基準 ❶ |
| きしょう ⓪ | 【稀少】名・形動 稀少，稀罕，罕見 ❶ |
| きしょう ⓪ | 【起床】名・自サ 起床　⇒ 寝起き |
| きず ⓪ | 【傷・疵・瑕】名 傷；瑕疵；缺點，污點，有損於 ❶<br>⇒ 傷口（傷口）⇒ 傷跡（傷疤，傷痕）⇒ 傷付く（受傷） |
| きすう ② | 【奇数】名 奇數，單數　⇒ 偶数 |
| きずく ② | 【築く】他五 修築，構築；建立，構成 ❶ |
| きせい ⓪ | 【奇声】名 怪聲 |
| きせい ⓪ | 【帰省】名・自サ 歸省，回家（省親），探親 ❶ |
| きせい ⓪ | 【規制】名・他サ 規定，（章則等）限制，管制 ❶ |
| きせる ⓪ | 【着せる】他下一 給～穿上；鍍上；嫁禍，歸罪 ❶ |
| きそ ①② | 【基礎】名 基礎 ❶ |
| きたい ⓪ | 【気体】名 氣體　⇔ 固体　⇔ 液体 |
| きたい ⓪ | 【期待】名・他サ 期待，期望 ❺ |
| きたく ⓪ | 【帰宅】名・自サ 回家 ❹ |
| きち ①② | 【基地】名 基地 ❶ |
| きちょう ⓪ | 【貴重】形動 貴重，寶貴　⇒ 貴重品（貴重物品）❹ |
| ぎちょう ① | 【議長】名 主席，議長；（會議的）主持人，司儀 ❶ |
| きちんと ② | 副 乾淨，整潔地；正確地；準時，如期地；恰當地，<br>妥切地；規矩地，規律地 ❻　＝きちっと |
| きつい ⓪② | 形 強烈，厲害；嚴厲，苛刻；累人；剛強，要強；嚴<br>格，嚴正；緊，擠 |
| きづかう ③ | 【気遣う】他五 擔心，掛慮 ❶ |
| きっかけ ⓪ | 【切っ掛け】名 時機，契機 N2 |
| きづく ② | 【気付く】自五 注意到，意識到；甦醒 ❷ |

| | |
|---|---|
| **ぎっしり** ③ | 副 擠得滿滿地 N2 |
| **きっと** ⓪ | 副 一定，毫無疑問地；嚴厲地，嚴肅地 ④ |
| **きっぱり** ③ | 副・自サ 斷然，乾脆，斬釘截鐵，明確；不猶豫 N2 |
| **きにゅう** ⓪ | 【記入】名・他サ 寫入，記入 ② |
| **きのう** ① | 【機能】名・自サ 機能，功能，作用；（法）活動能力 N2 |
| **きのどく** ③④ | 【気の毒】名・形動 悲慘，可憐；可惜，遺憾；對不起，過意不去 ① |
| **きばん** ⓪ | 【基盤】名 基礎，底子 |
| **きふ** ① | 【寄付】名・他サ 捐贈，捐助（公共團體、機關等）N2 |
| **きぼ** ① | 【規模】名 規模 ⇨ 大規模 N2 |
| **きぼう** ⓪ | 【希望】名・他サ 希望 ⑦ |
| **きほん** ⓪ | 【基本】名 基本，基礎 ③ |
| **きまぐれ** ⓪② | 【気紛れ】名・形動 一時興起；變化無常，善變 ① |
| **きまま** ⓪ | 【気まま】名・形動 隨便，任意，任性 ① |
| **きまり** ⓪ | 【決まり】名 決定，規定；歸結，結束；收拾，整頓；慣偷，老套；習慣，規律 ①<br>⇨ 決まり文句（口頭禪，陳腔濫調） |
| **きみ** ② | 【気味】名 心情；傾向 ①<br>➡ 気味が悪い（令人不快，毛骨悚然） |
| **ぎみ** | 【気味】接尾（覺得）有點～，稍微～ N2<br>⇨ 風邪気味（有點感冒）  ⇨ 疲れ気味（有點累）<br>⇨ 遅れ気味（有點慢） |
| **きみょう** ① | 【奇妙】形動 奇妙，奇怪，出奇，奇異，怪異 N2 |
| **ぎむ** ① | 【義務】名 義務  ⇨ 義務教育<br>⇨ 義務付ける（使具有～義務，規定必須～） |
| **ぎもん** ⓪ | 【疑問】名 疑問 N3 |
| **ぎゃく** ⓪ | 【逆】名・形動 逆，反，正相反；（數學、倫理學）逆定理；顛倒 ⑨  ⇨ 逆効果（適得其反）<br>⇨ 逆光線（逆光）  ⇨ 逆差別（相反的歧視） |

| きゃくせき ⓪ | 【客席】 名 觀眾席，客人坐席；宴席 ❶ |
|---|---|
| ぎゃくせつ ⓪ | 【逆説】 名 逆說，反論 ❶ |
| きゅうか ⓪ | 【休暇】 名 休假 ❷ |
| きゅうかく ⓪ | 【嗅覚】 名 嗅覺 |
| きゅうきゅう ⓪ | 【救急】 名 急救 ⇨ 救急車 (救護車) ❶ |
| きゅうぎょう ⓪ | 【休業】 名・自サ 停止營業，停業，停止工作，停工 |
| きゅうけい ⓪ | 【休憩】 名・自サ 休息，歇 ❷ |
| きゅうげき ⓪ | 【急激・急劇】 形動 急劇 ❸ |
| きゅうこう ⓪ | 【休講】 名・自サ (老師)停課 ⇨ 休校 (學校停課) |
| きゅうこん ⓪ | 【求婚】 名・自サ 求婚 ＝プロポーズ ❸ |
| きゅうし ⓪ | 【休止】 名・自他サ 停止，停頓 ⇨ 休止符 |
| きゅうしゅう ⓪ | 【吸収】 名・他サ 吸收，吸取；同化，合併 N❷ |
| きゅうじょ ① | 【救助】 名・他サ 救助 ❸ |
| きゅうじん ⓪ | 【求人】 名 招聘人員 ⇨ 求人広告 |
| きゅうそく ⓪ | 【休息】 名・自サ 休息 ❶ |
| きゅうそく ⓪ | 【急速】 形動 迅速，快速 ❸ |
| きゅうに ⓪ | 【急に】 副 忽然，突然，驟然 ❻ |
| きゅうよ ① | 【給与】 名・他サ 發放，供給；工資，薪水 |
| きゅうよう ⓪ | 【休養】 名・自サ 休養 |
| きよい ② | 【清い】 形 清徹的；純粹的，純潔的 ❶ |
| きよう ① | 【器用】 名・形動 靈巧；精巧；聰明，精明；有用之才 ⇔不器用 (不靈巧，不聰明) ❶ |
| ぎょう ① | 【行】 名 (字的)行；修行；行書 ❹ |
| きょうか ① | 【強化】 名・自他サ 強化，加強 |
| きょうかい ⓪ | 【境界】 名 境界，疆界，邊界 |
| きょうぎ ① | 【競技】 名・自サ 技術比賽；體育比賽 ❶ |
| ぎょうぎ ⓪ | 【行儀】 名 禮貌，修養；(合乎禮節的)舉止 |

| | | |
|---|---|---|
| **きょうきゅう** ◎ | 【供給】名・他サ 供應，供給 | ⇔ 需要 🈑 じゅよう |
| **きょうこう** ◎ | 【恐慌】名 恐慌；經濟危機 | ⇨ 経済恐慌 🈑 けいざいきょうこう |
| **きょうこう** ◎ | 【強行】名・他サ 強行，硬做 🈑 | ⇨ 強行採決（強行表決）きょうこうさいけつ |
| **きょうさい** ◎ | 【共済】名・自サ 共濟，互助 🈑 | |
| **ぎょうしゃ** ① | 【業者】名 工商業者；同業者 🈑 | |
| **きょうじゅ** ◎① | 【教授】名・他サ 教授；傳授 🈓 | ⇨ 准教授（副教授）じゅんきょうじゅ |
| **きょうしゅく** ◎ | 【恐縮】名・自サ 惶恐；對不起，羞愧 🈑 | |

➡ 恐縮千万（惶恐萬分）きょうしゅくせんまん
➡ 恐縮の至り（惶恐之至）きょうしゅく いた

| | | |
|---|---|---|
| **ぎょうしょう** ◎ | 【行商】名・他サ（流動小商販）行商 | |

⇨ 行商人（小販）ぎょうしょうにん

| | | |
|---|---|---|
| **きょうしょく** ◎ | 【教職】名 教師的職務；（宗教中）教導信徒的職務 | |

⇒ 教員（教員，教師）きょういん　⇒ 教務（教務，教學規劃）きょうむ
⇨ 教職員（〔學校的〕教員和職員）🈑 きょうしょくいん

| | | |
|---|---|---|
| **ぎょうせい** ◎ | 【行政】名 行政 🈑 | |
| **きょうそう** ◎ | 【競争】名・自サ 競爭 🈑 | |
| **きょうちょう** ◎ | 【強調】名・他サ 強調；（股市）強勢 🈓 | |
| **きょうつう** ◎ | 【共通】名・形動・自サ 共通，通用 N2 | |
| **きょうど** ① | 【郷土】名 郷土；故郷；郷間，地方 | |

⇨ 郷土芸術（郷土藝術）きょうどげいじゅつ　⇨ 郷土色（地方色彩）きょうどしょく

| | | |
|---|---|---|
| **きょうどう** ◎ | 【共同】名・自サ 共同，協同　⇨ 共同体 N2 きょうどうたい | |
| **きょうどう** ◎ | 【協同】名・自サ 協同，共同，同心協力 🈓 | |

⇨ 協同組合（合作社）きょうどうくみあい

| | | |
|---|---|---|
| **きょうふ** ①◎ | 【恐怖】名・自サ 恐怖 🈑 | |
| **きょうよう** ◎ | 【教養】名 教養，修養；個人專業知識 🈑 | |
| **きょうりょく** ◎ | 【協力】名・自サ 合作，共同努力 N3 | |
| **きょうりょく** ◎ | 【強力】形動 強有力，強大 🈓 | |
| **ぎょうれつ** ◎ | 【行列】名・自サ 行列，隊伍；排隊；（數學）陣，矩陣 | |
| **きょか** ① | 【許可】名・他サ 許可，允許；（法）批准 🈔 | |

♫ 044

平假名字彙

か

| | |
|---|---|
| ぎょかいるい ② | 【魚介類】名 魚類和貝類 |
| ぎょぎょう ① | 【漁業】名 漁業 **1**<br>⇒漁船（漁船）　⇒漁舟（漁舟）　⇒漁村（漁村） |
| きょく ① | 【局】名（官署、報社等的）局，司；郵局；廣播電臺；一局棋；局勢，局面；結局；當局 **10** |
| きょく ⓪① | 【曲】名 曲調，調子；樂曲，歌曲；趣味，風趣 **6** |
| きょくせん ⓪ | 【曲線】名 曲線 **2** |
| きょくたん ③ | 【極端】名・形動 極端，極限；頂端 **N2** |
| きょじん ⓪ | 【巨人】名 高個頭 **1** |
| きょだい ⓪ | 【巨大】名・形動 巨大 **1** |
| ぎらい ① | 【嫌い】名・形動（接在名詞後）不喜歡；（以「Nのきらいがある　～するきらいがある」）有～傾向 **9**<br>⇨ 食わず嫌い（還沒吃就討厭） |
| きらう ⓪ | 【嫌う】他五 憎惡；忌諱，回避；（用否定式表示）不區別　⇨あいて嫌わず～（不分對象～）**1** |
| きらきら ① | 副・自サ 耀眼，閃爍 **N2** |
| きらく ⓪ | 【気楽】形動 舒適，舒服，安逸，輕鬆；無憂無慮，坦然，不在乎 **2** |
| きり ⓪ | 【霧】名 霧；霧氣 **2** |
| きりかえす ③⓪ | 【切（り）返す】他五（揮刀）反砍，還擊，反擊；（用鍬）翻（土塊）**1** |
| ぎりぎり ⓪ | 名・形動・副 最大限度，極限；嘎吱嘎吱；緊緊地纏繞 **1** |
| きりだす ③⓪ | 【切（り）出す】他五 開口說話，說出；砍伐後運出 **1** |
| きりつ ⓪ | 【規律・紀律】名 紀律；秩序 **1** |
| きりひらく ④⓪ | 【切（り）開く】他五 切開；開拓；修新路；開闢進路；殺出血路 |
| きょうりゅう ⓪ | 【恐竜】名 恐龍 |
| きりょく ①⓪ | 【気力】名 毅力；精力，活力 **1** |

| きれ ② | 【切れ】名・接尾（名）快，能切，鋭利；（水蒸發）快慢；（接尾）小片，切片；布匹，一塊布 |
| | ⇨ 〜 ぎれ（〔接在名詞後〕用完）N2 |
| | ⇨ 時限切れ（規定時間到） じ げん ぎ |
| | ➡ 頭 の切れがいい（頭腦靈活敏鋭） あたま き |
| きれる ② | 【切れる】自下一 被切斷；鋒利；斷絶關係；中斷；終結，完了；結束；低於；反應敏捷 10 |
| | ➡ 頭 が切れる（頭腦敏鋭） あたま き |
| | ➡ 手の切れるような札（嶄新的鈔票） て き さつ |
| きろく ⓪ | 【記録】名・他サ 記録 ⇒ レコード 6 |
| ぎろん ① | 【議論】名・他サ 議論 4 |
| きんこ ① | 【金庫】名 金庫，保險庫；金融機關 |
| きんじる ⓪③ | 【禁じる】他上一 禁止 ＝禁ずる 1 きん |
| きんせん ① | 【金銭】名 錢，錢款，錢財 |
| きんぞく ① | 【金属】名 金屬 2 |
| きんだい ① | 【近代】名 近代；現代 |
| | ⇨ 近代化（現代化）⇔ 古代 ⇔ 現代 6 きんだい か こ だい げんだい |
| きんちょう ⓪ | 【緊張】名・自サ 身心緊張；（關係）緊張對立 3 |
| きんにく ① | 【筋肉】名 肌肉 2 |
| きんねん ① | 【近年】名 近幾年，最近 1 |
| きんべん ⓪ | 【勤勉】名・形動 勤奮，勤勞 1 ⇔怠惰（懶惰） たい だ |
| きんゆう ⓪ | 【金融】名 金融，信貸 |
| きんり ⓪① | 【金利】名 利息 |

### 歷屆考題

- 薬が＿＿＿＿、痛みが止まった。（2001-Ⅲ-10） くすり いた と

① きいて　　② きれて　　③ なおって　　④ はずれて

答案①

解 這 4 個選項都是動詞的「て」形。答案以外的選項，其動詞基本形和意思分別是：②「切れる」（銳利，斷開，劃破）；③「直る」（改正過來，修理好，復原）或「治る」（治癒）；④「外れる」（脫落，離題，沒有命中）。

翻 藥起作用，已經不痛了。

■ 作物ができなくて、食糧が足りなくなる状態。（2002-IV-4）

① 汚染　　② 火災　　③ 乾燥　　④ 飢饉

答案④

解 答案以外的選項，其漢字的讀音和意思分別是：①「汚染」（污染）；②「火災」（火災）；③「乾燥」（乾燥）。

翻 農作物沒有收成，糧食不足的狀態。

■ 今日は風邪＿＿＿＿＿だから、家にいよう。（2003-III-8）

① がち　　② ぎみ　　③ ぞい　　④ ぶり

答案②

解 這 4 個選項都可以接在名詞後面。答案以外的選項，其意思分別是：①容易，往往；經常；③沿著；④樣子，情況；時隔。

翻 今天好像有點感冒，所以還是待在家裏吧。

■ 霧が濃くなってきたので、気をつけてください。（2005-VI-4）

① 注意して　　② 変更して　　③ 下車して　　④ 中止して

答案①

解 這 4 個選項都是サ動詞的「て」形，其語幹的讀音和意思分別是：①「注意」（注意，當心；提醒，警告）；②「変更」（變更，更改）；③「下車」（下車）；④「中止」（中止，停止）。

翻 霧大起來了，請當心一點。

■ すっかりここが気に入ってしまった。（2006-VI-4）

① おかしくなって　　　　② やさしくなって

③ すきになって　　　　④ いやになって

答案③

**解** 這 4 個選項是形容詞或形容動詞的連用形加上動詞「なる」的「て」形，其基本形的漢字形式和意思分別是：①「可笑しくなる」（變得奇怪，變得可笑）；②「優しくなる」（變得溫柔）或「易しくなる」（變得容易）；③「好きになる」（變得喜歡）；④「嫌になる」（討厭起來）。

**翻** 徹底喜歡上這裏了。

- 気候（2007-Ⅴ-1）
① この島は気候がおだやかで、すごしやすい。
② 夜になると気候が下がります。セーターを持っていくといいでしょう。
③ この国では 3 月は卒業の気候だ。
④ 運動会をするかどうかは、明日の気候を見て決めます。

答案①

**解** 選項②、③、④為誤用。②可改為「気温」（氣溫）；③可改為「季節」（季節）；④可改為「天気」（天氣）。

**翻** ①這個島氣候溫和，住著很舒服。

🎵 046

| く① | 【区】名・接尾 地區，區域；（行政上的）區 |
| く① | 【句】名 一些單詞的組合，片語，短語，句，句子；一組單詞；俳句 4 |
| くう① | 【食う】他五（較「食べる」粗俗）咬，吃；生活；蟲咬；耗費（時間、金錢等）；侵佔，吞併；遭到；目中無人；上年紀 4<br>⇨ 食いしん坊（貪吃的人）　⇨ 食いつぶす（坐吃山空）<br>➡ 食うか食われるか（你死我活）<br>➡ 何食わぬ顔（若無其事）<br>➡ 食ってかかる（激烈反抗；提高嗓門；頂嘴）<br>➡ 食わず嫌い（沒有嘗過味道就感到討厭；有偏見） |

| | |
|---|---|
| **くう** ⓪ ① | 【空】名・形動 空中，天空，空間；空虛；無用，白費；（佛）空；「空軍」之略 ❻ |
| **くうかん** ⓪ | 【空間】名 空間；空隙，空的地方 ❸ |
| **ぐうすう** ③ | 【偶数】名 偶數，雙數 ⇔ 奇数 |
| **ぐうぜん** ⓪ | 【偶然】名・形動・副 偶然，偶爾 ⇔ 必然 N2 |
| **くうそう** ⓪ | 【空想】名・他サ 空想，幻想 ❶ |
| **くうちゅう** ⓪ | 【空中】名 空中，天空中 |
| **くがく** ① | 【苦学】名・自サ 苦讀；工讀 ❶ |
| **くき** ② | 【茎】名 植物的莖 |
| **くぎ** ⓪ | 【釘】名 釘子 ➡ 糠に釘（徒勞無功）❶ |
| **くぎり** ③ ⓪ | 【区切り】名（文章、詩的）小段落；（事情的）段落 |
| **くぎる** ② | 【区切る】他五 打標點符號，斷句，分段；在事物之間畫出界線 |
| **くげ** ⓪ | 【公家】名 朝臣；朝廷 ＝こうか ＝こうけ |
| **くさり** ⓪ | 【鎖】名 鏈子；關係，緣分 ❶ |
| **くさる** ② | 【腐る】自五 腐爛；腐朽；腐蝕，生鏽；墮落；情緒低落，消沉<br>➡ 腐っても鯛（好的東西腐壞了，也比一般東西強）<br>➡ 〜腐るほど〜（比喻東西多到用不完） |
| **くし** ① | 【駆使】名・他サ 驅使；運用，操縱自如 ❶ |
| **くじょう** ⓪ | 【苦情】名 投訴，提意見，抱怨 N2 ⇒ クレーム |
| **くじら** ⓪ | 【鯨】名 鯨魚 |
| **くしん** ② ① | 【苦心】名・自サ 苦心，用心良苦 |
| **くず** ① | 【屑】名 碎片，渣，屑；（沒有價值的）廢物；（生產過程中產生的）廢料 |
| **くずす** ② | 【崩す】他五 拆掉，拆毀；（把整齊有秩序的事物）弄亂弄散；（把整數的錢）換成零錢；字寫得潦草 ❶ |
| **ぐずつく** ⓪ ③ | 【愚図つく】自五 陰晴不定；動作遲緩 ❷ |

| | |
|---|---|
| **くずれる** ③ | 【崩れる】自下一 坍塌；毀壞，倒塌；（整齊有形的事物）紊亂，走樣，凌亂；天氣變壞；（把大額鈔票）換成零錢；行情急劇下落 **2** |
| **くせ** ② | 【癖】名【癖】名 習氣，癖性；毛病，特徵；（在柔軟的物體上留下的波形、折痕）（頭髮）翹，（衣服）褶線 **12** |
| | ➡ 癖になる（成為習慣；成癖；上癮） |
| | ➡ 癖ある馬に能あり（比喻有脾氣的人必有專長） |
| | ➡ 癖をつける（衣服打摺） |
| **くそ** ② | 【糞】名 糞，大便；（眼、鼻、耳等的）分泌物 |
| | ⇨ 目くそ（眼屎） |
| **くだ** ① | 【管】名 管子 ➡ 管を巻く（醉後話多）**3** |
| **ぐたい** ⓪ | 【具体】名 具體 ⇔ 抽象 **5** |
| | ⇨ 具体化（具體化） |
| **くだく** ② | 【砕く】他五 打碎，弄碎；挫敗，摧毀；淺顯易懂地說明；絞盡腦汁 ➡ 心を砕く（煞費苦心）**3** |
| **くたくた** ⓪②① | 副•形動 筋疲力盡，疲憊不堪；（衣服等）鬆垮；咕嘟咕嘟（地煮）**N2** |
| **くだける** ③ | 【砕ける】自下一 破碎；氣勢受挫、減弱；融洽起來，平易近人；淺顯易懂 **1** |
| **くたびれる** ④ | 【草臥れる】自下一 疲勞；穿舊，用舊 **1** |
| **くだらない** ⓪ | 【下らない】連語 沒有價值，不值一提 **4** |
| **くだり** ⓪ | 【下り】名 下行，下坡；從中心到周邊去，從首都到地方上去 ⇨ 下り坂（下坡；變壞，轉壞，衰落）**2** |
| **くだる** ⓪ | 【下る•降る】自五 往低處移動；；下（命令、判決等）低於（多接否定表現，表示「不下於～」）；拉肚子；從中心地朝四周去；時代變遷；投降 **1** |
| | ➡ 世が下る（到了後世） |
| | ➡ 野に下る（下野；引退（辭去政務職務）） |
| **くちぐせ** ⓪ | 【口癖】名 口頭禪；說話的特徵 **1** |
| **くちぐち** ②⓪ | 【口々】名 每個人的嘴，各自（的口裏），異口同聲；各個出入口 **2** |

| | |
|---|---|
| くちだし ⓪ | 【口出し】名・自サ 插嘴；表述自己的意見 1 |
| くちべに ⓪ | 【口紅】名 口紅，唇膏 ＝ルージュ |
| くちもと ⓪ | 【口元】名 嘴邊，嘴角；嘴形；出入口；事物之初 1 |
| くつう ⓪2 | 【苦痛】名・自サ 苦惱；疼痛 2 |
| ぐっすり 3 | 副 酣睡，熟睡，睡得香甜 3 |
| くっつく 3 | 自五 緊貼在一起；緊密粘在一起；跟隨；(俗)男女同居 N2 |
| くっつける 4 | 他下一 把～黏上，把～貼上；使靠近，使挨上；拉攏；撮合 2 |
| ぐっと ⓪1 | 副 使勁，一口氣；更加～得多，非常；(俗)說不出話；深受感動 1 |
| くとうてん 2 | 【句読点】名 標點符號；句號和逗號 |
| くばる 2 | 【配る】他五 發，分送，分配；多方留神；分派 6 |
| くふう ⓪ | 【工夫】名・他サ 想方設法，動腦筋；辦法，竅門 4 |
| くぶん ⓪1 | 【区分】名・他サ 分開，分割，劃分，分類 1 |
| くべつ 1 | 【区別】名・他サ 區別，差異；辨別，分清 5 |
| くみ 2 | 【組(み)】名・接尾 班，組；對，組，夥，幫；(印刷)排板 |
| くみあい ⓪ | 【組合】名 工會；合作社　⇨ 労働組合<sup>ろうどうくみあい</sup>(工會) 1 |
| くみあう ⓪3 | 【組み合う】自他五 合在一起，編在一組 |
| くみたてる 4⓪ | 【組(み)立てる】他下一 組裝 2 |
| くむ ⓪ | 【汲む・酌む】他五(舀起液體)舀水，打水，汲水；體諒，理解；斟，倒 1 |
| くむ 1 | 【組む】自・他五 聯合，合夥；扭打；使交叉，架起來；編造(計劃等)；編組；(印刷)排版 4 |
| くやむ 2 | 【悔やむ】他五 懊悔；悼念，弔唁 1　⇨ 悔<sup>く</sup>しい(懊悔) |
| くらい ⓪ | 【位】名(天皇)皇位，王位；官職；品位 8　➡ 位<sup>くらい</sup>につく(即位皇位、官位)　➡ 位<sup>くらい</sup>をつける(賦予一定的風格) |

| ぐらぐら ①⓪ | 副・形動 搖晃，不穩定；（水開）咕嘟咕嘟；頭暈；（心情）搖擺不定 N2 |
| くらやみ ⓪ | 【暗闇】名 漆黑，黑暗；暗處；黑暗狀態，亂世 ① |
| くらし ⓪ | 【暮（ら）し】名 生活，度日；家境，生計<br>⇨ 一人暮（ら）し（一個人生活）<br>⇨ 暮（ら）しにたてる（謀生） |
| くらす ⓪ | 【暮（ら）す】自他五 生活，過日子；消磨時光；（以「～暮らす」形式）整天一直 N2<br>⇨ 遊び暮（ら）す（整天光是玩樂） |
| くらやみ ⓪ | 【暗闇】名 漆黑，黑暗；暗處；黑暗狀態，亂世 ① |
| くりかえす ③⓪ | 【繰（り）返す】他五 反覆，重複 ◆ ① |
| くるう ② | 【狂う】自五 發瘋；著迷；故障；落空 ② |
| くるしむ ③ | 【苦しむ】自五 感到痛苦；受折磨；煩惱；苦於，難以，費力 ⑭ |
| くるしめる ④ | 【苦しめる】他下一 使痛苦，欺負，折磨；使為難，使操心，使傷腦筋，使煩惱 |
| くるみ ⓪③ | 【胡桃】名 核桃 |
| くれ ⓪ | 【暮れ】名 日暮，黃昏；季節末；年終，歲末<br>⇨ 暮れ方（黃昏）　⇨ 暮れかかる（日暮將至） |
| くれる ⓪ | 【暮れる】自下一 天黑；季節過去；想不出，不知如何<br>➡ 途方に暮れる（不知如何是好）②<br>➡ 涙に暮れる（悲痛欲絕） |
| くろう ① | 【苦労】名・自サ 勞苦，辛苦；操心，擔心 ⑧ |
| くろじ ⓪ | 【黒字】名 黑色的字；盈利，賺錢 |
| くわえる ⓪③ | 【加える】他下一 加算；增加；吸收為夥伴；給予 N3 ⑧ |
| くわしい ③ | 【詳しい】形 詳細的；精通的 N2 |
| くわわる ⓪③ | 【加わる】自五 增加；增多；加入 ① |
| ぐんたい ① | 【軍隊】名 軍隊，部隊<br>⇨ 軍艦（軍艦）　⇨ 軍人（軍人）　⇨ 軍備（軍備）<br>⇨ 軍事（軍事）　⇨ 軍服（軍服） |

| | |
|---|---|
| **ぐんと** ⓪① | 副 更加；〜得多；使勁，一口氣 ❸ |
| **ぐんばい** ⓪ | 【軍配】名 指揮，指示　➡ 軍配が上がる（得勝） |
| **くんれん** ① | 【訓練】名・他サ 訓練 ❶ |

## 歷屆考題

■ ばらばらの材料から一つのまとまった形のものをつくること。

（1998-IV-7）

① あてはめる　　② こしかける　　③ くみたてる　　④ とりかえる

**答案③**

解 答案以外的選項，其漢字形式和意思分別是：①「当て嵌める」（適用，應用）；②「腰掛ける」（坐下）；④「取り替える」（交換，更換）。

翻 把分散的材料做成一個整體物品。

■ その人が意識しないでしてしまう、習慣的な動作。（1999-IV-1）

① くせ　　② つみ　　③ てま　　④ ゆめ

**答案①**

解 答案以外的選項，其漢字形式和意思分別是：②「罪」（罪，罪孽，罪過）；③「手間」（勞力和時間）；④「夢」（夢；理想）。

翻 那人無意識做的習慣性動作。

■ 父が亡くなってから、母は＿＿＿＿＿してぼくをそだててくれた。

（2001-III-5）

① 苦情　　② 苦学　　③ 苦痛　　④ 苦労

**答案④**

解 這4個選項都是サ動詞。答案以外的選項，其漢字的讀音和意思分別是：①「苦情」（抱怨，不滿意；請求）；②「苦学」（工讀，半工半讀）；③「苦痛」（痛苦）。

翻 父親去世後，母親非常辛苦地把我養大。

■ 何があったのか＿＿＿＿＿話していただけませんか。（2003-Ⅲ-5）

① するどく　　② すまなく　　③ けわしく　　④ くわしく

答案④

解　這4個選項都是形容詞的連用形，其他選項基本形的漢字形式和意思分別是：①「鋭い」（尖，鋒利；尖銳；激烈；敏銳）；②「すまない」對不起；③「険しい」（險峻，陡峭；艱險；可怕）。

翻　能不能詳細地告訴我發生了什麼事？

■ よく眠っている様子。（2005-Ⅳ-4）

① にっこり　　② こっそり　　③ すっきり　　④ ぐっすり

答案④

解　這4個選項都是副詞。答案以外的選項，其意思分別是：①笑嘻嘻，微微一笑；②悄悄地，偷偷地；③舒暢，痛快；流暢；整潔。

翻　睡得很沉的樣子。

■ 市役所に行って苦情をうったえた。（2006-Ⅵ-5）
① 不満　　② 不運　　③ 不便　　④ 不正

答案①

解　各選項中漢字的讀音和意思分別是：①「不満」（不滿，不滿意）；②「不運」（倒楣，不走運）；③「不便」（不方便）；④「不正」（不正當，非法；壞事）。與「苦情」意思相近的是選項①。

翻　去市政府訴苦。

♬050

| げ①⓪ | 【下】名 下等，劣等；下卷，下冊；低賤③ |
| けい① | 【計】名・接尾 計畫，打算；合計，共計；計量器⑤ |
| けいい① | 【敬意】名 敬意 ➡ 敬意を払う（致敬）② |

| | |
|---|---|
| けいえい ⓪ | 【経営】名・他サ 經營 **5** ⇨ 経営学（經營學）けいえいがく |
| けいかん ⓪ | 【警官】名 警察 |
| けいき ① | 【契機】名 契機，轉機，動機，起因 |
| けいこ ① | 【稽古】名・自他サ 手藝、演技等的練習 |
| けいご ⓪ | 【敬語】名 敬語，表示敬意的表現 |
| けいこう ⓪ | 【傾向】名・自サ 傾向，趨勢；趨向（某特定思想）**11** |
| けいこうとう ⓪ | 【蛍光灯】名 螢光燈 |
| けいこく ⓪ | 【警告】名・他サ 警告 **1** |
| けいさい ⓪ | 【掲載】名・他サ 刊登，登載 **1** |
| けいさん ⓪ | 【計算】名・他サ 計算；盤算，打算，考慮 **5** |
| けいじ ① | 【刑事】名 刑事；刑警 |
| けいじ ⓪ | 【掲示】名・他サ 佈告，揭示 ⇨ 掲示板（佈告欄）けいじばん **N2** |
| けいしき ⓪ | 【形式】名 形式，樣式，款式；方法，手續；形式上的，表面上的 **3** |
| げいじゅつ ⓪ | 【芸術】名 藝術 ⇨ 芸術家げいじゅつか **2** |
| けいせい ⓪ | 【形成】名・他サ 形成 ⇨ 形成外科けいせいげか（整形外科） |
| けいそく ⓪ | 【計測】名・他サ 測量，計量 ⇨ 計測器けいそくき（測量器） |
| けいぞく ⓪ | 【継続】名・自他サ 繼續 **N2** |
| けいたい ⓪ | 【携帯】名・他サ 攜帶；手機 ⇨ 携帯電話けいたいでんわ（手機）**2** |
| けいと ⓪ | 【毛糸】名 毛線，絨線 |
| けいど ① | 【経度】名 經度 ⇔ 緯度いど |
| けいとう ⓪ | 【系統】名 系統，體系；流派，黨派 ⇨ 系統的けいとうてき（有系統的） |
| げいのう ⓪ | 【芸能】名 演戲、歌謠、電影、舞蹈等藝術的總稱 **1** ⇨ 芸能界げいのうかい（演藝界人士） |
| けいば ⓪ | 【競馬】名 賽馬 ⇨ 競馬場けいばじょう（賽馬場） |
| けいひ ① | 【経費】名 經費，開銷，費用 **1** |

| | |
|---|---|
| **けいび** ① | 【警備】名・他サ 警備，警戒 ⇨ 警備員（警衛）④ |
| **けいやく** ⓪ | 【契約】名・自他サ 契約，合同 |
| **けいゆ** ⓪① | 【経由】名・自サ 經由，經過；透過 |
| **けがわ** ⓪ | 【毛皮】名 毛皮① |
| **げき** ① | 【劇】名 話劇，戲劇① ⇨ 劇的（戲劇性的） ⇨ 悲喜劇（悲喜劇） |
| **げきじょう** ⓪ | 【劇場】名 劇場 ⇨ 劇団（劇團）② |
| **けしからん** ④ | 連語 粗魯，無恥下流；（生氣）不像話，太過分了，豈有此理 ⇨ けしからん振る舞い（粗魯的行為） |
| **げしゃ** ① | 【下車】名・自サ 下車 ⇔ 乗車① ⇨ 途中下車（中途下車） |
| **げじゅん** ⓪ | 【下旬】名 下旬 ⇔ 上旬 ⇔ 中旬 |
| **けしょう** ② | 【化粧】名・自サ 化妝；裝飾，點綴 ⇨ 雪化粧（大地一片銀白色） ⇨ 化粧水（化妝水） ⇨ 化粧室（化妝室，廁所） ⇨ 化粧石鹸（香皂） ⇨ 化粧回し（（相撲力士的）刺繡圍裙） |
| **げすい** ⓪ | 【下水】名 污水，髒水；下水道① ⇔ 上水（自來水（設備）） ⇨ 下水管（下水道管） |
| **けずる** ③ | 【削る】他五（用刀）削，刨，鏟；刪去；縮減 N2 |
| **けた** ⓪ | 【桁】名（建築物、橋等的）橫樑；位數；顯著差異③ ⇨ 桁違い（相差懸殊） ⇨ 桁外れ（相差懸殊） ➡ 桁を外す（破格） |
| **けち** ① | 名・形動 吝嗇，小氣；卑鄙；簡陋，不值一文的；不吉利 ➡ けちをつける（說喪氣話，挑毛病）③ |
| **けついん** ⓪ | 【欠員】名 缺人，人員缺額 |
| **けっかん** ⓪ | 【血管】名 血管 ⇨ 毛細血管（微血管） |
| **げっかん** ⓪ | 【月刊】名 月刊 |
| **げっきゅう** ⓪ | 【月給】名 月薪 |
| **けっさく** ⓪ | 【傑作】名・形動 傑作；離奇的，滑稽的 |

| けっしん ① | 【決心】名・自サ 決心，決意 ② |
| けっそん ◎① | 【欠損】名・自サ 虧損，缺損 |
| けってん ③ | 【欠点】名 缺點 ⇔ 長所(ちょうしょ) ⇔ 美点(びてん) ② |
| げつまつ ◎ | 【月末】名 月末，月終，月底 |
| けつろん ◎ | 【結論】名・自サ 結論 ② |
| けはい ①② | 【気配】名(從周圍狀況總可感覺到～)跡象，情況；<br>市場的行情、狀況 ＝きはい |
| げひん ② | 【下品】形動 下流，庸俗，不雅 ⇔ 上品(じょうひん)<br>➡ 品(ひん)が悪(わる)い(沒有風度) ⇒ 下劣(げれつ)(卑鄙，下流) |
| けむり ◎ | 【煙・烟】名・造語 煙；煙霧狀的 ③<br>⇨ 水煙(みずけむり)(水霧) ⇨ 砂煙(すなけむり)(砂塵)<br>➡ 煙(けむり)になる(化為灰燼，歸於泡影；火葬)<br>➡ 火(ひ)のないところに煙(けむり)は立(た)たぬ(無風不起浪)<br>➡ 煙(けむり)に巻(ま)く(迷惑人) ➡ 煙(けむり)が立(た)たない(斷炊) |
| けもの ◎ | 【獣】名 野獸，禽獸 |
| けわしい ③ | 【険しい】形 險峻，陡峭；險惡，艱險；(目光等)嚴<br>峻，嚴厲 N2 |
| けん ① | 【件】名・接尾(計算事物數量的)件；事情，事件 |
| けん ① | 【権】名 權力，許可權；權衡，衡量；權謀，計策 ② |
| けんえつ ◎ | 【検閲】名・他サ(對文化作品等的)審查 |
| けんえん ◎ | 【嫌煙】名 討厭抽菸 ⇨ 嫌煙家(けんえんか)(討厭抽菸的人) ① |
| けんかい ◎ | 【見解】名 見解，看法 N2 |
| げんかい ◎ | 【限界】名 界限，極限 ① |
| けんがく ◎ | 【見学】名・他サ 參觀，見習，實地考察 ⑤ |
| けんきょ ① | 【謙虚】形動 謙虚，謙和 |
| げんご ① | 【言語】名 語言 ⇨ 言語学(げんごがく)(語言學) |
| けんこう ◎ | 【健康】名・形動 身體狀況；健康 ⑦ |
| げんこう ◎ | 【原稿】名 稿子；原稿 ⇨ 原稿用紙(げんこうようし)(稿紙) ② |

| | |
|---|---|
| **けんさ** ① | 【検査】名・他サ 檢查 |
| **げんざい** ① | 【現在】名 現在；當時，截至某時 **6** |
| **けんさつ** ⓪ | 【検察】名・他サ 檢察，調查犯罪 ⇨ 検察庁 **1** ⇨ 検察官 ⇨ 検察審議会（檢察審議委員會） |
| **げんさん** ⓪ | 【原産】名 原料、製品的產地 |
| **げんし** ① | 【原始】名 原始 ⇨ 原始林 |
| **げんじつ** ⓪ | 【現実】名 現實，實際 ⇔ 理想 **5** |
| **げんじてん** ① | 【現時点】名 現在，此時，現階段 **1** |
| **けんしゅう** ⓪ | 【研修】名・他サ 進修，培訓 ⇨ 研修生（研修生）**1** |
| **げんじゅう** ⓪ | 【厳重】名・形動 嚴密，嚴格，嚴厲 ＝げんじょう **1** |
| **けんしょう** ⓪ | 【検証】名・他サ 驗證，檢查證實；（法）檢驗，查證，對證 ⇨ 実地検証（現場查證）**1** |
| **げんしょう** ⓪ | 【減少】名・自他サ 減少 ⇔ 増加 **3** |
| **げんしょう** ⓪ | 【現象】名 現象 ⇨ 自然現象 ⇨ 毛管現象 **3** |
| **げんじょう** ⓪ | 【現状】名 現狀 **2** |
| **けんせつ** ⓪ | 【建設】名・他サ 建造，建築；設立，創立 ⇔ 破壊 **2** |
| **けんぞう** ⓪ | 【建造】名・他サ 建造 **1** |
| **げんそう** ⓪ | 【幻想】名・他サ 幻想，空想 **1** |
| **けんそん** ⓪ | 【謙遜】名・形動・自サ 謙遜 ⇒ 謙譲 **1** |
| **げんたい** ⓪ | 【減退】名・自サ 減退，衰退 ⇔ 増進 **1** |
| **けんちょ** ① | 【顕著】形動 顯著，明顯 **1** |
| **げんちょ** ① | 【原著】名 原著，原文 **1** |
| **げんてい** ⓪ | 【限定】名・他サ 限定 **1** |
| **げんど** ① | 【限度】名 限度 ⇨ 許容の限度（容許的限度）**1** |
| **けんとう** ③ | 【見当】名 估計，推測；目標，方向；大約，左右 **N2** ⇨ 見当違い（估計錯）➡ 見当を合わせる（瞄準） |
| **けんとう** ⓪ | 【検討】名・他サ 討論，探討研究 **2** ⇨ 再検討（重新研究，重新審查） |

| | | |
|---|---|---|
| **げんに** ① | 【現に】 副 實際；現在；確實 **1** | |
| **げんば** ⓪ | 【現場】 名 現場，事情發生的場所；施工的場所，工廠 **5** | |
| **けんびきょう** ⓪ | 【顯微鏡】 名 顯微鏡 | |
| **けんぽう** ① | 【憲法】 名 憲法　⇨ <sup>けんぽうかいせい</sup>憲法改正（修改憲法） | |
| **げんみつ** ⓪ | 【嚴密】 形動 嚴密的 **1** | |
| **けんめい** ⓪ | 【懸命】 形動 拼命努力的 **1** | |
| **けんやく** ⓪ | 【儉約】 形動・他サ 節儉，樸素　⇨ 節約 | |
| **けんり** ① | 【權利】 名 權利　⇔ 義務 **N2** | |
| **げんり** ① | 【原理】 名 原理 | |
| **げんりょう** ③ | 【原料】 名 原料 | |
| **けんりょく** ① | 【權力】 名 權力　⇨ <sup>けんりょくしゃ</sup>權力者 | |

## 歷屆考題

■ たしかに彼は有能だが、一人でできることには＿＿＿＿＿がある。

（1998-Ⅲ-9）

① 欠陥　　② 限界　　③ 欠点　　④ 無限

答案②

**解** 答案以外的選項，其漢字的讀音和意思分別是：①欠陥（缺陷，毛病，缺點）；③欠点（缺點，不足）；④無限（無限）。

**翻** 他的確很有能力，但是一個人能夠做到的事情畢竟有限。

■ お金を出すのをいやがる人。（2003-Ⅳ-1）

① かち　　② けち　　③ とち　　④ ふち

答案②

**解** 答案以外的選項，其漢字形式和意思分別是：①「価値」（價值）或「勝ち」（勝利，贏）；③「土地」（土地）；④「淵」（深淵）或「縁」（邊緣，框，簷）。

**翻** 不願意出錢的人。

■ ほめられたときに「そんなことありません」「いいえ、まだまだです」などと言う。(2005-IV-3)

① 失礼する　② 遠慮する　③ 謙遜する　④ 批判する

答案③

解　這 4 個選項都是サ動詞。其他選項語幹的讀音和意思分別是：
①「失礼」(失禮)；②「遠慮」(客氣；回避；謝絕)；④「批判」(批判)。

翻　被稱讚的時候說「沒有那回事」、「不，還差得遠呢」等等。

■ 何事も継続することが大事です。(2005-IV-3)

① やりたいときだけやります。
② 1回だけやればいいです。
③ 毎日毎日つづけなければいけません。
④ 一ヶ月に一回やらなければいけません。

答案③

解　「継続すること」和「毎日つづける」相對應。答案以外的選項，其意思為：①想做的時候做就好；②只做一次就好；④必須一個月做一次。

譯　不管任何事，持之以恒是很重要的。

🎵 055

| ご ⓪① | 【碁】名 圍棋 ① |
|---|---|
| こい ① | 【恋】名 戀情 ⑤　⇒恋愛　⇒恋慕 |
| ごい ① | 【語彙】名 詞彙 ⑮ |
| こいしい ③ | 【恋しい】形 懷念，愛慕 ① |
| こういん ⓪ | 【工員】名 (工廠、產業的)工人 ③ |
| ごういん ⓪ | 【強引】名・形動 強行，強迫 ② |

78

| | |
|---|---|
| こううん ⑩ | 【幸運・好運】名・形動 幸運；僥倖 ❸<br>⇨ 幸運にも（幸虧，幸而） ⇔ 不運 ⇔ 非運 |
| こうえん ⑩ | 【講演】名・自サ 講演 ❸ ⇨ 講演会 |
| こうか ① | 【高価】名・形動 高價 ❶ |
| こうか ① | 【硬貨】名 硬幣，金屬貨幣 ❶ ⇔ 紙幣 |
| こうか ① | 【効果】名 效果，功效，成效 ❺ ⇨ 逆効果（反效果） |
| ごうか ① | 【豪華】名・形動 豪華，奢華 |
| こうがい ⑩ | 【公害】名 公害 ❸ |
| こうがい ① | 【校外】名 校外 ⇨ 校外学習（校外學習）❶ |
| こうがい ① | 【構外】名（建築物）院外，圍牆外；（車站）站外；（工廠）廠外 ❶ |
| こうがい ① | 【郊外】名 郊外，郊區 ❷ |
| ごうかい ⑩ | 【豪快】形動 豪爽，豪放，豪邁 ❷ |
| ごうかく ⑩ | 【合格】名・自サ 合格，及格 ⇔ 不合格 ❼<br>⇨ 合格率（合格率） ⇨ 合格者（合格者） |
| こうかん ⑩ | 【交換】名・他サ 交換，互換；交易；（單軌火車等錯車）⇨ 交換手（接線員）N2 |
| こうき ① | 【後期】名 後期，後半期 ❶ |
| こうき ① | 【好奇】名 好奇 ⇨ 好奇心（好奇心）❸ |
| こうぎ ③① | 【講義】名・他サ 講課 N2 |
| こうきゅう ⑩ | 【高級】名・形動（級別）高，高級；等級程度高，上等<br>⇔ 低級 ⇨ 高級官僚（高級官僚）❶ |
| こうきょう ⑩ | 【公共】名 公共 ❶ ⇨ 公共施設（公共設施）<br>⇨ 公共料金（公用事業費） |
| こうぎょう ① | 【鉱業】名 礦業 ⇨ 鉱山（礦山） ⇨ 鉱物（礦物） |
| こうけい ⑩① | 【光景】名 景象，情景，情況，場面，樣子，光景 ❷ |
| こうげい ⑩① | 【工芸】名 工藝 |
| ごうけい ⑩ | 【合計】名・他サ 合計 ❶ |

| | |
|---|---|
| こうげき ⓪ | 【攻撃】名・他サ 攻撃；責，責備 |
| こうけん ⓪ | 【貢献】名・自サ 貢獻 **1** |
| こうこう ① | 【孝行】名・形動・自サ 孝順 ⇔ 不孝（ふこう）<br>⇨ 親孝行（おやこうこう）（孝順父母） |
| こうざ ⓪ | 【講座】名（大學或傳授知識的）講座 **1** |
| こうさい ⓪ | 【交際】名・自サ 交際，交往，應酬 **3** |
| こうざん ① | 【高山】名 高山 ⇨ 高山病（こうざんびょう）（高山病） |
| こうし ① | 【講師】名（高等院校的）講師；演講者 **2** |
| こうしき ⓪ | 【公式】名 正式；數學公式 ⇔ 非公式 **N2** |
| こうじつ ⓪ | 【口実】名 藉口 |
| こうして ⓪ | 副・接續 這樣；這樣的話 **2** |
| こうしゃ ① | 【後者】名（兩者中的）後者；後來人；繼任者 |
| こうしゃ ① | 【校舎】名 校舍 |
| こうしゅう ⓪ | 【公衆】名 公眾 |
| こうしょ ① | 【高所】名 高地，高處；高遠，遠大見地 **1** |
| こうじる ⓪③ | 【講じる】他上一 講說；謀求，尋求，講求；採取（措施），想（辦法） ＝講ずる（こう）**1**<br>➜ 対策を講じる（たいさく こう）（採取對策） |
| こうせい ⓪ | 【公正】名・形動 公正 **1** |
| こうせい ⓪ | 【構成】名・他サ 構成，構造，結構 |
| こうせい ① | 【後世】名 後世，將來；後半生，後半輩子 **1** |
| ごうせい ⓪ | 【合成】名・他サ 合成 **1** |
| こうせき ⓪ | 【功績】名 業績，貢獻 |
| こうせん ⓪ | 【高専】名「高等專門學校」的略稱，高等專科學校 **1** |
| こうせん ⓪ | 【光線】名 光線 |
| こうそう ⓪ | 【高層】名 高空，高氣層；高層<br>⇨ 高層建築（こうそうけんちく）（高層建築） ⇨ 高層雲（こうそううん）（高層雲） |
| こうぞう ⓪ | 【構造】名 構造，結構 **3** |

か

| こうそく ⓪ | 【高速】名 高速　⇨ 高速道路（高速公路）4 |
|---|---|
| こうたい ⓪ | 【交代・交替】名・自サ 替換，交接，輪流 N2 |
| こうだい ⓪ | 【広大】名・形動 廣大，廣闊，宏大　⇔ 狭小 1 |
| こうち ① | 【高地】名 高地　⇔低地 |
| こうち ① | 【耕地】名 耕地 |
| こうちょう ⓪ | 【好調】名・形動 順利，情況良好 N2<br>⇔不調（不順利）　⇒快調（順利）<br>⇨ 絶好調（極為順利，情況非常好） |
| こうてい ⓪ | 【肯定】名・他サ 肯定，承認　⇔ 否定 2 |
| こうてい ⓪ | 【校庭】名 校園；操場 1 |
| こうど ① | 【高度】名・形動（地平面起的）高度，海拔；（程度）高速度；仰角 |
| こうどう ⓪ | 【行動】名・自サ 行動，行為 7 |
| こうどう ⓪ | 【講堂】名 講堂，禮堂 |
| ごうとう ⓪ | 【強盗】名 強盗，行搶 2 |
| ごうどう ⓪ | 【合同】名・自他サ 聯合，合併；（數學）全等 N2<br>⇨ 合同会議（聯合會議） |
| こうにゅう ⓪ | 【購入】名・他サ 購買 2 |
| こうねつ ⓪ | 【高熱】名 高熱，高燒；高溫 1 |
| こうねつひ ④③ | 【光熱費】名 電與燃料費 |
| こうはん ⓪ | 【後半】名 後半　⇔ 前半 1 |
| こうひょう ⓪ | 【公表】名・他サ 公開發表，公佈 |
| こうふく ⓪ | 【幸福】名・形動 幸福　⇒ しあわせ（幸福）2 |
| こうぶつ ① | 【鉱物】名 鑛物 1 |
| こうへい ⓪ | 【公平】名・形動 公平　⇔ 不公平 1 |
| こうほ ① | 【候補】名 候補　⇨ 候補者（候補人，候選人）<br>⇨ 候補地（候補地）　⇨ 立候補（提名為候選人） |
| こうほう ⓪ | 【後方】名 後方；後勤 1 |

| | |
|---|---|
| **こうむ** ① | 【公務】名 公務，國家及行政機關的事務<br>⇨ 公務員（公務員） |
| **こうもく** ⓪ | 【項目】名 項目；（字典等的）條目 |
| **こうよう** ⓪ | 【効用】名 效用；用途，用處 **N2** |
| **こうよう** ⓪ | 【紅葉】名・自サ 紅葉；葉子變紅 **2** |
| **こうらく** ⓪ | 【行楽】名 遊玩，出遊，遊覽<br>⇨ 行楽シーズン（出遊季節） |
| **こうり** ① | 【功利】名 功利 |
| **ごうり** ① | 【合理】名 合理<br>⇨ 合理化（合理化）　⇨ 合理主義（合理主義）<br>⇨ 合理性（合理性）　⇨ 不合理（不合理） |
| **こうりゅう** ⓪ | 【交流】名・自サ 交流，往來；（電）交流 **4** |
| **ごうりゅう** ⓪ | 【合流】名・自サ 匯合；聯合，合併 |
| **こうりょ** ① | 【考慮】名・他サ 考慮 **1** |
| **こうりょく** ① | 【効力】名 效力，效果 |
| **こえる** ⓪ | 【越える・超える】自下一 越過，渡過；超過；超越，勝過；（年度更換）過了年；跳過（某順序） **7** |
| **こおる** ⓪ | 【凍る】自五 結冰，結凍 **2** |
| **ごかい** ⓪ | 【誤解】名・他サ 誤解 **1** |
| **ごがく** ①⓪ | 【語学】名 語言學；外語；外語能力 **1** |
| **こがす** ② | 【焦がす】他五 烤焦，燒焦；焦急 |
| **こがた** ⓪ | 【小型・小形】名 小型 **3** |
| **こきゅう** ⓪ | 【呼吸】名・自他サ 呼吸；步調；訣竅，竅門 **4**<br>➡ 一呼吸置く（隔一口氣的時間；冷靜一下）<br>➡ 呼吸が合う（步調一致；合得來） |
| **こきょう** ① | 【故郷】名 故郷 **1** |
| **こぐ** ① | 【漕ぐ】他五 划船；踩（自行車）；盪（鞦韆）**2** |
| **ごく** ① | 【極】名・副 非常，極，至，最，頂<br>➡ ごくまれなこと（極為少有的事；稀少的東西） |

| こくご ⓪ | 【国語】名 本國語言;(相對於方言的)標準語 |
|---|---|
| こくせい ⓪ | 【国勢】名 國勢;國家的人口、產業等等情況 ❶ |
| こくばん ⓪ | 【黒板】名 黑板 |
| こくふく ⓪ | 【克服】名・他サ 克服 ❶ |
| こくもつ ② | 【穀物】名 穀物 ❶ |
| こげる ② | 【焦げる】自下一 烤焦 |
| こごえる ⓪ | 【凍える】自下一 凍僵 |
| こころあたり ④ | 【心当(た)り】名 估計,猜想<br>➡ 心当たりがつく(有了眉目、線索) |
| こころえ ③④ | 【心得】名 心得,經驗,知識;規則,指示;代理 |
| こころえる ④ | 【心得る】他下一 領會,理解;答應,應允;熟悉 |
| こころおぼえ ④ | 【心覚え】名 記,記住;備忘錄,便條 ❶ |
| こころづよい ⑤ | 【心強い】形 有信心,膽子壯 N2 |
| こころがまえ ④ | 【心構え】名 心理準備 ❶ |
| こころまち ⓪⑤ | 【心待ち】名・他サ(心中暗自)期待,(一心)盼望 ❶ |
| こころよい ④ | 【快い】形 舒服,高興;病情轉好 N2 |
| ごさどう ② | 【誤作動】名・自サ 錯誤操作 |
| こし ⓪ | 【腰】名(人體、衣服等)腰,腰部;彈力,黏度;(建物)下半部 ➡ 腰が低い(謙恭)❸<br>➡ 腰を入れる(專心做) ➡ 腰を抜かす(大吃一驚)<br>➡ 腰を折る(屈服;中途加以妨礙;彎腰)<br>➡ 腰が砕ける(中途沒勁) |
| こしかける ④ | 【腰掛ける】自下一 坐下 ❶<br>⇨ 腰掛け(凳子;臨時棲身處) |
| こしつ ⓪ | 【個室】名(醫院、飯店等的)單人房間 ❶ |
| ごじつ ①⓪ | 【後日】名 日後,過些天 |
| こしらえる ⓪ | 【拵える】他下一 製作,做;籌款,湊錢;裝扮;捏造<br>➡ 話を拵える(捏造事情) |

| | |
|---|---|
| こじる ② | 【抉る】他五 挖；撬 ❶ |
| こす ⓪ | 【越す・超す】他五 越過，跨過，渡過；度過時光；超過，勝過；搬家；「來、去」的敬語 ❹ |
| こする ② | 【擦る】他五 擦，搓 ❷ |
| こっか ① | 【国家】名 國家 |
| こっかい ⓪ | 【国会】名 國會，議會 |
| こづかい ① | 【小遣い】名 零用錢 |
| こっきょう ⓪ | 【国境】名 國境 |
| こつこつ ① | 副 勤奮，刻苦；（硬物接觸聲）叩叩，咯噔咯噔 N2 |
| こっせつ ⓪ | 【骨折】名・自他サ 骨折 ❶ |
| こっそり ③ | 副 悄悄，偷偷，探頭探腦，躡手躡腳 ❸ |
| こてん ⓪ | 【古典】名 古典 ❶ ⇨ クラシック |
| こと ① | 【琴】名 日本琴，箏 |
| ごと | 接尾 每（例如：「年毎」每年、「人毎」每人 ） ❿ |
| ことがら ⓪ | 【事柄】名 事情，情況；人品 ❶ |
| ことづける ④ | 【言付ける・託ける】他下一 托~帶口信，托~送東西 |
| ことなる ③ | 【異なる】自五 不同，不一樣 N2 |
| このは ① | 【木の葉】名 樹葉 ❷ |
| このましい ④ | 【好ましい】形 受歡迎的，令人滿意的 ❶ |
| このむ ② | 【好む】他五 愛好，喜歡 ❹<br>⇨ 好み（愛好，嗜好；流行，時興） |
| こぶし ⓪ | 【拳】名 拳頭 |
| こぼす ② | 【零す・溢す】他五 灑、掉（水、飯粒、眼淚等）；抱怨，發牢騷 |
| こぼれる ③ | 【零れる・溢れる】自下一 漏，落，掉；溢出；露出 ❶ |
| こま ⓪① | 【駒】名 馬，駒；日本象棋棋子；木楔；小車輪 ❶ |
| ごま ⓪ | 【胡麻】名 芝麻 |

| | |
|---|---|
| **ごますり** ⓪③④ | 名 拍馬屁（的人）；阿諛奉承（的人） |
| **ごまかす** ③ | 【誤魔化す】他五 欺騙，蒙混；敷衍，搪塞；作假，舞弊 **1** |
| **こむ** ① | 【混む】自五 人多，擁擠，混雜；費事，費工夫；精緻，精巧，複雜 **2** |
| **こむ** ① | 【込む】自五 擁擠；複雜，精雕細刻；（～込む）含 **2** |
| **こめる** ② | 【込める】他下一 填裝；包含；全力以赴，專心致志 **N2** |
| **こや** ⓪ | 【小屋】名 簡陋的小房子；（演出用）棚子；牲畜、（小動物的）窩　⇨ 犬小屋（狗屋）　⇨ 豚小屋（豬圈） **2** |
| **こらえる** ③② | 【堪える】他下一 忍耐，忍受，忍住，抑制住；容忍，寬恕，饒恕 |
| **ごらく** ⓪ | 【娯楽】名 娛樂　⇒ レジャー **1** |
| **こる** ① | 【凝る】自五 凝固；肌肉僵硬，酸痛；熱衷於；講究，精心製作 **5** <br> ⇨ 凝り性（容易熱衷於某事物的性格；過份講究） |
| **これこれ** ②① | 代名・感（代名 ②）這樣這樣，如此這般；（感 ①）喂喂 **1** |
| **ころがす** ⓪ | 【転がす】他五 滾動；推倒；駕駛；推動（事物） **1** |
| **ころがる** ⓪ | 【転がる】自五 滾動；倒下，躺下；隨意擱置著 **2** <br> ⇨ 転がり込む（滾入；寄居；意外獲得） |
| **ごろごろ** ① | 副・自サ（汽車、打雷等聲音）隆隆；滾動的樣子；隨處可見；混入異物、沙子等；懶洋洋，無所事事 **N2** |
| **ころす** ⓪ | 【殺す】他五 殺害；埋沒，犧牲；抑制，壓抑；（棒球）封殺；典當　➡ 腹の虫を殺す（忍住怒氣） **2** <br> ➡ 笑いを殺す（忍住笑） <br> ➡ 声を殺す（壓低聲音）　➡ 息を殺す（屏息） |
| **ころぶ** ⓪ | 【転ぶ】自五 滾，滾轉；跌倒；事態變化 **N3** <br> ➡ 転ばぬ先の杖（未雨綢繆，事先做好準備） <br> ➡ 転んでもただは起きない（任何時候都想撈一把） |
| **こわがる** ③ | 【怖がる】自五 害怕 **1** |

| こんき ⓪ | 【根気】名 韌性，毅力 N2 |
| | ⇨ 根気負け（堅持不住了） |
| こんご ⓪ ① | 【今後】名 今後，將來，以後 5 |
| こんごう ⓪ | 【混合】名・自他サ 混合 ⇨ 混合物（混合物） |
| こんざつ ① | 【混雑】名・自サ 擁擠，混亂 1 |
| こんだて ⓪ | 【献立】名 菜單，食譜；計畫，方案，安排 |
| こんどう ⓪ | 【混同】名・自サ 混同，混淆 1 |
| こんなん ① | 【困難】名・形動 困難，棘手 2 |
| こんやく ⓪ | 【婚約】名・自サ 婚約，訂婚 |
| | ⇨ 婚約者（未婚夫，未婚妻） |
| こんらん ⓪ | 【混乱】名・自サ 混亂 2 |

## 歷屆考題

■ 国と国または団体と団体の 間 で 行 われる交際や話し合い。

（1998-Ⅳ-3）

① 会合　　② 会話　　③ 交差　　④ 交流

答案④

解 答案以外的選項，其漢字的讀音和意思分別是：①「会合」（聚會，集會）；②「会話」（會話）；③「交差」（交叉，相交）。

翻 國家之間或者團體之間進行的交往或會談。

■ 一方にかたよらないで、すべてを同じにあつかうこと。（1999-Ⅳ-6）

① 公平　　② 公共　　③ 公式　　④ 公私

答案①

解 答案以外的選項，其漢字的讀音和意思分別是：②「公共」（公眾，公共）；③「公式」（公式，正式）；④「公私」（公私）。

翻 不偏向任何一方，全部相同對待。

■ 弱点を＿＿＿＿して、オリンピック選手に選ばれた。（2003-Ⅲ-6）

① 修正　　② 修理　　③ 回復　　④ 克服

**答案④**

解 答案以外的選項，其漢字的讀音和意思分別是：①「修正」（修正，修改）；②「修理」（修理）；③「回復」（恢復，康復；挽回）。

翻 克服缺點，當選了奧運選手。

■ 社会に貢献できるような研究がしたい。（2004-Ⅵ-4）

① すぐ使える　　② 認められる　　③ 役に立つ　　④ 有名になる

**答案③**

解 各選項的讀音和意思分別是：①「すぐ使える」（馬上可以用）；②「認められる」（被認可，被承認）；③「役に立つ」（有用，有幫助）；④「有名になる」（出名，變得有名）。

翻 我想進行對社會有貢獻的研究。

■ 仕事ばかりじゃなくて、たまには娯楽も必要だ。（2007-Ⅵ-2）

① ドラマ　　② パーティー　　③ レジャー　　④ デート

**答案③**

解 這 4 個選項的原詞和意思分別是：① drama（電視劇）；② party（晚會，晚宴）；③ leisure（休閒，娛樂）；④ date（約會）。與「娯楽」意思相近的是選項③。

翻 不要光是工作，偶爾也需要娛樂一下。

♬ 062

| | |
|---|---|
| さ ⓪ | 【差】名 差別；差數 ❶　➡ 雲泥の差（天壤之別）|
| さい ① | 【際】名 之際，時 ❻ |
| ざいがく ⓪ | 【在学】名・自サ 在學；上學 ❶<br>⇨ 在学証明書（在學證明）|

| | |
|---|---|
| さいこ ① | 【最古】名 最古，最早，最古老，最舊 |
| さいこう ⓪ | 【最高】名・形動 最高；最好的；頂～，極～ ④ ⇔ 最低<sup>さいてい</sup> |
| さいさん ⓪ | 【再三】副 再三，屢次，不止一次地 |
| ざいさん ①⓪ | 【財産】名 財産；文化遺産 ② |
| さいじつ ⓪ | 【祭日】名 (國定)節日；(神社、皇室的)祭祀日；祭日 ① |
| ざいしつ ⓪ | 【材質】名 材料的性質；木材的性質 ① |
| さいして ① | 【際して】連語 適值～際，遇到～，當～的時候 ⑧ ➡ 別<sup>わか</sup>れに際<sup>さい</sup>して (臨別之際) |
| ざいじゅう ⓪ | 【在住】名・自サ 居住 ① |
| さいそく ① | 【催促】名・他サ 催促 N2 |
| さいちゅう ① | 【最中】名 最盛的時候；正在進行 ④ |
| ざつだん ⓪ | 【雑談】名・自サ 閒談，閒聊，聊天 N2 |
| さいてい ⓪ | 【最低】名・形動 最低；差勁，低級 ⇔ 最高<sup>さいこう</sup> ① |
| さいてき ⓪ | 【最適】名・形動 最適，最適合，最適度 |
| さいばん ① | 【裁判】名・他サ 審判，裁斷 ① ⇨ 裁判所<sup>さいばんしょ</sup> (法院) ⇨ 裁判官<sup>さいばんかん</sup> (法官，審判官) |
| さいほう ⓪ | 【裁縫】名・自サ 縫紉；裁縫 ⇨ 裁縫箱<sup>さいほうばこ</sup> (針線盒) |
| ざいもく ⓪ | 【材木】名 木材 |
| さいよう ⓪ | 【採用】名・他サ 採用；錄用 N2 ⇨ 仮採用<sup>かりさいよう</sup> (試用) ⇨ 本採用<sup>ほんさいよう</sup> (正式錄取) |
| ざいりょう ③ | 【材料】名 材料，原料；資料，題材；影響行情的原因 ⇨ 原材料<sup>げんざいりょう</sup> (原材料) ⑥ |
| さいわい ⓪ | 【幸い】名・形動・副・自サ 幸福，榮幸；幸虧；對～有利 ➡ ～を幸いに (利用～的好機會) ③ ➡ 不幸中<sup>ふこうちゅう</sup>の幸<sup>さいわ</sup>い (不幸中的大幸) |
| さかい ② | 【境】名 交界，邊界；分界，分水嶺；境地，境界 ③ |

さ

| さかさ ⓪ | 【逆さ】名・形動（「さかさま」的省略）相反，顛倒 ❶<br>⇨ 逆さまつげ（倒睫毛）<br>➡ 逆さになる（顛倒） |
|---|---|
| さかさま ⓪ | 【逆様】名・形動 逆，倒；顛倒，相反；悖理 |
| さかのぼる ④ | 【遡る・溯る】自五 上溯，逆流而上；回溯，追溯 ❷ |
| さかば ⓪③ | 【酒場】名 酒館，酒吧，酒家 |
| さからう ③ | 【逆らう】自五 逆行；反抗 N2 |
| さかり ⓪ | 【盛り】名 最盛時期；壯年，精力充沛的時期；（以「～盛り」）旺盛 ⇨ 盛る（旺盛）❹<br>⇨ 盛り場（鬧市） ⇨ 働き盛り（最能工作的時期）<br>⇨ 伸び盛り（發育最快的時期） |
| さからう ③ | 【逆らう】自五 逆行；反抗 ❶ |
| さきおくり ⓪③ | 【先送り】名・他サ 留待以後討論或解決 |
| さきざき ② | 【先々】名 將來；到處；每個尖端；過去，很早以前 N2 |
| さきだつ ③ | 【先立つ】自五 站在前頭，領先，帶頭；在～之前；死在～之前，先死；首要，居首，當先 ❺ |
| さきほど ⓪ | 【先程】副 剛才，方才，剛過去不久 ❶ |
| さぎょう ① | 【作業】名・自サ 工作，作業 ❻<br>⇨ 流れ作業（流水作業） ⇨ 突貫作業（穿刺作業） |
| さく ① | 【裂く・割く】他五 撕開，撕裂；分割開，分散，拆開；騰出時間 ❷ |
| さくいん ⓪ | 【索引】名 索引 |
| さくじょ ① | 【削除】名・他サ 刪除 N2 |
| さくふう ⓪ | 【作風】名 作品的風格，筆法，筆調；風格；作風 ❶ |
| さくもつ ② | 【作物】名 農作物 ❹ |
| さぐる ⓪ | 【探る】他五 摸，找；探聽，試探，調查；（風景等）探訪，探索 |
| ざこね ⓪ | 【雑魚寝】名・自サ（許多人）擠在一塊兒睡 |

| | |
|---|---|
| ささえる ⓪③ | 【支える】他下一 支撐；抵擋，抵禦；擔負，維持 ❸ |
| ささやく ③⓪ | 【囁く】自・他五 小聲說話，說悄悄話 |
| ささる ② | 【刺さる】自五 扎，刺；扎進，刺入 |
| ざしき ③ | 【座敷】名 客廳；宴會的席位；（藝妓等到宴會上）表演；宴會上的招待 |
| さしこむ ⓪③ | 【差（し）込む】自・他五 插入；光線照射；（胸口、腹部）劇疼 ❷ |
| さしつかえる ⓪⑤ | 【差（し）支える】自下一 影響，不利於；帶來困難，帶來麻煩 N2<br>⇨ 差し支えない（無妨）<br>⇨ 差し支え（妨礙，障礙；有事情，不方便） |
| さしはさむ ③ | 【差（し）挟む】他五 夾，隔，插；心裏懷著，懷有 ❷ |
| さしひく ③⓪ | 【差（し）引く】自他五 扣除，減去；抵補，相抵；潮水漲、退 ❶<br>⇨ 差（し）引き（扣除，減去；〔潮水、溫度等〕增減） |
| さす ① | 【差す】自・他五（潮水等）上漲；（光線）照射；（顏色）呈現；（情感上）發生；（雨傘等）撐；（刀）配帶；（舉杯）敬酒，獻杯；（用尺）量；（棋）下棋 ❸<br>➡ 気が差す（內疚，慚愧）<br>➡ 魔が差す（內疚，慚愧） |
| さす ① | 【挿す】他五 插，夾帶；插花 |
| さすが ⓪ | 副 不愧是，到底是；但是，不過還是；就連～也 ❺ |
| させつ ⓪ | 【左折】名・自サ 左折，向左轉　⇔ 右折 ❷ |
| さそう ⓪ | 【誘う】他五 邀請；相約；加快，催促；誘惑 N2 |
| さつ ⓪ | 【札】名・接尾 紙幣，鈔票；小木牌；車船票，門票 |
| さつえい ⓪ | 【撮影】名・他サ 攝影；拍照 N2<br>⇨ 記念撮影（拍記念照） |
| ざつおん ⓪ | 【雑音】名 噪音，嘈雜聲；雜音，干擾聲；閒話，說長道短，胡言亂語 |
| ざつがく ⓪ | 【雑学】名 雜學；沒有系統的知識 ❶ |
| さっきょく ⓪ | 【作曲】名・自他サ 作曲，配曲，譜曲　⇨ 作詞（作詞） |

| | |
|---|---|
| さっさと ① | 副 趕快地，迅速地，趕緊地，痛快地 N2 |
| さっし ⓪ | 【察し】名 體察，體諒；理解，體會 ❶<br>➡ 察しがつく（察覺到）<br>➡ 察しのいい人（洞察力敏銳的人） |
| ざっそう ⓪ | 【雑草】名 雜草 ❶ |
| さっそく ⓪ | 【早速】副 趕緊，趕快，馬上 ❹ |
| ざっと ⓪ | 副 粗略地，簡略地；大略，大致；（水聲）嘩啦 ❷ |
| さっぱり ③ | 副・自サ 素雅的；爽快的；明朗的；清淡的；徹底；一向，完全，一點都；完全不行 N2 |
| さて ① | 接續・感・副 一旦，真要；（接續）那麼；然後；（感嘆）呀，那可～ ❺ |
| さばく ⓪ | 【砂漠】名 沙漠 |
| さび ② | 【錆】名（金屬的）鏽；（不好的）結果<br>➡ 身から出た錆（自做自受，咎由自取） |
| さびる ② | 【錆びる】自下一 生銹 |
| さべつ ① | 【差別】名・他サ 歧視 ⇨ 差別待遇（差別待遇）❸<br>⇨ 人種差別（種族歧視） |
| さほう ① | 【作法】名 禮法，禮節，規矩；（詩、小說）作法 ❹ |
| さまざま ②③ | 【様々】名・形動 種種，各種各樣，形形色色 ❻ |
| さます ② | 【冷ます】他五 弄涼，冷卻；降低、減低（熱情、興趣） |
| さます ② | 【覚ます・醒ます】他五 睡醒；使～醒悟，提醒；酒醒 |
| さまたげる ④⓪ | 【妨げる】他下一 妨礙，阻止 ❶<br>➡ ～ を妨げない（不妨～） |
| さまつ ⓪ | 【瑣末】名・形動 瑣碎，瑣細，零碎，細小 ❶ |
| さめる ② | 【冷める】自下一 變冷，變涼；（感情、興趣等）減退 ❶ |
| さめる ② | 【覚める・醒める】自下一 睡醒；清醒，醒悟；酒醒 ❹ |
| さゆう ① | 【左右】名・他サ 左右；兩側；曖昧，含糊；支配，決定；影響 ➡ 言を左右にする（支吾，搪塞） |
| さよう ① | 【作用】名・自サ 作用，影響 ❸ |

| | |
|---|---|
| **さらさら** ① | 副（物體輕接觸聲）唰唰，沙沙；（流水）潺潺；乾爽；（事物）順利 **N2** |
| **さらす** ⓪ | 【晒す】他五 曬，晾；漂白；置身險境；暴露，公之於眾 ➡ 恥をさらす（丟臉，出醜）**1** |
| **さらに** ① | 【更に】副 進一步；更加；反覆，再三；（下接否定形式）一點也（不），絲毫（不）**10** |
| **さる** ① | 【去る】自・他五 離去；時間流逝；死去；消失；相隔，相距；過去的；除去，消除；辭職；遠離，疏遠 **4** |
| **さわがしい** ④ | 【騒がしい】形 吵鬧，嘈雜，喧鬧；騷動，不穩；議論紛紛 **1** |
| **さわやか** ② | 【爽やか】形動 爽朗，清爽；（口齒等）清楚，伶俐 **3** ➡ 弁舌爽やかな人（能言善辯的人） |
| **さんかく** ⓪ | 【参画】名・自サ 參與計畫，參與策劃 **1** |
| **さんかん** ⓪ | 【参観】名・他サ 參觀，觀摩 **2** |
| **さんぎょう** ⓪ | 【産業】名 產業 **4** |
| **さんこう** ⓪ | 【参考】名・他サ 參考 ⇨ 参考書（參考書）**3** |
| **さんさろ** ③ | 【三叉路】名 三岔路口 **1** |
| **さんざん** ⓪③ | 副 狠狠地，徹底地；狼狽，淒慘，糟糕，七零八落；儘量地，盡 **1** |
| **さんせい** ⓪ | 【酸性】名 酸性 ⇔ アルカリ性（鹼性） ⇨ 酸性雨（酸雨） ⇔ |
| **さんそ** ① | 【酸素】名 氧，氧氣 ⇨ 酸素マスク（氧氣罩）**1** ⇨ 酸素ボンベ（氧氣瓶） |
| **ざんだか** ⓪① | 【残高】名 餘額，（結算後的）結餘 ⇨ 預金残高（現金餘額） |
| **さんち** ① | 【産地】名 產地 |
| **さんぶつ** ⓪ | 【産物】名 物產，產品；產物 |
| **さんみゃく** ⓪ | 【山脈】名 山脈 **1** |
| **さんりん** ⓪ | 【山林】名 山林，山和樹林；山上的樹林 **1** |

## 歷屆考題

■ スープが＿＿＿＿＿＿しまったので、もう一度(いちど)あたためた。（1998-III-10）

① さめて　　② つめて　　③ うすめて　　④ よわめて

**答案①**

**解** 這4個選項都是動詞的「て」形。答案以外的選項，其動詞基本形和意思分別是：②「詰(つ)める」（填塞，裝入；靠緊；連續）；③「薄(うす)める」（弄稀薄，稀釋）；④「弱(よわ)める」（使衰弱）。

**翻** 湯已經冷了，所以再熱了一次。

さ

■ ここで食事(しょくじ)をしてもさしつかえない。（2000-VI-3）

① かまわない　　　　　② かんけいない

③ いけない　　　　　　④ しかたがない

**答案①**

**解** 各選項的意思分別是：①沒關係，不要緊，不顧；②沒有關係，不關～的事；③不行，不可以；④沒有辦法。與「差し支えない」意思相近的是選項①。

**翻** 在這裏吃飯也無妨。

■ 作法(さほう)
① 新(あたら)しいパソコンの作法(さほう)がわからない。
② おいしいパンの作法(さほう)を習(なら)いたい。
③ 祖母(そぼ)は礼儀(れいぎ)や作法(さほう)にきびしい。
④ 日本語(にほんご)を教える作法(さほう)を勉強(べんきょう)している。

**答案③**

**解** 選項①、②、④為誤用。①可改為「使(つか)い方(かた)」（用法）；②可改為「作(つく)り方(かた)」（做法）；④可改為「方法(ほうほう)」（方法）。

**翻** ③祖母對禮儀和規矩的要求很嚴格。

■ 川(かわ)を流(なが)れとは反対(はんたい)の方(ほう)へ進(すす)むこと。（2003-IV-5）

① おいかける　　② さかのぼる　　③ たちあがる　　④ とりかえる

**答案②**

答案以外的選項，其漢字形式和意思分別是：①「追い掛ける」（追趕）；③「立ち上がる」（站起來；恢復；著手）；④「取り替える」（交換；更換）。

翻 往河水流向相反的方向前進。

■ _____、このへんで、次のテーマに移りたいと思います。

（2004-Ⅲ-5）

① さて　　② さらに　　③ すると　　④ ところが

答案①

解 各選項的意思分別是：①那麼；且說；②更加；並且；③於是；那麼說來；④然而，可是。

翻 那麼，現在我想在這裡進入下一個主題。

■ 差別（2005-Ⅴ-5）

① そんなことで人を差別してはいけない。
② たまごを割ったら、黄身と白身に差別してください。
③ 先に来た人から10人ずつ差別してすわってもらいました。
④ 彼は、「ひ」と「し」の音をきれいに差別して発音できる。

答案①

解 選項②、③、④為誤用。②可改為「分離」（分離・分開）；③可改為「10人ずつのグループに分けて」（分成10個人一組）；④可改為「区別」（區別）。

翻 ①不能因為那種事情就歧視別人。

■ あちらの会社には再三お願いしています。（2006-Ⅵ-1）

① 何度も　　② 何度か　　③ いつも　　④ いつか

答案①

解 各選項的意思分別是：①「何度も」（多次・三番五次）；②「何度か」（有幾次・若干次）；③總是；平時；④不知不覺；以前；遲早。選項③、④一般不用漢字形式。

翻 再三拜託了那邊的公司。

■ あの人の命令に＿＿＿＿＿＿なんて、わたしにはできない。（2007-Ⅲ-3）

① ためらう ② うやまう ③ うらなう ④ さからう

**答案④**

**解** 這 4 個選項都是動詞的基本形。答案以外的選項，其漢字形式和
意思分別是：①「躊躇う」（猶豫）；②「敬う」（尊敬・敬重）；
③「占う」（占卜）。

**翻** 違背那個人的命令，我做不到。

**♬ 067**

| | |
|---|---|
| **し** ⓪ | 【詩】名 詩 |
| **し** ① | 【氏】名・接尾 他，這位；（接在姓名後）表示敬意 |
| **しあげる** ③ | 【仕上げる】他下一 結束，完成 N2 <br> ⇨ 仕上げ（做完，收尾） |
| **じいん** ① | 【寺院】名 寺院 2 |
| **しいんと** ④⓪ | 副 平靜（下來）；寂靜，鴉雀無聲的；默然無聲 <br> ＝しんと ⇨ しんとする（平靜，靜悄悄） |
| **じえい** ⓪ | 【自衛】名・他サ 自衛 ⇨ 自衛隊（自衛隊） |
| **しお** ② | 【潮】名 潮，潮汐；海水；時機，機會 1 <br> ⇨ 潮風（海風） ⇨ 潮時（時機，機會） |
| **じかに** ① | 【直に】副 直接；親自 1 |
| **しかも** ② | 接續 而且；即使～也 2 |
| **しき** ②① | 【指揮】名・他サ（軍隊等的）指揮；樂隊的指揮 |
| **じき** ① | 【時期】名 時期；期間 7 |
| **しきち** ⓪ | 【敷地】名（建築用地）土地，用地 |
| **じきに** ⓪ | 【直に】副 馬上，立即 1 |
| **しきゅう** ⓪ | 【支給】名・他サ 支付，發放 |
| **しきゅう** ⓪ | 【至急】名・副 緊急，趕緊 N2 |

| | |
|---|---|
| **しきりに** ◎ | 【頻りに】副 頻繁地，屢次，不斷，不停地；熱心，強烈 |
| **しきん** ② | 【資金】名 資金 **1** |
| **しく** ◎ | 【敷く】他五 舖（被子等）；撤開；舖設；擺上；實施 **8** |
| **しくみ** ◎ | 【仕組（み）】名 結構，構造；（文學作品的）情節；計畫，方法 **1** |
| **しくむ** ② | 【仕組む】他五 裝配；計劃，謀劃，籌劃；（情節等的）構思；企圖 |
| **しげき** ◎ | 【刺激】名・他サ 刺激；鼓舞，鼓勵；使興奮 **1** |
| **しげる** ② | 【茂る】自五 繁茂 ⇨ 茂み（茂盛處）**4** |
| **しげん** ① | 【資源】名 資源 ⇨ 地下資源（地下資源）**3** |
| **しこう** ◎ | 【思考】名・自他サ 思考，考慮 **1** |
| **じこく** ◎① | 【自国】名 本國 ⇔ 他国 |
| **じさつ** ◎ | 【自殺】名・自サ 自殺 ⇔ 他殺 **1** |
| **じさん** ◎ | 【持参】名・他サ 帶來<br>⇨ 持参金（出嫁或招婿時由女方或男方帶來的錢） |
| **しじ** ① | 【支持】名・他サ 支持 ⇔ 反対 **N2**<br>⇨ 支持者（支持者） ⇨ 支持率（支持率） |
| **しじ** ① | 【指示】名・他サ 指示 **N3** |
| **じじつ** ① | 【事実】名・副 事實；實際上 **3** |
| **じしゃく** ① | 【磁石】名 磁石；磁鐵；指南針 **1** |
| **しじゅう** ① | 【始終】名・副 自始至終，全部；不斷，一直 |
| **じしゅう** ◎ | 【自習】名・自他サ 自習，自學 |
| **ししゅつ** ◎ | 【支出】名・他サ 支出 ⇔ 収入 |
| **じじょう** ◎ | 【事情】名 狀況；理由 **5** |
| **じしょく** ◎ | 【辞職】名・他サ 辭職 ⇨ 辞職届（願い）（辭呈）**1** |
| **しじん** ◎ | 【詩人】名 詩人 |
| **じしん** ① | 【自身】名 自身，自己 ⇨ 自分自身（自己本人）**10** |

| | |
|---|---|
| じしん ⓪ | 【自信】名 自信 ⇨ 自信満々(自信滿滿) 6 |
| じしん ⓪ | 【地震】名 地震 ⇒ 震源 ⇒ 震度 ⇒ 震災(地震災害) 5 ⇒ マグニチュード(芮氏地震規模) |
| しずまる ③ | 【静まる】自五 變安靜;寧靜;減弱;平息 |
| しずむ ⓪ | 【沈む】自五 沉入;(太陽)西下;降低,沉下;變陰鬱,苦惱;暗淡 6 ➡ 気が沈む(心情鬱悶) ➡ 涙に沈む(痛哭) ➡ 病に沈む(疾病纏身) ➡ 沈む瀬あれば浮かぶ瀬あり(人生有起有伏) |
| しずめる ⓪ | 【沈める】他下一 使〜下沉;使〜陷入不幸狀態 |
| しずめる ③ | 【静める】他下一 使〜安靜,寧靜;平息,調和 |
| しせい ⓪ | 【姿勢】名 姿勢;態度,姿態 N2 |
| しせつ ①② | 【使節】名 使節 ⇨ 親善使節(親善大使) |
| しせつ ①② | 【施設】名 設備,設施 2 |
| しぜん ⓪ | 【自然】名・形動 大自然;自然,不做作;當然;自然而然 ⇨ 自然界(自然界) ⇨ 自然主義(自然主義) ⇨ 自然現象(自然現象) ⇨ 自然科学(自然科學) 8 |
| じぜん ⓪ | 【事前】名 事前 1 ⇨ 事前工作(事前工作) ⇨ 事前運動(事前運動) |
| しっそ ① | 【質素】名・形動 樸素,簡樸,簡陋 N2 |
| しそう ⓪ | 【思想】名 思想,想法 |
| じそく ⓪① | 【時速】名 時速 |
| しそん ① | 【子孫】名 子孫;後裔 |
| したい ⓪ | 【死体】名 屍體,屍身;屍首,死屍 2 |
| じたい ① | 【事態】名 事態,情勢,局勢 1 |
| じたい ① | 【辞退】名・他サ 辭退;謝絕 N2 |
| したがき ⓪ | 【下書】名・他サ 草稿,底稿;打草稿;畫輪廓 |
| したがって ⓪③ | 【従って】接續 由於,因此 3 |
| じたく ⓪ | 【自宅】名 自己的家 |

| したしい③ | 【親しい】形 親密，關係好；熟悉；血緣近⑤<br>⇨ 親しみ（親近感情，親密） |
| したしむ③ | 【親しむ】自五 親近，認識；欣賞，喜好，愛好❶ |
| したまち⓪ | 【下町】名 城市中靠河、海的小工商業者集中區 |
| じち① | 【自治】名 自治<br>⇨ チベット自治区（西藏自治區） |
| しちょうそん② | 【市町村】名 市、鎮、村；地方團體❶ |
| しつ⓪② | 【質】名 性質，品質，素質❷ |
| じっかん⓪ | 【実感】名・他サ 真實感，確實感覺到；真實的感情❹ |
| しつぎょう⓪ | 【失業】名・自サ 失業❹ |
| しっけ⓪ | 【湿気】名 濕氣，潮氣　＝しっき❶ |
| じっけん⓪ | 【実験】名・他サ 實驗，試驗；實際經驗⑩<br>⇨ 実験室（實驗室）　⇨ 化学実験（化學試驗） |
| じつげん⓪ | 【実現】名・自他サ 實現　⇨ 実現性（可行性）❹ |
| しつこい③ | 形 討厭，糾纏不休；過濃，膩人 N2 |
| じっこう⓪ | 【実行】名・他サ 實行，付諸行動，實踐❸ |
| じっさい⓪ | 【実際】名・副 實際；真正地；事實⑫<br>⇨ 実際家（實幹的人）　⇨ 実際的（切合實際的） |
| じっし⓪ | 【実施】名・他サ 實施❷ |
| じっしゅう⓪ | 【実習】名・他サ 實習　⇨ 実習生（實習生） |
| じっせき⓪ | 【実績】名 實際成績，工作成果，實際功績 |
| じったい⓪ | 【実態】名 實際的情況，實情❶ |
| しつど②① | 【湿度】名 濕度　⇨ 湿度計❷ |
| じっと⓪ | 副・自サ 一動不動，安靜地；凝神；一聲不吭（忍耐） N2 |
| しっとり③ | 副・自サ 濕潤；安詳，安靜 N2 |
| しつない② | 【室内】名 室內，屋內❸ |

| | |
|---|---|
| じつに ② | 【実に】副 實在；真的；很，非常 6<br>➡ 実におもしろい（實在有趣） |
| じつは ② | 【実は】副 老實說，說真的 |
| しっぱい ⓪ | 【失敗】名・自サ 失敗 ⇔ 成功 7 |
| しっぴつ ⓪ | 【執筆】名・自サ 執筆，寫作，寫稿，撰稿 |
| じつぶつ ⓪ | 【実物】名 實物，原物；現貨 ⇨ 実物取引（現貨交易） |
| しっぽ ③ | 【尻尾】名 尾巴；末端，末尾<br>➡ 尻尾を巻く（夾尾巴〔逃跑〕）<br>➡ 尻尾を振る（搖尾巴） |
| しつぼう ⓪ | 【失望】名・自サ 失望 1 |
| じつよう ⓪ | 【実用】名・自サ 實用 2 |
| じつりょく ⓪ | 【実力】名 實力；武力 1 ⇨ 実力者（實力派） |
| じつれい ⓪ | 【実例】名 實例 |
| しつれん ⓪ | 【失恋】名・自サ 失戀 |
| してい ⓪ | 【指定】名・他サ 指定 ⇨ 指定席（對號座位）3 |
| してつ ⓪ | 【私鉄】名 私營鐵路，民營鐵路 1 |
| してん ⓪ | 【支店】名 分店 ⇔ 本店 |
| しどう ⓪ | 【指導】名・他サ 指導 4 |
| じどう ① | 【児童】名 兒童；小學生 3 |
| じどう ⓪ | 【自動】名 自動 ⇨ 自動的（自動的）1<br>⇨ 自動販売機（自動販賣機） ⇨ 自動詞（自動詞） |
| しな ⓪ | 【品】名 物品；商品；質量；種類；風度 6 |
| しない ① | 【市内】名 市內 2 |
| しなもの ⓪ | 【品物】名 物品；商品 6 |
| しにせ ⓪ | 【老舗】名（有名望的）老店 1 |
| しはい ① | 【支配】名・他サ 支配，指使，左右；統治；管理；（語法）限定 |
| しばい ⓪ | 【芝居】名 戲劇；假像，幌子 1 |

| | |
|---|---|
| **しばしば** ① | 副 屢次，每每，常常，再三 **3** |
| **しばふ** ⓪ | 【芝生】图 草坪，矮草地 |
| **しはらう** ③ | 【支払う】他五 支付，付款 **2**<br>⇨ 支払い（支付，付款） |
| **じばん** ⓪ | 【地盤】图 地基，地面；地殼；地盤，勢力範圍<br>➡ 地盤がゆるむ（地基鬆動） |
| **じびょう** ⓪① | 【持病】图（慢性的）老毛病；壞習慣 |
| **しびれる** ③ | 【痺れる】自下一 麻痺，發麻；陶醉 **2** |
| **しへい** ① | 【紙幣】图 紙幣，鈔票 |
| **しぼう** ⓪ | 【死亡】图・自サ 死亡 ⇨ 死亡率（死亡率） |
| **じほう** ⓪ | 【時報】图 報時；時報 **1** |
| **しぼむ** ⓪ | 【萎む・凋む】自五（花）凋謝；洩氣，萎縮，（氣勢）衰弱 |
| **しぼる** ② | 【絞る・搾る】他五 擠，榨；剝削；縮小範圍；絞盡腦汁，集中；嚴厲責備，申斥 **2** |
| **しほん** ⓪ | 【資本】图 資本，資金 |
| **しま** ② | 【縞】图 橫（豎）條紋；條紋花樣<br>⇨ 縦じま（豎條紋） |
| **しまった** ② | 感 糟糕，糟了 **8** |
| **じまん** ⓪ | 【自慢】图・他サ 驕傲，自豪，自誇<br>⇨ 自慢話（自吹自擂） ⇨ 腕自慢（恃才驕傲） |
| **しみ** ⓪ | 【染み】图 污垢，污痕；斑點 |
| **じみ** ② | 【地味】图・形動 簡樸；樸素；不顯眼 |
| **しみじみ** ③ | 副 深切，痛切；親密地，懇切地，感慨地；仔細地，認真地 |
| **しめい** ① | 【氏名】图 姓與名，姓名 |
| **しめきる** ③⓪ | 【閉（め）切る】他五（門、窗等）緊閉，全部關閉 |
| **しめきる** ③⓪ | 【締（め）切る】他五（期限）滿，截止；結束<br>⇨ 締（め）切り（截止時間） |

| | |
|---|---|
| **しめす** ② | 【示す】他五 拿出來給（對方）看，出示；呈現，顯示；指點，指示 ⇨ 示し（示範，榜樣；啟示）❾ |
| **しめた** ① | 噯 好極了，太好了 ❶ |
| **しめっぽい** ④ ◎ | 【湿っぽい】形 潮濕的；（心情）陰鬱，憂鬱 N2 |
| **しめる** ② | 【占める】他下一 占，占有，占據，占領 N2 ⇨ 独り占め（〔＝一人占め〕獨佔，獨吞） |
| **しめる** ◎ | 【湿る】自五 濕，潮濕；氣氛陰鬱；（火）熄滅 N2 |
| **じめん** ① | 【地面】名 地面，地上；土地，地皮，地段 ❷ |
| **しも** ② | 【下】名 下面；下半身；下半部分，後半；地位低；離中心遠；大小便；下文；下游；陰部 ⇔ 上 ⇨ 下座（下座，末席） |
| **しも** ② | 【霜】名 霜；白髪 ⇨ 頭に霜をいただく（白髪蒼蒼） |
| **じもと** ◎ ③ | 【地元】名 本地，當地；自己所住之地 N2 |
| **しや** ① | 【視野】名 視野；眼界，眼光 N2 |
| **しゃがむ** ◎ | 自五 蹲下 ❷ |
| **しゃがれる** ◎ | 【嗄れる】自下一（嗓音）嘶啞 ❶ |
| **しゃきん** ◎ | 【謝金】名 酬金，謝禮 ❶ |
| **じゃくてん** ③ | 【弱点】名 弱點；缺點 ⇨ 短所 ❶ |
| **しゃけん** ◎ | 【車券】名 自行車的賽車賭券 ❶ |
| **しゃこ** ① | 【車庫】名 車庫 |
| **しゃしょう** ◎ | 【車掌】名 列車乘務人員 |
| **しゃせい** ◎ | 【写生】名・他サ 寫生 ⇨ スケッチ |
| **しゃせつ** ◎ | 【社説】名 社論 |
| **しゃちょう** ◎ | 【社長】名 社長，總經理 |
| **しゃっきん** ③ | 【借金】名・自サ 借錢；所借的錢 ❹ |
| **しゃっくり** ① | 名・自サ 打嗝 ❶ |
| **しゃどう** ◎ | 【車道】名 車道 |
| **しゃない** ① | 【社内】名 公司內部，社內（的人）；神社內 ❶ |

| | |
|---|---|
| **しゃない** ① | 【車内】名 車內，車上 **2** |
| **しゃぶる** ⓪ | 他五 放進嘴裏舔，含 **1** |
| **しゃべる** ② | 【喋る】他五 說；洩漏，說出；多嘴，聊天 **3**<br>⇨ おしゃべり（多嘴，愛講話；閒談，聊天） |
| **しゃりん** ⓪ | 【車輪】名 車輪；（演員）認真演出；盡心竭力 **1**<br>だいしゃりん<br>⇨ 大車輪（盡心竭力） |
| **しゃれ** ⓪ | 【洒落】名 詼諧語；（以「おしゃれ」的形式）打扮漂<br>亮，漂亮服裝 |
| **しゃれる** ⓪ | 【洒落る】自下一 打扮（漂亮）；（服裝等）新穎，別緻；<br>開玩笑 |
| **じゃんけん** ③⓪ | 【じゃん拳】名・自サ 猜拳，划拳 |
| **しゅう** ① | 【周】名・接尾 圈子，周圍；（史）周朝；（數）多邊形的<br>各邊長的總和 **4** |
| **しゅう** ① | 【集】名 集 **4** |
| **じゅう** ① | 【銃】名 槍，步槍 **2** |
| **しゅうい** ① | 【周囲】名 周圍，四周；周圍的人 **3** |
| **しゅうかい** ⓪ | 【集会】名・自サ 集會 **1** |
| **しゅうかく** ⓪ | 【収穫】名・他サ 農作物等的收成；收穫，心得 **N2** |
| **しゅうきゅう** ⓪ | 【週休】名 一週的休息日；一週有固定休假 **1**<br>しゅうきゅうふつかせい<br>⇨ 週休二日制（一週內有二天休假） |
| **じゅうきょ** ① | 【住居】名 住所，住宅 **1** |
| **しゅうきょう** ① | 【宗教】名 宗教 **1** |
| **しゅうぎょう** ⓪ | 【就業】名 就職，工作　⇔ 失業 **1** |
| **しゅうぎょう** ⓪ | 【修業】名・自サ 學習（知識、技術、手藝）**1**<br>しゅうぎょうしょうしょ<br>＝しゅぎょう　⇨ 修業証書（修業證書） |
| **しゅうきん** ⓪ | 【集金】名・他サ 收款；催收，催收的錢 |
| **しゅうごう** ⓪ | 【集合】名・自他サ 集合；（數）集合 **1**<br>しゅうごうじゅうたく<br>⇨ 集合住宅（集合式住宅） |
| **しゅうじ** ⓪ | 【習字】名 習字，練字；書法 |

じゅうし ①⓪ 【重視】名・他サ 重視 ⇔ 軽視 ²

じゅうしょう ⓪ 【重症】名 重病；重症 ¹

しゅうしょく ⓪ 【就職】名・自サ 就職，就業 ⇔ 退職 ⁶

しゅうせい ⓪ 【修正】名・他サ 修正，改正 ⇨ 修正案（修正草案）

しゅうせい ⓪ 【習性】名（動物）習性；（人）習癖；習慣成性 ¹

しゅうぜん ⓪① 【修繕】名・他サ 修理；（建築物）修繕

じゅうたい ⓪ 【重体・重態】名 病危，危篤，性命有危險

じゅうたい ⓪ 【渋滞】名・自サ 進展不順利，停滯；塞車 ³

じゅうだい ⓪ 【重大】形動 重大，嚴重 N³

じゅうたく ⓪ 【住宅】名 住宅 ⇨ 住宅ローン（購屋貸款）

しゅうだん ⓪ 【集団】名 集團，集體 ³

じゅうたん ① 【絨毯】名 地毯 ＝カーペット

しゅうちゅう ⓪ 【集中】名・自他サ 集中；集中目標攻撃 ⁵
⇨ 集中力 N²

しゅうてん ⓪ 【終点】名 終點；（汽車、電車的）終點站 ⇔ 起点

じゅうてん ⓪③ 【重点】名 重點；（物）力點，支點；作用點

しゅうにゅう ⓪ 【収入】名 所得；收益 ⇨ 高収入 ⇔ 支出 N²

しゅうにん ⓪ 【就任】名・自サ 就任，就職

しゅうへん ⓪① 【周辺】名 周邊，四周 ⁴

じゅうみん ⓪③ 【住民】名 住戶，居民 ³
⇨ 住民税（所得稅） ⇨ 住民登録（戶口登記）

しゅうもく ⓪ 【衆目】名 眾目 ¹

じゅうやく ⓪ 【重役】名 重要職務；董事，監事
⇨ 重役会議（董監事會議）

じゅうよう ⓪ 【重要】形動 重要 ⁵
⇨ 重要文化財（重點保護的文化遺產）

しゅうり ① 【修理】名・他サ 修繕，修理 ⇨ 修理代（修理費）³

しゅうりょう ⓪ 【終了】名・自他サ 終了，結束 ²

| | | |
|---|---|---|
| **じゅうりょう** ③ | 【重量】 **名** 重量 **2** | |
| **じゅうりょく** ① | 【重力】 **名** 重力 | |
| **しゅうれん** ① | 【修練】 **名・他サ** (精神、技術等)鍛鍊，磨練 **1** | |
| **しゅうれん** ① | 【習練】 **名・他サ** (反覆地)練習 **1** | |
| **しゅぎ** ① | 【主義】 **名** 主義，主張，方針 **1** | |
| **しゅぎょう** ⓪ | 【修行】 **名・他サ** (僧侶)修行；(多指師徒制的)進修技藝 | |
| **しゅぎょう** ⓪ | 【修業】 **名・自サ** (多指在專業學校的)學習技藝 | |
| **じゅくご** ⓪ | 【熟語】 **名** 複合詞；慣用句，成語 | |
| **しゅくじつ** ⓪ | 【祝日】 **名** 政府規定的節日、假日 **1** | |
| **しゅくしょう** ⓪ | 【縮小】 **名・自他サ** 縮小，縮減 ⇔ 拡大 <ruby>拡大<rt>かくだい</rt></ruby> | |
| **しゅくはく** ⓪ | 【宿泊】 **名・自サ** 投宿，住宿 ⇨ <ruby>宿泊料<rt>しゅくはくりょう</rt></ruby>(住宿費) **1** | |
| **しゅくふく** ⓪ | 【祝福】 **名・他サ** 祝福，祝賀 **1** | |
| **じゅけん** ⓪ | 【受験】 **名・自他サ** 參加考試 ⇨ <ruby>受験生<rt>じゅけんせい</rt></ruby>(考生) **3** | |
| **しゅご** ① | 【主語】 **名** 主語；主詞 | |
| **しゅさい** ⓪ | 【主催】 **名・他サ** (會議或活動)舉辦，主辦 **1** ⇨ <ruby>主催者<rt>しゅさいしゃ</rt></ruby>(主辦人，主持人) | |
| **しゅざい** ⓪ | 【取材】 **名・自サ** 採訪；收集材料，取材 **N2** | |
| **しゅじゅつ** ① | 【手術】 **名・他サ** 手術 **4** | |
| **しゅだん** ① | 【手段】 **名** 手段，辦法 **5** | |
| **しゅちょう** ⓪ | 【主張】 **名・他サ** 主張 **N3** | |
| **しゅっきん** ⓪ | 【出勤】 **名・自サ** 上班；出勤，上班工作 | |
| **じゅつご** ⓪ | 【述語】 **名** 述語；賓語 | |
| **しゅつじょう** ⓪ | 【出場】 **名・自サ** (比賽、競賽等的)出場；離場，出場 ⇔ <ruby>欠場<rt>けつじょう</rt></ruby> **1** | |
| **しゅっしん** ⓪ | 【出身】 **名** 出生地；畢業；出身 ⇨ <ruby>出身校<rt>しゅっしんこう</rt></ruby>(畢業學校) ⇨ <ruby>出身地<rt>しゅっしんち</rt></ruby>(出生地) | |

| | |
|---|---|
| **しゅっせ** ⓪ | 【出世】**名・自サ** 有出息，成功，發跡；出生；出家<br>⇨ 立身出世（發跡，飛黄騰達）**N2** |
| **しゅっせき** ⓪ | 【出席】**名・自サ** 出席　⇔ 欠席（缺席）**8**<br>⇨ 出席をとる（點名）　⇨ 出席簿（點名冊） |
| **しゅっぱん** ⓪ | 【出版】**名・他サ** 出版 |
| **しゅと** ①② | 【首都】**名** 首都　⇨ 首府（首府，首都）　⇨ 都 **N3** |
| **しゅのう** ⓪ | 【首脳】**名** 首脳　⇨ 首脳会談（各國領袖會談）**1** |
| **しゅび** ① | 【守備】**名・他サ** 守衛，防禦　⇔ 攻撃 **1** |
| **しゅみ** ① | 【趣味】**名** 興趣，愛好；樂趣，喜好 **4** |
| **じゅみょう** ⓪ | 【寿命】**名** 人的壽命；耐用期限 **2** |
| **しゅやく** ⓪ | 【主役】**名** 主角；擔負主要工作的人 |
| **しゅよう** ⓪ | 【主要】**名・形動** 主要 **1** |
| **じゅよう** ⓪ | 【需要】**名** 需求　⇔ 供給 |
| **しゅりょく** ⓪① | 【主力】**名** 中心勢力；主要的力量 **1** |
| **じゅりん** ⓪ | 【樹林】**名** 樹林 **1** |
| **しゅるい** ① | 【種類】**名** 種類 **9** |
| **じゅわき** ② | 【受話器】**名** 電話聽筒 |
| **しゅん** ⓪① | 【旬】**名**（蔬果、海産等）應時，旺季；（喻）最佳時機；十天；十年 **1** |
| **じゅん** ⓪ | 【順】**名** 順序，次序；輪流 **8** |
| **じゅん** ⓪ | 【準】**接頭**（接名詞後）次於，非正式，候補<br>⇨ 準優勝（第二名）**N2** |
| **しゅんかん** ⓪ | 【瞬間】**名** 瞬間 **1** |
| **じゅんかん** ⓪ | 【循環】**名・自サ** 循環　⇨ 悪循環（惡性循環）**1** |
| **じゅんさ** ①⓪ | 【巡査】**名** 員警；（舊時的）巡警 |
| **じゅんじゅんに** ③ | 【順々に】**副** 按順序，依次；循序漸進，逐漸 |
| **じゅんじょ** ① | 【順序】**名** 順序，次序；步驟<br>⇨ 順序よく（有條不紊地） |

105

| じゅんじょう ⓪ | 【純情】名・形動 純真，天真 |
|---|---|
| じゅんすい ⓪ | 【純粋】名・形動 純粹；純真；專心致志，一心一意 |
| じゅんちょう ⓪ | 【順調】名・形動 順利，一帆風順 3 |
| じゅんど ① | 【純度】名 純度 1 |
| しょ ⓪ | 【諸】接頭語 諸多，種種，各　⇨諸君（諸君）N 2 |
| しょう ① | 【章】名 章，章節；徽章 |
| じょう ⓪① | 【畳】接尾（計算榻榻米的助數詞）塊<br>⇨「六畳」（6張榻榻米大小） |
| しよう ⓪ | 【使用】名・他サ 使用　⇨使用人（傭人，雇工）7 |
| じょうえい ⓪ | 【上映】名・他サ 上映，放映 1 |
| しょうか ⓪ | 【消化】名・自他サ 消化；吸收、消化知識等；辦完，用盡 |
| しょうがい ⓪ | 【障害】名 妨礙，難事；身體的殘疾；（體育）障礙賽 |
| しょうがない ④ | 連語 沒辦法，不得已 4 |
| しょうぎ ⓪ | 【将棋・象棋】名 象棋 |
| じょうき ① | 【上記】名 上述，上面所舉，上列 1 |
| じょうき ① | 【蒸気・蒸汽】名 蒸氣；水蒸氣；汽船，小型汽艇 1<br>⇨水蒸気（水蒸氣） |
| じょうぎ ① | 【定規】名 尺；準則，標準<br>⇨杓子定規（死板的規矩，墨守成規） |
| じょうきゃく ⓪ | 【乗客】名 乘客 2 |
| しょうきゅう ⓪ | 【昇給】名・自サ 加薪　⇨減給（減工資）1 |
| じょうきゅう ⓪ | 【上級】名 上一級，高一級；上一班，高年級<br>⇔中級　⇔下級 |
| しょうぎょう ① | 【商業】名 商業 |
| じょうきょう ⓪ | 【状況・情況】名 狀況，情況 7 |
| じょうきょう ⓪ | 【上京】名・自サ 去首都，進京；到東京去 |
| しょうきょく ⓪ | 【消極】名・形動 消極　⇔積極<br>⇨消極的（消極的） |

| | |
|---|---|
| **しょうきん** ⓪ | 【賞金・奬金】名 賞金；奬金，奬賞 |
| **じょうげ** ① | 【上下】名・自サ 上下；上行和下行；變動；身份、地位的高低；上卷和下卷；上下兩件衣服 **2** |
| **じょうけん** ③ | 【条件】名 條件 ⇨ 条件反射(じょうけんはんしゃ)(條件反射)**6** ⇨ 必要条件(ひつようじょうけん)(必要條件) ⇨ 無条件(むじょうけん)(無條件) |
| **しょうじ** ① | 【商事】名 商務，商業 ⇨ 商事会社(しょうじがいしゃ)(商務公司)**3** |
| **しょうじ** ⓪ | 【障子】名(用木框糊紙的)拉窗、拉門 **1** |
| **しょうじき** ③④ | 【正直】名・形動 老實，坦率，誠實，正直；(木匠吊線用的)測錘 **N3** |
| **じょうしき** ⓪ | 【常識】名 常識 ⇨ 非常識(ひじょうしき)(沒常識，不合乎常理) |
| **しょうしゃ** ① | 【商社】名 商社；貿易行，貿易公司 |
| **じょうしゃ** ⓪ | 【乗車】名・自サ 乗車 ⇔ 下車(げしゃ) ⇨ 乗車券(じょうしゃけん)(車票) ⇨ 無賃乗車(むちんじょうしゃ)(逃票，搭霸王車) |
| **じょうじゅん** ⓪ | 【上旬】名 上旬 ⇔ 中旬(ちゅうじゅん) ⇔ 下旬(げじゅん) |
| **しょうじょ** ① | 【少女】名 少女 ⇒ 乙女(おとめ)(少女) ⇔ 少年(しょうねん) |
| **しょうしょう** ① | 【少々・小々】名・副 少許，稍微 **5** |
| **しょうじょう** ③⓪ | 【症状】名 症状；病情 |
| **じょうしょう** ⓪ | 【上昇】名・自サ 上升 ⇔ 下降(かこう) **N2** |
| **しょうしん** ⓪ | 【昇進】名・自サ 晉升 **1** ⇒ 栄転(えいてん) ⇒ 昇任(しょうにん) ⇔ 左遷(させん) |
| **しょうすう** ③ | 【小数】名・接頭 小數額，小數目；小數 |
| **じょうずる** ⓪④ | 【乗ずる】自・他上一 趁(機)，抓住(機會)；(數)乘 **3** |
| **じょうたい** ⓪ | 【状態・情態】名 狀況，狀態 **9** |
| **しょうちょう** ⓪ | 【象徴】名・他サ 象徴 **N2** |
| **しょうてん** ① | 【商店】名 商店 **2** |
| **しょうてん** ① | 【焦点】名(鏡頭的)焦點；(問題、關心的)中心；(數)焦點 **N2** |
| **じょうとう** ⓪ | 【上等】名・形動 高級的，精美的；很好，不錯 ⇔ 下等(かとう) |

| | | |
|---|---|---|
| **しょうどく** ⓪ | 【消毒】 **名・他サ** 消毒 | |
| **しょうとつ** ⓪ | 【衝突】 **名・自サ** 相撞；衝突 | |
| **しょうにん** ⓪ | 【承認】 **名・他サ** 承認，同意；通過，批准 ❶ | |
| **しょうにん** ① | 【商人】 **名** 商人 | |
| **しょうはい** ⓪ | 【勝敗】 **名** 勝敗 | |
| **しょうばい** ① | 【商売】 **名・他サ** 生意；職業 ❸ | |
| **じょうはつ** ⓪ | 【蒸発】 **名・自サ** 蒸發；人或物消失 ❶ | |
| **じょうはんしん** ③ | 【上半身】 **名** 上半身 ⇔ 下半身 ❶ | |
| **しょうひ** ⓪ | 【消費】 **名・他サ** 消費，支出 ⇨ 消費者（消費者）❸ | |
| **しょうひん** ① | 【商品】 **名** 商品 ❾ | |
| **じょうひん** ③ | 【上品】 **名・形動** 高雅，洗練，優雅；高級品 ⇔ 下品 | |
| **しょうぶ** ① | 【勝負】 **名・自サ** 勝敗；比賽，競賽 ❶<br>⇨ 勝負事（（圍棋等）比賽，賭博）<br>➡ いい勝負（勢均力敵的比賽）<br>➡ 勝負にならない（〔實力懸殊〕不成對手） | |
| **しょうぶん** ①⓪ | 【性分】 **名** 秉性，天性；性情，性格 ❶ | |
| **しょうべん** ③ | 【小便】 **名・自サ** 小便，尿；(俗)毀約，違約，食言 ❶<br>⇔ 大便（大便） | |
| **しょうぼう** ⓪ | 【消防】 **名** 消防，救火 ⇨ 消防署（消防隊） | |
| **じょうほう** ⓪ | 【情報】 **名** 資訊，情報；消息，信息 ❼ | |
| **しょうめい** ⓪ | 【証明】 **名・他サ** 證明 ❹ | |
| **しょうめい** ⓪ | 【照明】 **名・他サ** 照明 ⇨ 照明器具（燈具）❶ | |
| **しょうめん** ③ | 【正面】 **名** 正面，前面；針鋒相對，面對面 ❷ | |
| **しょうもう** ⓪ | 【消耗】 **名・自他サ** 消耗；(體力、精神)疲勞，疲累 ❶ | |
| **しょうりゃく** ⓪ | 【省略】 **名・他サ** 省略 ❶ | |
| **しょく** ⓪ | 【職】 **名** 職業，工作；職務；手藝，技能 ❶ | |
| **しょく** ⓪ | 【色】 **接尾** 用來數顏色種類的數量詞 ❶ | |
| **しょくえん** ② | 【食塩】 **名** 食鹽 | |

| しょくざい ⓪ | 【食材】 名 烹飪用材料 |
| しょくたく ⓪ | 【食卓】 名 飯桌，餐桌 |
| しょくば ⓪③ | 【職場】 名 工作場所 ❹ |
| しょくぶつ ② | 【植物】 名 植物 ❻ |
| しょくもつ ② | 【食物】 名 食物　⇒ 食べ物 ❸ |
| しょくよく ⓪② | 【食欲】 名 食欲　⇨ 食欲旺盛　⇨ 食欲不振 ❷ |
| しょくりょう ② | 【食糧】 名 糧食；口糧 ❶ |
| じょげん ⓪ | 【助言】 名・自サ 勸告，建議；從旁協助 ❶ |
| しょこく ① | 【諸国】 名 各國，諸國；各地方 ❷ |
| しょさい ⓪ | 【書斎】 名 書齋，書房 |
| しょじ ① | 【所持】 名・他サ 所持，所有；攜帶 ❶　⇨ 所持品（攜帶物品） |
| じょし ① | 【女子】 名 女孩，女子，婦女　⇔ 男子 ❺ |
| じょしゅ ⓪ | 【助手】 名 助手；助教 ❶ |
| しょじゅん ⓪ | 【初旬】 名 初旬，上旬　⇒ 上旬 |
| じょじょに ① | 【徐々に】 副 慢慢地，一點點地；漸漸地 N❷ |
| しょせき ①⓪ | 【書籍】 名 書籍，圖書　⇨ 書名（書名） ❶ |
| しょたいめん ② | 【初対面】 名 初次見面 ❶ |
| しょち ① | 【処置】 名・他サ 處理，措施；治療 ❶ |
| しょっき ⓪ | 【食器】 名 餐具　⇨ 食器類（餐具類） N❷ |
| しょてん ⓪① | 【書店】 名 書店　⇒ 本屋 |
| しょどう ① | 【書道】 名 書法，書道 |
| しょとく ⓪ | 【所得】 名 所得；收入 ❶ |
| しょひ ① | 【諸費】 名 各種費用，各種經費 ❶ |
| しょぶん ① | 【処分】 名・他サ 處理；處罰；處分 ❶ |
| しょほ ① | 【初歩】 名 初步，初學，入門 |
| しょぼう ⓪ | 【書房】 名 書房，書齋；書店 ❶ |

さ

| | |
|---|---|
| **しょみん** ① | 【庶民】名 平民 ⇔ 貴族 ① |
| **しょめい** ⓪ | 【署名】名・自サ 署名，簽名 |
| **しょもつ** ① | 【書物】名 書，書籍；圖書 ⇒ 本 ① |
| **しょゆう** ⓪ | 【所有】名・他サ 所有 ② |
| **じょゆう** ⓪ | 【女優】名 女演員 ⇔ 男優 ① |
| **しょり** ① | 【処理】名・他サ 處理；處置；事件或事務的處理 ④ |
| **しょるい** ⓪ | 【書類】名 資料 ⑦ |
| **しらが** ③ | 【白髪】名 白髮；（訂婚禮中的贈禮之一）麻 |
| **しらずしらず** ④ ⓪ | 【知らず知らず】名・副 不知不覺，不由得，無形中 N2 |
| **しり** ② | 【尻】名 臀部；後頭；末尾；（器物的）底；和服的後大襟 ① ➡ 尻が重い（不愛動）➡（夫を）尻に敷く（妻子欺壓丈夫）➡ 尻に火がつく（燃眉之急）➡ 尻がくる（被追究責任）➡ 尻が割れる（露馬腳） |
| **しりあう** ④④③ | 【知（り）合う】自五 相識，結識；互相瞭解 ⇨ 知り合い（相識；認識的人）① |
| **しる** ① | 【汁】名 水果、草木的汁；菜湯；（占的）便宜、好處 ➡ うまい汁を吸う（佔便宜，獨吞大部分利益）⑤ |
| **しるし** ⓪ | 【印】名 記號，符號；標識，象徵；徽章 ③ |
| **しれる** ⓪ | 【知れる】自下一 被知道；判明，明白 ⑪ ➡ 得体の知れない奴（來歷不明的人） |
| **しろ** ⓪ | 【城】名 城堡；自己的領域、範圍 ① |
| **しろみ** ⓪② | 【白身】名（魚、雞等的）白肉；蛋白，蛋清；白木質，邊材 ① |
| **しわ** ⓪ | 【皺】名 皺紋；布等的皺褶 ① ➡ 額にしわを寄せる（皺眉） |
| **しわがれる** ⓪④ | 自下一 嘶啞 ① |

| しわけ ⓪ | 【仕分け・仕訳】名・他サ 區分，分類；(簿記)借貸方分開記帳，分類記帳 |
|---|---|
| しわける ③ | 【仕分ける】他下一 區分，分成，分開 2 |
| しん ① | 【芯】名(鉛筆、蠟燭等的)芯；嫩芽；核心 4 |
| しんがく ⓪ | 【進学】名・自サ 升班，升學 4 |
| しんき ① | 【新奇】名 新奇 1 |
| しんきょう ⓪ | 【心境】名 心境，心態 1 |
| しんくう ⓪ | 【真空】名 真空；空白狀態 |
| しんけい ① | 【神経】名 神經；感覺，精神 ⇨ 神経質(神經質) 2<br>⇨ 神経衰弱(神經衰弱) ⇨ 無神経(不顧及別人) |
| しんけん ⓪ | 【真剣】名・形動 真刀，真劍；認真地，嚴肅地 N2<br>⇨ 真剣勝負(全力以赴的比賽) |
| しんこう ⓪ | 【信仰】名・他サ 信仰 |
| しんこう ⓪ | 【進行】名・自他サ 前進；進展；病情惡化 2 |
| しんごう ⓪ | 【信号】名・自サ 信號，紅綠燈 4<br>⇨ 赤信号(紅燈；危險信號，警告) |
| じんこう ⓪ | 【人口】名 人口；悠悠眾口，眾人之口 8 |
| じんこう ⓪ | 【人工】名 人工 ⇨ 人工知能(人工智慧) |
| しんこく ⓪ | 【深刻】名・形動 嚴重，重大；深刻的 N2 |
| じんざい ⓪ | 【人材】名 人才 1 |
| しんさく ⓪ | 【新作】名・他サ 新創作，新作品；創作新作品 1 |
| しんさつ ⓪ | 【診察】名・他サ 診療，診斷 ⇨ 診断 |
| しんし ① | 【紳士】名 紳士，男士 1<br>⇨ ジェントルマン ⇔ 淑女 |
| じんじ ① | 【人事】名(職務相關的)人事；人所能做的事；世間的事 2 ➡ 人事を尽くして天命を待つ(盡人事聽天命) |
| じんしゅ ⓪ | 【人種】名 人種；(喻)階層 |
| しんしゅつ ⓪ | 【進出】名・自サ 進入；擴展勢力 1 |
| しんしゅつ ⓪ | 【浸出】名・他サ 浸出，泡出(某成分) 1 |

111

| | | |
|---|---|---|
| しんしゅつ ⓪ | 【侵出】名・自サ 侵佔，侵犯 | |
| しんしょ ⓪ ① | 【新書】名 新書；小型叢書版的書（17.3*10.5 公分）❶ | |
| しんじる ③ | 【信じる】他上一 信仰；相信；信賴　=信ずる ❹ | |
| しんしん ⓪ ① | 【心身・心神】名 身心　⇨ 心身症（身心症） | |
| しんせい ⓪ | 【新生】名・自サ 新出生；新的人生；重新做人 | |
| しんせい ⓪ | 【申請】名・他サ 申請，聲請 | |
| じんせい ① | 【人生】名 人生 ❻ | |
| しんせき ⓪ | 【親戚】名 親戚 ➡ 遠い親戚より近くの他人（遠親不如近鄰） | |
| じんぞう ⓪ | 【人造】名 人造，人工製造 | |
| しんぞく ① | 【親族】名 親屬 ❶ | |
| しんたい ① | 【身体】名 身體 | |
| しんだい ⓪ | 【寝台】名 床，床舖；床位；臥舖　=ベッド ⇨ 寝台列車（有臥舖的火車車廂） | |
| しんだん ⓪ | 【診断】名・他サ 診斷；分析，判斷 ❶ ⇨ 立会い診断（會診）　⇨ 診断書（診斷書） | |
| しんちょう ⓪ | 【慎重】名・形動 慎重 N2 | |
| しんにゅう ⓪ | 【侵入】名・自サ 侵入，闖入 | |
| しんにゅう ⓪ | 【新入】名 新來（的人）　⇒ 新入り ❷ ⇨ 新入社員（新進員工） | |
| しんぱん ⓪ | 【審判】名・他サ 審判，判決；體育裁判 | |
| じんぶつ ① | 【人物】名 人物；人格，品格；有才能的人；畫中成為題材的人物 ❸ | |
| じんぶんかがく ⑤ | 【人文科学】名 人文科學　⇨ 人文　⇨ 人文的 | |
| じんめい ⓪ | 【人命】名 人命，生命 ⇨ 人命救助（救助性命）　⇨ 人命尊重（尊重生命） | |
| しんや ① | 【深夜】名 深夜，後半夜；半夜 ❶ ⇨ 深夜番組（深夜節目） | |
| しんやく ⓪ ① | 【新薬】名 新藥　⇨ 新薬開発　⇨ 新薬調査会 ❶ | |

| しんゆう ⓪ | 【親友】名 摯友，密友 **2** |
|---|---|
| しんよう ⓪ | 【信用】名・他サ 信賴，信任；信譽 **2** |
| しんらい ⓪ | 【信賴】名・他サ 信賴 ⇨ 信賴性(可靠性) **7** |
| しんり ① | 【心理】名 精神活動，心理 ⇨ 心理学(心理學) **7** |
| しんりょく ⓪ | 【新緑】名 新綠 **1** |
| しんりん ⓪ | 【森林】名 森林 ⇨ 森林資源 ⇨ 森林生態学 **4** |
| しんるい ⓪ | 【親類】名 親戚，家族；同類 ⇨ 親戚 <br> ⇨ 親類付き合い(親戚往來；如同親戚般的交往) |
| しんろ ① | 【進路】名 前進方向；生涯方向 <br> ⇨ 進路指導(有關升學就業的輔導) |
| しんわ ⓪ | 【神話】名 神話 |

さ

### 歷屆考題

■ この辞書は説明がわかりやすく、_____くわしい。（1998-Ⅲ-8）

① さて　② ただ　③ しかも　④ または

**答案③**

> **解** 答案以外的選項，其意思分別是：①那麼，然後，一旦；②僅僅，只是；④或者。

> **翻** 這本字典的解釋明白易懂，而且十分詳細。

■ 弟 は毎日、研究所で化学の_____をしている。（1999-Ⅲ-12）

① 実行　② 実験　③ 実用　④ 実感

**答案②**

> **解** 答案以外的選項，其漢字的讀音和意思分別是：①「実行」（實行，實踐，執行）；③「実用」（實用）；④「実感」（實感，切身感受）。

> **翻** 弟弟每天在研究所做化學實驗。

■ 雨は＿＿＿＿＿やむでしょう。それまでお茶でも飲んでいましょう。
（2000-Ⅲ-7）

① じきに　　② すでに　　③ ただちに　　④ ひとりでに

**答案①**

> **解** 這 4 個選項都是副詞。答案以外的選項，其意思分別是：②已
> 經；③立刻；④自動地，自行，自然而然地。

> **翻** 雨馬上就要停了吧。在那之前我們喝點茶怎麼樣。

■ 実施（2001-Ⅴ-5）
① 長い 間 の夢が実施した。
② 理想と実施は違う。
③ 理論的には可能だが、実施的には 難 しい。
④ 新制度はいよいよ来年から実施される。

**答案④**

> **解** 「実施」意為「實施、實行、施行、進行」。選項①、②、③為誤
> 用。①可改為「夢が実現した」（願望實現了）；②可改為「理想
> と現実」（理想和現實）；③可改為「実行は 難 しい」（做起來
> 難）。

> **翻** ④新制度終於要從明年開始施行了。

■ 旅行の予約の＿＿＿＿＿はあしただ。（2002-Ⅲ-4）

① ふみきり　　② つめきり　　③ しめきり　　④ おもいきり

**答案③**

> **解** 答案以外的選項，其漢字形式和意思分別是：①「踏み切り」
> （平交道；起跳）；②「爪切り」（指甲刀）；④「思い切り」（盡
> 情；果斷）。

> **翻** 預約旅遊的截止日期是明天。

■ 人生について、子どもと真剣に 話 をしていますか。（2003-Ⅵ-2）
① きびしく　　② 親しく　　③ 本当に　　④ まじめに

**答案④**

**解** 這 4 個選項都是形容詞或形容動詞的連用形，其基本形以及意思分別是：①「厳しい」（嚴格，嚴厲；厲害，很甚；殘酷）；②「親しい」（親近，親密）；③「本当」（真的；實在，的確；本來）；④「真面目」（認真，嚴肅；誠實，正派）。與「真剣」意思相近的是選項④。

**翻** 跟孩子認真地談過人生了嗎？

■ あの人は、こちらが何度だめだと言っても、また頼みに来る。本当に_____人だ。（2005-Ⅲ-2）

① しつこい　② こまかい　③ すまない　④ おもたい

**答案①**

**解** 答案以外的選項，其漢字形式和意思分別是：②「細かい」（細，零碎；詳細，仔細）；③「済まない」（對不起）；④「重たい」（重；沉重，沉悶）。

**翻** 我說了很多次不行，但那個人還是來拜託，真是糾纏不休的人。

■ 支配する（2007-Ⅴ-4）
① このサルのグループを支配しているのは、あの大きなサルらしい。
② おみやげにりんごをたくさんもらったので、近所の人に支配した。
③ 上から押す力と下から支配する力のバランスがうまくとれている。
④ クラスの友人たちに支配してもらって、すばらしい留学生活を送ることができた。

**答案①**

**解** 選項②、③、④為誤用。②可改為「あげた」（送給）；③可改為「支える」（支撐）；④可改為「世話して」（幫助，照）。

**翻** ①統治這個猴群的好像是那隻大猴子。

| | |
|---|---|
| **す** ⓪① | 【巣】名 巢，窩；賊窩；住處 **7**<br>⇨ 巣食う（築巢；壞人盤據） |
| **ず** ⓪ | 【図】名 圖表，繪圖；地圖；設計圖；圖畫；情況，光景；心意 **8** |
| **すいさん** ⓪ | 【水産】名 水産，水産業<br>⇨ 水産業（水産業，漁業）⇨ 水産物（水産品）<br>⇨ 水産試験所（水産試驗所） |
| **すいじ** ⓪ | 【炊事】名・自サ 烹煮，做飯菜 |
| **すいじゅん** ⓪ | 【水準】名 水準，標準 ⇨ レベル |
| **すいすい** ① | 副 輕快；流利地，順利地 **1** |
| **すいせん** ⓪ | 【推薦】名・他サ 推薦<br>⇨ 推薦者 ⇨ 推薦状（推薦函） |
| **すいそ** ① | 【水素】名 氫 |
| **すいそく** ⓪ | 【推測】名・他サ 推測 **1** |
| **すいちょく** ⓪ | 【垂直】名・形動 垂直 **1** |
| **すいてい** ⓪ | 【推定】名・他サ 推定，假定，估計 |
| **すいてき** ⓪ | 【水滴】名 水滴；硯水壺 **1** |
| **すいとう** ⓪ | 【水筒】名 水壺 |
| **ずいひつ** ⓪ | 【随筆】名 隨筆，漫筆 ⇨ エッセー |
| **すいぶん** ① | 【水分】名 水分；蔬菜水果等含有的汁液 |
| **すいへい** ⓪ | 【水平】名・形動 水平，平衡 **1**<br>⇨ 水平線（水平線；地平線） |
| **すいみん** ⓪ | 【睡眠】名 睡眠 ⇨ 睡眠薬（安眠藥）**3** |
| **すいめん** ⓪ | 【水面】名 水面 **1** |
| **すう** ① | 【数】名 數目，數量；定數，命運；（數）數 **10** |
| **ずうずうしい** ⑤ | 【図図しい】形 厚顏無恥的 **N2** |
| **ずうたい** ① | 【図体】名（個頭大的）身體 **1** |

| すえ ⓪ | 【末】名 末尾；結果；將來；子孫；排行最後；末世；無足輕重之事　⇨ 末っ子（最小的子女，老么）6 |
|---|---|
| ずえ ① | 【図絵】名 圖畫　⇒ 絵図 1 |
| すかっと ② | 副（切斷、咬斷）俐落；合身舒適；（心情）舒暢 1 |
| すがる ⓪② | 【縋る】自五 扶，撐，纏住；依賴，依靠 1 |
| ずかん ⓪ | 【図鑑】名 圖鑑 |
| すき ⓪ | 【隙】名 縫隙；空隙，餘地；疏忽；餘暇 4 |
| すぎ ⓪ | 【杉】名 杉 |
| すきとおる ③ | 【透き通る】自五 透明；清澈；清脆 |
| すきま ⓪ | 【隙間】名 縫隙；空暇 1 |
| すきやき ⓪ | 【鋤焼き】名 日式牛肉火鍋 1 |
| すくう ⓪ | 【掬う】他五 掬起；舀起，捧起 |
| すくう ⓪ | 【救う】他五 救助；救濟；挽救　⇨ 救い（救援；解救，救濟；安心） |
| すくなくとも ③ | 【少なくとも】副 至少，最低，最小限度 2 |
| すぐれる ③ | 【優れる】自下一 出色，優秀，卓越；（用否定形）不佳　➡ 気分が優れない（心情不佳，感覺不舒服）5 |
| ずけい ⓪ | 【図形】名 圖形；圖式 |
| すごす ② | 【過（ご）す】他五 度過；過活，生活；過度；養活；過了頂盛期 5 |
| すじ ① | 【筋】名 筋，肌肉；血管；線，紋；條理，道理；血統；素質；有關方面　⇨ 青筋（青筋，靜脈管）　⇨ 筋違い（不合理；不合宜；不對頭）　➡ ～筋（（數細長東西的量詞）條，根，縷；沿著～一帶；～方面）　➡ 筋がいい／悪い（素質好／不好）　➡ 筋が立たない（不合邏輯）　➡ 筋が違う（不合理）　➡ 筋がつる（抽筋）　➡ 筋が通る（合理） |
| ずし ① | 【図示】名・他サ 圖示，用圖說明，圖解 1 |

| | |
|---|---|
| **すしづめ** ⓪ | 【鮨詰め】名 擁擠不堪 |
| **すず** ⓪ | 【鈴】名 鈴鐺，鈴 ② |
| **すすむ** ⓪ | 【進む】自五 前進；進展；進入；進步；（病情）惡化；願意，積極；旺盛；鐘錶快 ⑨<br>⇨ 進み（進展，進度；前進，進步） |
| **すすめる** ⓪ | 【進める】他下一 向前進；進展；晉升；促進（食欲）；把時間調快；提高程度 ⑥ |
| **すすめる** ⓪ | 【勧める】他下一 建議；勸告，勸誘 N2<br>⇨ 勧め（勸告，規勸，勸誡） |
| **すすめる** ⓪ | 【薦める】他下一 推薦，推舉 ⑤<br>⇨ 薦め（推薦，推舉） |
| **ずせつ** ⓪ | 【図説】名・他サ 插圖說明，圖解說明 ③ |
| **ずつう** ⓪ | 【頭痛】名 頭痛；煩惱，苦惱 ③ |
| **すっかり** ③ | 副 全部，完全；都 N2 |
| **すっきり** ③ | 副・自サ 心情爽快；整潔，清爽；明瞭 N2 |
| **すっと** ⓪① | 副・自サ 迅速地，輕快地；爽快，輕鬆 ① |
| **すでに** ① | 【既に】副 已經，業已 ⑤ |
| **すなわち** ② | 【即ち】接續 即，也就是說；於是 ④ |
| **すばやい** ③ | 【素早い】形 行動快，反應迅速；頭腦靈活 ① |
| **ずひょう** ⓪ | 【図表】名 圖表　⇨ グラフ |
| **すまい** ① | 【住まい】名 住所；居住　⇨ 住まう（居住）② |
| **すます** ② | 【済ます】他五 辦完，結束；償清，還清；對付，將就；解決 ＝済ませる N2<br>⇨ なりすます（完全成為；（巧妙地）冒充）<br>➡ 〜済ます（〔接動詞連用形〕某動作完全〔完成〕〜） |
| **すまない** ② | 【済まない】連語 對不起，抱歉，過意不去，不好意思；勞駕 |
| **すみ** ② | 【炭】名 炭，木炭；燒焦的東西　⇨ 炭火 ① |
| **すみ** ② | 【墨】名 墨；墨汁，墨水；墨狀物，黑色（物）① |

| すみ① | 【隅】名角落 ➡ 隅から隅まで（每一個角落）**3**<br>➡ 隅に置けない（不可小瞧） |
| --- | --- |
| ずみ | 【済み】接尾 完了，完結<br>⇨ 注文済み（已經訂貨） ⇨ 支払い済み（已付款） |
| すむ① | 【済む】自五 結束；足夠，可以；解決 **3** |
| すむ① | 【澄む・清む】自五（水、天空等）清澈，清澄；（色彩）<br>鮮明；聲音清亮、悅耳；沒有邪念，心寧靜 **7** ⇔ 濁る |
| すもう⓪ | 【相撲】名 相撲 **3** ➡ 相撲にならない（根本不是對手） |
| ずらす② | 他五 挪動，移動；錯開 |
| すらすら① | 副 流利地，流暢地；順利地；痛快地 **N2** |
| ずらり②③ | 副 一個挨一個排成一排的樣子，成排地（擺）**1**<br>＝ずらっと |
| する① | 【刷る・摺る】他五 印刷 |
| するどい③ | 【鋭い】形 尖銳的；鋒利的；敏捷的 ⇔ 鈍い **5**<br>➡ 耳が鋭い（耳朵尖） ➡ 頭が鋭い（頭腦靈活） |
| すれちがう④⓪ | 【擦れ違う】自五 交錯；錯過；擦肩而過；錯車 **1**<br>⇨ 擦れ違い（交錯，擦身而過） |
| ずれる② | 自下一 移動，錯位；背離，偏離 **2**<br>⇨ ずれ（〔位置、時間等〕不吻合，偏離，分岐；偏差） |
| すわる⓪ | 【据わる】自五 安定不動；鎮定，沉著<br>➡ 心が据わる（沉著）<br>➡ 目が据わる（〔因酒醉、生氣等〕眼睛發直） |

## 歷屆考題

■ 母の母、＿＿＿＿＿＿ 私の祖母は現在７２歳です。（2000-Ⅲ-2）

① すなわち ② そのうえ ③ ところが ④ なぜなら

**答案①**

解 答案以外的選項，其意思分別是：②而且；③但是，可是；④為
什麼。

翻 媽媽的媽媽，也就是我的外祖母現在有７２歲了。

■ ちょっと席をはなれた＿＿＿＿に荷物を盗まれてしまった。

（2002-Ⅲ-10）

① あき　　② さき　　③ すき　　④ わき

答案③

解　答案以外的選項，其漢字形式和讀音分別是：①「空」（空隙；
閒工夫；空缺）；②「先」（前面；尖端；目的地；將來）；④
「脇」（腋下；旁邊）。

翻　在我稍微離開座位的時候，行李被偷了。

■ みんなに迷惑をかけて、本当にすまないと思っています。

（2007-Ⅵ-1）

① くやしい　　② はずかしい　　③ かなしい　　④ もうしわけない

答案④

解　這 4 個選項的漢字形式和意思分別是：①「悔しい」（後悔；窩
囊）；②「恥ずかしい」（害羞，難為情）；③「悲しい」（悲傷，
難過）；④「申し訳ない」（對不起）。與「すまない」意思相近的
是選項④。

翻　給大家添麻煩了，我覺得很對不起。

♫ 089

| せい ① | 【正】名・造語 正，正直；（數學）正數；正式的 4 <br> ➡ 正を踏む（走正道） |
| せい ① | 【生】名・代名・接尾（名）生，生命；生計，生活手段；<br>（代名）（男子自稱用語）小生；（接尾）（學習者）〜生 4 <br> ⇨ 実習生（實習生）<br> ➡ 生は死の始め（生為死之始，比生死有命，無需罣礙） |
| せい ① | 【姓】名 姓，姓氏 |

120

| | |
|---|---|
| せい ① | 【性】名・造語 性別；性欲；本性；(事物的)性質，屬性　⇨ 性ホルモン(性荷爾蒙) ⑫ |
| せい ① | 【精】名 精華；精力，勁頭；精細；精靈　➡ 精が出る(有幹勁)　➡ 精をきわめる(極為精巧) |
| せい ① | 【所為】名 (招致壞結果的)原因，緣故，歸咎　➡ ～のせいで(由於～的原故) |
| ぜい ① | 【税】名 税，捐　⇒ 税金　⇨ 相続税(繼承税)　⇨ 税込み(含税)　⇨ 税引き(不含税) |
| せいいっぱい ③ ① | 【精一杯】副 竭盡全力，盡最大努力 ❶ |
| せいか ① | 【製菓】名 生產糕點食品 ❹ |
| せいかい ⓪ | 【正解】名・他サ 正確答案；正確的解釋 ❶ |
| せいかく ⓪ | 【正確】名・形動 正確，準確　⇔ 不正確 ❹ |
| ぜいかん ⓪ | 【税関】名 海關 |
| せいき ① | 【世紀】名 世紀；時代 ❶ |
| せいきゅう ⓪ | 【請求】名・他サ 要求，索取　⇨ 請求書(帳單) ❷ |
| ぜいきん ⓪ | 【税金】名 税金 ❷ |
| せいけつ ⓪ | 【清潔】名・形動 清潔，衛生；廉潔　⇔ 不潔 N❷ |
| せいげん ③ | 【制限】名・他サ 限制　⇨ 無制限 ❶ |
| せいこう ⓪ | 【成功】名・自サ 成功；事業有成 ❿　➡ 失敗は成功の元(失敗為成功之母) |
| せいさく ⓪ | 【製作】名・他サ 製造，生產；(電影)製片 |
| せいさく ⓪ | 【制作】名・他サ 創作(藝術作品) |
| せいじ ① | 【政事】名 政事，政務 ❶ |
| せいしき ⓪ | 【正式】名・形動 正式，正規 ❷ |
| せいしつ ⓪ | 【性質】名 天性，本性；特性 ❺ |
| せいしゅん ⓪ | 【青春】名 青春 ❷ |
| せいしん ① | 【精神】名 精神，意志；精髓，真諦　⇔ 肉体 ❷　⇔ 物質(物質) |

| | |
|---|---|
| せいじん ⓪ | 【成人】名・自サ 成人；長大成人<br>⇨ 成人の日（成人節） |
| せいすう ③ | 【整数】名 整數 |
| せいぜい ① | 【精精】副 最多，充其量；盡量 ❸ |
| せいせき ⓪ | 【成績】名 成績；工作的成果 ❸ |
| せいそう ⓪ | 【清掃】名・他サ 清掃 |
| せいぞう ⓪ | 【製造】名・他サ 製造　⇨ 製造元（出產廠）❷ |
| せいぞん ⓪ | 【生存】名・自サ 生存；活下來 |
| せいちょう ⓪ | 【生長】名・自サ（草木、莊稼等）生長，發育 N2 |
| せいとう ⓪ | 【政党】名 政黨 ❶ |
| せいねん ⓪ | 【成年】名 成年，滿二十歲　⇔未成年<br>⇨ 成年式（成年禮） |
| せいねん ⓪ | 【青年】名 青年　⇒若者　⇔少年　⇔中年 |
| せいねんがっぴ ⑤ | 【生年月日】名 出生年月日 |
| せいのう ⓪ | 【性能】名 功能，性能　⇨ 高性能 N2 |
| せいはんたい ③ | 【正反対】名・形動 完全相反，正相反 |
| せいび ① | 【整備】名・自他サ 配備；維護；檢查，維修 ❷<br>⇨ 整備工場（修配廠） |
| せいひん ⓪ | 【製品】名 產品 ❽ |
| せいふ ① | 【政府】名 政府；內閣 ❹ |
| せいぶつ ①⓪ | 【生物】名 生物　⇔無生物（非生物）❷ |
| せいぶん ① | 【成分】名 成分 ❸ |
| せいべつ ⓪ | 【性別】名 性別 ❸ |
| せいめい ① | 【生命】名 生命，性命，壽命；命根，最重要的東西 ❶ |
| せいもん ⓪ | 【正門】名 正門；前門 |
| せいり ① | 【整理】名・他サ<br>整理，整頓；裁減，縮減；公司清算 ❶ |
| せいりつ ⓪ | 【成立】名・自サ 成立；通過議案；實現 ❸ |

| | | |
|---|---|---|
| せいりょく ① | 【精力】名 精力 | ⇨ 精力的 |
| せいりょく ① | 【勢力】名 勢力，影響力 ① | ⇨ 勢力争い（爭權奪勢） |
| せいれき ⓪ | 【西暦】名 西暦，公曆 ① | |
| せおう ② | 【背負う】他五 背；肩負 ① | |
| せがれ ⓪ | 【倅】名（對人謙稱自己的兒子）小犬；（對他人兒子、晚輩的蔑稱）兔崽子，小傢伙 ① | |
| せき ⓪ | 【隻】接尾・造語（計算較大的船的單位）艘 | |
| せきたん ③ | 【石炭】名 煤炭 | |
| せきどう ⓪ | 【赤道】名 赤道 | |
| せきにん ⓪ | 【責任】名 責任；職責 ④ ⇨ 責任者（負責人） ⇨ 責任感 ⇨ 無責任（沒有責任；不負責任） | |
| せきゆ ⓪ | 【石油】名 石油 ② | |
| ぞくしゅつ ⓪ | 【続出】名・自サ 連續發生，不斷發生，層出不窮 N2 | |
| せけん ① | 【世間】名 人世間；世上的人們；交際、活動的範圍 ⇨ 世間知らず（不懂人情世故，沒見過世面）N2 | |
| せすじ ⓪① | 【背筋】名 背脊 ➡ 背筋が寒くなる（不寒而慄） | |
| せだい ①⓪ | 【世代】名 世代，代，輩；同時代的人 ② ＝ゼネレーション | |
| せつ ① | 【説】名 意見，主張；見解，論點；學說；傳說 ⑥ | |
| せっかく ⓪ | 【折角】副 大費周章，好不容易；特意；難得的；盡力 N2 | |
| せっきょく ⓪ | 【積極】名 積極 ⇦ 消極 N2 ⇨ 積極的（積極的） ⇨ 積極性（積極性） | |
| せっきん ⓪ | 【接近】名・自サ 接近 ① | |
| せっけい ⓪ | 【設計】名・他サ 設計；規劃 ④ ⇨ 設計図（設計圖） ⇨ 設計技師（工程設計師） | |
| せっしょく ⓪ | 【接触】名・自サ 接觸；來往，交往，交際 ① | |

| | |
|---|---|
| **せっする** ③⓪ | 【接する】**自他サ** 接觸；接連；應接，接待；接到；遇上；接近，接連 **2**<br>➡ くびすを接する（摩肩接踵） |
| **せっせと** ① | **副** 拼命地，不停地，勤懇地 **1** |
| **せつぞく** ⓪ | 【接続】**名・自他サ** 結合，連結；銜接 **N2**<br>⇨ 接続詞（連接詞） |
| **ぜったい** ⓪ | 【絶対】**名・形動・副** 絕對；決（不），一定 ⇔ 相対 **1** |
| **せっち** ①⓪ | 【設置】**名・他サ** 設置，開設，設立；配置，安裝 **1** |
| **せつび** ① | 【設備】**名・他サ** 設備 **5** |
| **ぜつめつ** ⓪ | 【絶滅】**名・自他サ** 滅絕，根絕，消滅 |
| **せつやく** ⓪ | 【節約】**名・他サ** 節約，節省 ⇒ 倹約 ⇔ 浪費 **2** |
| **せつりゃく** ⓪ | 【節略】**名・他サ** 適當地省略 **1** |
| **せともの** ⓪ | 【瀬戸物】**名** 陶瓷器；瀬戸燒（瀬戸市周邊陶磁器總稱） |
| **ぜひとも** ①⓪ | 【是非とも】**副**（後接願望、要求等）一定，無論如何，務必 **2** |
| **せまる** ② | 【迫る・逼る】**自他五**（距離、時間）迫近，臨近；急迫，急促；強迫，迫使；縮短，縮小 |
| **せめて** ① | **副** 至少，哪怕是～也好 **N2** |
| **せめる** ② | 【攻める】**他下一** 攻擊，進攻，攻打 ⇔ 守る **1**<br>⇨ 攻め（進攻，圍攻） |
| **せめる** ② | 【責める】**他下一** 指責，非難；嚴厲地要求 **N2** |
| **せりふ** ⓪ | 【台詞】**名** 台詞；陳腔濫調，辯解 |
| **せん** ① | 【栓】**名** 栓，蓋；水龍頭開關<br>⇨ 栓抜き（開瓶器） ⇨ 消火栓（消防栓） |
| **ぜん** ① | 【善】**名** 善行，好事 ⇔ 悪 |
| **ぜんいん** ⓪ | 【全員】**名** 全體人員 **5** |
| **ぜんかい** ①⓪ | 【前回】**名** 上次，上回，前次 **1** |
| **ぜんがく** ⓪ | 【全額】**名** 全額 **1** |
| **ぜんかん** ①⓪ | 【全館】**名** 全館；整座建築物 **1** |

| せんきょ ① | 【選挙】名・他サ 選舉 ⇨ 選挙権（せんきょけん）（選舉權）① |
| せんぎょう ⓪ | 【専業】名 專業，職業；壟斷事業 ① |
| ぜんご ① | 【前後】名・接尾（空間的）前面和後面；時間的先後；<br>（順序）顛倒；大約，左右 ②<br>➡ 前後（ぜんご）に暮（く）れる（不知所措） |
| せんこう ⓪ | 【専攻】名・他サ 專攻，專業，專修 ＝専門（せんもん）② |
| せんこう ① | 【線香】名（燒香用的）香，線香 |
| ぜんこく ① | 【全国】名 全國 ⑦ |
| せんざい ⓪ | 【洗剤】名 洗滌劑，洗衣粉 |
| せんじつ ⓪ | 【先日】名 上次，前幾天 ⇨ この間（あいだ）⑨ |
| ぜんじつ ⓪ | 【前日】名 前一天 ② |
| ぜんしゃ ① | 【前者】名 前者 ⇔ 後者（こうしゃ） |
| せんしゅ ① | 【選手】名 選手 ⑦ |
| ぜんしゅう ⓪ | 【全集】名 全集 ② |
| ぜんしん ⓪ | 【全身】名 全身，渾身，滿身，遍體 |
| ぜんしん ⓪ | 【前進】名・自サ 前進；進展 ⇔ 後退（こうたい） |
| せんす ⓪ | 【扇子】名 扇子，摺扇 ⇒ おうぎ |
| せんせい ⓪ | 【専制】名 專制，獨斷，專斷 |
| せんそう ⓪ | 【戦争】名・自サ 戰爭；激烈競爭 ④ |
| ぜんたい ⓪ | 【全体】名・副 全體；全身；本來；到底，究竟 ⑧ |
| せんたく ⓪ | 【選択】名・他サ 選擇 ⇨ 選択肢（せんたくし）（選項）② |
| せんたん ⓪ | 【先端・尖端】名 尖端，先鋒；頂端，頭，尖端 ①<br>⇨ 最先端（さいせんたん）（最尖端，最先進，最前面）<br>⇨ 先端技術（せんたんぎじゅつ）（尖端技術） |
| せんでん ⓪ | 【宣伝】名・他サ 宣傳；吹噓，鼓吹 ③ |
| せんとう ⓪ | 【先頭】名 開始，排頭，前頭，領頭 |
| せんねん ③⓪ | 【専念】名・自サ 專心致志；一心期盼 N② |
| ぜんはん ⓪ | 【前半】名 前半 ⇔ 後半（こうはん）① |

| ぜんぱん ◎ | 【全般】名 全體，普遍，全面 N2 |
| せんぽう ◎ | 【先方】名 對方；前方，目的地 ■ |
| ぜんぽう ◎ | 【前方】名 前方，前面 ■ |
| ぜんめん ◎③ | 【全面】名 全面，全部，一切；(報紙的)整版 N2<br>⇨ 全面的 ( 全面的，全部 ) |
| せんよう ◎ | 【専用】名・他サ 専用；専門使用，愛用 |

## 歷屆考題

■ あの人は＿＿＿＿がよいとみんなに言われている。（1998-III-14）

① 精神　　② 性格　　③ 心理　　④ 感情

**答案②**

**解** 答案以外的選項，其漢字的讀音和意思分別是：①「精神」（精神）；③「心理」（心理）；④「感情」（感情）。

**翻** 大家都說那個人的個性好。

■ 休暇はせいぜい1週間しかとれない。（2000-VI-4）

① だいたい　　② せめて　　③ 多くても　　④ 少なくとも

**答案③**

**解** 這4個選項的意思分別是：①「大体」（大體，大致）；②至少，哪怕是～也好；③「多くても」（頂多，最多）；④「少なくとも」（至少）。與「せいぜい」意思相近的是選項③。

**翻** 休假最多只有一週的時間。

■ せめて（2002-IV-5）

① 100点がとれなくても、せめて80点はとりたい。

② どんなにがんばっても、せめて50点しかとれないだろう。

③ がんばったので、せめて60点とれた。

④ 前回の試験は、せめて40点だった。

**答案①**

**解** 選項②、③、④為誤用。②可改為「せいぜい」（最多）；③可改為「なんとか」（勉強，總算）；④可改為「４０点だけだった」（只有４０分）。

**翻** ①就算拿不到 100 分，至少也想拿 80 分。

■ せっかく（2003-V-1）

① せっかく休みをとって旅行に来たんだから、仕事のことを考えるのはやめよう。
② 彼女にせっかくおみやげをあげたら、いらないと言われた。
③ せっかく教えて下さって、ありがとうございます。
④ 彼はせっかくパソコンを買って、Eメールを始めた。

**答案①**

**解** 選項②、③、④為誤用。②和③都可改為「わざわざ」（特地，特意）；④可改為「とうとう」（終於）。

**翻** ①難得休了假來旅行，不要再想工作的事情了。

♬ 094

| ぞい | 【沿い】連語 沿著 ⇒ 路線沿い（沿著鐵路線）N2 |
| そう ⓪ | 【添う】自五 陪伴；結為夫婦；增添；吻合，能實現 4 |
| そう | 【艘】接尾（用來數比較小的船隻）只，條，艘 4 ⇒ 一艘（一艘） |
| ぞう ① | 【像】名 像，影像 |
| そうい ⓪ | 【相違】名・自サ 不同，相差懸殊；不符 |
| そうおん ⓪ | 【騒音】名 噪音 |
| ぞうか ⓪ | 【増加】名・自他サ 增加 ⇒ 増大 ⇔ 減少 6 |
| そうがく ⓪ | 【総額】名 全額，總數 1 |
| ぞうげん ⓪③ | 【増減】名・自他サ 增減 2 |

| | |
|---|---|
| そうご ① | 【相互】名 相互；交替 N2<br>⇨ 相互作用（そうごさよう）　⇨ 相互扶助（そうごふじょ）(相互幫助) |
| そうさ ① | 【操作】名・他サ 操作機器；週轉資金；竄改 2 |
| そうざい ⓪③ | 【惣菜】名 家常菜，配主食吃的食物 |
| そうさく ⓪ | 【創作】名・他サ 文學創作；創造；捏造 |
| そうし ① | 【草子】名 訂好的書冊；(日本江戶時代的)繪圖小說；仿字體 1 |
| そうしき ⓪ | 【葬式】名 葬禮　⇒ 葬儀（そうぎ）　⇒ 葬礼（そうれい） |
| そうした ⓪ | 連體 那樣的 3 |
| ぞうせん ⓪ | 【造船】名・自サ 造船　⇨ 造船所（ぞうせんじょ）(造船廠) |
| そうそう ⓪ | 【草々】副・名(副)草草(地)，簡略(地)；匆忙中；怠慢，慢待；(名)(書信結尾)草草擱筆 4 |
| そうそう ⓪ | 【早々】名・副(名)剛～就；(副)匆忙，急急忙忙 |
| そうぞう ⓪ | 【創造】名・他サ 創造　⇔ 模倣（もほう）(模仿) 2 |
| そうぞう ⓪ | 【想像】名・他サ 想像 4 |
| そうぞうしい ⑤ | 【騒々しい】形 吵鬧，嘈雜，不安；(社會)不安寧 N2 |
| そうぞく ⓪① | 【相続】名・他サ 繼承　⇨ 相続権（そうぞくけん）(繼承權) |
| そうたい ⓪ | 【総体】名・副 總體，全體；總共；一般來說，本來，原來 1 |
| そうたい ⓪ | 【早退】名・自サ 早退 1 |
| ぞうだい ⓪ | 【増大】名・自他サ 增大，增多，增高 |
| そうち ① | 【装置】名・他サ 設備，裝備；裝置 N2 |
| そうとう ⓪ | 【相当】名・形動・副・自サ 相配；相當於；相當程度 N2 |
| そうべつ ⓪ | 【送別】名・自サ 送別　⇨ 送別会（そうべつかい）(歡送會) 2 |
| そうむちょう ③ | 【総務庁】名 總務廳 1 |
| そうめん ① | 【素麺】名 細麵線 1 |
| そうりょう ①③ | 【送料】名 郵費，運費 |
| そく | 【足】接尾(用來數鞋襪)雙　⇨ 靴一足（くついっそく）(一雙鞋) |

| | |
|---|---|
| ぞく ⓪ | 【俗】名・形動 普通，通俗；庸俗，低級；(佛)在家人，俗人 ① |
| そくざ ① | 【即座】副 立即，馬上 N2 |
| ぞくする ③ | 【属する】自サ 屬於，隸屬於，所屬 N2 |
| ぞくぞく ⓪① | 【続続】副 陸續，紛紛，不斷 ① |
| そくたつ ⓪ | 【速達】名 限時專送，快遞 ① |
| そくてい ⓪ | 【測定】名・他サ 測量，測定 ① |
| そくりょう ⓪② | 【測量】名・他サ 測量 |
| そくりょく ② | 【速力】名 速度，速率 ⇒ スピード ⇒ 速度 |
| そこ ⓪ | 【底】名 底部，底下；心底，內心；限度，邊際；降到最低的物價或行情等 ➡ 底を叩く(用光，用盡) ⑤ ➡ 底をつく(達到最低的極限) |
| そし ① | 【阻止】名・他サ 阻止，妨礙，阻礙 ① |
| そしき ① | 【組織】名・他サ 組織；構成；工會；(生物)組織 N2 |
| そしつ ⓪ | 【素質】名 素質，天份，天資 N2 |
| そそぐ ⓪② | 【注ぐ】自・他五 注入，灌；流入，匯入；落下，降下；澆，灑；灌溉；貫注，傾注 ③ ➡ 涙を注ぐ(流淚) |
| そそっかしい ⑤ | 形 舉止慌張，粗心大意，冒失，馬虎 ② |
| そち ① | 【措置】名・他サ 措施，處理 ② |
| そっちょく ⓪ | 【率直】形動 坦率，直率 N2 |
| そっと ⓪ | 副 靜悄悄地；偷偷地；不驚動，不管；一點點 ① |
| そで ⓪ | 【袖】名 袖子，衣袖；兩側的事物(如飛機的兩翼、建築物的側廳、邊房、書皮兩側向裡折的部分) ➡ 袖を引く(勸誘，提醒) ➡ 袖を絞る(哭得淚滿襟) ➡ 袖にする(疏遠，不理睬) ➡ 無い袖は振れぬ(巧婦難為無米之炊) |
| そとまわり ③ | 【外回り】名・自サ 外勤；周圍；沿外圈轉 ① |
| そなえる ③ | 【備える】他下一 準備，防備；備置，備有；(也寫作「具える」)具備，具有 N2 |

| | |
|---|---|
| **そなわる** ③ | 【備わる】**自五** 備置，備有；具備；列入 **1** |
| **そのご** ⓪ | 【その後】**連語・副** 以後，後來，其後 **10** |
| **そのもの** ④② | **名・接尾** 那個東西本身；那個東西；(強調)極，非常 **3** |
| **そぼく** ⓪ | 【素朴・素樸】**名・形動** 樸素，淳樸；單純 |
| **そまつ** ① | 【粗末】**名・形動** 粗糙，不精緻；疏忽，粗心大意；浪費 <br> ➡ 金を粗末にする (浪費錢) |
| **そもそも** ① | **名・副・接續(名・副)** (事物)起始，最初；(接續)說來；<br> 究竟，畢竟 **3** |
| **そらもよう** ③ | 【空模様】**名** 天氣，天空的樣子；形勢，氣氛 |
| **そり** ① | 【橇】**名** 橇，雪橇 |
| **それとも** ③ | **接續** 還是，或者 |
| **それなり** ⓪ | **名・副** 就那樣(完了)，沒有下文；恰如其分，<br> 相應地 **1** |
| **それにしても** ⑤ | **接續** 即使那樣，話雖如此 **3** |
| **そろう** ② | 【揃う】**自五** 彙集，聚集；齊全，成套；整齊，一致 <br> ⇨ 揃い (成套；聚在一起) **N2** <br> ➡ ～揃い (套，組) ➡ ～揃い (都是～) |
| **そろえる** ③ | 【揃える】**他下一** 使～一致，使整齊；使齊備，湊齊 <br> **N2** |
| **そろばん** ⓪ | 【算盤】**名** 算盤；利害得失的計算；日常的計算技術 <br> ➡ 読み書きそろばん (讀、寫、計算) <br> ➡ そろばんが合わない/持てない (不划算) <br> ➡ そろばんをはじく (打算盤；計較個人利益) |
| **そん** ① | 【損】**名・形動・自他サ** 虧損，吃虧；不利，不划算 **2** <br> ⇨ 大損 (大虧本，大賠錢，損失慘重) |
| **そんがい** ⓪ | 【損害】**名・自他サ** 損傷，損害；損失；傷亡 **1** |
| **そんけい** ⓪ | 【尊敬】**名・他サ** 尊敬 ⇔ 軽蔑 (輕視) ⇒ 敬う **2** |
| **そんげん** ⓪③ | 【尊厳】**名** 尊嚴 ⇨ 尊厳死 (有尊嚴地死亡) **2** |
| **そんざい** ⓪ | 【存在】**名・自サ** 存在；存在物，人物；存在的理由、<br> 意義 **6** |

| | | |
|---|---|---|
| **ぞんじる** ③⓪ | 【存じる】他サ「思う」(想；認為)、「知る」(知道)的謙讓語 ＝存ずる⑥<br>⇨ ご存じ(〔尊敬語〕知道) | |
| **そんちょう** ⓪ | 【尊重】名・他サ 尊重，重視 N2 | |
| **そんとく** ① | 【損得】名 損益，得失，利害 | |

## 歴屆考題

■ あわてて失敗やかんちがいをすることが多いようす。(1999-IV-7)

① あやしい　② ばからしい　③ はなはだしい　④ そそっかしい

答案④

**解** 答案以外的選項，其漢字形式和意思分別是：①「怪しい」(可疑，奇怪，難以置信)；②「馬鹿らしい」(愚蠢)；③「甚だしい」(很，甚，非常)。

**翻** 慌慌張張造成很多失敗和誤會。

■ あのおばあさんは相当お金持ちらしい。(2000-VI-5)

① 本当に　　② かなり　　③ 絶対に　　④ もしかしたら

答案②

**解** 這4個選項的意思分別是：①「本当に」(真的)；②相当，頗；③「絶対に」(絕對)；④「若しかしたら」(或許，說不定)。與「相当」意思相近的是選項②。

**翻** 那個老太太似乎相當富有。

■ それとも (2002-V-1)

① 箱の中身はスカーフ、それともセーターでしょう。
② 18歳未満の場合は父親、それとも母親の許可が必要です。
③ あしたうかがいます。それともあさってになるかもしれません。
④ あなたが知りたいのは住所ですか、それとも電話番号ですか。

答案④

解 「それとも」只能用於疑問句中，選項①、②、③為誤用。①和②
可改為「または」（或者是）；③可改為「もしかすると」（也許，
可能）。

翻 ④你想知道的是住址還是電話號碼？

■ あの人は＿＿＿＿人で、買い物に行くとき、よくさいふを忘れてし
まうそうだ。（2007-III-6）

① ずうずうしい　② ばからしい　③ そそっかしい　④ さわがしい
答案③

解 答案以外的選項，其漢字形式和意思分別是：①「図図しい」
（厚顔無恥的）；②「馬鹿らしい」（無聊，愚蠢）；④「騒がしい」
（吵鬧，喧鬧；騷動；議論紛紛）。

翻 聽說他是個粗心大意的人，去買東西的時候經常忘記帶錢包。

♫ 098

| た ① | 【他】名 其他（人、事、地方）；其他的 ⑩<br>⇨ その他（其他，其餘） |
|---|---|
| たい ① | 【対】名 對，比；同等，對等 ⑮ |
| だい ⓪ | 【代】名 ～錢，～費；世代，輩；一生，一世 ⑪<br>➡ 代が変わる（換代） |
| だいいち ① | 【第一】名・副 第一，最初；最主要，最優秀；首先 ❶ |
| たいおう ⓪ | 【対応】名・自サ 相應；對付，應對 N2 |
| たいおん ① ⓪ | 【体温】名 體溫　⇨ 体温計（體溫計） |
| たいか ① ⓪ | 【対価】名 代價，等價報酬，補償 ❷ |
| たいがい ⓪ | 【大概】名・副・形動 大部分；大概；適度；大體 ❶ |
| たいかく ⓪ | 【体格】名 體格 N2 |
| たいき ① | 【大気】名 大氣，空氣　⇨ 大気汚染（大氣污染） |

132

| | |
|---|---|
| だいきん ①⓪ | 【代金】名 貨款，款項 ❶ |
| だいく ① | 【大工】名 木匠，木工 ⇨ 日曜大工（業餘木工）❶ |
| たいくつ ⓪ | 【退屈】名・形動・自サ 無聊；厭倦 ❶ |
| たいけい ⓪ | 【体系】名 體系 ⇨ システム ❶ |
| たいけい ⓪ | 【体形・体型】名 體形 |
| たいけん ⓪ | 【体験】名・他サ 體驗 ⇨ 体験談（經驗談）❹ |
| たいこ ⓪ | 【太鼓】名 鼓 ➡ 太鼓をたたく（打鼓；〔喻〕隨聲附和） |
| たいざい ⓪ | 【滞在】名・自サ 停留，逗留，旅居 |
| たいさく ⓪ | 【対策】名 對策，策略 ❸ |
| たいした ① | 【大した】連體 驚人的，大量；（下接否定）不算什麼，不要緊 ➡ 大したことはない（沒什麼要緊的事）❺ |
| たいしつ ⓪ | 【体質】名（人天生的）體質；（團體、組織等的）素質，性質 |
| たいして ① | 【大して】副 並不太～，並不怎麼～ ❷ |
| たいしゃ ⓪ | 【退社】名・自サ 下班；退職，辭職 ❶ |
| たいじゅう ⓪ | 【体重】名 體重 ❶ |
| たいしゅつ ⓪ | 【退出】名・自サ 離開，退出 N2 |
| たいしょう ⓪ | 【対象】名 對象；（哲）客體 ❹ |
| たいしょう ⓪ | 【対照】名・他サ 對照，對比，比較；懸殊差別 ❶ |
| たいじょう ⓪ | 【退場】名・自サ 退席，退場；退出；（舞台）下台 N2 |
| だいしょう ① | 【大小】名 大小，大的某物與小的某物 |
| たいしょく ⓪ | 【退職】名・自サ 離職；退休 ⇔ 就職 ❶ ⇨ 退職金（退職金） ⇨ 退職手当（退職津貼） |
| たいしょくかん ④③ | 【大食漢】名 食量大的人 ⇔ 小食（吃不多，胃口小） ⇨ 大食い（做法） ⇨ 大食（大胃王）❶ |
| だいじん ① | 【大臣】名 中央政府的部長；大臣 ❷ ⇨ 総理大臣（首相，總理） ⇨ 防衛大臣（國防部長） |

| | |
|---|---|
| **たいする** ③ | 【対する】自サ 相對，面對；對於；對抗；對照，與～相比 ⑩ |
| **たいせい** ⓪ | 【体制】名 體制 ② |
| **たいせき** ① | 【体積】名 體積 ⇨ 容積 ⇨ 面積 |
| **たいそう** ① | 【大層】副・形動 很，非常；誇張 |
| **たいそう** ⓪ | 【体操】名 體操；活動，運動 ③ ⇨ ラジオ体操（晨操） |
| **たいちょう** ⓪ | 【体調】名 健康狀態，身體條件 ① |
| **たいど** ① | 【態度】名 態度，舉止；看法，想法 ⑥ |
| **たいとう** ⓪ | 【対等】名・形動 對等，不相上下，平等 N2 |
| **だいとうりょう** ③ | 【大統領】名 總統 ① |
| **たいない** ① | 【体内】名 體內 ① |
| **たいはん** ⓪③ | 【大半】名 大半，大部分 |
| **だいひょう** ⓪ | 【代表】名・他サ 代表；典型的，有代表性的 ④ |
| **たいへいよう** ③ | 【太平洋】名 太平洋 ① |
| **たいほ** ① | 【逮捕】名・他サ 逮捕 ⑮ |
| **たいぼく** ⓪ | 【大木】名 大樹，巨樹 |
| **だいめい** ⓪ | 【題名】名 標題名稱 |
| **たいら** ⓪ | 【平ら】名・形動 平，平坦；平地，平原；（隨意）盤腿坐；平靜，心平氣和 ① |
| **だいり** ⓪ | 【代理】名・他サ 代理（人）⇨ 代理店（代理商）① |
| **たいりく** ⓪① | 【大陸】名 大陸 ⇨ ユーラシア大陸（歐亞大陸）② |
| **たいりつ** ⓪ | 【対立】名・自サ 對立 ④ |
| **たいりょう** ⓪ | 【大量】名・形動 大量，大批；大度量 ⇔ 少量 ② |
| **たいりょく** ① | 【体力】名 體力 ⑤ |
| **たいろ** ① | 【退路】名 退路，後退的道路 ➡ 退路を断つ（斷後路） |
| **たいわ** ⓪ | 【対話】名・自サ 對話，交換意見 ① ⇔ 独語（自言自語） |
| **たうえ** ③ | 【田植え】名・自サ 插秧 |

| たえる ② | 【耐える・堪える】自下一 忍耐，忍受；承受，經得住；值得，堪 ① |
|---|---|
| たえる ② | 【絶える】自下一 斷絕，終了，停止；消失，滅亡 ⇨ 絶えず（不斷地，經常地）② |
| だえん ⓪ | 【楕円】名 橢圓 |
| たおす ② | 【倒す】他五 打倒，推倒；打敗；推翻；擊敗 ② |
| たおれる ③ | 【倒れる】自下一 倒塌；病倒，死；倒臺；倒閉 ⑤ |
| だが ① | 接續 但是，可是；雖然～但是 ⑱ |
| たがい ⓪ | 【互い】名・副（多以「お互い」的形式）互相；雙方，彼此 ⇨ お互いに（相互）① |
| たかまる ③ | 【高まる】自五 變高，提高，高漲；增大，增強 ① |
| たかめる ③ | 【高める】他下一 提高，增高；增加，強化 ② |
| たがやす ③ | 【耕す】他五 耕作 ① |
| たから ③ | 【宝】名 財寶，寶貝；貴重的東西 ⇨ 宝くじ（彩券）⇨ 宝物（寶物） |
| たき ⓪ | 【滝】名 瀑布 |
| たく ⓪ | 【宅】名 家，住所；（加「お」表示）您，您府上；舍下；我丈夫 ③ |
| たく ⓪ | 【炊く】他五 煮飯 ③ |
| たく ⓪ | 【焚く】他五 燒；薰香 ③ |
| だく ⓪ | 【抱く】他五 抱；心懷；環抱；孵（卵）⑩ |
| だきしめる ④ | 【抱きしめる】他下一 緊緊抱住 |
| たくわえる ④③ | 【蓄える】他下一（物資）儲備，（物品、金錢等）儲存；留（鬍鬚、頭髮）N ② |
| だけど ① | 接續 然而，但是 |
| だしいれ ②① | 【出し入れ】名・他サ（物品等）存入取出 ① |
| たしかめる ④ | 【確める】他下一 確認，核實，查明 ⑨ |
| たしゃ ① | 【他者】名 別人，其他人 ① |

| | |
|---|---|
| **たしょう** ⓪ | 【多少】**名・副** 多少，多寡；稍微，有點 4 |
| **たすかる** ③ | 【助かる】**自五** 得救，脫險；省錢，省事；得到幫助 4 |
| **たすける** ③ | 【助ける】**他下一** 救助；幫助；促進 7<br>⇨ 助け（幫助；救濟；救命） ⇨ 助け合う（互相幫助） |
| **ただ** ① | **名・副・接續（名）**免費，不要錢；普通的，平凡；饒恕；**副**只有，只是；僅僅；光，淨；（**接續**）只不過 13<br>＝たった |
| **たたかう** ⓪ | 【戦う・闘う】**自五** 打仗，戰鬥；競爭；博鬥 2<br>⇨ 戦い（戰爭；戰鬥；鬥爭；競賽，比賽） |
| **たたく** ② | 【叩く・敲く】**他五** 拍，敲，擂；拍鬆軟；非難，攻擊；試探，探問；殺價 ⇨ 叩き壊す（打壞；毀掉）<br>⇨ たたき売り（〔攤販的〕廉價叫賣）3 |
| **ただし** ① | 【但し】**接續** 但，但是；可是，不過 2 |
| **ただちに** ① | 【直ちに】**副** 立刻，立即；直接 N2 |
| **たたむ** ⓪ | 【畳む】**他五** 折疊；關閉，收拾；藏在心裏；殺，幹掉 N3 |
| **たち** ① | 【質】**名** 性格，脾氣；（人的）體質，體格；性質 15<br>➡ たちが悪い（惡性） |
| **たちあがる** ⓪④ | 【立（ち）上（が）る】**自五** 起立；開始，著手；奮起，重振 2 |
| **たちどまる** ⓪④ | 【立（ち）止（ま）る】**自五** 站住，停步，止步 2 |
| **たちば** ③① | 【立場】**名** 立場，處境；見地，觀點；下腳地方 6 |
| **たちまち** ⓪ | 【忽ち】**副** 立刻，馬上，一瞬間；突然，忽然 N2 |
| **たつ** ① | 【建つ】**自五** 建，蓋 2 |
| **たつ** ① | 【経つ】**自五**（時間）經過 11 |
| **たつ** ① | 【断つ】**他五** 剪斷，切斷；戒，忌；遮斷，擋住 1 |
| **たっする** ⓪③ | 【達する】**自他サ** 到達，抵達；達到；精通；實現；下達指令 1 |
| **だっする** ⓪③ | 【脱する】**自他サ** 逃脫；脫離，離開；脫落，漏掉 |
| **だっせん** ⓪ | 【脱線】**名・自サ** 脫軌；離題；（行動、言論）脫離常軌 |

| | |
|---|---|
| だって ① | 接續 可是，但是；即便是，(就是)～也 ⑫ |
| たっとい ③ | 【貴い・尊い】形 珍貴，貴重，寶貴；高貴，尊貴 ④ |
| たっぷり ③ | 副・自サ 充分，足夠；寬綽，綽綽有餘 ② |
| たて ① | 【盾】名 盾；擋箭牌，藉口<br>➡ 盾に取る(以～為藉口)　➡ 盾を突く(反抗) |
| たてかける ⓪④ | 【立(て)掛ける】他下一 把～靠在～ ① |
| たてなおす ⓪④ | 【立(て)直す】他五 重整，恢復，修復；改變，革新 ① |
| だとう ⓪ | 【妥当】名・形動・自サ 妥當，妥善 N2 |
| たとえ ⓪② | 副 縱使，縱然，即使，哪怕 ④ |
| たとえる ③ | 【例える・喩える】他下一 比喻；舉例 ④<br>⇨ 例えば(例如，比方說) |
| たどたどしい ⑤ | 形 (腳步)蹣跚，(動作)不敏捷，(說話)結結巴巴 ① |
| たに ② | 【谷】名 山谷 ① |
| たにん ⓪ | 【他人】名 他人；沒有血緣關係的人；局外人 ⑤<br>⇨ 他人行儀(見外，像客人一樣客氣) |
| たね ① | 【種】名 種子；血統，種；原因；材料，話題；做菜的材料；戲法、魔術等的招數 ③ |
| たのもしい ④ | 【頼もしい】形 可靠，靠得住；有出息 ③ |
| たば ① | 【束】名 把，捆，束 ⇨ 束ねる(捆，紮；管理；統帥)<br>➡ 束になってかかる(大家合起來打一個) ② |
| たび ① | 【足袋】名 日本式短布襪 ⑤ |
| たび ② | 【度】名 次，回，度；次數 ①<br>⇨ 度重なる(反覆，屢次) |
| たび ② | 【旅】名 旅行，觀光　⇨ 旅立つ(啟程，動身) ⑥<br>⇨ 旅人(旅客；走江湖的人) |
| たびたび ⓪ | 【度度】副 多次，再三 N2 |
| たぶん ①⓪ | 【多分】名・形動・副(名・形動⓪)很多，大量；(副①)也許，或許，可能 ④ |
| たましい ① | 【魂】名 靈魂；精氣，心魂 |

| | |
|---|---|
| **だます** ② | 【騙す】他五 欺騙；使平靜，使平息；迷惑人 ④ |
| **たまたま** ◎ | 【偶々】副 偶然，碰巧，無意中；偶爾，有時 N2 |
| **たまらない** ◎ | 【堪らない】連語 難於忍受的，難堪的，受不了的，不能形容的，～不得了 ⑥ |
| **たまり** ◎ | 【溜まり】名 積存，積存處；聚集的地方，集中處，休息室，休息處；忍受<br>⇨ 溜まり水（〔路面等〕積水）<br>⇨ 溜まり場（一些同伴們經常聚集的地方） |
| **たまる** ◎ | 【溜（ま）る】自五 積，蓄存，彙集；積壓，停滯；（同「貯まる」，表示金錢的）積攢，積存 ④ |
| **だまる** ② | 【黙る】自五 沈默；不打招呼；不反駁；不聞不問，不理 ⑤ |
| **ためいき** ③ | 【溜息】名 歎氣　➜ 溜息をつく（歎氣）❶ |
| **ためす** ② | 【試す】他五 試驗，嘗試，考驗 ④<br>⇨ 試し（試，嘗試；驗算） |
| **ためらう** ③ | 【躊躇う】自五 躊躇不前，猶豫，遲疑 ❶ |
| **ためる** ◎ | 【溜める・貯める】他下一 積蓄，積攢；停滯，累積 ❷ |
| **たもつ** ② | 【保つ】自他五 保持，維持；持續，保得住 N2<br>➜ 身を保つ（保身） |
| **たより** ① | 【便り】名 消息，書信 |
| **たよる** ② | 【頼る】他五 投靠；依賴，依靠<br>⇨ 頼り（依靠，信賴；借助；門路，關係）<br>⇨ 頼りない（不可靠；無依無靠）<br>➜ 頼りになる（可依靠）N2 |
| **だらけ** ① | 接尾 滿是，淨是，都是；沾滿 ⑤<br>⇨ 借金だらけ（債台高築） |
| **だらしない** ④ | 形 散漫，馬馬虎虎；沒出息，不爭氣；不檢點 ⑤ |
| **たらす** ② | 【垂らす】他五 垂下，披下；流，淌 ❷ |
| **たりょう** ◎ | 【多量】名・形動 大量　⇔ 少量 ❶ |
| **だん** ① | 【段】名・接尾 段，層，格；樓梯，臺階；段，排，欄；段落；一幕，一場；級，段，等級 ❸ |

| | |
|---|---|
| たんい ① | 【単位】名 單位；基本構成因素；學分 ① |
| だんかい ⓪ | 【段階】名 等級；階段，局面　⇨ 現段階 N2 |
| たんき ① | 【短期】名 短期　⇔ 長期<br>⇨ 短期間（短期）　⇨ 短期大学（短期大學＝短大） |
| たんご ⓪ | 【単語】名 單詞，詞彙 ① |
| だんこ ① | 【断固】形動 斷然，果斷，決然 ① |
| たんこう ⓪ | 【炭鉱】名 煤礦　⇨ 炭層（煤層） |
| たんさく ⓪ | 【探索】名・他サ 探索，搜索 ① |
| たんさんガス ⑤ | 【炭酸ガス】名 二氧化碳　⇒ 二酸化炭素 ① |
| だんし ① | 【男子】名 男孩子；男子，男性；男子漢　⇔ 女子 ③ |
| たんしゅく ⓪ | 【短縮】名・他サ 縮短，減少　⇔ 延長 ① |
| たんじゅん ⓪ | 【単純】名・形動 單純，簡單；純；無條件，沒限制 ⑤<br>⇔ 複雑 |
| たんしょ ① | 【短所】名 缺點，弱點　⇔ 長所 |
| だんじょ ① | 【男女】名 男女 ⑨ |
| たんじょう ⓪ | 【誕生】名・自サ 出生，誕生；創設，創辦 ⑤<br>⇨ 誕生日（生日） |
| たんす ⓪ | 【箪笥】名 衣櫃，衣櫥 ② |
| たんすい ⓪ | 【淡水】名 淡水　＝まみず　⇨ 淡水魚（淡水魚） |
| だんすい ⓪ | 【断水】名・自他サ 斷水，停水 |
| たんすう ③ | 【単数】名 單數；一個，單個　⇔ 複数 |
| だんたい ⓪ | 【団体】名 團體，集體；組織 ② |
| だんち ⓪ | 【団地】名 住宅區，社區，建築區 ① |
| だんてい ⓪ | 【断定】名・他サ 斷定，判斷 |
| たんとう ⓪ | 【担当】名・他サ 擔任，負責　⇒ うけもち ⑤ |
| たんなる ① | 【単なる】連体 僅僅，只不過 ① |
| たんに ① | 【単に】副（和「だけ」、「のみ」呼應）僅，只，單 ④ |

| たんにん ⓪ | 【担任】名・他サ 學校擔任班級、課程的人 |
| たんぺん ⓪ | 【短編・短篇】名 短篇　⇔ 長編（ちょうへん） |
| たんぼ ⓪ | 【田んぼ・田圃】名 水田，田地 |
| だんらく ⓪ | 【段落】名 段落；階段 ❸ |

## 歴屆考題

■ 衣服（いふく）などを入（い）れておく家具（かぐ）。（1998-IV-10）

① たんす　　② ふすま　　③ おしいれ　　④ ものおき

答案①

> 解 答案以外的選項，其漢字形式和意思分別是：②「襖（ふすま）」（兩面糊紙的拉門）；③「押入（おしい）れ」（壁櫥）；④「物置（ものおき）」（庫房，堆雜物的屋子）。

> 翻 放衣服等物品的傢俱。

■ 妥当（だとう）（2000-V-4）

① よくわからないが、妥当（だとう）に返事（へんじ）をしておいた。
② その計画（けいかく）は妥当的（だとうてき）だ。
③ 中山氏（なかやまし）の言（い）ったことは妥当性（だとうせい）に欠（か）ける。
④ この単語（たんご）に妥当（だとう）する外国語（がいこくご）が見（み）つからない。

答案③

> 解 選項①、②、④為誤用。①可改為「適当（てきとう）に返事（へんじ）をしておいた」（隨便回幾句）；②可改為「妥当（だとう）だ」，因為「妥當」本身就是形容動詞，不需要加「的」；④可改為「この単語（たんご）に該当（がいとう）する外国語（がいこくご）」（與這個單字相對應的外語）。

> 翻 ③中山說的話欠妥。

■ きのうはとてもたいくつな一日（いちにち）だった。（2001-VI-1）

① かなしい　　② たのしい　　③ おもしろい　　④ つまらない

答案④

**解** 這 4 個選項的意思分別是：①「悲しい」（悲傷，悲哀）；②「楽しい」（愉快）；③「面白い」（有趣）；④沒有價值，不值錢；無聊，沒意思；無意義，胡亂。

**翻** 昨天是非常無聊的一天。

■ たまたま（2002-Ⅳ-4）
① ぼくはひまがあると、たまたま映画を見る。
② たまたま遊びに來てください。
③ 弟はたまたまいたずらをする。
④ きのうはたまたま父と同じバスで帰った。

**答案④**

**解** 選項①、②、③為誤用。①可改為「ときどき」（有時）；②可改為「よく」（經常）；③可改為「たまに」（偶爾）。

**翻** ④昨天碰巧和爸爸坐了同一輛公車回家。

■ みそしるをつくって、ごはんを＿＿＿＿＿。（2003-Ⅲ-4）
① きざんだ　② たいた　③ わかした　④ むいた

**答案②**

**解** 這 4 個選項用的都是動詞過去式的常體。答案以外的選項，其動詞基本形的漢字和意思分別是：①「刻む」（剁碎；雕刻；銘刻）；③「沸かす」（燒開；使興高采烈）；④「向く」（面向；傾向；適合）或「剥く」（剝，削）。

**翻** 做了味噌湯，煮了飯。

■ 大した（2004-Ⅴ-2）
① 先日ここで大した事故が起きました。
② この県の中央には大した湖があります。
③ 大したけがじゃなくてよかったですね。
④ 後ろから大した声で呼ばれて、びっくりしました。

**答案③**

解 選項①、②、④為誤用。①和④可改為「大きな」（大的）；②可改為「大きい」（大的）。

翻 ③傷勢不嚴重，真是太好了。

■ レポートは手書きでも可。＿＿＿＿＿、きれいに書くこと。

（2005-Ⅲ-8）

① それに　　② ただし　　③ だって　　④ そのうえ

答案②

解 答案以外的選項，其意思分別是：①而且，還；③可是，但是；④而且，加上。

譯 報告可以手寫，不過要寫清楚。

■ 量が十分にある様子。（2006-Ⅳ-2）

① めっきり　　② たっぷり　　③ ぴったり　　④ すっきり

答案②

解 答案以外的選項，其意思分別是：①（變化）顯著，急劇；③緊密，嚴實；恰好，正合適；④舒暢，痛快；流暢；整潔。

翻 數量充足的樣子。

■ たとえ（2007-Ⅴ-2）
① たとえ彼が参加するなら、来週のハイキングは楽しいものになるだろう。
② たとえ春になったのに、まだ寒い。
③ たとえ一度や二度失敗しても、わたしはあきらめない。
④ たとえ病気がなおったら、みんなとスキーに出かけたい。

答案③

解 「たとえ」一般和「ても」連用，表示轉折。選項①、②、④為誤用。①、④可改為「もし」（如果，假如）；②可改為「もう」（已經）。

翻 ③即使失敗了一兩次，我也不會放棄。

♫106

| | |
|---|---|
| ち ① | 【地】名 地，大地，地球；土，土壤；地表；地上；陸地；地方，處所，地點；地區；餘地；地位，立場；（貨物等）下面；領土　⇨ 天地無用（請勿倒置） |
| ちい ① | 【地位】名 地位，身份，級別；職位 ⑥ |
| ちいき ① | 【地域】名 地域，地區　⇨ 地域性（地區性）⑦ |
| ちえ ② | 【知恵】名 智慧；主意，辦法 ②<br>➡ 知恵を絞る（想辦法）<br>➡ 知恵をつける（給人出主意；灌輸） |
| ちか ①② | 【地下】名 地下；死後的世界；非法的、秘密的世界 ③<br>⇔ 地上　⇨ 地下室　⇨ 地下鉄　⇨ 地下水 |
| ちがいない ④ | 【違いない】連語 一定，肯定，必定，的確 ② |
| ちかう ⓪② | 【誓う】他五 發誓，宣誓　⇨ 誓い（誓言） |
| ちがえる ⓪ | 【違える】自五 使～不同，更改；弄錯，搞錯；離間；交錯，交叉；扭傷 ③ |
| ちかごろ ② | 【近頃】名 最近，近來 |
| ちかぢか ②⓪ | 【近々】副 不久，過幾天 ① |
| ちかづく ③⓪ | 【近付く】自五 挨近，靠近；臨近，親近；近似，相似<br>⇨ 近づき（交往；熟人）⑤ |
| ちかづける ④⓪ | 【近付ける】他下一 使挨近，使靠近，使接近；讓～親近 |
| ちかよる ③⓪ | 【近寄る】自五 接近，挨近，走近，靠近 |
| ちからづよい ⑤ | 【力強い】形 有信心，心裏踏實；強有力，矯健<br>⇒ 心強い |
| ちかん ⓪ | 【痴漢】名 色狼 |
| ちぎる ② | 【千切る】他五（用指尖一點一點）弄碎，撕碎；（勉強地）拽下來 |
| ちく ①② | 【地区】名 地區　⇒ 地域 |
| ちじ ① | 【知事】名 知事；都、道、府、縣的首長 |

| | |
|---|---|
| **ちしき**① | 【知識】图 知識 ⇨ 知識人（知識份子）**5** |
| **ちしつ**⓪ | 【地質】图 地質 |
| **ちじょう**⓪ | 【地上】图 地上；人世間 ⇔ 地下**1** |
| **ちじん**⓪ | 【知人】图 熟人，相識 **2** |
| **ちたい**① | 【地帯】图 地帯 **3** |
| **ちち**②① | 【乳】图 奶，乳汁，奶水；乳房，乳峰 |
| **ちぢむ**⓪ | 【縮む】自五 變短，變小，縮減，起皺；畏縮；縮回 **N2** |
| **ちぢめる**⓪ | 【縮める】他下一 使縮小，縮短；裁短，削減；使縮回 |
| **ちてん**①⓪ | 【地点】图 地點 |
| **ちのう**① | 【知能】图 智力 ⇨ 知能検査（智力測試）**1** |
| **ちへいせん**⓪ | 【地平線】图 地平線 **1** |
| **ちほう**①② | 【地方】图 地方，地區；地方上；外地 **4** |
| **ちめい**⓪ | 【地名】图 地名 **2** |
| **ちゃく**① | 【着】图・接尾 到達，抵達（⇔ 発）；件，身；套；（到達順序）名 |
| **ちゃくちゃく**⓪ | 【着着・着々】副 一步一步的，穩步而順利，逐步的 **N2** |
| **ちゃんと**⓪ | 副・自サ 端正，規距，規規矩矩，正當；按期，如期；整齊；完全，早就；的確；安然無事；明顯；牢牢地；像樣的 **5** |
| **ちゅう**⓪ | 【注】图 注解，注釋 **14** |
| **ちゅうかん**⓪ | 【中間】图 中間；兩者之間；不極端，折衷 ⇨ 中間試験（期中考） ⇨ 中間報告（期中報告） |
| **ちゅうくう**⓪ | 【中空】图 空中，半懸空；中空，內部空虛 **1** |
| **ちゅうけい**⓪ | 【中継】图・他サ 中繼，轉口，中轉；電視或電臺的轉播 **N2** ⇨ 中継局（轉播站） ⇨ 中継放送（轉播） ⇨ 中継貿易（轉口貿易） ⇨ 生中継（實況轉播） |

| ちゅうこ ①⓪ | 【中古】名 中古（時代）；半舊，半新<br>⇨ 中古品（中古貨） |
| --- | --- |
| ちゅうじゅん ⓪ | 【中旬】名 中旬 |
| ちゅうしょう ⓪ | 【抽象】名・他サ 抽象　⇔ 具体 N2 |
| ちゅうせい ① | 【中世】名 中世；中世紀 |
| ちゅうせい ⓪ | 【中性】名（酸鹼度）中性；（性別）中性 ❶<br>⇔ 酸性　⇔ アルカリ性（鹼性）<br>⇨ 中性洗剤（中性洗滌劑） |
| ちゅうだん ⓪ | 【中断】名・自他サ 中断 ❶ |
| ちゅうと ⓪ | 【中途】名 半路，中途；半途上<br>⇨ 中途半端（不徹底，不完整，半途而廢） |
| ちゅうもく ⓪ | 【注目】名・自他サ 注目，注視；注目禮 N2 |
| ちゅうりゃく ⓪① | 【中略】名・他サ 中間略去一部分 14 |
| ちょう ① | 【兆】名 兆頭，徵兆；（數）兆，萬億 |
| ちょう ① | 【長】名・造語 長，首領；年長者；長輩；長處 ❷ |
| ちょう ① | 【庁】名 行政機關，官廳；局 ❷ |
| ちょうか ⓪ | 【超過】名・自サ 超過 ❶ |
| ちょうかん ⓪ | 【朝刊】名 朝刊，早報　⇔ 夕刊（晚報）❶ |
| ちょうき ① | 【長期】名 長期　⇔ 短期 ❷ |
| ちょうこく ⓪ | 【彫刻】名・他サ 雕刻　⇨ 彫刻家 ❶ |
| ちょうさ ① | 【調査】名・他サ 調査 ❸ |
| ちょうし ⓪ | 【調子】名 聲調；節奏；語調；格調；筆調；做法；樣子；氣勢　➡ 調子が出る（順利，順暢）❸<br>➡ 調子に乗る（得意忘形）<br>➡ 調子はずれ（走調，不合拍；反常）<br>➡ 調子を合わせる（幫腔，奉承） |
| ちょうせい ⓪ | 【調整】名・他サ 調整 |
| ちょうせつ ⓪ | 【調節】名・他サ 調節 N2 |
| ちょうせん ⓪ | 【挑戦】名・自サ 挑戦 ❶ |

| | |
|---|---|
| **ちょうだい**③ | 【頂戴】**他サ**(「もらう」的謙讓語)收到，得到；(「食べる、飲む」的謙讓語)吃喝；(帶親暱的口氣)請給我**2** |
| **ちょうたん**① | 【長短】**名**長短；長處和短處；剩餘和不足 |
| **ちょうめ**③ | 【丁目】**名・接尾**(日本的城市街區劃分，以「市、區、町、丁目、番地、號」的順序排列)～街，～條 |
| **ちょうり**① | 【調理】**名・他サ**烹調，烹飪 ⇨ 調理人(廚師) |
| **ちょきん**⓪ | 【貯金】**名・自他サ**儲蓄，存款**2** |
| **ちょくご**① | 【直後】**名**剛～之後，緊接著；正後面 ⇔ 直前**1** |
| **ちょくせつ**⓪ | 【直接】**名・形動・副**直接 ⇔ 間接**6** |
| **ちょくせん**⓪ | 【直線】**名**直線 ⇨ 一直線(一條直線；筆直)**1** |
| **ちょくぜん**⓪ | 【直前】**名**即將～之前；眼看～的時候；正前面**1** ⇔ 直後 |
| **ちょくつう**⓪ | 【直通】**名・自サ**直達 ⇨ 直通列車(直達車) |
| **ちょくりゅう**⓪ | 【直流】**名・自サ**直流；嫡系；直流(電) ⇨ 直流電流(直流電) |
| **ちょしゃ**① | 【著者】**名**著者，作者**1** |
| **ちょしょ**① | 【著書】**名**著書，著作**1** |
| **ちょぞう**⓪ | 【貯蔵】**名・他サ**儲藏，儲存 |
| **ちょっかく**⓪ | 【直角】**名**直角**2** |
| **ちょっけい**⓪ | 【直径】**名**直徑 ⇔ 半径 |
| **ちらかす**⓪ | 【散らかす】**他五**弄亂，到處亂扔 **N2** |
| **ちらかる**⓪ | 【散らかる】**自五**零亂，放得亂七八糟，到處都有**1** |
| **ちらす**⓪ | 【散らす】**他五**使散開，弄散，驅散；散佈；消腫<br>⇨ 散らし(散開；廣告單)<br>⇨ 食い散らす(吃得杯盤狼籍)<br>➡ 気を散らす(渙散，散漫)<br>➡ ～散らす(〔前接動詞連用形〕胡亂) |
| **ちりがみ**⓪ | 【塵紙】**名**衛生紙；用樹皮造的粗紙 |

| ちりょう⓪ | 【治療】名・他サ 治療 N2 |
|---|---|
| ちる⓪ | 【散る】自五 凋謝，落；離散，分散；消散；滲；消腫；渙散，不專心 ➡ 気が散る（精神渙散）14 |
| ちんれつ⓪ | 【陳列】名・他サ 陳列 1 |
| ちん① | 【賃】造語 費用；工作得到的報酬 N2 |

## 歴屆考題

■ 中断（2000-V-5）

① 明日は忙しいので、友だちとの約束を中断した。

② 先週は台風のために遠足が中断になった。

③ かみなりが落ちて、大きな木が中断した。

④ 急に雨が降ってきたので、試合が一時中断した。

答案④

解 選項①、②、③為誤用。①可改為「約束を破った」（違約）；②可改為「遠足が中止になった」（郊遊中止）；③可改為「木が切断された」（樹木被劈斷了）。

翻 ④突然下起了雨，所以比賽中斷了一會兒。

■ 田中さんは毎回予習を＿＿＿＿＿＿＿やってくるまじめな学生だ。

（2003-III-7）

① ふたたび ② そんなに ③ ちゃんと ④ かわりに

答案③

解 答案以外的選項，其意思分別是：①「再び」（再，又）；②那麼地，那麼樣；④「代わりに」（代替；作為交換）。

翻 田中是個每次都會好好預習的認真學生。

■ このいすは、子どもの身長に合わせて高さを＿＿＿＿＿＿＿することができます。（2007-III-9）

① 調節 ② 安定 ③ 処理 ④ 共通

答案①

**解** 答案以外的選項，其漢字的讀音和意思分別是：②「安定」（安定，穩定）；③「処理」（處理）；④「共通」（共同，同樣）。

**翻** 這種椅子可以按照孩子的身高調節高度。

| | |
|---|---|
| つい ◎ | 【対】图 對，成對；對句 |
| つい ① | 【終】图 最後，最終　➡ ついの別れ（永訣） |
| つい ① | 圓（時間、距離）相隔不遠，剛剛；不由得 ⑧ |
| ついか ◎ | 【追加】名・他サ 追加，再增加，補上，添補 N2 |
| ついせき ◎ | 【追跡】名・他サ 追蹤 ❶ |
| ついで（に）◎ | 【序で（に）】名・副 方便，順便；順便，就便 ❼ |
| ついに ① | 【遂に】圓 最後，結局，終於 ❻ |
| つう ① | 【通】名・形動 通，通暢；精通，在行，行家；通曉人情事故；會玩的人 ❺ |
| つうか ① | 【通貨】图 流通的貨幣 |
| つうか ◎ | 【通過】名・自サ 通過，經過；批准；（火車、電車過站）不停 ❶ |
| つうかい ◎ | 【痛快】名・形動 痛快；愉快，快活 ❶ |
| つうがく ◎ | 【通学】名・自サ 上學，通學 ❷ |
| つうこう ◎ | 【通行】名・自サ 通行，往來；廣泛流傳 ❹ |
| つうじて ◎ | 【通じて】圓 總的說來，一般地（說）；總共 ❺ |
| つうじる ◎ | 【通じる】自・他上一 通往，通向；通（電）；領會，理解，溝通；精通，熟悉；行得通；通用；男女私通；通敵；具共同點；以～為媒介；使對方理解；聯繫；在整個期間或範圍 N2 |
| つうしん ◎ | 【通信】名・自サ 通信；電訊，通訊 ❷<br>⇨ 通信員（通訊員、記者）　⇨ 通信教育（通信教育） |

| | |
|---|---|
| **つうち** ⓪ | 【通知】名・他サ 通知 ❶<br>⇨ 通知表（學生的家庭聯絡簿） |
| **つうねん** ① | 【通念】名 一般的觀念；共同的想法 ❶ |
| **つうほう** ⓪ | 【通報】名・他サ（災害等緊急）通報，通知 |
| **つうやく** ① | 【通訳】名・自他サ 口譯，翻譯 ⇒翻訳（翻譯，筆譯） |
| **つうよう** ⓪ | 【通用】名・自サ 通用，通行；兼用；有效；常用 ❷ |
| **つうろ** ① | 【通路】名 通行路，道路，人行道；通道，過道 |
| **つかいこなす** ⑤ | 【使いこなす】他五 運用自如，掌握，操縱；使之發揮作用 ❶ |
| **つかいわける** ⑤ | 【使い分ける】他下一 分開使用，分別使用；適當地使用，靈活運用 ❶ |
| **つかえる** ⓪ | 【使える】自下一 可以使用，能夠使用；有效；能幹的，能派上用場 ❺ |
| **つかむ** ② | 【摑む】他五 捉住，揪住，抓住；把握住；獲得 ❷ |
| **つき** ② | 【付】名 黏著；（火）點著，燃燒；運氣<br>⇨ 〜付き（〔接在名詞後〕樣子，神色；附屬；附帶）<br>⇨ 言葉つき（口氣） ⇨ 顔つき（相貌）<br>➡ 付きが悪い（〔膠水〕不黏）<br>➡ 付きが回ってくる（時來運轉） |
| **つきあう** ③ | 【付（き）合う】自五 交際，交往；（人情上）陪伴，作陪 ⇨ 付（き）合い（交際；陪伴；人情上的應酬）❶ |
| **つきあたり** ⓪ | 【突き当（た）り】名 盡頭；衝突，撞上 ❶ |
| **つきあたる** ④ | 【突き当（た）る】自五 衝突，撞上；走到盡頭；面臨，面對 ❸ |
| **つぎつぎ** ② | 【次々】副 一個接一個，接踵而來，連續不斷，陸續；按著順序，依次 ❺ |
| **つぎに** ② | 【次に】接續 其次，接著 ❷ |
| **つきひ** ② | 【月日】名 月亮和太陽；時光，歲月，光陰；月日，日期 |
| **つきもの** ② | 【付き物】名 附屬品；離不開的東西；避免不了的事 ❶ |

た

149

**つく** ⓪ 【突く・衝く】他五 刺，戳，扎；撞，頂；扶，把；嚴属地追究；冒着，頂着；痛心 5

**つく** ①② 【就く】自五 就，從事；沿著，跟隨 3

**つぐ** ⓪ 【次ぐ】自五 接著，繼～之後；次於，亞於 4
→ 次いで（接著，隨後）

**つぐ** ⓪ 【注ぐ】他五 倒，倒入；斟；灌（進），注入 4

**つぐ** ⓪ 【継ぐ】他五 繼承；縫補，修繕；添加；接上 1

**つくづく** ③② 副 仔細，細心；深刻地，深切地；實在，切實 N2

**つくりだす** ④⓪ 【作り出す】他五 開始做；製造出來；創造，發明；創作；做出，造成 5

**つくる** ② 【造る】他五 建造；造幣；設計庭院；釀造；創造 3

**つけ** ② 【付け】名 帳單；賒；賒賬；（歌舞伎）打梆子

**つける** ② 【点ける】他下一 點火（燈），點燃；打開 2

**つける** ② 【就ける】他下一 使就任；使就職，使從事；使從師；跟著學 2

**つける** ② 【着ける】他下一 佩戴，戴上，繫上，穿上；把～靠在，貼在；停船（車）2 → 目を着ける（著眼；著目）

**つげる** ⓪ 【告げる】他下一 告訴，告知；宣告（某種狀態）3

**つたわる** ⓪ 【伝わる】自五 傳遞，傳達；傳播，傳佈；沿著；繼承；傳來 5

**つっこむ** ③ 【突っ込む】自・他五 闖進；深入；插入；鑽進；戳穿；埋首投入；追究 N2

**つつみ** ③ 【堤】名 防洪堤壩，堤防

**つとめ** ③ 【勤め・務め】名 工作，差事

**つとめる** ③ 【努める】自下一 努力，盡力；為～効力 N2

**つとめる** ③ 【務める】他下一 擔任；扮演 N2

**つとめる** ③ 【勤める】他下一 工作，做事，任職；服侍；（佛）修行；陪酒 ⇨ 勤め先（工作地點）5

| | |
|---|---|
| つな ② | 【綱】名 粗繩，繩索；(喻)依靠，命脈<br>⇒ 綱引き（拔河） ⇒ 綱渡り（走鋼絲；做危險的事）<br>⇒ 命綱（救生索） |
| つながる ⓪ | 【繫がる】自五 連接；相關，牽涉；有血緣關係；接通電話；被繫在～上 ⑤<br>⇒ 繫がり（連接；系列；聯繫，關聯，關係；羈絆） |
| つなぐ ⓪ | 【繫ぐ】他五 拴，繫；結合，牽，拉；維繫 ① ＝繫げる |
| つね (に) ① | 【常 (に)】名・副(つね)平時；常情；普通(人)；(つねに)時常，總是 ⇒ 常常（平常；常常） ③ |
| つねづね ② | 【常常】副 平常，平素，素日；常常，經常 ① |
| つば ① | 【唾】名 唾液，唾沫 ② |
| つばさ ⓪ | 【翼】名 翅膀；機翼 ① |
| つばめ ⓪ | 【燕】名 燕子 |
| つぶ ① | 【粒】名 顆粒；(數量單位)顆，粒 ⇒ 大粒（大顆） |
| つぶす ⓪ | 【潰す】他五 弄碎，壓碎；宰殺；堵死，堵上；丟臉，損害名譽；消磨時間；敗家，使破產；毀壞 ④<br>⇒ 暇つぶし（消磨時光；浪費時間）<br>➡ 肝をつぶす（嚇破膽） ➡ 暇をつぶす（消磨時間）<br>➡ 面目をつぶす（丟臉） |
| つぶる ⓪ | 【瞑る】他五 閉眼 ➡ 目をつぶる（閉目，瞑目） ① |
| つぶれる ⓪ | 【潰れる】自下一 倒塌，擠壞，壓壞；丟人，丟臉；倒閉，破產；壞了，泡湯；痛心，悲痛 ②<br>➡ 目／耳がつぶれる（眼瞎／耳聾）<br>➡ 顔がつぶれる（丟臉） |
| つぼ ⓪ | 【壺】名 壺，罐；要點，關鍵；預料；(針灸的)穴位<br>➡ つぼを押さえる（抓住要點） |
| つまずく ⓪ | 【躓く】自五 絆倒，跌倒，摔跤；失敗 N2 |
| つまる ② | 【詰 (ま) る】自五 堵塞，不通；擠滿，堆滿；縮短，縮；窮困；停頓 ⇒ 紙詰まり（〔影印機等〕卡紙）<br>N2 |
| つみ ① | 【罪】名 罪孽，罪過；犯罪，罪行；處罰；罪責<br>➡ 罪を着せる（誣陷，陷害） ⇒ 罪人（罪人）② |

| | |
|---|---|
| **つみあげる** ④ | 【積(み)上げる】他下一 堆積起來；積累起來；堆完；裝完 ❶ |
| **つみおろし** ⓪ | 【積(み)降ろし・積(み)卸し】名・他サ 裝卸 ❶ |
| **つみかさねる** ⑤ | 【積(み)重ねる】他下一 堆起來；累積，疊加；繼續 ❶ |
| **つむ** ⓪ | 【積む】他五 堆積；裝運，裝載；積累；積蓄，積攢 N2 |
| **つめる** ② | 【詰める】自・他下一(他動詞)填塞，裝入；擠緊，緊靠；憋緊；不停地；縮短；節約，節儉；(自動詞)值勤，上班；守候 ④<br>⇨ 詰め合わせる(混裝)　⇨ 詰め所(執勤室，值班室) |
| **つもる** ②⓪ | 【積もる】自五 積，堆積；累積；估計；推測 ④ |
| **つや** ⓪ | 【艶】名 光澤，光亮，潤澤；興趣，妙趣；(俗)艷聞 |
| **つよき** ⓪ | 【強気】名・形動 堅決；強硬；逞強；看漲；(買風)很盛 ⇔ 弱気 |
| **つよまる** ③ | 【強まる】自五 強烈起來，增強 ⇔ 弱まる |
| **つよめる** ③ | 【強める】他下一 加強，強化，強大 ⇔ 弱める |
| **つりあう** ③ | 【釣(り)合う】自五 平衡，均衡；相配，相稱；調和 |
| **つる** ⓪ | 【吊る】他五 懸掛，掛；吊起；上吊；向上翹；抽筋 ⇨ 吊るす　⇨ 吊れる ❶<br>⇨ 吊り鐘(吊鐘)　⇨ 吊り革(吊環) |
| **つるす** ⓪ | 【吊るす】他五 吊起，掛起 ❶ |
| **つるつる** ⓪① | 副・自サ・形動(副①)溜滑；(吃麵等的聲音)呼嚕呼嚕(形動⓪)光滑的 ❶ |
| **つれ** ⓪ | 【連れ】名 同伴，夥伴，伴侶 N2 |

## 歴屆考題

■ コンピューターを使って、国内だけでなく海外とも_____が可能になった。（1997-Ⅲ-3）

① 通知　② 通信　③ 通行　④ 通用

**答案②**

**解** 答案以外的選項，其漢字的讀音和意思分別是：①「通知」（通
　　知）；③「通行」（通行）；④「通用」（通用）。

**翻** 用電腦不僅是國內，跟國外也可以互通資訊了。

- 家<sub>いえ</sub>の中<sub>なか</sub>は＿＿＿＿＿清潔<sub>せいけつ</sub>にしておきましょう。（2002-Ⅲ-7）

① たんに　② ついに　③ つねに　④ すでに

**答案③**

**解** 這 4 個選項都是副詞。答案以外的選項，其漢字形式和意思分別
　　是：①「単<sub>たん</sub>に」（單單，只是）；②「終<sub>つい</sub>に・遂<sub>つい</sub>に」（終於；直到最
　　後）；④「既<sub>すで</sub>に」（已經）。

**翻** 要經常保持家中的清潔。

♬ 115

| | |
|---|---|
| **であう** ② | 【出会う・出合う】自五 遇見，碰上，邂逅；男女秘密約會　⇨ 出会い・出合い（相遇；會合；幽會）② |
| **てあたり** ② | 【手当（た）り】名 手觸摸時的觸感；手頭，手邊；線索　⇨ 手<sub>て</sub>当<sub>あ</sub>たり次<sub>し</sub>第<sub>だい</sub>（抓到什麼是什麼）1 |
| **てあて** ① | 【手当（て）】名 治療；津貼，補貼；準備 1 |
| **ていあん** ⓪ | 【提案】名・他サ 提案，建議 1 |
| **ていいん** ⓪ | 【定員】名 規定人數；定額（人員） |
| **ていか** ⓪① | 【低下】名・自サ 低落；降低，下降；減弱，降低 1 |
| **ていか** ⓪ | 【定価】名 定價，標價 |
| **ていき** ① | 【定期】名 定期（的月票、存款等）；定期儲蓄 ②　⇨ 定<sub>てい</sub>期<sub>き</sub>券<sub>けん</sub>（月票，定期券）　⇨ 定<sub>てい</sub>期<sub>き</sub>預<sub>よ</sub>金<sub>きん</sub>（定存） |
| **ていぎ** ①③ | 【定義】名・他サ 定義 1 |
| **ていこう** ⓪ | 【抵抗】名・自サ 抵抗，抗拒，反抗；阻力，電阻 N2 |
| **ていこく** ⓪ | 【定刻】名 定時，準時 1 |

153

| | | |
|---|---|---|
| **ていし** ⓪ | 【停止】**名・自他サ** 停下；中斷，停止 **1** | |
| **ていしゅつ** ⓪ | 【提出】**名・他サ** 提出，提交　⇨ 再提出 **N2** | |
| **ていせい** ⓪ | 【訂正】**名・他サ** 訂正 **1** | |
| **ていでん** ⓪ | 【停電】**名・自サ** 停電，停止供電 | |
| **ていど** ①⓪ | 【程度】**名** 程度，水平；限度，範圍；大約，大概 **8** | |
| **ていねい** ① | 【丁寧】**形動** 彬彬有禮，恭敬；詳細地，細心地 **N2** | |
| **ていねん** ⓪ | 【定年】**名・自サ** 退休年齡；退休 ⇨ 定年退職（退休）**1** | |
| **ていめい** ⓪ | 【低迷】**名・自サ** 低迷，處於低潮 | |
| **でいり** ⓪ | 【出入】**名・自サ** 出入，進出；常來往；收支；有出入，不相符；爭吵；參差不齊　⇨ 出入口（出入口） | |
| **ていりゅうじょ** ⓪⑤ | 【停留所】**名** 車站；公車站；電車站 | |
| **ていれ** ③ | 【手入れ】**名・他サ** 修理，保養；搜捕，搜查 **1** | |
| **てがき** ⓪ | 【手書き】**名・他サ** 手寫，手抄 **1** | |
| **てがる** ⓪ | 【手軽】**名・形動** 簡單，容易　⇨ 手軽い（簡便的）**N2** | |
| **てき** ⓪ | 【敵】**名** 敵人，仇敵；競爭對手；障礙，大敵 **1**　⇨ 敵意（敵意）　⇨ 敵方（敵方）　⇨ 敵国（敵國）　⇨ 敵味方（敵人和我方） | |
| **できあがり** ⓪ | 【出来上（が）り】**名** 做出來，做好；做出來的結果（質量、手藝）**1** | |
| **できあがる** ⓪④ | 【出来上がる】**自五** 完成，做完；酒酣，醉意濃 **1** | |
| **できごと** ② | 【出来事】**名** 事件，事故 **2** | |
| **てきする** ③ | 【適する】**自サ** 適合，適於；配當～，夠做～ | |
| **てきせつ** ⓪ | 【適切】**形動** 恰當，妥當 ⇨ 不適切（不妥當，不合適） | |
| **てきど** ① | 【適度】**名・形動** 適度，適當 **N2** | |
| **てきよう** ⓪ | 【適用】**名・他サ** 適用，應用 | |
| **できれば** ② | 【出来れば】**連語** 如果可以的話；若是能做到的話 **8** | |
| **でこぼこ** ①⓪ | 【凸凹】**名・自サ・形動** 凹凸不平；參差不齊；不均衡 **1** | |
| **でさき** ⓪③ | 【出先】**名** 去處，前往的地方 **4** | |

| | |
|---|---|
| でし ② | 【弟子】名 弟子，徒弟 ① |
| てじな ① | 【手品】名 戲法，魔術；騙術，奸計 ① |
| ですから ① | 接續 所以，因此 ④ |
| でたらめ ◎ | 【出鱈目】名・形動 荒唐，胡說；胡鬧，亂七八糟；不可靠 ③ |
| てつ ◎ | 【鉄】名 鐵；(喻)堅定的，堅強的 ⇨ 鉄橋(てっきょう)(鐵橋) ➡ 鉄は熱い(あつ)いうちに打て(打鐵趁熱) ② |
| てつがく ② ◎ | 【哲学】名 哲學；想法，觀點，主張 ② |
| てつき ① | 【手付き】名 手的姿勢、動作 ① |
| てつづき ② | 【手続(き)】名 手續 ③ |
| てってい ◎ | 【徹底】名・自サ 徹底；全面 ⑤ |
| てっぽう ◎ | 【鉄砲】名 步槍，槍；(猜拳)拳頭；(相樸)雙手猛推對方胸部；河豚；(日式澡盆)燒水鐵管；吹牛皮，說大話 ⇨ 鉄砲巻き(てっぽうま)き(中間包瓢瓜乾的壽司卷) |
| てつめんぴ ③ | 【鉄面皮】名・形動 厚臉皮 ① |
| てつや ◎ | 【徹夜】名・自サ 徹夜，熬夜 ① |
| てぬぐい ◎ | 【手拭い】名 布手巾 |
| てのひら ② ① | 【掌・手のひら】名 手掌 ⇔ 手の甲(て こう)(手背) ① ➡ 手のひらを返す(かえ)す(突然改變態度；反掌) |
| てびき ① | 【手引(き)】名・他サ 引路，嚮導；入門書；指導，啟蒙；門路 ① |
| てま ② | 【手間】名 (工作)所費的時間和勞力，功夫；工錢；零工，日工 ③ |
| てまね ① | 【手真似】名 手勢，用手比劃 ① |
| でむかえる ◎ ④ | 【出迎える】他下一 出迎，迎接 ⇨ 出迎え(で むか)え(迎接，迎接的人) |
| てらす ② | 【照らす】他五 照射，照耀；比較，參照 ① |
| てる ① | 【照る】自五 照射，照耀；放晴，晴天 ③ |
| てんかい ◎ | 【展開】名・自他サ 展開；進展；展現；隊形散開 N2 |

た

| | |
|---|---|
| てんかん ⓪ | 【転換】名・自他サ 轉變;調換 ⇨ 転換期 N2 |
| でんき ⓪ | 【伝記】名 傳記 ⇨ 伝記小説（傳記小說） |
| てんけい ⓪ | 【典型】名 模範;典型 ⇨ 典型的（典型的）1 |
| てんじ ⓪ | 【展示】名・他サ 展示 1<br>⇨ 展示会（展示會） ⇨ 展示場（展示廳）<br>⇨ 展示品（展示品） |
| でんし ① | 【電子】名 電子 1<br>⇨ 電子音楽（電子音樂） ⇨ 電子レンジ（微波爐）<br>⇨ 電子顕微鏡（電子顯微鏡） |
| てんじょう ⓪ | 【天井】名 天花板;物體內部最高處;（物價、股市的）最高點 1 |
| てんしょく ⓪ | 【転職】名・自サ 轉業,改行,轉行 2 |
| てんじる ⓪③ | 【転じる】自・他上一 轉變;改變;遷移 ＝転ずる 1 |
| てんすう ③ | 【点数】名 分數;件數 1 |
| でんせん ⓪ | 【伝染】名・自サ 傳染 ⇨ 伝染病 1 |
| でんせん ⓪ | 【電線】名 電線 |
| でんたく ⓪ | 【電卓】名 電子計算機 1 |
| でんち ① | 【電池】名 電池 2 |
| でんちゅう ⓪ | 【電柱】名 電線杆 |
| てんてん ③⓪ | 【点々】名・副（名）點線,虛線;（漁火等）點點;（副）（往下滴落）滴滴答答地滴;點點 1 |
| てんてん ⓪ | 【転転・転々】副・自サ 轉來轉去,輾轉;翻來覆去;滾轉 |
| でんとう ⓪ | 【伝統】名 傳統 N2 |
| でんどう ⓪ | 【電動】名 電動 2 |
| てんねん ⓪ | 【天然】名 天然 ⇔ 人工 1<br>⇨ 天然ガス（天然氣） ⇨ 天然記念物（天然紀念物）<br>⇨ 天然資源（天然資源） |
| でんぱ ① | 【電波】名 電波 |

156

**でんりゅう**⓪　【電流】❸ 電流

**でんりょく**①⓪　【電力】❸ 電力 ❶

## 歷屆考題

■ 表面がとび出したりへこんだりしているようす。（1998-Ⅳ-1）

① あやふや　　② でこぼこ　　③ あちこち　　④ あべこべ

答案②

解　這 4 個選項都是擬態語。答案以外的選項，其意思分別是：①含糊；③到處；④（順序、位置、關係等）相反、顛倒。

翻　表面凹凸不平的樣子。

■ 夕べは＿＿＿＿したので、けさは眠くてしかたがない。（2002-Ⅲ-5）

① 深夜　② 徹夜　③ 夜行　④ 夜明け

答案②

解　答案以外的選項，其漢字的讀音和意思分別是：①「深夜」（深夜）；③「夜行」（夜晚活動；夜間列車）；④「夜明け」（黎明，拂曉）。4 個選項中只有②可用作サ動詞。

翻　昨晚熬夜了，所以今天早上睏得要命。

■ このスープを作るには＿＿＿＿も時間もかかります。（2005-Ⅲ-6）

① 手段　② 手間　③ 手入れ　④ 手続き

答案②

解　答案以外的選項，其漢字的讀音和意思分別是：①「手段」（手段，辦法）；③「手入れ」（修整，修剪，打理）；④「手続き」（手續）。

翻　做這個湯既費工夫又費時間。

# と

♫ 119

| | |
|---|---|
| **ど** ⓪ | 【度】名・接尾 程度；氣度，氣量；次數，回數；(溫度、角度、經緯度、眼鏡)度，度數 15<br>➡ 度が過ぎる(過頭) |
| **どあい** ⓪ | 【度合い】名 程度，幅度 1 |
| **といあわせる** ⑤⓪ | 【問(い)合(せ)る】他下一 詢問，打聽 N2<br>⇨ 問い合せ(詢問，打聽) |
| **といかける** ④⓪ | 【問(い)掛ける】他下一 問，打聽；開始問 2 |
| **とう** ① | 【党】名 政黨；黨羽，同伙 ⇨ 政党 |
| **とう** ⓪① | 【問う】他五 問；追查；(用否定形式)不管，不限 7<br>⇨ 問い(提問；問題) ⇨ 問い返す(反問)<br>⇨ 問い掛ける(提問) ⇨ 問い詰める(盤問)<br>➡ 責任を問う(追究責任) ➡ 年齢を問わず(不限年齡) |
| **とういつ** ⓪ | 【統一】名・他サ 統一 ⇔ 分裂 N2 |
| **どういつ** ⓪ | 【同一】名・形動 同樣，同一 ⇨ 同一人物(同一人物) |
| **どうか** ① | 副 請；總算，設法；不正常；是～還是～；怎麼回事 |
| **どうかく** ⓪ | 【同格】名 同格，同等資格；(語法)同格 |
| **どうきゅう** ⓪ | 【同級】名 同班，同學年；同等級 |
| **とうげ** ③ | 【峠】名 山頂；極點，頂點 3 |
| **とうけい** ⓪ | 【統計】名・他サ 統計 ⇨ 統計学 ⇨ 統計表 1 |
| **とうげい** ⓪ | 【陶芸】名 陶瓷工藝 1 |
| **どうこう** ⓪ | 【同好】名 同好，相同嗜好 1 |
| **どうさ** ⓪① | 【動作】名・自サ 動作 ⇨ 挙動 2 |
| **とうし** ⓪① | 【投資】名・他サ 投資 1 |
| **とうじ** ① | 【当時】名 當時，那時；現在，目前 5 |
| **どうじ** ①⓪ | 【同時】名 同時，同時期；同時立刻 6<br>⇨ 同時に(與～同時) |
| **とうじつ** ⓪① | 【当日】名 當天，當日 |

158

| | |
|---|---|
| とうしょ ① | 【当初】图 當初，最初 |
| とうしょ ⓪ | 【投書】名・自サ 投稿；投書 ❶<br>⇨ 投書箱（投稿箱） ⇨ 投書欄（投稿欄） |
| とうじょう ⓪ | 【登場】名・自サ 登台；出場；上市 |
| どうせ ⓪ | 圓 反正；終歸 ❸ |
| どうせい ⓪ | 【同性】图 性別相同；性質相同 ❶ |
| とうぜん ⓪ | 【当然】名・形動・副 當然 ❽ |
| とうそう ⓪ | 【闘争】名・自サ 鬥爭 ❶ |
| とうだい ⓪ | 【灯台】图 燈架；燭臺；燈塔 |
| とうちゃく ⓪ | 【到着】名・自サ 抵達 ⇔ 出発（出發）❸ |
| どうとく ⓪ | 【道徳】图 道德 ⇨ 社会道徳 |
| とうなん ⓪ | 【盗難】图 失竊 ❶<br>⇨ 盗難車（偷竊來的汽車） ⇨ 盗難保険（防盗保險） |
| どうにか ① | 【如何にか】圓 想點法子，好歹想個辦法；總算，好<br>歹，湊合，勉強 |
| どうにゅう ⓪ | 【導入】名・他サ 引進；導入，引用 N2 |
| とうにん ① | 【当人】图 本人，當事人 |
| とうばん ① | 【当番】图 值班，值日，值勤 |
| とうひょう ⓪ | 【投票】名・自サ 投票 ⇨ 投票用紙 ❶ |
| とうぶん ⓪ | 【等分】名・他サ 相等的分量；平均分 |
| とうぼう ⓪ | 【逃亡】名・自サ 逃走，逃遁，逃跑；逃亡，亡命 N2 |
| とうめい ⓪ | 【透明】名・形動 透明 N2<br>⇨ 無色透明 ⇨ 不透明 ⇨ 半透明 |
| とうゆ ⓪ | 【灯油】图 煤油；燈油 |
| とうよう ⓪ | 【登用】名・他サ 任用，錄用，重用 ❶ |
| どうよう ⓪ | 【同様】名・形動 一樣 ❺ |
| どうろ ① | 【道路】图 道路 ⇨ 道路工事（道路施工）❼ |

| | |
|---|---|
| **とうろく** ⓪ | 【登録】**名・他サ** 註冊，登記 **N2**<br>とうろくばんごう<br>⇨ 登録番号（登記號碼） |
| **とうろん** ① | 【討論】**名・自他サ** 討論 ⇒ ディスカッション **N2**<br>こうかいとうろうかい<br>⇨ 公開討論会（選舉時候選人的公開政見討論會） |
| **どうわ** ⓪ | 【童話】**名** 童話 ⇨ 童話作家 |
| **とおす** ① | 【通す】**他五** 穿通；通透；貫徹；領進；透過 **5**<br>とお<br>➡ 〜通す（〔接動詞連用形〕連續，一貫，到底，一直）<br>め　とお<br>➡ 目を通す（瀏覽，過目） |
| **とおぼえ** ⓪ | 【遠吠え】**名・自サ** 在遠方拉長聲嚎叫 **1** |
| **とおまわり** ③ | 【遠回り】**名・自サ** 繞道，繞遠路 **1** |
| **とおりかかる** ⑤⓪ | 【通り掛（か）る】**自五** 恰巧通過 |
| **とおりすぎる** ⑤ | 【通り過ぎる】**自上一** 走過，越過 **2** |
| **とかい** ⓪ | 【都会】**名** 都市 ⇔ 田舎 **3**<br>と　かいじん　　　　　　　　とかいせいかつ<br>⇨ 都会人（都市人） ⇨ 都会生活（都市生活） |
| **とかす** ② | 【溶かす・融かす・解かす】**他五** 溶解，融化；（金屬）熔化，熔解 |
| **とがらす** ③ | 【尖らす】**他五** 磨尖；突出；提高（嗓門）；提高（警惕），緊張起來 **1**<br>き<br>➡ 気をとがらす（提高警惕） ➡ 口をとがらす（撅嘴）<br>こえ<br>➡ 声をとがらす（拉高嗓門）<br>しんけい<br>➡ 神経をとがらす（警惕） |
| **とがる** ② | 【尖る】**自五** 尖；（神經）過敏；發怒 **5** |
| **ときかた** ③④ | 【解（き）方】**名** 解答方法 **1** |
| **どきどき** ① | **副・自サ**（心）撲通撲通地跳；七上八下，忐忑不安 **13** |
| **ときに** ② | 【時に】**副・接續** 有時；可是，不過<br>とき<br>⇨ 時には（有時；那時候） |
| **とく** ① | 【溶く】**他五** 溶解，化開 **2** |
| **とく** ① | 【解く】**他五** 解開，解除；解答；消除；廢除；解釋；攪拌；稀釋 **2**<br>と　　はな　　　　　　　　　　　と<br>⇨ 解き放す（放開） ⇨ 解きほぐす（解開） |

| とく① | 【説く】他五 說明；解釋 |
| | ⇨ 説き明かす（說明）　⇨ 説き伏せる（說服） |
| とく⓪ | 【得】名・形動 收益；得好處，划算；方便 8 |
| | ⇔ 損（損失，虧損）　⇨ 買い得（買得便宜） |
| どく⓪ | 【退く】自五 讓開，躲開 |
| どく② | 【毒】名 毒藥；有毒；毒害；（語言、行動）傷人；惡意　⇨ 毒液（毒液）2 |
| | ➡ 毒にも 薬 にもならぬ（既無害也無益） |
| とくい②⓪ | 【得意】形動・名 擅長；得意，滿意；得意洋洋；主顧 |
| | ⇨ 得意先（老主顧）　⇨ 不得意（不精通，不擅長）4 |
| どくしゃ① | 【読者】名 讀者　⇨ 読者層 2 |
| とくしゅ⓪ | 【特殊】名・形動 特殊　⇔ 一般　⇔ 普通 1 |
| どくしょ① | 【読書】名・自サ 讀書，閱讀　⇨ 読書室（讀書室）2 |
| とくしょく⓪ | 【特色】名 特色，特徵，特點，特長 |
| どくしん⓪ | 【独身】名 單身，光棍 1 |
| とくちょう⓪ | 【特徴】名 特徵，特點 5 |
| とくてい⓪ | 【特定】名・他サ 特定 N2 |
| どくとく⓪ | 【独特】形動 獨特 3 |
| とくばい⓪ | 【特売】名・他サ 特賣；（不經招標）賣給特定的人 2 |
| どくりつ⓪ | 【独立】名・自サ 獨立；單獨 2 |
| | ⇨ 独立国家　⇨ 独立心　⇨ 独立宣言 |
| とけこむ⓪③ | 【溶（け）込む】自五 溶解，溶入；融洽 |
| とける② | 【解ける】自下一 鬆開；（怒氣）消了；（問題）答出，解開；解除（禁令等）；解決 5 |
| とける② | 【溶ける・融ける】自下一 溶解；溶化 2 |
| | ⇨ 溶け合う（融洽） |
| どける⓪ | 【退ける】他下一 挪開，移開 |
| どこか①⓪ | 連語 那裏，什麼地方；總覺得，好像 10 |
| とことん③ | 名・副 最後，底 1 |

| | |
|---|---|
| **とこのま** ⓪ | 【床の間】名 壁龕 |
| **ところが** ③ | 接續・助（接續）然而；（助）（順接條件）一～便，剛要～；（逆接條件）即使～也～ **7** |
| **ところで** ③ | 接續（轉換話題）可是，哦，對了 **7** |
| **ところどころ** ④ | 【所々】名・副 這兒那兒，到處；有些地方 |
| **とざん** ①⓪ | 【登山】名・自サ 爬山，登山　⇨ 登山隊（登山隊）**2** |
| **とし** ① | 【都市】名 都市 **3**<br>⇨ 都市化　⇨ 工業都市　⇨ 大都市 |
| **としうえ** ⓪ | 【年上】名 年長，歲數大（的人）　⇔ 年下 **1** |
| **としつき** ② | 【年月】名 年和月；歲月，光陰；多年來 **1** |
| **として** ⓪ | 助・連語 暫且不談，反正；（下接否定）全部；假如；作為～，以～資格<br>➡ 誰一人として（沒有任何一個人）<br>➡ 冗談は冗談として（玩笑暫且不談） |
| **どしゃ** ① | 【土砂】名 砂土　⇨ 土砂崩れ（土石坍方）<br>⇨ 土砂降り（傾盆大雨） |
| **としより** ③④ | 【年寄り】名 老年人；（相撲）顧問；（江戶幕府）村鎮長 **3** |
| **とじる** ② | 【閉じる】自・他上一 關，閉；合上；結束 |
| **とすれば** ③ | 接續 如果那樣，若是那樣，這樣看來 **1** |
| **とたん** ⓪ | 【途端】名 正當～時候，一～就～ **5** |
| **とち** ⓪ | 【土地】名 土地；地面，地皮；當地；領土 **6** |
| **どっかい** ⓪ | 【読解】名・他サ 閱讀和理解 **15** |
| **とっく（に）** ③⓪ | 副 早就，老早，好久以前 **N2** |
| **とっくん** ⓪ | 【特訓】名・他サ（「特別訓練」之略）特訓 |
| **とつぜん** ⓪ | 【突然】副 忽然 **8** |
| **とって** ⓪③ | 【取っ手】名 把手，手柄 **1** |
| **とって** ① | 連語 對～來說 **13** |
| **とっておき** ⓪ | 【取って置き】名（平時不輕易使用的）秘藏，珍藏 |

| | |
|---|---|
| **どっと** ⓪① | 副 哄然，哄堂；蜂擁而至；病重，病倒；水滾滾流 |
| **とどく** ② | 【届く】自五 送到，達到；及，夠；無遺漏，周到；（心願）得償，（希望）達成 ❼ |
| **とどける** ③ | 【届ける】他下一 呈報；送到　⇨ 届け先（所送地址）⇨ 届け（報告書，申請書，假條）❽ |
| **ととのう** ③ | 【整う】自五 齊整，端正；完備，齊全 ❻ |
| **ととのえる** ④③ | 【調える・整える】他下一 談妥；準備；整理，整頓；達成 ❷ |
| **とどまる** ③ | 【止まる・留まる】自五 止於，限於；停留，留下；停止 ❶ |
| **とどめる** ③ | 【止める・留める】他下一 止住，停止；限於（某種程度）；留下，留住 ❶ |
| **とともに** ⓪① | 副 與～一起；與～同時；全，都；既～又，既～且 ❿ |
| **どなる** ② | 【怒鳴る】自五 大聲喊（叫嚷），怒喊；大聲責備 ❸<br>⇨ 怒鳴り込む（大吵大鬧）<br>⇨ 怒鳴り散らす（大罵一通）<br>⇨ 怒鳴り付ける（大聲斥責） |
| **とにかく** ① | 【兎に角】副 總之；姑且（不談）❸ |
| **どの** | 【殿】接尾（接在姓名、身分之下）表示敬意，先生<br>⇨ 殿様（老爺，大人）　⇨ 大使殿（大使先生） |
| **とばす** ⓪ | 【飛ばす】他五 使～飛，放；濺，噴；飛馳，疾馳；跳過；散佈；被降職<br>➜ ～飛ばす（〔接動詞連用形〕～開，～掉） |
| **とびこむ** ③ | 【飛（び）込む】自五 跳入，跳進去；飛入；突然進入，突然闖進；參加，投入；捲入（事件） |
| **とびだす** ③ | 【飛（び）出す】自五 闖出，出現；飛起來，起飛；跳出，跑出；露出，鼓出 ❹ |
| **とびちる** ③⓪ | 【飛（び）散る】自五 飛濺，飛散；四處飛跑；飄落 ❶ |
| **とびでる** ③ | 【飛（び）出る】自下一 跑出去；鼓出，凸出 ❶ |
| **とびのる** ③ | 【飛（び）乗る】自五 一躍騎上；跳上車 ❶ |

| | |
|---|---|
| **とびら** ⓪ | 【扉】图門扉；書的扉頁；第一頁 **1** |
| **とぼしい** ③ | 【乏しい】圈不足；貧困 **N2** |
| **とぶ** ⓪ | 【跳ぶ】自五跳，越 **5** |
| **とまる** ⓪ | 【留（ま）る】自五（鳥、飛蟲等）落於某處休息，棲在；（固定）訂住；（目光）注意 **1** |
| **とめ** ⓪ | 【止め・留め】图止住，留存；禁止；完了 **2**<br>⇨ 通行止め（禁止通行） |
| **とめる** ⓪ | 【泊める】他下一 留（人）住宿，留（人）住下；收容；住；（使船）停泊 **5** |
| **とめる** ⓪ | 【留める】他下一 固定住，釘住，扣住；留下，扣留；留心，記住；限於 **1** |
| **とも** ① | 【友】图友人，朋友　⇨ 友達 **5** |
| **とも** ① | 【供】图隨從，扈從；從者，伴侶 **5**<br>➡ お供をする（伴同） |
| **ともかく** ① | 【兎も角】副姑且不論；無論如何，總之，好歹 **2** |
| **ともなう** ③ | 【伴う】自他五 伴隨；帶領；帶有；相稱 **6** |
| **ともに** ⓪① | 【共に】副一起；都，均；同時 **4** |
| **とらえる** ③ | 【捕（ら）える・捉（ら）える】他下一 逮捕；抓，握；掌握；陷入 **N2** |
| **とりあえず** ③④ | 【取（り）敢えず】副首先，暫先；急忙；立刻 **N2** |
| **とりあげる** ⓪④ | 【取（り）上げる】他下一 拿起；採用，受理；沒收；接生；提出 **3** |
| **とりいれる** ④⓪ | 【取（り）入れる】他下一 收穫，收割；收進，拿進；引進，導入；採用，採取；採納 **2** |
| **とりけす** ⓪③ | 【取（り）消す】他五 取消，撤銷 |
| **とりだす** ③⓪ | 【取（り）出す】他五 拿出，取出；選出；抽出 **3** |
| **とりたてる** ⓪④ | 【取（り）立てる】他下一 徵收，催繳；提拔；特別提起 |
| **とりひき** ② | 【取（り）引（き）】图・自サ 交易；貿易 **1**<br>⇨ 取引先（客戶，交易戶）<br>⇨ 取引所（交易所）　⇨ 取引高（交易額） |

| とりやめる ⓪④ | 【取(り)止める】他下一（預定的會議、活動等）停止，中止，取消❶ |
|---|---|
| とる ① | 【取る】他五 拿，握，攥；除掉，去掉；奪取，偷盜；掌權；掌管天下；獲得；拿取（食物），進行（睡眠等）；佔據（時間、空間）；徵收；記下；理解；確保；保存；訂閱；上了年紀；接受，承擔；採取措施，用手段；測量，計算；診脈⓭<br>⇨ 取り集める（收集）　⇨ 取り押さえる（制止；逮捕）<br>⇨ 取り壊す（拆掉）　⇨ 取り揃える（備齊）<br>⇨ 取り戻す（收回；恢復）　⇨ 取り出す（拿出，選出）<br>⇨ 取り外す（拆下，卸下）　⇨ 取り寄せる（訂貨）<br>⇨ 取り分ける（分開，選出來）<br>➡ 取って付けたよう（做作，不自然）<br>➡ 取るに足りない（不足取，沒有價值）<br>➡ 取る物も取りあえず（匆匆忙忙，急忙） |
| とる ① | 【捕る】他五 捕抓住❶ |
| とる ① | 【採る】他五 採，摘取，採取；採用；雇用；選擇<br>➡ 決を採る（表決） |
| どれどれ ⓪① | 代・感 那個，哪一個；（「どれ」的強調說法，語氣更強）哎，啊；喂，嘿；我看看❷ |
| とれる ② | 【取れる】自下一 脫落；消除；收穫，出產；解釋成為，理解；協調；被制止；照像；能拿❹ |
| どろ ② | 【泥】名 泥；不好的、羞恥的事；小偷❷<br>⇨ 泥人形（泥偶）　➡ 泥のように眠る（睡得很沉）<br>➡ 泥をかぶる（被責難，受批評）<br>➡ 顔に泥を塗る（丟臉，抹黑）<br>➡ 泥を吐く（供出罪狀） |
| とわず ② | 【問わず】副 不論，不限❸ |
| どんぞこ ⓪ | 【どん底】名 最底層，最下層，最低谷 |
| とんでもない ⑤ | 形 意外，出乎意料；不像話，毫無道理；哪裡的話，不客氣 |
| とんとん ① | 副・形動(副)（敲打聲、下樓聲）砰砰，咚咚；（事物進展）順利；(形動)水準相等；收支平衡 |

■ 意見や提案を新聞などに載せてもらうために送ること。（1997-Ⅳ-3）

① 宣伝　　② 投書　　③ 記事　　④ 出版

答案②

解　答案以外的選項，其漢字的讀音和意思分別是：①「宣伝」（宣傳；鼓吹，吹噓）；③「記事」（新聞，消息，報導）；④「出版」（出版）。

翻　寄意見、提案以便刊登在報紙上。

■ この 湖 は水がきれいで、まるで＿＿＿＿ガラスのようだ。

（1998-Ⅲ-15）

① 新鮮な　　② 正確な　　③ 透明な　　④ 明確な

答案③

解　這 4 個選項用的都是形容動詞的連體形。答案以外的選項，其漢字的讀音和意思分別是：①「新鮮」（新鮮）；②「正確」（正確）；④「明確」（明確）。

翻　這個湖裏的水非常清澈，簡直就像透明玻璃一樣。

■ ＿＿＿＿の結果、 私 たちの活動は社会に認められました。

（2000-Ⅲ-1）

① 我慢　　② 努力　　③ 目的　　④ 覚悟

答案②

解　答案以外的選項，其漢字的讀音和意思分別是：①「我慢」（忍耐，忍受；原諒；克服；將就；讓步）；③「目的」（目的）；④「覚悟」（覺悟；決心）。

翻　努力的結果是我們的活動得到了社會的認可。

■ 手術 したばかりなのに、 働 くなんて＿＿＿＿。（2001-Ⅲ-8）

① くだらない　② だらしない　③ とんでもない　④ やむをえない

答案③

解 答案以外的選項，其意思分別是：①意外，出乎意料，毫無道理；②不整潔，邋遢；④不得已。

翻 剛剛做完手術，卻要去工作。

■ どうせ（2004-Ⅴ-1）
① どうせ健康でも、体に気をつけたほうがいい。
② 今から行ってもどうせ遅刻だから、行かないことにする。
③ 結果がよくても悪くても、どうせテストが終わるとうれしい。
④ パーティーに来るかどうかわからないが、どうせ聞いてみよう。
答案②

解 選項①、③、④為誤用。①可改為「たとえ」（即使，就算）；③和④都可改為「とにかく」（不管怎樣，總之）。

翻 ② 現在去反正也是遲到，所以決定不去了。

■ 「あれ、小林さんは?」
「小林くんなら、＿＿＿帰りましたよ。」（2005-Ⅲ-7）
① いまに　② さらに　③ とっくに　④ どこかに
答案③

解 答案以外的選項，其意思分別是：①至今，直到現在；不久，即將；②更加；並且；④某處。

翻 「咦，小林呢？」「小林啊，早就回去了呀。」

♫ 127

| な ⓪ | 【名】名名稱，名字；名聲，聲譽；名義，名目❻ ➡ 名を揚げる（揚名）➡ 名を売る（賣名） |
| ない ⓪① | 【内】邏語内，裏頭；在～內❿ |
| ないか ⓪ | 【内科】名内科⇔外科　⇨内科医（内科醫生）❶ |
| ないかく ① | 【内閣】名内閣　⇨内閣総理大臣（首相）❶ |

| | |
|---|---|
| **ないしん** ⓪ | 【内心】名 內心，心中；(數學)內心 ■ |
| **ないよう** ⓪ | 【内容】名 內容　⇔ 形式 🟦 |
| **なお** ① | 【尚・猶】副・接續 尚，仍然；更；還，再；猶如 🖪 |
| **なおさら** ⓪ | 【尚更】副 更，更加，越發 |
| **なおす** ② | 【治す】他五 醫治，治療 ■ |
| **なおる** ② | 【治る】自五 病醫好，痊癒 🟦 |
| **なか** ① | 【仲】名 關係，交情 🟦<br>➡ 仲を裂く（離間）　➡ 仲を直す（和好） |
| **ながいき** ③④ | 【長生き】名・自サ 長壽 |
| **ながし** ③① | 【流し】名(③)流；洗碗漕，水池子；澡堂內沖洗身體處；(①)沿街攬客 🟦 |
| **ながす** ② | 【流す】他五 使液體流動；沖；沖洗；播放(音樂等)；傳播，散布；流放；(藝人、計程車等)串街攬客；(典當東西)當死；(聚會、集會等)停止、作罷 🔲<br>⇨ 流し（流水台　＝流し台）<br>⇨ 流し込む（灌入）　⇨ 聞き流す（充耳不聞）<br>➡ 〜流す〔接動詞連用形〕不放在心上〕 |
| **ながそで** ⓪④ | 【長袖】名 長袖；(穿著長袖衣裝的人)舞伎、僧侶等 |
| **なかなおり** ③ | 【仲直り】名・自サ 和好，言歸於好 |
| **なかば** ③② | 【半ば】名・副 一半；正進行中；中途；正中間 ■ |
| **ながびく** ③ | 【長引く】自五 拖延 |
| **なかま** ③ | 【仲間】名 夥伴，同事，朋友；同類 ■<br>⇨ 仲間入り（入夥，參加，加入） |
| **なかみ** ② | 【中身】名 裝在容器裏的東西，內容；刀身 🟦 |
| **ながめる** ③ | 【眺める】他下一 眺望；凝視 🖪　⇨ 眺め（眺望；景色） |
| **なかよし** ② | 【仲良し・仲好し】名 友好，好朋友 ■<br>⇨ 仲良く（友好，和睦） |
| **ながれ** ③ | 【流れ】名(水)流，河流；系統，流派；漂泊；趨勢，潮流；(屋頂)坡度；流當；流產；中止，作罷；杯中殘酒 🖪 |

| | | |
|---|---|---|
| **ながれでる** ④ | 【流れ出る】自下一 流出 ❶ | |
| **ながれる** ③ | 【流れる】自下一 流，淌；漂流；（如水流般）流動，飄動；（歲月、時光）流逝；漂泊；（典當東西）當死；中止；沒有射中目標 ❸<br>⇨ 流れ弾（流彈）　⇨ 流れ星（流星）<br>⇨ 流れ込む（注入，流入）　⇨ 流れ者（流浪者） | |
| **なきごと** ⓪ | 【泣（き）言】名 抱怨的話 | |
| **なきだす** ③ | 【泣（き）出す】自五 哭起來，開始哭 ❶ | |
| **なきつく** ③ | 【泣（き）付く】自五 哭著央求，哀求 | |
| **なぐさめる** ④ | 【慰める】他下一 寬慰，安慰；慰問，撫慰 ❶<br>⇨ 慰め（慰藉） | |
| **なくす** ⓪ | 【亡くす】他五 喪，死 ❷ | |
| **なぐる** ② | 【殴る】他五 毆打 ❶<br>⇨ 殴り合う（鬥毆）　⇨ 殴り書き（潦草書寫）<br>⇨ 殴り倒す（打倒）⇨ 殴り付ける（狠揍） | |
| **なげかける** ④⓪ | 【投げ掛ける】他下一 披上；投擲，投到；偎靠 ❶ | |
| **なげく** ② | 【嘆く】自・他五 嘆息；悲傷，憂愁；憤慨 ❶<br>⇨ 嘆き（悲歎）　⇨ 嘆き暮らす（終日唉聲歎氣） | |
| **なさけ** ① | 【情け】名 人情，情義；慈悲，同情；雅趣，情趣；愛情　⇨ 情け知らず（無情〔的人〕）❶ | |
| **なさけない** ④ | 【情けない】形 可憐，可嘆，悲慘；無情，冷酷 N❷ | |
| **なさけぶかい** ⑤ | 【情け深い】形 仁慈，熱心腸，富於同情心 | |
| **なし** ① | 【無し】名 無，沒有 ❷ | |
| **なす** ① | 【為す】他五 做，為；完成，達到目的；變為；形成，構成 ❸ | |
| **なぜなら（ば）** ① | 【何故なら（ば）】接續 因為，原因是 ❶ | |
| **なぞ** ⓪ | 【謎】名 謎語；神秘的，謎一般的事物；暗示；莫名其妙　⇨ 謎々（謎，謎語；〔遊戲名稱〕猜猜看） | |
| **なっとく** ⓪ | 【納得】名・自サ 同意；理解 ❺ | |
| **なでる** ② | 【撫でる】他下一 撫摸；安撫，撫慰；梳整頭髮 ❸ | |

169

| | |
|---|---|
| **ななめ** ② | 【斜め】名・形動 斜，傾斜；非同尋常，心情欠佳 |
| **なにしろ** ① | 【何しろ】副 不管怎樣，總之 **3** |
| **なになに** ① ② | 【何々】代・感 什麼，某某；什麼什麼 |
| **なにびと** ⓪ | 【何人】名 何人，任何人，什麼人，什麼樣的人 **2** |
| **なにぶん** ⓪ | 【何分】名・副 多少，若干；某些；請；只是因為，無奈；畢竟，到底 **3** |
| **なにやら** ① | 副 什麼，某種，某些；不知為什麼，總覺得 **1** |
| **なま** ① | 【生】名（植物、動物未經加工過的）生；自然，直接；不到火候，不充分；現場演奏 **3**<br>⇨ 生ビール（生啤酒）　⇨ 生水（生水）<br>⇨ 生物（生的食物，鮮食品）<br>➡ 生〜（名詞）（不成熟，不充分）<br>➡ 生〜（形容詞）（總有些，略微） |
| **なまいき** ⓪ | 【生意気】名・形動 傲慢，狂妄 **1** |
| **なまけもの** ⓪ ⑤ | 【怠け者】名 懶惰鬼 **1**<br>➡ 怠け者の節句働き（平素偷懶，別人閒時他才忙） |
| **なまける** ③ | 【怠ける】自下一 懶惰；散漫不檢點 **3** |
| **なみ** ② | 【波・浪】名 波浪；波浪形的聲波、地震波、電波等；浪潮；高低起伏 **6**<br>➡ 波にも磯にもつかぬ心地（心情忐忑不安） |
| **なみ** ⓪ | 【並（み）】名・接尾（名）普通，一般；平常排列，並列；（接尾）每；同樣　⇨ 軒並み（每戶）**1**<br>⇨ 人並み（普通，一般） |
| **なみき** ⓪ | 【並木】名 行道樹 |
| **なめる** ② | 【嘗める・舐める】他下一 舔；品嚐；經歷；輕視，嘲弄；（火）蔓延 **1** |
| **なやむ** ② | 【悩む】自五（肉體的）痛苦；煩惱；（接在動詞連用形之後，表示該動作）不能順利進行　⇨ 悩み（煩惱）<br>⇨ 伸び悩む（難以進展；停滯不前）**4** |
| **ならう** ② | 【倣う】他五 模範，仿效，效法，學 **1** |
| **ならす** ⓪ | 【鳴らす】他五 鳴響，（使）出聲；出名，馳名；數落 **1** |

| なりたつ ⓪③ | 【成(り)立つ】自五 成立；構成，組成；划算，能維持；可謂正確 ❶ |
|---|---|
| なる ① | 【生る】自五 結(果) |
| なれる ② | 【馴れる】自下一 馴順 ❷ |
| なわ ② | 【繩】名 繩；特別指綁犯人的繩索　⇨ 繩跳び(跳繩)　<ruby>繩<rt>なわ</rt></ruby><ruby>跳<rt>と</rt></ruby> |
| なんで ① | 【何で】副 為什麼　⇨ なぜ |
| なんとも ⓪① | 【何とも】副 無關緊要，沒什麼，沒關係；真的，實在；怎麼也，什麼也 ❶ |

## 歷屆考題

■ このホテルから見る<ruby>紅葉<rt>こうよう</rt></ruby>した<ruby>山々<rt>やまやま</rt></ruby>の＿＿＿＿はすばらしい。

（1997-Ⅲ-11）

① ながめ　　② ひびき　　③ かおり　　④ のぞみ

**答案①**

解　答案以外的選項，其漢字形式和意思分別是：②「<ruby>響<rt>ひび</rt></ruby>き」（響聲，回聲，振動）；③「<ruby>香<rt>かお</rt></ruby>り・<ruby>薫<rt>かお</rt></ruby>り」（香味，香氣）；④「<ruby>望<rt>のぞ</rt></ruby>み」（希望，願望；抱負，志向）。

翻　從旅館望去，滿是紅葉的群山景色很美。

■ <ruby>姉<rt>あね</rt></ruby>は<ruby>健康<rt>けんこう</rt></ruby>のため、プールに<ruby>通<rt>かよ</rt></ruby>っている。<ruby>私<rt>わたし</rt></ruby>も<ruby>姉<rt>あね</rt></ruby>に＿＿＿＿、<ruby>水泳<rt>すいえい</rt></ruby>を<ruby>始<rt>はじ</rt></ruby>めることにした。（1999-Ⅲ-5）

① かわって　　② ならって　　③ まざって　　④ ならんで

**答案②**

解　這4個選項用的都是動詞的「て」形。答案以外的選項，其動詞基本形和意思分別是：①「<ruby>代<rt>か</rt></ruby>わる」（代替，取代）；③「<ruby>混<rt>ま</rt></ruby>ざる」（混雜，攙混）；④「<ruby>並<rt>なら</rt></ruby>ぶ」（排列）。

翻　姐姐為了健康經常去游泳池游泳。我也決定效法姐姐開始游泳。

- きのうは国<small>くに</small>の友<small>とも</small>だちに会<small>あ</small>ったので、＿＿＿＿遅<small>おそ</small>くまで話<small>はな</small>し込<small>こ</small>んでしまった。（2000-Ⅲ-4）

① おしくて　② くやしくて　③ したしくて　④ なつかしくて

答案④

> **解** これ4個選項用的都是形容詞的中止形。答案以外的選項，其漢字形式和意思分別是：①「惜<small>お</small>しい」（可惜）；②「悔<small>くや</small>しい」（令人懊悔；遺憾，氣憤）；③「親<small>した</small>しい」（親密，親切）。

> **翻** 昨天由於遇到了家鄉的朋友，所以非常懷念地聊到很晚。

- 今度<small>こんど</small>の打<small>う</small>ちあわせは土曜日<small>どようび</small>です。＿＿＿＿、時間<small>じかん</small>は後<small>のち</small>ほどお伝<small>つた</small>えします。（2003-Ⅲ-3）

① なお　② さらに　③ むしろ　④ それでも

答案①

> **解** これ4個選項都是副詞。答案以外的選項，其意思分別是：②更加；並且；③寧可，與其～不如～；④即便如此。

> **翻** 下次商談在星期六。另外，時間稍後通知。

♬ 130

| | |
|---|---|
| **にあう** ② | 【似合う】**自五** 合適，相配 **1** |
| **にえる** ⓪ | 【煮える】**自下一** 煮熟；（水）燒開了；非常氣憤<br>➡ 肝<small>きも</small>が煮<small>に</small>える（怒氣攻心） |
| **におう** ② | 【匂う・臭う】**自五** 散發氣味；（顏色）顯得鮮豔；（做壞事的）樣子、跡象 |
| **にがす** ② | 【逃がす】**他五** 放跑；沒抓住　⇨ 逃げる |
| **にがて** ⓪③ | 【苦手】**名・形動** 不好對付（的人）；不擅長，不善於<br>⇔ 得手<small>えて</small>（拿手，擅長）　⇔ 得意<small>とくい</small>（拿手，擅長）**5** |

172

| にぎる ⓪ | 【握る】他五 握，捏；捏飯團；掌握 N2<br>⇨ 握り締める（緊握，緊抓）<br>⇨ 握り潰す（捏碎；擱置）<br>➡ 手に汗を握る（捏一把汗） |
| --- | --- |
| にくい ② | 【憎い・悪い】形 可憎，討厭；（用於反義）令人佩服 4 |
| にくしょく ⓪ | 【肉食】名・自サ 肉類食物；肉食 1 |
| にくたい ⓪ | 【肉体】名 肉體 1　⇔ 精神　⇨ 肉体労働（體力勞動） |
| にくむ ② | 【憎む】他五 憎惡，憎恨<br>⇨ 憎まれ口（招人討厭的話） |
| にくらしい ④ | 【憎らしい】形 可憎，可恨；令人嫉妒 1 |
| にげあし ⓪② | 【逃げ足】名 逃跑 ⇨ 逃げ足が速い（逃得快） |
| にげば ③ | 【逃げ場】名 避難所，避風港，容身之處 |
| にごす ② | 【濁す】他五 弄髒，弄混濁；含糊（其詞）<br>➡ 言葉を濁す（含糊其詞） |
| にこにこ ① | 副・自サ 笑咪咪 2 |
| にごり ③ | 【濁り】名 渾濁；俗氣，庸俗；污點；邪念，煩惱 |
| にごる ② | 【濁る】自五 混濁，污濁，混亂；（聲音、色彩）不清晰；起邪念；發濁音　⇔ 澄む |
| にちようひん ⓪ | 【日用品】名 日用品 |
| にっか ⓪ | 【日課】名 每天的習慣活動 2 |
| にっこう ① | 【日光】名 日光，陽光；（地名）日光 1 |
| にっこり ③ | 副・自サ 微笑，莞爾，笑嘻嘻的，嫣然一笑 2 |
| にっちゅう ⓪① | 【日中】名（⓪）白天；（①）中國與日本 N2 |
| にどと ② | 【二度と】連語・副（下接否定語）再（也不） |
| にぶい ② | 【鈍い】形 鈍的；（光、音）弱；（動作、思想）遲鈍、遲緩　⇔ 鋭い 2 |
| にゅうさつ ⓪ | 【入札】名、自サ 投標 |
| にゅうしゃ ⓪ | 【入社】名・自サ 進入公司工作 2 |

| | |
|---|---|
| にゅうもん ⓪ | 【入門】名・自サ 成為弟子；入門手冊；初學，進入門內 ❶ |
| にゅうりょく ⓪ | 【入力】名・他サ（電器回路、電腦等）輸入 ❶<br>にゅうりょくそうち<br>⇨ 入力装置（輸入裝置）　⇔ 出力（しゅつりょく） |
| にらむ ② | 【睨む】他五 瞪，盯視；凝視，仔細觀察；推測；盯上<br>⇨ 睨み（にら）（盯視；威力）　⇨ 睨み合う（にらあ）（互相敵視）❷<br>⇨ 睨みつける（にら）（瞪眼看）<br>⇨ 睨めっこ（にら）（兒童遊戲的一種，先笑者輸；對立） |
| にる ⓪ | 【煮る】他上一 煮 ❹<br>⇨ 煮込む（にこ）（煮，燉）　⇨ 煮立てる（にた）（煮開）<br>⇨ 煮出す（にだ）（煮，熬）　⇨ 煮立つ（にた）（煮開，煮好）<br>⇨ 煮付ける（につ）（燉，熬）<br>➡ 煮ても焼いても食えない（にやく）（軟硬不吃（的人）） |
| にわか ① | 【俄】形動 突然，遽然，驟然；馬上，立刻；臨時，暫時　⇨ にわか雨（あめ）（驟雨）❷ |
| にんぎょう ⓪ | 【人形】名 人偶；傀儡，沒有獨立性的人 ❻ |
| にんげん ⓪ | 【人間】名 人，人類；人品 ❿<br>にんげんかんけい<br>⇨ 人間関係（人際關係）　⇨ 人間性（にんげんせい）（人性） |
| にんしき ⓪ | 【認識】名・他サ 認識，理解 ❷ |

## 歷屆考題

■ こわい顔（かお）をしてじっと見（み）る。（1996-Ⅳ-1）

① なでる　② にらむ　③ どなる　④ のぞく

**答案②**

> **解** 答案以外的選項，其漢字形式和意思分別是：①「撫でる（な）」（撫摸，撫慰）；③「怒鳴る（どな）」（大聲喊叫，大聲訓斥）；④「覗く（のぞ）」（窺視；露出）或「除く（のぞ）」（除外）。

> **翻** 一臉可怕的樣子盯著看。

■ 漢字（かんじ）を書（か）くのは＿＿＿＿＿だが、読（よ）むほうは問題（もんだい）ない。（2003-Ⅲ-8）

① 得意（とくい）　② 敬意（けいい）　③ 上手（じょうず）　④ 苦手（にがて）

**答案④**

解 答案以外的選項，其漢字的讀音和意思分別是：①「得意」（得意洋洋；擅長；顧客）；②「敬意」（敬意）；③「上手」（高明，擅長）。

翻 寫漢字比較困難，但是讀沒問題。

🎵132

| ぬう ① | 【縫う】他五 縫；刺繡；穿過空隙；（手術）縫合 **N1** |
| | ⇨ 縫い上げる（縫製完畢） |
| | ⇨ 縫い合わせる（縫攏，縫合） |
| | ⇨ 縫い付ける（縫上，釘上） |
| | ⇨ 縫い直す（重縫，翻做） |
| | ⇨ 縫い針（〔縫紉〕針） ⇨ 縫い目（針腳） |
| ぬか ② | 【糠】名・接頭（名）糠；（接頭）微小 |
| | ⇨ 糠漬け（米糠醬菜） |
| | ➡ 糠に釘（往糠裏釘釘子，比喻白費力氣） |
| ぬく ⓪ | 【抜く】他五 拔出；選出；除掉；竊取；省掉；超過；勝過 ⇨ 抜き読み（選讀）**N2** |
| | ➡ ～抜く（〔接動詞連用形〕做到底） |
| ぬくもり ⓪ | 【温もり】名 溫暖，暖和 |
| ぬける ⓪ | 【抜ける】自下一 脱落，掉下；溜走；漏掉；穿過；消失；遲鈍；陷落 ⇨ 抜け穴（通孔；暗道；漏洞）**2** |
| | ⇨ 抜け毛（脱落的頭髮） |
| | ⇨ 抜け道（近道；退路；逃避手段） |
| ぬの ⓪ | 【布】名 布；接在其他名詞之前表示平、水平之意 **5** |
| ぬらす ⓪ | 【濡らす】他五 潤濕，弄濕 **1** |
| ぬれる ⓪ | 【濡れる】自下一 濕，淋濕；（俗）發生關係 **4** |
| | ⇨ 濡れ場（豔情的場面） |
| ね ⓪ | 【音】名 聲音，響音；樂音；音色；哭聲 |
| | ➡ 音を上げる（叫苦；發出哀鳴） |

| | |
|---|---|
| **ね** ① | 【根】**名** 根；根底；根源，根據；內心；本性 **3**<br>➡ 根に持つ（記恨）<br>➡ 根掘り葉掘り尋ねる（追根究柢）<br>➡ 根も葉もない噂（毫無根據的傳言）<br>➡ 根を下ろす（扎根）<br>➡ 根を切る（根治；革除陋習） |
| **ね** ⓪ | 【値】**名** 價格；價值，身價<br>➡ 値をつける（定價格）**3** |
| **ねがい** ② | 【願い】**名** 願望，意願；志願；請求；申請；請願；請求書，申請書　⇨ 退職願（退職申請）**4** |
| **ねがう** ② | 【願う】**他五** 期望；請求，要求 **5**<br>➡ 願ってもないこと（求之不得好事） |
| **ねこかぶり** ③ | 【猫かぶり】**名** 偽裝和善；假裝不知道 |
| **ねこむ** ② | 【寝込む】**自五** 入睡，熟睡；臥床不起 |
| **ねさがり** ⓪ | 【値下（が）り】**名・自サ** 降價，跌價 **1** |
| **ねさげ** ⓪ | 【値下げ】**名・他サ** 減價　⇔ 値上げ **1** |
| **ねじ** ① | 【螺子・捻子・捩子】**名** 螺釘，螺絲；上發條的裝置<br>⇨ ねじ回し（＝ドライバー；螺絲起子，螺絲刀） |
| **ねつえん** ⓪ | 【熱演】**名・他サ** 精采表演 **1** |
| **ねっする** ⓪③ | 【熱する】**自他サ** 變熱；興奮，熱衷；加熱 **1** |
| **ねったい** ⓪ | 【熱帯】**名** 熱帯　⇔ 寒帯<br>⇨ 熱帯気候　⇨ 熱帯魚　⇨ 熱帯植物　⇨ 熱帯林 |
| **ねっちゅう** ⓪ | 【熱中】**名・自サ** 熱衷於；著迷 **1** |
| **ねびき** ⓪ | 【値引き】**名・他サ** 減價，降價 |
| **ねまき** ⓪ | 【寝巻・寝間着】**名** 睡衣 |
| **ねむりこむ** ④ | 【眠り込む】**自五** 入睡；睡熟 |
| **ねらう** ⓪ | 【狙う】**他五** 瞄準；伺機；以～為目標 **3**<br>⇨ 狙い（瞄準；目標，目的，用意，意圖）<br>⇨ 狙い撃ち（瞄準射擊；以～為目標而努力） |

| | |
|---|---|
| **ねん** ① | 【念】名 想法，念頭；宿願，多年的心願；用心，注意<br>⇨ 念入り（周到，周密）<br>➡ 念を入れる（小心，注意） ➡ 念を押す（叮囑） |
| **ねんこうじょれつ** ⑤ | 【年功序列】名 論資排輩 |
| **ねんじゅう** ① | 【年中】名・副（一年中）全年，整年；一直，終年 ❶<br>⇨ 年中無休（全年無休） |
| **ねんど** ① | 【年度】名 年度；年，屆 ❸ |
| **ねんど** ① | 【粘土】名 黏土 ⇨ 粘土質 |
| **ねんぱい** ⓪ | 【年配・年輩】名 某範圍內的大約的年齡；中老年 ❷ |

### 歷屆考題

■ このレストランは年中人でいっぱいだ。（2001-Ⅵ-2）

① いつも ② たまに ③ しばしば ④ ときどき

解答①

解 這 4 個選項的意思分別是：①總是，無論何時，平日，往常；②偶爾；③屢次，每每，再三；④有時。其中與「年中」意思相近的是選項①。

譯 那家餐廳一年到頭都顧客盈門。

# の

♫ 134

| | |
|---|---|
| **のう** ① | 【能】名 能力，才能；本領，本事；功效；能樂 ❷ |
| **のうか** ① | 【農家】名 農家，農戶 ❸ |
| **のうぎょう** ①⓪ | 【農業】名 農業 ⇔ 工業 ⇨ 農業国 ❸<br>⇨ 農耕 ⇨ 農場 ⇨ 農地 |
| **のうさんぶつ** ③ | 【農産物】名 農產品 ⇨ 農作物 ❷ |
| **のうそん** ⓪ | 【農村】名 農村 ⇨ 漁村 ⇨ 山村 ⇔ 都市<br>⇨ 農村工業（農村工業） ⇨ 農村地帯（農村地帶） |

| | |
|---|---|
| **のうど** ① | 【濃度】名 濃度 ① |
| **のうみん** ⓪ | 【農民】名 農民 |
| **のうやく** ⓪ | 【農薬】名 農藥 |
| **のうりつ** ⓪ | 【能率】名 效率　⇨ 能率的（高效率的）① |
| **のうりょく** ① | 【能力】名 才能；（法律上）行為能力 ⑭ |
| **のき** ⓪ | 【軒】名 屋簷 ② |
| **のこぎり** ③④ | 【鋸】名 鋸子 |
| **のこす** ② | 【残す】他五 留下；剩下；積存；遺留 ⑥ |
| **のせる** ⓪ | 【載せる】他下一（物品上）放，擱；（撐）托；（刊物上）記載，載入 ⑬ |
| **のせる** ⓪ | 【乗せる】他下一（交通工具上）乘坐，裝載；參加，加入；（使）上當，騙人；（電波）傳播，傳導；和著（節拍、節奏）➡ 口車に乗せる（用花言巧語騙人）③ ➡ 一口乗せてもらう（讓我參加一份） |
| **のぞく** ⓪ | 【除く】他五 除去；除外　N2 |
| **のぞく** ⓪ | 【覗く】自・他五 露出（物體的）一部分；從縫隙中看；窺視；粗略地看一下；向下看 ③ ⇨ 覗き込む（窺視）　⇨ 覗き見（偷看） |
| **のぞむ** ⓪② | 【望む】他五 遠望，眺望；期望；仰望 ③ ⇨ 望み（希望；抱負；可能性） |
| **のち** ②⓪ | 【後】名 ～之後；將來，今後；死後　⇔ 先　⇔ 前 ③ |
| **のちほど** ⓪ | 【後程】副 回頭，過一會兒；隨後 ③ |
| **のばす** ② | 【伸ばす】他五 延長，拉長；（手）伸展，伸直；發揮；擴展，發展；打倒，打趴在地 ⑥ ➡ 髪の毛を伸ばす（留長頭髮） |
| **のばす** ② | 【延ばす】他五（距離）延長，（日期）推延；稀釋 ② |
| **のはら** ① | 【野原】名 原野，野地 ① |
| **のびる** ② | 【伸びる】自上一 變長，（褶皺等）伸展；失去彈性；增長，發展；精疲力盡　⇔ 縮む（縮，收縮）⑤ |

| のびる ② | 【延びる】自上一 延長，延期；(膏狀物)塗開，塗勻；失去彈性 |
| のべる ② | 【述べる】他下一 敘述，闡述 ⑪ |
| のぼり ⓪ | 【上り・登り】名 上，登；攀登；上坡(路)；(列車)上行；進京 |
| のぼる ⓪ | 【上る】自五 向上移動；溯流航行；就高位；從地方向首府移動；達到，高達；被提起 ⑤<br>⇨ 上り調子(上升，上漲) ⇨ 上り詰める(登到頂峰) |
| のぼる ⓪ | 【昇る】自五 升騰，升起 |
| のりあげる ④ | 【乗(り)上げる】自下一 觸礁，擱淺 ❶ |
| のりおくれる ⑤ | 【乗(り)遅れる】自下一 沒趕上車、船；跟不上，落伍 |
| のりこえる ④③ | 【乗(り)越える】自下一 越過，跨過；超過；克服 ❶ |
| のりこし ⓪ | 【乗(り)越し】名・自サ 坐過站<br>⇨ 乗(り)越す(坐過站) |
| のりば ⓪ | 【乗(り)場】名 乘車(船)的地點 ❶ |
| のりまわす ④③ | 【乗(り)回す】他五 乘坐車(馬)到處走，兜風 ❶ |
| のる ⓪ | 【載る】自五 放在上面；刊載，登載 ⑬ |
| のろい ② | 【鈍い】形 遲緩的；(頭腦)遲鈍的 ❶<br>⇔ 速い(快，迅速) |
| のろのろ ① | 副・自サ 遲緩，慢吞吞地 ❶ |
| のんき ① | 【呑気】名・形動 悠閒的；從容不迫的 ❶ |
| のんびり ③ | 副・自サ 悠然自得，逍遙自在 N2 |

な

## 歷屆考題

- 液体の中に他の物質がとけている割合。(1995-Ⅳ-4)
① 確率　② 体積　③ 中性　④ 濃度

**答案④**

🔑 答案以外的選項，其漢字的讀音和意思分別是：①「確率」(概率，可能性)；②「体積」(體積)；③「中性」(中性)。

**翻** 液體中融合其他物質的比例。

■ ゆっくりうごく様子。（2004-IV-4）

① かたい　　② きつい　　③ つらい　　④ のろい

**答案④**

**解** 答案以外的選項，其意思分別是：①「硬い・堅い・固い」（硬；堅實；堅定；緊；生硬；頑固）；③「辛い」（痛苦，難過；刻薄，苛刻）。選項②沒有漢字形式，意為「強烈，厲害；嚴厲；累人；太緊」。

**翻** 緩慢動作的樣子。

# は

♪136

| | |
|---|---|
| **ば** ◎ | 【場】名 場所，地方；座位，席位；場面；當時氣氛，其時；（股票的）市，盤 **9** |
| **ばあたり** ② ◎ | 【場当たり】名 臨時，權宜；（戲劇，演說）即席，即興 |
| **はい** ◎ | 【灰】名 灰 ➡ 灰になる（燒為灰燼；火葬）**3** |
| **ばいう** ① | 【梅雨】名 梅雨，黃梅雨 ⇒ 梅雨 ⇨ 梅雨前線 |
| **はいかん** ◎ | 【配管】名・自サ 設管道，管線 |
| **はいぐうしゃ** ③ | 【配偶者】名 配偶 |
| **はいし** ◎ | 【廃止】名・他サ 廢止，廢除 **N2** |
| **はいせん** ◎ | 【配線】名・自サ 架設各類管線 |
| **はいち** ◎ ① | 【配置】名・他サ 配置，安置，佈置（家俱、展品等）；部署人員 ⇨ 配置転換（調動）**2** |
| **ばいばい** ① | 【売買】名・他サ 買賣，交易 **2** |
| **はえる** ② | 【生える】自下一 生，長，發 **3** |

180

| | |
|---|---|
| ばか ① | 【馬鹿】名・形動・接頭 (名・形動) 愚蠢，糊塗；笨蛋，傻瓜；小看，看不起；無益的；不中用；非常地，異常地；(接頭) 過分，不合理 ⇔ 利口(聰明，伶俐) ⑤<br>⇨ 馬鹿正直(過分誠實)<br>➡ 馬鹿にする(輕侮，瞧不起)<br>➡ 馬鹿にできない(不能忽視)<br>➡ 馬鹿にならない(不可小看) ➡ 馬鹿を言え(胡說)<br>➡ 馬鹿を見る(吃虧；上當) |
| はがす ② | 【剥がす】他五 剝下 ⇨ 剥ぐ |
| ばかばかしい ⑤ | 【馬鹿馬鹿しい】形 無聊的，愚蠢的 |
| ばからしい ④ | 【馬鹿らしい】形 愚蠢；無聊；划不來，不值得 ❶ |
| はかり ③ | 【秤】名 秤 ❶ |
| はかる ② | 【計る】他五 謀求；商量；推測，揣測；計量 ❶ |
| はかる ② | 【測る・量る】他五 稱，量；測量 ❶ |
| はきけ ③ | 【吐(き)気】名 噁心，作嘔；令人不快的 |
| はきだす ③ ⓪ | 【吐(き)出す】他五 吐出，嘔吐；(煙等)冒出，湧出，噴出；(隱藏的東西等)拿出，退出，吐出；(思念)傾吐出來，發洩出來 ❶ |
| はく ① | 【吐く】他五 吐出；說出，吐露；冒出；招供 ❶<br>➡ 息を吐く(吐氣，呼氣) ➡ 泥を吐く(招供) |
| はくしゅ ① | 【拍手】名・自サ 拍手，鼓掌；(參拜時)拍掌 ❷ |
| ばくだん ⓪ | 【爆弾】名 炸彈<br>⇨ 原子爆弾(原子彈) ⇨ 時限爆弾(定時炸彈) |
| ばくはつ ⓪ | 【爆発】名・自サ 爆炸；爆發 ❶ |
| はぐるま ② | 【歯車】名 齒輪；比喻使組織運轉的機制及其成員 ❻ |
| はげしい ③ | 【激しい】形 猛烈；劇烈 N2 |
| はげます ③ | 【励ます】他五 激勵；提高嗓門，厲聲 |
| はげむ ② | 【励む】自五 勤勉，勤奮 ⇨ 励み(鼓勵) |
| はさまる ③ | 【挟まる】自五 夾在；夾在對立雙方中間 ❶ |

| | |
|---|---|
| **はさむ** ② | 【挟む】他五 插進；夾，隔；心生～ N2<br>➡ 口を挟む（插嘴）　➡ 耳を挟む（偶然聽見）<br>➡ 疑いを挟む余地がない（不容置疑） |
| **はさん** ⓪ | 【破産】名・自サ 破産；倒閉 3 |
| **はし** ⓪ | 【端】名 邊，緣；（事物的）起點，開端；（細長物）的端，頭；（事物）的片段；（斷開、剪下的）零碎物，零頭 1 |
| **はじ** ② | 【恥・辱】名 丟臉；廉恥心 1<br>⇨ 恥知らず（不知羞恥）　⇨ 恥さらし（丟臉）<br>➡ 恥をかく（丟臉）　➡ 恥の上塗り（再次丟臉）<br>➡ 恥も外聞も無い（不顧體面，不顧羞恥） |
| **はしご** ⓪ | 【梯子】名 梯子　⇨ 梯子酒（從這家喝到那家） |
| **はしら** ③⓪ | 【柱】名・接尾（名）柱子，支柱；依靠，靠山；（接尾）（佛像）尊；（人骨）具<br>⇨ 大黒柱（頂樑柱，臺柱子；〔喻〕一家之主） |
| **はしりまわる** ⑤ | 【走（り）回る】自五 四處跑動；忙得團團轉 2 |
| **はずす** ⓪ | 【外す】他五 取下，解開；離席；避開；錯過 N2 |
| **はずむ** ⓪ | 【弾む】自・他五 彈，反彈；氣息急促；情緒高漲，起勁；（一狠心）拿出很多錢 2<br>⇨ 弾み（彈性；勁頭；勢頭，（偶然的）機會；剎那）<br>➡ 息が弾む（呼吸急促）　➡ 話が弾む（聊得起勁） |
| **はずれる** ⓪ | 【外れる】自下一 脫落，掉下；脫離；未中，落空；相悖，不合（道理等）4 |
| **はた** ② | 【旗】名 旗幟 1<br>⇨ 旗ざお（旗杆）　➡ 旗を巻く（捲旗；〔喻〕投降） |
| **はだか** ⓪ | 【裸】名 裸體；身無分文；毫不隱藏，坦誠<br>⇨ 裸電球（沒有燈罩的燈泡）2<br>⇨ 裸一貫（白手，空手） |
| **はたき** ③ | 名（雞毛）撢子 |
| **はだぎ** ③⓪ | 【肌着】名（貼身）內衣（襯衣、汗衫） |
| **はたして** ② | 【果たして】副 果然，果真，到底，究竟 |

| | |
|---|---|
| **はたす** ② | 【果(た)す】他五 實現；(接動詞連用形)光，盡 N2 |
| **はち** ② | 【鉢】名 鉢；花盆；頭蓋骨；盔的頂部<br>⇨ 鉢植え(盆栽；花盆) |
| **はつ** ② | 【初】名・造語 最初；首次，(當年)第一次 ④<br>⇨ 初物(當年最早收成的作物；初次嘗試的東西)<br>⇨ 初雪(初雪) ⇨ 初夢(新年的第一個夢) |
| **はつ** ① | 【発】名・接尾 開出；發出；(子彈)顆，發<br>⇔ 着(到達) |
| **はっかん** ⓪ | 【発刊】名・他サ 發刊；創刊；出版 ① |
| **はっき** ⓪ | 【発揮】名・他サ 發揮 N2 |
| **はつげん** ⓪ | 【発言】名・自サ 發言 ⇨ 発言権(發言權) ① |
| **はっしゃ** ⓪ | 【発射】名・他サ 發射 ① |
| **はっする** ⓪ | 【発する】自他サ 發生；出發；顯出；發出，發佈；發源；發射，發散；派遣 ① |
| **ばっする** ⓪③ | 【罰する】他サ 處罰，責罰，懲罰；定罪，判罪 |
| **はっせい** ⓪ | 【発生】名・自他サ 發生；出現 N2 |
| **はっそう** ⓪ | 【発送】名・他サ(郵件、貨物等)寄送，送出 N2 |
| **はっそう** ⓪ | 【発想】名・自他サ(思想、詩情等的)表現；主意，構思；(音樂的)表達，表現 ② |
| **はったつ** ⓪ | 【発達】名・自サ(身體、精神等的)發育，成長；發達；(低氣壓、颱風的規模)擴大 N2 |
| **ばったり** ③ | 副 突然倒下的樣子；不期而遇；突然停止 ② |
| **はつばい** ⓪ | 【発売】名・他サ 出售，發售 ②<br>⇨ 発売禁止(禁止銷售) ⇨ 発売部数(銷售冊數) |
| **はで** ② | 【派手】名・形動 鮮豔，華美；鋪張，顯眼 ①<br>⇔ 地味(樸素) |

**は**

| はなし ③ | 【話】名 談話，話題；商量，商談；故事；傳言，謠傳；道理；事情　⇨ 話し中（說話中，電話中）⑮ |
| | ⇨ 話し方（說法；說話的樣子） |
| | ⇨ 話言葉（口語）　⇨ 話上手（會說話） |
| | ➡ 話が尽きない（話說不完）N2 |
| | ➡ 話にならない（不值一提） |
| | ➡ 話に花が咲く（談得興致勃勃） |
| | ➡ 話に実が入る（越談越起勁） |
| はなしあう ④ | 【話し合う】自五 談話，對話；協商，討論，商量 ⇨ 話し合い（商量，協商）④ |
| はなしかける ⑤⓪ | 【話し掛ける】自下一 跟人說話，搭話，攀談；開始說，開始談；話說到一半② |
| はなしこむ ④⓪ | 【話し込む】自五 只顧談話，談得入神；暢談② |
| はなす ② | 【放す】他五・接尾（他五）放開；放掉，放走；（接尾）置之不理；連續　⇨ 放し（放開，放掉） |
| | ⇨ 勝ち放し（連戰連勝） |
| はなす ② | 【離す】他五（使～）離開，（使～）分開；隔開，拉開距離 |
| はなはだ ⓪ | 【甚だ】副 非常，很 |
| はなはだしい ⑤ | 【甚だしい】形 非常，很③ |
| はなやか ② | 【華やか】形動 引人注目，顯赫 |
| はなれる ③ | 【放れる】自下一 脫開，脫離 |
| はなれる ③ | 【離れる】自下一 分離，分開；離去；距離，差距；脫離，背離　⇨ 離れ離れ（分散，離散）⑦ |
| はね ⓪ | 【羽・羽根】名（鳥和昆蟲等的）翅膀；羽毛；（機械等的）翼；箭翎② |
| | ➡ 羽を伸ばす（放開手腳，無拘無束，放鬆） |
| | ➡ 羽が生えたよう（生了翅膀似的；商品暢銷） |
| ばね ① | 【発条・弾機】名 發條，彈簧；彈力① |
| はねあがる ④⓪ | 【跳ね上（が）る】自五 跳（起來），飛濺；（物價）暴漲；輕舉妄動① |

| | |
|---|---|
| **はねる** ② | 【跳ねる】 自下一 跳；飛濺；(戲)散場；(行情)飛漲；爆開 **5** |
| **はば** ⓪ | 【幅】 名 寬度；勢力，威力；伸縮餘地，靈活性；差價；幅度　➡幅が利く(有勢力) **4** <br>➡幅を利かせる(作威作福) |
| **はぶく** ② | 【省く】 他五 精簡；節省 **N2** |
| **はへん** ⓪ | 【破片】 名 碎片 **N2** |
| **はめる** ⓪ | 【嵌める・填める】 他下一 鑲，嵌；戴上；欺騙；使陷入　⇨はめ込む(鑲上，填上) **1** |
| **ばめん** ①⓪ | 【場面】 名 場面，場景；情景，光景 **N2** |
| **はやおき** ②③ | 【早起き】 名・自サ 早起 **2** <br>➡早起きは三文の徳(早起好處多) |
| **はやくち** ② | 【早口】 名 說話快 **1** |
| **はやみち** ② | 【早道】 名 捷徑，近道；好辦法 **1** |
| **はやめ** ⓪③ | 【早め】 名・形動 提前，早些 **1** |
| **はやめる** ③ | 【速める・早める】 他下一 加快，加速；提前 **1** |
| **はやる** ② | 【流行る】 自五 流行，盛行；(疾病等)流行；興旺 **2** |
| **はら** ① | 【原】 名 平原，原野　⇨原っぱ |
| **はら** ② | 【腹】 名 腹，肚子；腸胃；內心，想法；心情，情緒；度量，器量；胎內，母體內 **2** <br>⇨腹癒せ(洩憤，出氣)　⇨腹切り(切腹自殺) <br>➡腹が立つ(生氣)　➡腹を立てる(生氣) **N2** <br>➡腹が一杯(吃飽，滿腹) <br>➡腹に一物(居心叵測) <br>➡腹八分目に医者要らず(飲食有節制便不用看醫生) <br>➡腹も身の内(肚子是自己的，(喻)不要暴飲暴食) |
| **はらいこむ** ④⓪ | 【払い込む】 他五 繳納，交納 |
| **はらいもどす** ⑤⓪ | 【払い戻す】 他五 退還，找還；(賽馬等)中彩券兌換成現金 |
| **ばらばら** ⓪① | 副・形動(形動 ⓪)支離破碎，七零八落，散落；(副 ①)(雨、子彈等連續降落聲)嘩啦嘩啦，嗖嗖 **N2** |

| | |
|---|---|
| **はり** ① | 【針】名 縫針；針，刺 N2 |
| **はりがね** ⓪ | 【針金】名 鐵絲，銅絲，鋼絲 |
| **はりきる** ③ | 【張(り)切る】自五 拉緊，繃緊；鼓足幹勁；緊張 2 |
| **はりだす** ③ | 【張(り)出す】自・他五 突出，伸出；公佈，揭示 1 |
| **はる** ⓪ | 【張る】自・他五 張開，展開；脹滿；設置，(繩索等)<br>牽拉；堅持(己見)；打(頭、臉)，毆打；拉緊；突出<br>來；(某物表面)覆滿～；(將液體)裝滿；監視 3<br>⇨ 張り紙(貼紙，廣告)<br>⇨ 張りこむ(埋伏，監視；花大錢，豁出去花錢)<br>➡ 胸を張る(挺胸)<br>➡ 欲を張る(貪婪) ➡ 意地を張る(固執) |
| **はるさき** ⓪ | 【春先】名 初春，早春，春初 1 |
| **ばん** ① | 【盤】名 棋盤；唱片 1 |
| **はんい** ① | 【範囲】名 範圍，界限 N2 |
| **はんえい** ⓪ | 【反映】名・自他サ 反射，反照；反映 N2 |
| **はんけい** ① | 【半徑】名 半徑 |
| **はんこ** ③ | 【判子】名 圖章，印鑑；判斷，斷定 ⇨ 判 2<br>➡ 判子を下す(下判斷) |
| **はんこう** ⓪ | 【反抗】名・自サ 反抗 1 ⇨ 反抗期(叛逆期) ⇨ 反抗心 |
| **はんこう** ⓪ | 【犯行】名 罪行，犯罪 1 ⇨ 犯行現場(犯罪現場) |
| **はんざい** ⓪ | 【犯罪】名 犯罪 2 |
| **ばんざい** ③ | 【万歳】名・自サ・感 萬歲；太好了；長年歲月；(俗)<br>沒有辦法<br>➡ 万歳の後(百年之後) |
| **はんじ** ① | 【判事】名 審判官，審判員 |
| **はんしん** ⓪ | 【半身】名 半身 ⇨ 半身不随(半身不遂) |
| **はんすう** ③ | 【半数】名 半數 4 |
| **はんする** ③ | 【反する】自サ 相反；違反 6 |
| **はんせい** ⓪ | 【反省】名・他サ 反省 1 |

| はんだん ① | 【判断】名・他サ 判斷；占卦 |
|---|---|
| ばんち ⓪ | 【番地】名 門牌號；(電腦)地址 |
| はんとう ⓪ | 【半島】名 半島 |
| はんにん ① | 【犯人】名 犯人 ❸ |
| はんのう ⓪ | 【反応】名・自サ (化學)反應；反響，效果 ❶ |
| はんばい ⓪ | 【販売】名・他サ 販賣，出售 ❹<br>⇨ 委託販売(委託銷售)　⇨ 通信販売(郵購) |
| はんぱつ ⓪ | 【反発】名・自他サ 排斥，彈回，回跳；抗拒，不接受；<br>反攻，反抗；回升 ❶ |
| はんめん ③⓪ | 【反面】名 另一面，另一方面；片面；半邊臉 ❹<br>⇨ 反面教師(錯誤示範) |
| はんろ ① | 【販路】名 產品銷路 |

## 歷屆考題

■ 彼は目立つことが好きで、いつも＿＿＿服を着ている。

　(2001-Ⅲ-1)

① じみな　　② はでな　　③ あらたな　　④ のんきな

**答案②**

> 🔵 這 4 個選項用的都是形容動詞的連體形。答案以外的選項，其漢字形式和意思分別是：①「地味」(質樸，樸素，不華美)；③「新た」(嶄新，新)；④「暢気」(悠閒，安閒，不慌不忙，從容不迫)。

> 🔵 他喜歡引人注目，總是穿著鮮豔的衣服。

■ スピーチが終わると、会場から＿＿＿が起こった。(2003-Ⅲ-1)

① 握手　　② 応援　　③ 拍手　　④ 理解

**答案③**

**解** 答案以外的選項，其漢字的讀音和意思分別是：①「握手」（握手）；②「応援」（援助；聲援）；④「理解」（理解）。

**翻** 演講一結束，會場響起了鼓掌聲。

■ よくないことの程度が普通よりずっと大きい。（2007-Ⅳ-1）

① だらしない　② あわただしい　③ くだらない　④ はなはだしい

**答案④**

**解** 答案以外的選項，其漢字形式和意思分別是：①（散漫；沒出息，不爭氣）；②「慌ただしい」（慌忙，匆忙）；③「下らない」（無聊，沒有價值）。選項①、③一般不寫漢字。

**翻** 不好的事情的程度比一般要嚴重得多。

♫143

| | |
|---|---|
| **ひ** ⓪ | 【碑】名 碑 |
| **ひ** ① | 【非】名・接頭（名）錯誤，缺點；責難；不對，不好，罪行；（接頭）非，不 |
| **ひあたり** ⓪ | 【日当（た）り】名 向陽，向陽處，日照 ③ |
| **ひえこむ** ⓪③ | 【冷え込む】自五 驟冷，氣溫急劇下降；受寒，受凍 ⇨ 冷え込み（驟冷，氣溫急劇下降）① |
| **ひがい** ① | 【被害】名 被害，受災 ④ ⇨ 被害者（受害者）　⇨ 被害地（災區） |
| **ひがえり** ⓪④ | 【日帰り】名・自サ 當天往返 |
| **ひかえる** ③② | 【控える】自・他下一（在近旁）等候；拉住，拽住；節制，控制；面臨，靠近；寫下來；打消念頭 ① ⇨ 控え室（等候室） |
| **ひかく** ⓪ | 【比較】名・他サ 比較　⇨ 比較心理学　⇨ 比較的 N2 |
| **ひかげ** ⓪ | 【日陰・日蔭】名 背陰的地方；見不得人，不得見聞於世 ① |

188

| | |
|---|---|
| **ぴかぴか** ⓪②① | 副・自サ・形動（副・自サ②① 形動⓪）閃閃發光 **1** |
| **ひきあげる** ④ | 【引（き）上げる・引（き）揚げる】他下一 打撈，吊起；提高，漲價；提升，提拔；撤回，撤走；返回 **2** |
| **ひきうける** ④ | 【引（き）受ける】他下一 接受，承擔；保證；照顧；應付；繼承；認購 **7** |
| **ひきかえす** ③ | 【引（き）返す】自五 返回，折回；反過來；反覆 **3** |
| **ひきこむ** ③ | 【引（き）込む】他五 引進來；患（傷風、感冒） **1** |
| **ひきざん** ② | 【引（き）算】名 減法 **1** |
| **ひきだす** ③ | 【引（き）出す】他五 拉出；引導出，誘出；提取（存款） **3** |
| **ひきたつ** ③ | 【引（き）立つ】自五 顯眼 **1** |
| **ひきつぐ** ③ | 【引（き）継ぐ】他五（工作等）接過來，交接，接辦；交，交給；繼承；傳承 **1** |
| **ひきとめる** ④ | 【引（き）止める・引（き）留める】他下一 拉住，挽留；制止，勒住 |
| **ひきのばす** ④ | 【引（き）伸ばす・引（き）延ばす】他五 拉長，伸長；（相片）放大；弄稀；延長，拖長 |
| **ひきょう** ② | 【卑怯】名・形動 懦弱；卑鄙 **1** ⇨ 卑怯者（ひきょうもの）（卑鄙的人） |
| **ひきよせる** ④ | 【引（き）寄せる】他下一 拉到近旁；吸引 **1** |
| **ひきわけ** ⓪ | 【引（き）分け】名 平局，和局，不分勝負；拉開 |
| **ひく** ⓪ | 【退く】自五 退，退後；辭去；撤（手），脫（身）**6** ➡ 身を退く（脱身；隱退）➡ 手を退く（撒手不管）➡ 退くに退かれず（進退兩難） |
| **ひく** ⓪ | 【轢く】他五（車）壓，輾 |
| **ひげき** ① | 【悲劇】名（戲劇）悲劇；悲劇 ⇔ 喜劇（きげき）（喜劇）**1** |
| **ひこう** ⓪ | 【飛行】名・自サ 飛行，航空 **1** |
| **ひごろ** ⓪ | 【日頃】名・副 平素，平時 |

は

| | |
|---|---|
| **ひざ** ⓪ | 【膝】名 膝蓋 ④<br>⇨ 膝頭（膝蓋） ⇨ 膝元（膝下；身旁）<br>➡ 膝を打つ（恍然大悟）<br>➡ 膝を折る（屈膝；屈服） |
| **ひざし** ⓪ | 【日差し・陽射し】名 日照；陽光 |
| **ひさん** ⓪ | 【悲惨】名・形動 悲惨 ③ |
| **ひじ** ② | 【肘・肱】名 肘，臂肘；肘形物 ③ |
| **ひっかかる** ④ | 【引っ掛（か）る】自五 掛住；牽連；上當；掛心 N2 |
| **ひっかける** ④ | 【引っ掛ける】他下一 掛上，鈎破；披上；潑上，濺上；欺騙；(一口氣)喝；撞上；趁機 |
| **ひっき** ⓪ | 【筆記】名・他サ 記筆記，筆記<br>⇨ 筆記試験（筆試） ⇨ 筆記用具（筆記用品）① |
| **ひっくりかえす** ⑤ | 【引っ繰り返す】他五 弄倒，翻倒；翻過來；推翻 |
| **ひっくりかえる** ⑤ | 【引っ繰り返る】自五 倒下，翻倒；顛倒過來；被推翻 |
| **ひっこむ** ③ | 【引っ込む】自五 (不外出)深居(家中等)；畏縮，退縮；縮入，凹入，塌陷<br>⇨ 引っ込み思案（畏首畏尾，因循守舊） |
| **ひっこめる** ④ | 【引っ込める】他下一 縮入，縮回；撤回 |
| **ひっし** ⓪ | 【必死】名・形動 拼命，殊死 N2 |
| **ひっしゃ** ① | 【筆者】名 筆者，作者，書寫者 ⑭ |
| **ひつじゅ** ⓪ | 【必需】名 必需，不可少 ⇨ 必需品（必需品）① |
| **ひっせき** ⓪ | 【筆跡】名 筆跡 ① |
| **ひったくり** ⓪ | 【引ったくり】名 搶奪，奪取 |
| **ぴったり** ③ | 副・自サ・形動 緊緊地；恰好，正合適；說中，猜中；突然停止 ＝ぴたり ④ |
| **ひてい** ⓪ | 【否定】名・他サ 否定 ⇔ 肯定 ③ |
| **ひとあたり** ⓪ | 【人当(た)り】名 待人接物的態度 ① |
| **ひとごみ** ⓪ | 【人込み】名 人群，人山人海 |
| **ひとしい** ③ | 【等しい】形 相等，相同；類似於，近似於 ② |

| | |
|---|---|
| **ひととおり** ⓪ | 【一通り】 副 大概，大略；一般，普通；一套，整套 |
| **ひととき** ② | 【一時】 名・副 一會兒，一時，暫時，片刻；某時，有個時候 ❶ |
| **ひとばん** ② | 【一晚】 名 一個晚上，一夜，一晚，一宿；某天晚上 ❶ |
| **ひとびと** ② | 【人々】 名 人們，許多人；各個人，每個人 ⑩ |
| **ひとまえ** ⓪ | 【人前】 名 人前，眾人面前；體面，外表，外觀 ❶ |
| **ひとみ** ⓪ | 【瞳】 名 瞳孔；眼珠子，眼睛 ❷ |
| **ひとみしり** ⓪③ | 【人見知り】 名・自サ 怕生 ❶ |
| **ひとめ** ⓪ | 【人目】 名 世人眼光，旁人看見<br>➡ 人目がうるさい（世人眼光可畏）<br>➡ 人目をしのぶ（避諱見人，偷偷地）<br>➡ 人目をはばかる（不願見人）<br>➡ 人目を盗む（趁人不注意，偷偷地）<br>➡ 人目を引く（引人注目）❹ |
| **ひとやすみ** ② | 【一休み】 名・自サ 休息片刻，歇一會兒 ❶ |
| **ひとりごと** ⓪④ | 【独り言・一人言】 名 自言自語 ❺ |
| **ひとりでに** ⓪ | 【独りでに】 副 自然而然，自動地 ⇒おのずから ❷ |
| **ひとりひとり** ④⑤ | 【一人一人】 名 每一個人 ❷ |
| **ひな** ① | 【雛】 名・接頭（名）人偶，泥人；雛雞；（接頭）小，巧<br>⇨ 雛形（雛形）　⇨ 雛菊（雛菊）<br>⇨ 雛祭り（日本3月3日女孩節陳列人偶的節日活動） |
| **ひなん** ① | 【非難】 名・他サ 責備，非難，責難，譴責，指責，非議 N❷ |
| **ひにく** ⓪ | 【皮肉】 名・形動 挖苦，諷刺；不如意，不湊巧 ❷<br>⇨ 皮肉屋（愛挖苦人的人）<br>⇨ 皮肉る（挖苦，奚落，諷刺） |
| **ひにち** ⓪ | 【日日】 名 天數，日數；日期 ❶ |

は

| | |
|---|---|
| **ひねる** ② | 【捻る・拈る・撚る】他五 扭轉（身體等）；撚，擰，扭；絞盡腦汁思量；（輕而易舉）打敗；與眾不同<br>⇨ 撚り出す（（好不容易）想出辦法；勉強籌出錢款）<br>➡ 頭をひねる（苦想辦法，鑽研）<br>➡ 首をひねる（思量，琢磨） |
| **ひはん** ⓪ | 【批判】名・他サ 評論；批評，批判 N2<br>⇨ 批判的（批判（性）的）　⇨ 批判力（批判能力） |
| **ひびき** ③ | 【響き】名 響聲；回聲；振響，振動；音響（效果）；聽到時的感覺、反映、反響；不良影響 |
| **ひびく** ② | 【響く】自五 響；發出回音，有迴響；傳播震動；影響；揚名，聞名　⇨ 響き渡る（響徹四方）② |
| **ひみつ** ⓪ | 【秘密】名 秘密 ② |
| **びみょう** ⓪ | 【微妙】名・形動 微妙 ② |
| **ひも** ⓪ | 【紐】名 帶，細繩；（暗中操縱的）條件；（喻）靠女人養的小白臉 ② |
| **ひやけ** ⓪ | 【日焼け】名・自サ（皮膚）曬黑；（日曬後）東西表面變色；（因乾旱，水塘、田等）乾涸<br>⇨ 日焼け止めクリーム（防曬油） |
| **ひやす** ② | 【冷（や）す】他五 冷卻，冰鎮；使冷靜 ③<br>⇨ 冷やし（涼，冰鎮）<br>➡ 頭を冷やす（使頭腦冷靜）<br>➡ 肝を冷やす（膽戰心驚，嚇破膽） |
| **ひよう** ① | 【費用】名 費用，開支，經費 ① |
| **ひょうか** ① | 【評価】名・他サ 評價；（價格）估價；（好的）評定 N2 |
| **ひょうき** ① | 【表記】名・他サ 標明；表面記載；（書）寫，記載 ① |
| **ひょうし** ③⓪ | 【表紙】名 封面，封皮 ③ |
| **ひょうじ** ⓪① | 【表示】名・他サ 表示，表達，表明；（用圖表）標示 ② |
| **ひょうしき** ⓪ | 【標識】名 標誌，標識，標記　⇨ 標識灯（標識燈） |
| **ひょうじゅん** ⓪ | 【標準】名 基準，標準；普通，平均 ① |

| | |
|---|---|
| **ひょうじょう**③ | 【表情】名 表情，神情；情況 ■ ⇨ 無表情（無表情，缺乏表情） |
| **びょうどう**◎ | 【平等】名・形動 平等 ⇨ 不平等 ③ |
| **ひょうばん**◎ | 【評判】名・形動・他サ 評價，評論；聞名，著名；傳聞，輿論 N2 |
| **ひょうほん**◎ | 【標本】名 標本；樣本；典型 |
| **ひょうめん**③ | 【表面】名 表面；外表，外觀 ⇨ 裏面 ② ⇨ 表面化（表面化） ⇨ 表面張力（表面張力） |
| **ひょうろん**◎ | 【評論】名・他サ 評論 ⇨ 評論家 ⇨ 評論文 |
| **ひりょう**① | 【肥料】名 肥料 ■ |
| **ひれい**◎ | 【比例】名・自サ（名）比例；（自サ）相稱，成比例關係 N2 |
| **ひろがる**◎ | 【広がる】自五 擴散，擴大；蔓延，傳開；展現 ⑦ |
| **ひろげる**◎ | 【広げる】他下一 擴大，擴展；開，打開 ⑥ |
| **ひろば**① | 【広場】名 廣場 ■ |
| **ひろびろ**③ | 【広々】副・自サ 寬廣，遼闊 ■ |
| **ひろまる**③ | 【広まる】自五 傳播，擴散；擴大 ■ |
| **ひろめる**③ | 【広める】他下一 擴大；推廣，普及；宣揚 |
| **ひん**◎ | 【品】名・接尾 物品，東西；品格，品性，品質；風度 ⇨ 上品（高雅；大方） ⇨ 下品（下流，庸俗） |
| **びん**① | 【便】名 郵寄，郵遞；信，書信；機會，方便 ⑥（飛機、船等）航班、船班 |
| **びんせん**◎ | 【便箋】名 信箋，信紙 |
| **びんづめ**◎④ | 【瓶詰（め）】名 裝瓶，瓶裝 |

## 歷屆考題

■ 何かをするように頼まれて承知する。（1997-Ⅳ-1）
① 引き出す ② 受け付ける ③ 受け取る ④ 引き受ける

答案④

193

■ 留学したいのですが、＿＿＿＿＿がいくらぐらいかかるか教えてください。（2000-Ⅲ-10）

① 価値　　② 価格　　③ 費用　　④ 利用

答案③

解 答案以外的選項，其漢字的讀音和意思分別是：①「価値」（價值）；②「価格」（價格）；④「利用」（利用）。選項④可作サ變動詞。

翻 我想留學，請告訴我大概需要多少費用。

■ このあたりの海岸線の形を50年前と＿＿＿＿＿してみましょう。

（2005-Ⅲ-4）

① 測定　　② 一致　　③ 比較　　④ 統一

答案③

解 答案以外的選項，其漢字的讀音和意思分別是：①「測定」（測量，測定）；②「一致」（一致）；④「統一」（統一）。

翻 試著把這一帶海岸線的形狀和50年前比較一下吧。

■ ほかの人に言えないこと。隠しておきたいこと。（2006-Ⅳ-3）

① 恐怖　　② 暗記　　③ 秘密　　④ 我慢

答案③

解 答案以外的選項，其漢字的讀音和意思分別是：①「恐怖」（恐怖）；②「暗記」（背誦）；④「我慢」（忍耐，容忍）。

翻 不能對別人說的事情。想隱藏的事情。

♫ 149

| | |
|---|---|
| ふあん ⓪ | 【不安】名・形動 不安，擔心 **7** |
| ふう ① | 【風】名・造語 風格；樣子，態度 **N2** |
| ふうき ① | 【風紀】名（男女關係等）風紀 |
| ふうけい ① | 【風景】名 風景，情景 |
| ふうせん ⓪ | 【風船】名 氣球，氫氣球 |
| ふうん ① | 【不運】名・形動 不幸，倒楣，晦氣，不走運 **3** ⇔ 幸運<sup>こううん</sup> |
| ふえ ⓪ | 【笛】名 笛子；橫笛；哨子 **1** |
| ふか ②① | 【不可】名 不可，不行；不合格 |
| ぶか ① | 【部下】名 部下 ⇒ 手下<sup>てした</sup> ⇔ 上司<sup>じょうし</sup> **1** |
| ふかく ⓪ | 【不覚】名・形動 失策；不知不覺；失去知覺 **1** |
| ふかけつ ② | 【不可欠】名・形動 不可少的，必需的 **2** |
| ぶかぶか ⓪① | 形動・副・自サ 寬大不合身；（吹奏樂器聲）滴答滴答地 **N2** |
| ふかまる ③ | 【深まる】自五 加深，深化 **2** |
| ふかめる ③ | 【深める】他下一 加深，加強 |
| ぶき ① | 【武器】名 武器；（喻）有力的手段 ⇒ 兵器<sup>へいき</sup> **1** |
| ふきゅう ⓪ | 【普及】名・自サ 普及 ⇒ 普及率<sup>ふきゅうりつ</sup>（普及率）**N2** |
| ふきょう ⓪ | 【不況】名 不景氣 ⇔ 好況<sup>こうきょう</sup> **1** |
| ふきん ②① | 【付近・附近】名 附近 **2** |
| ふきん ② | 【布巾】名 布巾，抹布，擦碗布 |
| ふく ⓪ | 【拭く】他五 擦，拭 **8**<br>⇒ 拭<sup>ふ</sup>き込<sup>こ</sup>む（使勁擦） ⇒ 拭<sup>ふ</sup>き取<sup>と</sup>る（擦掉） |
| ふくし ⓪ | 【副詞】名 副詞 |
| ふくし ②⓪ | 【福祉】名 福利 ⇒ 福祉事業<sup>ふくしじぎょう</sup>（福利事業）**N2** |
| ふくしゃ ⓪ | 【複写】名・他サ 謄寫，複寫；複印，複製；翻拍 |
| ふくすう ③ | 【複数】名 複數 ⇔ 単数<sup>たんすう</sup>（單數） |

| | |
|---|---|
| **ふくそう** ⓪ | 【服装】名 服裝 **5** |
| **ふくびき** ⓪ | 【福引(き)】名 抽籤，摸彩 **1** |
| **ふくむ** ② | 【含む】他五 含有；含著；懷有（想法、感情等）；帶有；包括 ⇨ 含み（包含，含有；含蓄，暗示）**N2** |
| **ふくめる** ③ | 【含める】他下一 包含，包括；告知，囑咐 **2** |
| **ふくらます** ⓪ | 【膨らます】他五 使鼓起來，吹鼓 |
| **ふくらむ** ⓪ | 【膨らむ】自五 鼓起，膨脹；（想法、計畫的規模）擴大 ⇨ 膨らみ（鼓起處，鼓起物）**3** |
| **ふくり** ② | 【福利】名 副利 |
| **ふけつ** ⓪ | 【不潔】名・形動 不乾淨，髒；不純潔 **1** |
| **ふける** ② | 【更ける】自下一（季節、夜）深 |
| **ふこう** ② | 【不幸】名・形動 不幸；（家人、親屬的）死亡，喪事 ⇒ 不運（不走運） ⇔ 幸福 ⇔ 幸運（幸運）**2** ➡ 不幸 中 の 幸 い（不幸中的大幸） |
| **ふごう** ⓪ | 【符号】名 符號，記號；（數）符號；電碼，代碼 **1** |
| **ふさい** ②① | 【夫妻】名 夫妻 ⇒ 夫婦 **1** |
| **ふさがる** ⓪ | 【塞がる】自五 塞滿，占滿；占著，佔用；關，閉 ⇔ 空く |
| **ふさぐ** ⓪ | 【塞ぐ】自・他五 鬱悶，不痛快；堵，塞；占；擋，阻擋 **N2** |
| **ふざける** ③ | 自下一 開玩笑；愚弄，戲弄；（男女間）調情；歡鬧，活蹦亂跳 **1** |
| **ぶさた** ⓪ | 【無沙汰】名・形動・自サ 久疏問候，久未通信；少見 **1** |
| **ふさわしい** ④ | 【相応しい】形 適合，相稱 **N2** |
| **ふし** ② | 【節】名 節，關節；曲調，旋律；段落；地方，點 |
| **ふじ** ②① | 【不治】名（疾病）不治 ＝不治 |
| **ぶし** ① | 【武士】名 武士 |
| **ぶじ** ⓪ | 【無事】名・形動 健康；平安，無事；無聊，閒散 **5** |
| **ふしぎ** ⓪ | 【不思議】名・形動 不可思議，奇怪 **7** |

| ぶしゅ ① | 【部首】名部首 |
|---|---|
| ふじゆう ①③ | 【不自由】名・形動不自由，不如意；不充裕；不好使用，不方便 ⇔自由 ①<br>➡ 金に不自由がない（金錢上充裕） |
| ふしょう ⓪ | 【不祥】名不祥，不吉利 ⇨不祥事（不幸的事） |
| ふじょう ⓪ | 【浮上】名・自サ浮上；（喻）走運，發跡 ① |
| ふじん ⓪ | 【夫人】名（他人或尊貴的人的妻子的敬稱）夫人 ① |
| ふじん ⓪ | 【婦人】名婦女 ⇨婦人運動（婦女運動）<br>⇨産婦人科（婦產科）<br>⇨婦人雑誌（婦女雜誌） ⇨婦人問題（婦女問題） |
| ふすま ⓪③ | 【襖】名兩面糊紙的拉門，隔扇 ① |
| ふせい ⓪ | 【不正】名・形動不正當，不正派；壞行為，壞事 |
| ふせぐ ② | 【防ぐ】他五防禦，防止；預防，防備 ⇔攻める ② |
| ふそく ⓪ | 【不足】名・形動・自サ不足，不夠；不滿，不平 ⑨ |
| ふぞく ⓪ | 【付属・附属】名・自サ附屬 ②<br>⇨付属学校（附屬學校） ⇨付属機関（附屬機關） |
| ふた ⓪ | 【蓋】名蓋子；貝類的殻<br>➡ 臭い物に蓋をする（掩蓋壞事，家醜不外揚）<br>➡ 身も蓋もない（直截了當）<br>➡ 蓋をあける（開始，開業，開幕；揭曉） |
| ぶたい ① | 【舞台】名舞臺；活動的場所<br>⇨舞台効果（舞臺效果） ⇨舞台装置（舞臺設備）<br>⇨初舞台（初登舞臺，首次登臺表演） |
| ふたたび ⓪ | 【再び】副再次 ① |
| ふたまた ⓪ | 【二股】名兩叉，兩股，（道路）岔路；腳踏兩條船 ① |
| ふたん ⓪ | 【負担】名・他サ承擔，負擔；重負，累贅 |
| ふだん ① | 【普段】名平時，平常 ⇨普段着（便服）③ |
| ふち ② | 【縁】名邊，緣，框 ⇨縁取る（鑲邊）④ |
| ぶつ ① | 【物】名物，東西 |

| | |
|---|---|
| **ふつう** ⓪ | 【不通】名（交通線路的）不通；沒有音信；不來往 ④ |
| **ぶっか** ⓪ | 【物価】名物價 ⇨ 物価水準（物價水平）② |
| **ぶつかる** ⓪ | 自五 撞，碰；遇到，碰到；適逢，趕在一起；交涉，直接談判；衝突，爭吵 ④ |
| **ぶつける** ⓪ | 他下一 撞上，碰上；投，扔；提出（難題等）③ |
| **ぶっけん** ⓪ | 【物件】名物件，物品 ⇨ 物件費 |
| **ぶっし** ① | 【物資】名物資 ⇨ 必需物資（必要物資）① |
| **ぶっしつ** ⓪ | 【物質】名物質 ⇔ 精神 |
| **ぶっぴん** ⓪ | 【物品】名物品，東西 ② |
| **ぶつぶつ** ① ⓪ | 名・副（副 ① 名 ⓪）抱怨，牢騷，許多顆粒狀物，許多疙瘩；（泡泡等相繼冒出）噗嗤噗嗤 ① |
| **ぶつり** ① | 【物理】名物理 ⇨ 物理学者 ⇨ 物理実験 ① |
| **ふで** ⓪ | 【筆】名毛筆；毛筆字跡，筆跡<br>⇨ 筆箱（筆盒）➡ 筆を折る（放棄寫作）<br>➡ 弘法も筆の誤り（智者千慮必有一失）<br>➡ 弘法筆を選ばず（善書者不擇筆） |
| **ふと** ⓪ ① | 副 突然，偶然 ② |
| **ふどうさん** ② ⓪ | 【不動産】名不動産 ⇔ 動産 |
| **ふなびん** ⓪ | 【船便】名海運，用船郵寄；通航，通船 |
| **ぶひん** ⓪ | 【部品】名零件 ④ |
| **ふぶき** ① | 【吹雪】名暴風雪 ⇨ 花吹雪（花朵落英繽紛） |
| **ぶぶん** ① | 【部分】名部分 ⇔ 全体 ⑭<br>⇨ 大部分（大部分） ⇨ 一部分（一部分） |
| **ふへい** ⓪ | 【不平】名・形動 不平，不滿意，牢騷<br>➡ 不平を鳴らす（鳴不平） |
| **ふまん** ⓪ | 【不満】名・形動 不滿，不滿意 ⇨ 不満足 N3 |
| **ふみだす** ③ | 【踏（み）出す】他五 邁出；開始，著手 ① |
| **ふもと** ③ | 【麓】名山麓 ⇨ 山麓 N2 |
| **ふやす** ② | 【増やす・殖やす】他五 增加，繁殖 ③ |

| | |
|---|---|
| **ふよう** ⓪ | 【不用】名・形動 不需要；不起作用 ❶ |
| **ふよう** ⓪ | 【不要】名・形動 不需要，不用 ❸ |
| **ぶよう** ⓪ | 【舞踊】名 跳舞，舞蹈 |
| **ぶらさがる** ⓪④ | 【ぶら下がる】自五 懸，吊垂；眼看就要到手；抓住；依，依靠 |
| **ぶらさげる** ⓪ | 【ぶら下げる】他下一 懸掛，配帶；提 |
| **ぶらぶら** ① | 副・自サ 晃蕩，搖晃；溜達；賦閒，閒待著 N2 |
| **ふり** ⓪② | 【振り】名・接尾 樣子，打扮；假裝；陌生，不速（之客）；（舞蹈的）動作，姿勢；揮動（棒球的球棒、高爾夫球的球拍）的動作；（刀、劍的量詞）把，口 ❶<br>➡ なりふりかまわず（不修邊幅）<br>➡ 人のふり見て我がふり直せ（借鏡他人，矯正自己） |
| **ふり** ① | 【不利】名・形動 不利　⇔ 有利 ❶ |
| **ぶり** ⓪② | 【振り・風】接尾 樣子，情況；經過～之後又；分量，體積 ❿ |
| **ふりかえ** ⓪ | 【振り替え】名 調換；轉帳，電滙<br>⇨ 郵便振替（郵局電滙）　⇨ 振替日（轉帳日）<br>⇨ 振替休日（〔國定假日的〕補假） |
| **ふりかえる** ③ | 【振(り)返る】他五 回頭看，向後看；回顧 ❷ |
| **ふりがな** ⓪③ | 【振(り)仮名】名 注在漢字上面的日文假名 ❶ |
| **ふりこむ** ③ | 【振り込む】他五 （銀行戶頭）匯入；撒入<br>⇨ 振り込み（匯款） |
| **ふりだす** ③⓪ | 【降(り)出す】自五 （雨、雪等）下起來，開始下 ❶ |
| **ふりむく** ③ | 【振(り)向く】自五 回頭看；理睬，關心；回顧 ❸ |
| **ふる** ⓪ | 【振る】他五 揮，搖；撒；分配，分派，附上；拒絕；甩，拋棄，不參加；放棄，丟掉；開（匯票、支票）<br>⇨ 振り上げる（揚起，揮起）　⇨ 振り掛ける（撒上）<br>⇨ 振り子（鐘擺）　⇨ 振り絞る（竭盡全力；拼命喊叫）<br>⇨ 振り分ける（分成兩半；分配）❶ |
| **ぶるい** ①⓪ | 【部類】名 部類，種類 ❶ |

199

| | |
|---|---|
| **ふるえる** ⓪ | 【震える】**自下一** 震動；發抖，哆嗦，顫抖 **2** <br> ⇨ 震え ⇨ 震え上がる（發抖） |
| **ふるまう** ③ | 【振(る)舞う】**自・他五** 行動，動作；款待，請客 **3** <br> ⇨ 振(る)舞い（動作，舉止；請客，設宴招待） |
| **ふれあう** ③ | 【触(れ)合う】**自五** 互相接觸 **2** <br> ⇨ 触れ合い（接觸） |
| **ふれる** ⓪ | 【触れる】**自・他下一** 碰，觸；(耳、目)感覺到；涉及，觸及；抵觸，違反；通知，告知 **N2** <br> ➡ 目に触れる（映入眼簾） |
| **ふわふわ** ①⓪ | **副・形動・自サ**（**副** ① **形動** ⓪）輕飄飄；不沈著，浮躁；柔軟蓬鬆 **2** |
| **ぶん** ① | 【分】**名・接尾** 份；部分；本分；身份，地位；程度，情況 |
| **ふんいき** ③ | 【雰囲気】**名** 氣氛；大氣層 **2** |
| **ふんか** ⓪ | 【噴火】**名・自サ** 噴火，爆發 ⇨ 噴火口 ⇨ 噴火山 |
| **ぶんかい** ⓪ | 【分解】**名・自他サ**(化)分解；拆卸，拆開 <br> ⇔ 合成 ⇔ 組み立て（裝配） |
| **ぶんげい** ①⓪ | 【文芸】**名** 文藝；學問和技藝 **1** |
| **ぶんけん** ⓪ | 【文献】**名** 文獻 |
| **ぶんこ** ⓪ | 【文庫】**名** 書庫；叢書；(普及版的)廉價袖珍本 **1** |
| **ふんすい** ⓪ | 【噴水】**名** 噴泉，噴水池 **1** |
| **ぶんせき** ⓪ | 【分析】**名・他サ** 分析，剖析；(化學)化驗分析 **N2** |
| **ぶんたい** ⓪ | 【文体】**名** 體裁；風格，文體 |
| **ぶんぱい** ⓪ | 【分配】**名・他サ** 分配，分給 **N2** |
| **ぶんぷ** ⓪ | 【分布】**名・自サ** 分佈 <br> ⇨ 分布図（分佈圖） ⇨ 分布範囲（分佈範圍） |
| **ぶんみゃく** ⓪ | 【文脈】**名** 文章的脈絡，文脈；文理 |
| **ぶんめい** ⓪ | 【文明】**名** 文明 ⇔ 野蛮 ⇨ 文明国 ⇨ 文明社会 |
| **ぶんや** ① | 【分野】**名** 領域，範圍，範疇 ⇨ 領域 **N2** |
| **ぶんるい** ⓪ | 【分類】**名・他サ** 分類 |

## ふんわり（と）　圖 輕飄飄地；鬆軟地
③

### 歴屆考題

- ふりむく（2003-V-3）
① 窓から外をふりむいたふりむいたら、富士山がきれいに見えた。
② 声をかけられてふりむくと、林先生が立っていた。
③ どんなことがあっても未来をふりむいて生きていきたい。
④ 下をふりむかずに歩きなさい。

**答案②**

> 解 選項①、③、④為誤用。①可改為「眺めたら」（眺望・遠眺）；
> ③可改為「未来に向かって」（面向未來）；④可改為「向かずに」
> （不要面朝～）。

> 翻 ② 被叫喚之後回頭一看，林老師站在那裏。

- 不安（2004-V-5）
① あのころはやりたいことも仕事もみつからず、毎日が不安だった。
② 親を不安させないように、病気のことは言わないでおこう。
③ 一人で会場まで行けるか不安の人は手をあげてください。
④ きのうは夫の帰りが遅くて不安した。

**答案①**

> 解 「不安」是名詞兼形容動詞，不能作為サ動詞使用。選項②、③、
> ④為誤用。②和④都可改為「心配」（擔心）；③可改為「一人で
> 会場まで行けない人」（自己去不了的人）。

> 翻 ①那時找不到想做的事情和工作，每天都很不安。

- ふもと（2005-V-2）
① ビルのふもとの小さなレストランで食事をしました。
② 山のふもとに小さな村があります。
③ 足のふもとの小さな石につまずいてころんでしまった。
④ 大きな木のふもとに小さな花が咲いていた。

**答案②**

**解** 選項①、③、④為誤用。①可改為「下<sup>した</sup>」（下面）；③可改為「足元<sup>あしもと</sup>の小<sup>ちい</sup>さな」（腳下的小的）；④可改為「下<sup>もと</sup>」（根部周圍）。

**翻** ② 山腳下有個小村莊。

- なぜそうなったのか、なぜそうなのか、理由<sup>りゆう</sup>が分<sup>わ</sup>からない。

  （2007-Ⅳ-2）

① ふしぎだ　② とんでもない　③ おもいがけない　④ すてきだ
**答案①**

**解** 答案以外的選項，其漢字形式和意思分別是：②（意外；哪有的事）；③「思<sup>おも</sup>い掛<sup>が</sup>けない」（出乎意料，沒想到的）；④「素敵<sup>すてき</sup>だ」（極好，很棒）。選項②一般不寫漢字。

**翻** 為什麼會變成那樣，為什麼會那樣，不知道原因。

♫ 155

| | |
|---|---|
| **へいかい**⓪ | 【閉会】**名・自他サ** 閉會 ▪️<br>⇨ 閉会式<sup>へいかいしき</sup>（閉幕式）　⇦ 開会<sup>かいかい</sup> |
| **へいがい**⓪ | 【弊害】**名** 弊病，惡劣影響 |
| **へいかん**⓪ | 【閉館】**名・自他サ** 閉館，停止開放 ▪️ |
| **へいき**⓪ | 【平気】**名・形動** 沈著，鎮靜；不在乎，無動於衷 ❻ |
| **へいきん**⓪ | 【平均】**名・自他サ** 平均；均衡，平衡 ❼<br>⇨ 平均寿命<sup>へいきんじゅみょう</sup>　⇨ 平均値<sup>へいきんち</sup>　⇨ 平均点<sup>へいきんてん</sup>（平均分）<br>⇨ 平均年齢<sup>へいきんねんれい</sup> |
| **へいこう**⓪ | 【平行】**名・自サ**（數學）平行；沒有共識 ▪️<br>⇨ 平行棒<sup>へいこうぼう</sup>（雙槓） |
| **べいこく**⓪ | 【米国】**名** 美國 ▪️ |
| **へいじつ**⓪ | 【平日】**名** 平常，平素；平日，星期六日、節假日以外的日子　⇨ 平素<sup>へいそ</sup>　⇨ 平常<sup>へいじょう</sup>　⇦ 休日<sup>きゅうじつ</sup> ❷ |
| **へいたい**⓪ | 【兵隊】**名** 軍隊；士兵 |

| | |
|---|---|
| へいぼん ◎ | 【平凡】名・形動 平凡　⇔非凡 |
| へいや ◎① | 【平野】名 平原 |
| へいわ ◎ | 【平和】名・形動 和平；和睦 **2**<br>⇨ 平和主義（和平主義） |
| へこむ ◎ | 【凹む】自五 凹下，窪下，癟；服輸，屈服；虧空 **3**<br>⇨ 凹み |
| へそ ◎ | 【臍】名 臍，肚臍；物體中心突起部分；小凹陷處 |
| へだてる ③ | 【隔てる】他下一 相隔；隔開，遮擋；使疏遠 **N2** |
| べつじん ◎ | 【別人】名 別人，另一個人 **1** |
| べっそう ③ | 【別荘】名 別墅 **1** |
| べつに ◎ | 【別に】副 特別（下接否定式）；另外　⇒特に **2** |
| べつべつ ◎ | 【別々】名・形動 各自；分開 **1** |
| へとへと ◎ | 形動 精疲力竭，非常疲乏 **1** |
| へらす ◎ | 【減らす】他五 減少 **1**<br>⇔増やす（增加）　⇔増す（增加，增多） |
| べらべら ① | 副 喋喋不休　⇒ぺらぺら **1** |
| へる ① | 【経る】自下一 時間經過；通過（場所）；經歷（過程）<br>⇒経つ **2** |
| へる ◎ | 【減る】自五 減少；磨光；肚子餓　⇔増える **10**<br>➜ 腹が減る（肚子餓） |
| へん ① | 【編】名・造語 編，編輯，編纂；篇；卷，冊 **8** |
| べん ① | 【便】名 便利，方便；排泄物<br>➜ 交通の便がいい（交通往來方便） |
| へんか ① | 【変化】名・自サ 變化 **1** |
| へんかん ◎ | 【変換】名・自他サ 變換 **N2** |
| へんきゃく ◎ | 【返却】名・他サ 歸還 **N2** |
| へんけい ◎ | 【変形】名・自他サ 變形 |
| へんこう ◎ | 【変更】名・他サ 變更 **N2** |

| へんしゅう ⓪ | 【編集】名・他サ 編輯，編纂 ❷<br>⇨ 編集者（編輯） ⇨ 編集長（主編）<br>⇨ 編集部（編輯部） |
| --- | --- |
| へんしん ⓪ | 【変身】名・自サ 化形為～；改變裝束 |
| へんそく ⓪ | 【変則】名・形動 不正規 ❶ |
| へんどう ⓪ | 【変動】名・自サ 變動，變化；波動；騷動 ❶ |

## 歴届考題

■ ある性質や状態が、いままでとはちがうものになること。

（1998-IV-8）

① 改正　　② 改造　　③ 進歩　　④ 変化

答案④

解 答案以外的選項，其漢字的讀音和意思分別是：①「改正」（改正）；②「改造」（改造）；③「進歩」（進歩）。

翻 某種性質和狀態變得與以往不同。

♬ 157

| ほ ① | 【歩】名・接尾 步，步行；（接尾）步 ❹<br>➡ 歩を進める（往前進行）　➡ 歩を運ぶ（步行） |
| --- | --- |
| ほいく ⓪ | 【保育】名・他サ 保育<br>⇨ 保育園（保育園）⇨ 保育士（幼保從事人員） |
| ぼいん ⓪ | 【母音】名 母音，韻母 ❶ |
| ほう ⓪ | 【法】名 法，法律；法，佛法；方法，作法；禮法，禮節；道理，規矩；除數，乘數；法，式<br>⇨ 法案（法律草案）　⇨ 法制<br>⇨ 法的（法律上的）　⇨ 法典（法規，法典） |

| | |
|---|---|
| ぼう ⓪ | 【棒】名 棍子，棒子；扁擔；粗線，槓子；指揮棒<br>➡ 棒に振る（白白糟踏，白白斷送）<br>➡ 棒を折る（撒手不幹）<br>➡ 棒ほど願って針ほど叶う（所望者厚，所得者薄） |
| ぼうえき ⓪ | 【貿易】名 貿易　⇨ 貿易額　⇨ 貿易摩擦 N2 |
| ぼうえんきょう⓪ | 【望遠鏡】名 望遠鏡 |
| ほうがく ⓪ | 【方角】名 方位，方向；角度 1 |
| ほうき ⓪① | 【箒・帚】名 掃帚 |
| ほうげん ③⓪ | 【方言】名 方言　⇔ 標準語　⇔ 共通語 |
| ぼうけん ⓪ | 【冒険】名・自サ 冒險　⇨ 冒険家　⇨ 冒険小説 1 |
| ほうこう ⓪ | 【方向】名 方向；方針　⇨ 方向付ける（指定方向）2 |
| ほうこく ⓪ | 【報告】名・他サ 報告；彙報 5 |
| ぼうさい ⓪ | 【防災】名 防災　⇨ 防災対策　⇨ 防災用品 N2 |
| ぼうさん ⓪ | 【坊さん】名 和尚的親切稱呼 |
| ぼうし ⓪ | 【防止】名・他サ 防止 1 |
| ぼうじょう ⓪ | 【棒状】名 棒狀 1 |
| ほうしん ⓪ | 【方針】名 方針　⇒ 指針 N2 |
| ほうそう ⓪ | 【包装】名・他サ 包裝　⇨ 包装紙 1 |
| ほうそく ⓪ | 【法則】名 法則，規律；法規，定律 |
| ほうたい ⓪ | 【包帯】名 繃帶 1 |
| ぼうだい ⓪ | 【膨大】名・自サ・形動 龐大 |
| ぼうちょう ⓪ | 【膨張・膨脹】名・自サ 膨脹；增加 1 |
| ほうていしき ③ | 【方程式】名 方程式 |
| ぼうはん ⓪ | 【防犯】名 防止犯罪 1 |
| ほうふ ⓪① | 【豊富】名・形動 豐富　⇒ 豊か（豐富，豐裕）N2 |
| ほうほう ⓪ | 【方法】名 方法　⇒ 手段　⇒ 仕方（做法，辦法）10 |
| ほうぼう ① | 【方々】名 各方，各處，到處 1 |

🎵 158

| | |
|---|---|
| **ほうめん** ③ | 【方面】名 方面，方向；領域 |
| **ほうもん** ◎ | 【訪問】名・他サ 訪問 ⇨ 訪問先（訪問地）② |
| **ぼうや** ① | 【坊や】名 對男孩的親暱稱呼；不知世事的年輕男子 |
| **ぼうりょく** ① | 【暴力】名 暴力 ①<br>⇨ 暴力団（暴力團體）⇨ 暴力革命（武裝革命） |
| **ほうる** ◎ | 【放る】他五 抛，扔；棄而不顧，放棄 ② ⇨ 放置する |
| **ほえる** ② | 【吠える・吼える】自下一（狗、野獸）吠、吼；哭喊，叫嚷 ⇒ 怒鳴る |
| **ほお** ① | 【頬】名 臉頰 ＝ほほ ③<br>⇨ 頬杖（〔用手〕托腮） ⇨ 頬張る（嘴裏塞滿）<br>⇨ 頬骨（顴骨） ⇒ ほっぺた（臉蛋）<br>➡ 頬を膨らます（鼓起雙頬）<br>➡ 頬が落ちるよう（非常好吃，香極了） |
| **ほがらか** ② | 【朗らか】形動 晴朗；舒暢，快活；（性格）開朗；（聲音）響亮 ① |
| **ぼくじょう** ◎ | 【牧場】名 牧場 ＝ 牧場 |
| **ぼくちく** ◎ | 【牧畜】名 畜牧（業） |
| **ほけん** ◎ | 【保健】名 保健 ⇨ 保健体育（日本的科目名稱）① |
| **ほこり** ◎ | 【埃】名 塵埃 |
| **ほこる** ② | 【誇る】自五 自豪，誇耀 ⇒ 得意 ⇒ 自慢 ②<br>⇨ 誇り（自豪，榮譽；自尊心） |
| **ほしくず** ◎③ | 【星屑】名 群星 ① |
| **ほしゅ** ① | 【保守】名・他サ 保守；（機械等的）保養 ①<br>⇨ 保守的 ⇨ 保守主義 ⇨ 保守党 ⇨ 保守派 |
| **ぼしゅう** ◎ | 【募集】名・他サ 招收，招募 ⑤ |
| **ほしょう** ◎ | 【保証】名・他サ 保證；擔保 |
| **ほす** ① | 【干す・乾す】他五 曬乾，晾乾，風乾，烤乾；把（水池等的）水放掉；喝乾；不給工作 ①<br>⇨ 干し物（曬乾物，晾曬物；曬洗的衣服） |
| **ほそく** ◎ | 【補足】名・他サ 補充 ⇒ 補充 N2 |

206

| ほそながい④ | 【細長い】形 細長的 ② |
|---|---|

**ほぞん⓪**　【保存】名・他サ 保存　⇨ 保存 食（耐放食品）③

**ほっきょく⓪**　【北極】名 北極
⇨ 北極圈　⇨ 北極星　⇔ 南極

**ぼっちゃん①**　【坊ちゃん】名 令郎，您家的男孩子；（蔑）大少爺

**ほど⓪②**　【程】名・副助（名）程度；限度，分寸；身份；時間；
距離；～的狀況；（副助）大約，左右；比較基準 ⑮
➡ 身の程知らず（不自量力）

**ほどう⓪**　【歩道】名 人行道　⇔ 車道

**ほどく②**　【解く】他五 解開；拆開

**ほとけ③⓪**　【仏】名 佛；仁慈的人；死者
➡ 仏 の顔も三度（人的忍耐是有限度的）
➡ 知らぬが 仏（眼不見心不煩）
➡ 地獄で 仏（久旱逢甘霖）
➡ わが 仏 尊し（敝帚自珍）
➡ 仏 作って 魂 入れず（功虧一簣）

**ほどよい③**　【程良い・程好い】形 適當，恰好 ②

**ほね②**　【骨】名・形動 骨頭，骨；遺骨；骨架，支架；核心，
骨幹；骨氣；費勁，辛苦 ②
➡ 骨が折れる（費力氣；困難，棘手）
➡ 骨と皮になる（瘦得皮包骨）
➡ 骨に刻む（刻骨銘心）
➡ 骨までしゃぶる（啃骨吸髓）
➡ 骨を惜しむ（不肯賣力）
➡ 骨を折る（盡力，出力）
➡ 骨を拾う（火葬撿骨；替別人收拾麻煩事）

**ほのお①**　【炎】名 火；（喻）強烈的情感 ①

**ほほ①**　【頬】名 臉頰　＝ほお

**ほぼ①**　【略・粗】副 大致，大體 N2

**ほほえむ③**　【微笑む】自五 微笑；（花）初放 ① ⇒ 微笑 ⇨ 微笑み

**ほり②**　【堀・濠】名 護城河；溝，渠

は

| ほる① | 【掘る】他五 挖，掘；挖出，發掘<br>⇨ 掘り下げる（深挖；深入思考）<br>⇨ 掘り出し物（偶爾得到的珍品；便宜貨）<br>⇨ 掘り出す（挖掘；找到意外的珍品） |
|---|---|
| ほる① | 【彫る】他五 雕刻；紋身 |
| ぼろ① | 【襤褸】名 襤褸；破的；破綻，缺點　⇨ 破綻<br>⇨ おんぼろ（破爛不堪）　⇨ ぼろ靴（破鞋）<br>⇨ ぼろ家（破屋）　➡ ぼろが出る（露出破綻）<br>➡ ぼろを出す（暴露缺點） |
| ぼろぼろ①⓪ | 副・形動（形動⓪）破破爛爛，破舊不堪；（副①）紛紛掉落下來的樣子 1 |
| ぼん①⓪ | 【盆】名（⓪）盤，托盤；（①⓪）（「盂蘭盆」之略）盂蘭盆節的略語　⇨ お盆 |
| ほんしつ⓪ | 【本質】名 本質 1 |
| ほんしゃ① | 【本社】名 總公司；本公司；主要的神社　⇔ 支社 2 |
| ぼんち⓪ | 【盆地】名 盆地 |
| ほんにん① | 【本人】名 本人，當事者 5 |
| ほんの⓪ | 連體 不過，僅僅，些許 |
| ほんらい① | 【本来】名・副 本來，原本；按理說 4 |
| ほんぶ① | 【本部】名 本部　⇔ 支部 |
| ほんみょう① | 【本名】名 真名 |
| ほんもの⓪ | 【本物】名 真貨，真的東西；道地　⇔ 贋物 2 |
| ほんやく⓪ | 【翻訳】名・他サ（筆譯的）翻譯　⇔ 通訳 1 |
| ぼんやり③ | 名・副・自サ（副・自サ）模糊，不清楚；心不在焉，沒有精神；發呆；（名）呆子 N2 |

## 歴屆考題

- 彼女のように_____人はだれからも好かれるだろう。（2001-Ⅲ-8）

① でたらめな　② なだらかな　③ ほがらかな　④ わがままな

答案③

**解** 這 4 個選項用的都是形容動詞的連體形。答案以外的選項，其意思分別是：①「出鱈目」（胡說八道）；②坡度小，平穩；④「我が儘」（任性）。

**翻** 像她這麼開朗的人誰都會喜歡吧。

---

■ 犬がいなくなったので、ほうぼう探しまわった。（2003-Ⅵ-5）

① あちこち　　② あれこれ　　③ うろうろ　　④ まごまご

**答案①**

**解** 各選項的意思分別是：①到處；②這個那個，種種；③徘徊，轉來轉去；驚慌失措；④手忙腳亂，著慌；閒逛，磨磨蹭蹭。與「方々」意思相近的是選項①。

**翻** 狗不見了，我們四處找。

---

■ ものの形や色がはっきりしない様子。（2004-Ⅳ-2）

① さっぱり　　② たっぷり　　③ のんびり　　④ ぼんやり

**答案④**

**解** 答案以外的選項，其意思分別是：①整潔，俐落；直率；爽快；完全（下接否定）；②充分，足夠；綽綽有餘；③悠閒自在，悠然自得。

**翻** 東西的形狀和顏色不清楚的樣子。

---

**♫ 161**

| | |
|---|---|
| **ま** ◎ | 【間】名 空隙；間隔；休止，停頓；節拍，板眼；時機；房間 |
| **まあまあ** ①③ | 副・形動・感（副・形動）還算過得去，大致還可以；（平息對方）好了好了；（感）哎喲 6 |
| **まいあがる** ④◎ | 【舞い上がる】自五 飛舞，飛揚 1 |
| **まいご** ① | 【迷子】名 迷路的孩子；迷路 1 |

| | |
|---|---|
| **まいど** ⓪ | 【毎度】名每次，每回；屢次，經常 |
| **まう** ⓪ | 【舞う】自五 跳舞，舞蹈；飛舞<br>⇨ 舞い上がる（飛舞，飛揚）<br>⇨ 舞子（〔日本京都的〕舞伎） |
| **まえあし** ⓪② | 【前足・前脚】名（獸類、昆蟲類等的）前足，前腿；<br>先踏出的腳步 1 |
| **まえかがみ** ③⓪ | 【前屈み】名 向前彎曲身子 1 |
| **まえぶれ** ⓪ | 【前触れ】名 預告，預先通知；先兆，預兆，前兆 1 |
| **まかせる** ③ | 【任せる】他下一 委託，託付，交給；聽任，任憑；盡<br>力，儘量，隨心 ＝任す 2 |
| **まきこむ** ③ | 【巻き込む】他五 捲入，捲進；牽連，連累 1 |
| **まぎわ** ① | 【間際・真際】名 正要，～時候，快要～時候 N2 |
| **まく** ⓪ | 【巻く】自・他五 捲；纏繞；捲起；圍起；擰上（發條）<br>⇨ 巻き（捲，滾捲，纏捲） ⇨ 巻き上げる（捲緊）<br>⇨ 巻き起こす（掀起） ⇨ 巻きつける（纏繞，盤繞）<br>➡ 管を巻く（絮絮叨叨，說廢話）<br>➡ しっぽを巻く（捲起尾巴；失敗；認輸） |
| **まく** ② | 【幕】名・接尾 幕布，帷幕；（戲劇）幕；場面，場合；<br>完結，結束 ➡ 幕が開く（開幕；開始） 1<br>➡ 幕を通す（溝通彼此的想法）<br>➡ 幕を下ろす／閉じる（閉幕；結束）<br>➡ のべつ幕なし（接連不斷地〔進行〕） |
| **まく** ① | 【撒く】他五 撒，散佈；潑撒；甩掉（跟蹤者等）2<br>⇨ 撒き散らす（撒；散佈） |
| **まくら** ① | 【枕】名 枕頭；枕狀支撐物；（單口相聲）開場白；依<br>據 ⇨ 枕する（枕上睡覺）1<br>➡ 枕をあげる（起床）<br>➡ 枕を交わす（〔男女〕共枕，同床）<br>➡ 枕を砕く（絞盡腦汁，費盡心思）<br>➡ 枕を高くする（高枕無憂） |
| **まげる** ⓪ | 【曲げる】他下一 彎曲；傾斜；歪曲（事實）；押當；違<br>心，改變 |

| | |
|---|---|
| **まこと** ⓪ | 【誠・真】**名・副** 真實，事實；真心，誠意；竭誠 **1**<br>⇒ 真実(真實) ⇒ 誠意<br>⇨ 誠 に ( 的確地，實在地；非常地；真的 ) |
| **まさか** ① | **副** 決 ( 不～ )，萬萬 ( 想不到～ )；難以相信；萬一，一<br>旦 ➡ まさかのときに備える ( 以備萬一 ) **4** |
| **まさつ** ⓪ | 【摩擦】**名・自他サ** 摩擦；不和睦，鬧矛盾 **1** |
| **まさに** ① | 【正に】**副** 的確，正是；快要，馬上，即將；應當 |
| **まざる** ② | 【交ざる・混ざる】**自五** ( 兩種以上東西 ) 混合；混雜<br>➡ 油 と水は混ざらない ( 水、油不相混合 ) **1** |
| **まじる** ② | 【交じる・混じる・雑じる】**自五** ( 在某物中摻入少量其<br>他的東西 ) 摻雜；夾雜<br>➡ 雑念が混じる ( 夾雜雜念 ) |
| **ます** ⓪ | 【増す・益す】**自・他五** 增加，增多；( 程度 ) 加劇，更<br>甚 ⇔ 減る ⇔ 減らす **1** |
| **まずしい** ③ | 【貧しい】**形** 貧窮；貧乏 **3** |
| **ますます** ② | 【益益】**副** 越發，更加 **6** |
| **まずまず** ① | 【先ず先ず】**副** 總之先～，首先；總算過得去，還算不<br>錯 **1** |
| **まぜる** ② | 【交ぜる・混ぜる】**他下一** 摻入；攪拌；( 與「まじる」<br>相對的他動詞 ) 加入 ⇨ 混ぜ合わせる ( 混合 ) **2** |
| **またぐ** ② | 【跨ぐ】**他五** 跨立；跨過，跨越 |
| **まだまだ** ① | **副** 還，仍，尚；( 時間 ) 還；還算，還是；( 更加 )還會<br>**7** |
| **まちあいしつ** ③ | 【待合室】**名** 候車室；候診室 |
| **まちあわせる** ⑤<br>⓪ | 【待ち合(わ)せる】**他下一** 等候，約會，碰頭 **1**<br>⇨ 待ち合(わ)せ ( 等候，約會 ) |
| **まちがい** ③ | 【間違い】**名** 錯誤；差錯，事故；吵架；( 男女間 )不<br>正常關係 ⇨ 間違いなく ( 一定；務必 ) **8** |
| **まちがう** ③ | 【間違う】**自・他五** 錯，錯誤；弄錯 **5** |
| **まちがえる** ④③ | 【間違える】**他下一** 弄錯，搞錯 **9** |
| **まちかど** ⓪ | 【街角・町角】**名** 街角，街口，巷口；街頭 |

| | |
|---|---|
| **まちなか** ⓪ | 【町中】图 市內，街裡 ❶ |
| **まちのぞむ** ⓪ | 【待(ち)望む】他五 盼望，期待，殷切希望 ❶ |
| **まったく** ⓪ | 【全く】副 完全；一點兒也(不)；實在 ❿ |
| **まつる** ⓪ | 【祭る】他五 祭祀；供奉 ❶<br>⇨ 祭り（祭典，各種慶祝活動） |
| **まとまる** ⓪ | 【纏まる】自五 集中；歸納；統一，一致；談妥 ❸ |
| **まとめ** ⓪ | 【纏め】图 總結，概括，歸納；彙集，匯總；解決，完結，有結果；調停，調節，仲裁 ❷ |
| **まとめる** ⓪ | 【纏める】他下一 彙集，匯總；整理；解決，議定；完成 ❹ |
| **まとも** ⓪ | 【真面】图・形動 正面；正經，正派，認真，規規矩矩 ❶ |
| **まなか** ⓪① | 【真中】图 正中，中間 |
| **まなつ** ⓪ | 【真夏】图 盛夏 ⇨ 盛夏 |
| **まなぶ** ⓪ | 【学ぶ】他五 學習（技能等）；向某人學習；體驗 ❸ |
| **まね** ⓪ | 【真似】图・他サ 模仿，學；（愚蠢的）舉止 ❶ |
| **まねく** ② | 【招く】他五 招呼；邀請，招待；招致，引起 N2<br>⇨ 招き（招待，邀請，招聘；招攬觀眾）<br>⇨ 招き猫（招財貓） |
| **まねる** ⓪ | 【真似る】他下一 模仿，仿效 ⇨ 真似事 ❶ |
| **まぶしい** ③ | 【眩しい】形 刺眼；耀眼，光彩奪目 ⇨ 眩い ❺ |
| **まぼろし** ⓪ | 【幻】图 虛幻，幻影 ❶ |
| **まもなく** ② | 【間も無く】副 不久，一會兒 ❹ |
| **まもる** ② | 【守る・護る】他五 保衛，守護；遵守；保持 ❼ |
| **まよう** ② | 【迷う】自五 迷失（方向）；困惑，猶豫；迷戀，沉迷；執迷，（死者）沒能成佛 ❾ |
| **まるで** ⓪ | 【丸で】副 完全，全然，簡直；好像，宛如 ❻ |
| **まるはだか** ③ | 【丸裸】图 赤身露體，一絲不掛；一無所有 ❶ |
| **まるみえ** ⓪ | 【丸見え】图 完全看得見，看得一清二楚 ❶ |

| | |
|---|---|
| **まれ** ⓪② | 【稀】**形動** 稀，稀少，稀罕，稀奇 **5** |
| **まわす** ⓪ | 【回す・廻す】**他五** 旋轉，轉動；圍繞；傳遞，傳送；<br>想盡辦法；轉任，調職；(資金)運用 |
| **まわりみち** ③⓪ | 【回り道】**名・自サ** 繞道 **1** |
| **まんいち** ① | 【万一】**名・副** 萬一；倘若 ＝ 万が一 **2** |
| **まんいん** ⓪ | 【満員】**名** 客滿，滿座；擠滿，載滿，名額已滿 |
| **まんが** ⓪ | 【漫画】**名** 漫畫 **1** |
| **まんせき** ⓪ | 【満席】**名** 滿座 **2** |
| **まんてん** ③ | 【満点】**名** 滿分；(喻)最好，絕佳 **6** |
| **まんなか** ⓪ | 【真ん中】**名** 正中央 **7** |
| **まんまと** ①③ | **副** 巧妙地，漂亮地；完全，徹底 **1** |

## 歷屆考題

■ 変化の程度がいっそう大きくなるようす。(1997-Ⅳ-2)

① ますます　　② しばしば　　③ せいぜい　　④ とうとう

**答案①**

**解** 答案以外的選項，其意思分別是：②常常，再三，屢次；③盡量，盡可能；充其量，最多也；④終於，到底，終究。

**翻** 變化的程度進一步加大的樣子。

■ とても信じられないような事態に対する気持ち。(1998-Ⅳ-2)

① たしか　　② にわか　　③ まさか　　④ わずか

**答案③**

**解** 答案以外的選項，其漢字形式和意思分別是：①「確か」（確實，的確）；②「俄」（突然，驟然，馬上，立刻）；④「僅か」（少，一點點，略微）。

**翻** 對非常難以置信的事態的感覺。

■ あの人は、同僚と＿＿＿＿＿を起こすのを恐れて、自分の意見を言わないことが多い。（2001-Ⅲ-15）

① 競争　　② 健闘　　③ 摩擦　　④ 損害

**答案③**

**解** 答案以外的選項，其漢字的讀音和意思分別是：①「競争」（競爭）；②「健闘」（勇敢奮鬥）；④「損害」（損失，損害）。

**翻** 他怕和同事發生摩擦，所以大多不說自己的意見。

■ 「テスト、どうだった？」
「＿＿＿＿＿できた。」（2007-Ⅲ-8）

① さっぱり　　② ちっとも　　③ あんまり　　④ まあまあ

**答案④**

**解** 這4個選項都是副詞。選項①、②都和否定形連用，選項③雖然也可以當作形容動詞使用，但不能和動詞的肯定式並用。其他選項的意思分別是：①完全（不），一點都（不）；②一點也（不）；③不太。

**翻** 「測驗怎麼樣？」「馬馬虎虎。」

■ まったく
① 昨日はまったく勉強しなかった。
② あの子が着る服はまったく可愛い。
③ あの映画はまったく楽しい。
④ この本はまったく石田君のだ。

**答案①**

**解** 「まったく」是副詞　選項②、③、④為誤用。

**譯** 昨天我完全沒唸書。

# み

🎵 164

| | |
|---|---|
| み ⓪ | 【身】名 身體；(自己的)身；身份，處境；心；肉；力量，能力；生命，性命；(樹皮底下的)木質，木心；刀身，刀片(裝在刀鞘裏的部分)；(對盒蓋而言的)盒身，匣身 ⇨ 身勝手(任性，自私)**7**<br>⇨ 身構え(架勢，姿態；心理準備)<br>⇨ 身柄(身體；身份)<br>➡ 身から出た錆(自做自受) ➡ 身に染みる(深感)<br>➡ 身に付く(〔知識、技術等〕學會)<br>➡ 身を立てる(成功；以～為生)➡ 身をもって(親自) |
| み ⓪ | 【実】名 果實；加在湯裏的菜；內容<br>➡ 花も実もある(有名有實) |
| みあげる ⓪③ | 【見上げる】他下一 仰望；景仰<br>⇔ 見下ろす(俯看；輕視) |
| みあたる ⓪ | 【見当(た)る】自五 找到；看到，看見 **1** |
| みいだす ③⓪ | 【見出す】他五 找到，看出來 **1** |
| みうごき ② | 【身動き】名 轉動身體；行動 **2** |
| みおくる ⓪ | 【見送る】他五 送行，目送；靜觀，等待下次(機會)；送終 ⇨ 見送り(送別；靜觀)**N3** |
| みおろす ⓪③ | 【見下ろす】他五 俯視；小看，藐視，蔑視，看不起 |
| みかた ⓪ | 【味方】名・自サ 我方，同夥；幫著，袒護 **1**<br>⇔ 敵(敵，敵人) |
| みかづき ⓪ | 【三日月】名 新月，月牙，峨嵋月；月牙形 |
| みぎうえ ⓪ | 【右上】名 右上方 |
| みきき ① | 【見聞き】名・他サ 見聞，所見所聞 |
| みぎした ⓪ | 【右下】名 右下 **2** |
| みごと ① | 【見事】名・形動 漂亮，好看；精彩，出色；徹底 **2** |
| みさき ⓪ | 【岬】名 海角，岬 |
| みじめ ① | 【惨め】名・形動 淒慘，悲慘，慘痛 |

| | |
|---|---|
| みしらぬ ⓪ | 【見知らぬ】連體 未見過的，不認識的 **1** |
| みすい ⓪ | 【未遂】名 未遂 **1** |
| みすえる ⓪③ | 【見据える】他下一 定睛而視；看準 **1** |
| みずから ① | 【自ら】名・副 自身；親自，親身 **N2** |
| みせや ② | 【店屋】名 店鋪 |
| みぞ ⓪ | 【溝】名 水溝；槽，紋；隔閡 **1** |
| みだし ⓪ | 【見出し】名 索引；標題；字典裡的字彙 **1** |
| みだれる ③ | 【乱れる】自下一 亂，不太平；紊亂，錯亂；散亂 **N2** <br> ⇨ 乱れ（亂；變亂；〔能樂〕舞蹈；〔箏曲〕曲名） <br> ➡ リズムが乱れる（步調紊亂）**N2** |
| みぢか ⓪ | 【身近】名・形動 身邊；切身 **3** |
| みちがえる ⓪④ | 【見違える】他下一 認不出來；看錯 **1** |
| みちかけ ②⓪ | 【満ち欠け】名（月的）盈虧 **1** |
| みちじゅん ⓪ | 【道順】名 路線，應走的路；順序，進程 |
| みちびく ③ | 【導く】他五 帶路，領進，引導，指導；導致；得出（結論）**N2** |
| みちる ② | 【満ちる】自上一 滿，充滿；漲潮；滿月；到期 **1** |
| みつ ① | 【蜜】名 蜂蜜；蜜糖 ⇨ 蜜蜂（蜜蜂） ⇨ 蜜蝋（蜂蠟） |
| みつぎもの ⓪ | 【貢ぎ物】名 貢品 **1** |
| みっせつ ⓪ | 【密接】名・形動・自サ（形動）密切；（名・自サ）緊挨著 **N2** |
| みつど ① | 【密度】名 密度；充實度 **1** |
| みっともない ⑤ | 形 醜陋的；丟人的，不像樣的 **2** |
| みつめる ⓪③ | 【見詰める】他下一 注視，凝視 **1** |
| みとおし ⓪ | 【見通し】名 瞭望，眺望；預測，推測；看透，洞察 |
| みとおす ⓪ | 【見通す】他五 看完；望得遠；預測，看透；洞察 **1** |
| みとめる ⓪ | 【認める】名 承認；斷定，認為；認可；同意，允許；看見 **6** |

| | | |
|---|---|---|
| みなおす ⓪③ | 【見直す】自・他五（景氣、病情等）好轉；重看；重新認識；重新研究考慮 ❸ | |
| みなす ⓪② | 【見なす】他五 看作，認為；（姑且）當作 ❶ | |
| みなれる ⓪③ | 【見慣れる】自下一 看慣，看熟 ❶ | |
| みにくい ③ | 【醜い】形 醜陋，（容貌）難看；可恥，卑鄙 ❶ ⇔ 美しい | |
| みのる ② | 【実る】自五 結果實；有成績 ❶ | |
| みはる ⓪ | 【見張る】他五 睜大眼直看；監視，戒備，看守 N2 | |
| みぶり ① | 【身振り】名 姿態，姿勢 | |
| みぶん ① | 【身分】名 處境；身份；來歷 ⇨ 身分証明書（身份證） | |
| みほん ⓪ | 【見本】名 樣本；典型，例子 ❷ | |
| みまい ⓪ | 【見舞（い）】名 探望；慰問（品）❷ | |
| みまう ②⓪ | 【見舞う】他五 探望；遭受（不幸等）❶ | |
| みまん ① | 【未満】名 未滿，不足 ❸ | |
| みむき ①② | 【見向き】名 轉過頭來看，回顧 ❶ | |
| みや ⓪ | 【宮】名 皇宮；皇族的尊稱；神社 ❶ | |
| みやこ ⓪ | 【都】名 首都；具有某種特點的城市；中心城市 | |
| みょう ① | 【妙】名・形動 奇怪，奇異；格外，分外，異常；奧妙，玄妙；巧妙 ❸ | |
| みらい ① | 【未来】名 未來，將來；（佛）來生，來世 ❸ | |
| みりょく ⓪ | 【魅力】名 魅力，吸引力 ❷ | |
| みる ① | 【診る】他上一 看病，診察 ❻ | |
| みわける ③⓪ | 【見分ける】他下一 識別，區分 N2 | |
| みわたす ⓪③ | 【見渡す】他五 遠望；環視 ❶ | |
| みんかん ⓪ | 【民間】名 民間；私營，私人 | |
| みんしゅ ① | 【民主】名 民主 ⇨ 民主主義 ❶ | |

ま

| みんぞく ① | 【民族】名 民族 |
|---|---|

⇒ 民族意識（民族意識） ⇒ 民族衣装（民族服裝）

⇒ 民族音楽（民族音樂） ⇒ 民族学 ⇒ 民族資本

⇒ 民族主義（民族主義） ⇒ 民族性

| みんよう ⓪ | 【民謡】名 民謡 |
|---|---|

## 歴屆考題

■ 彼女の歌は<u>見事</u>だった。（2005-Ⅵ-5）

① きびしかった　　　　② ただしかった

③ すばらしかった　　　④ めずらしかった

**答案③**

**解** 這 4 個選項都是形容詞常體過去式，其基本形的漢字形式和意思分別是：①「厳しい」（嚴格，嚴厲；厲害，很甚；殘酷）；②「正しい」（正確）；③「素晴らしい」（極好，絕佳，極優秀）；④「珍しい」（新奇；難得，罕見）。

**翻** 她的歌唱得太精彩了。

■ 戦いで、自分と同じ側にいる人。（2007-Ⅳ-5）

① 弟子　　② 味方　　③ 知人　　④ 同僚

**答案②**

**解** 答案以外的選項，其讀音和意思分別是：①「弟子」（弟子，徒弟）；③「知人」（熟人）；④「同僚」（同事）。

**翻** 戰鬥中和自己處於同一方的人。

♬ 167

| | |
|---|---|
| **むかい** ⓪ | 【向（か）い】名 對面 ⇨向かい風（迎面風，逆風）⇨向かい側（對面）**1** |
| **むかいあわせ** ⓪④ | 【向（か）い合わせ】名 面對面，相對，對面 **1** |
| **むき** ① | 【向き】名 方向；適合；傾向；某一方面的人、人們；旨趣 ➡向きになる（為無聊的事情生氣、當真）**4** |
| **むきだし** ⓪ | 【剥き出し】名・形動 露出，赤裸；不粉飾，露骨 **1** |
| **むく** ⓪ | 【向く】自五 向，朝；面向；適合；趨向 **6** |
| **むく** ⓪ | 【剥く】他五 剝，削 |
| **むくち** ① | 【無口】名・形動 寡言，不愛說話（的人）**1** |
| **むけ** ⓪ | 【向け】名 向～，面向；針對 |
| **むける** ⓪ | 【向ける】他下一 朝，向；派遣，打發；挪用 |
| **むげん** ⓪ | 【無限】名・形動 無限，無邊 ⇔有限 **1** |
| **むし** ① | 【無視】名・他サ 無視，忽視 **1** |
| **むじ** ① | 【無地】名 素色 **1** |
| **むしあつい** ④ | 【蒸（し）暑い】形 悶熱的 |
| **むしば** ⓪ | 【虫歯】名 蛀牙 |
| **むじゅん** ⓪ | 【矛盾】名・自サ 矛與盾；矛盾 **N2** |
| **むしろ** ① | 【寧ろ】副 寧可，與其～不如～ ⇨いっそ **6** |
| **むす** ① | 【蒸す】自・他五 悶熱；蒸 **1** |
| **むすう** ②⓪ | 【無数】名・形動 無數 |
| **むすび** ⓪ | 【結び】名 結合，連結；蝴蝶結；末尾；結尾語；飯糰 |
| **むすぶ** ⓪ | 【結ぶ】他五・自（他五）繫，結；連接，締結；緊閉；終結；（目）（水、露等）凝結；（果實）結果；勾結 **N2** ➡手を結ぶ（握手）➡実を結ぶ（結果實）|
| **むだ** ⓪ | 【無駄】名・形動 徒勞，白費，無益；浪費 **4** ⇨無駄遣い（浪費）⇨無駄話（廢話，閒話）|

| | |
|---|---|
| **むちゅう** ⓪ | 【夢中】**名・形動** 忘我，熱衷於，著迷；夢裏，睡夢中 ⇨ 無我夢中（拼命，忘我）**N2** |
| **むね** ② | 【胸】**名** 胸；肺；心裏，內心；胃 **3** |
| | ➡ 胸が裂ける（心如刀絞） |
| | ➡ 胸が焼ける（胃不舒服，燒心） |
| | ➡ 胸を打つ（感動，打動） |
| | ➡ 胸を膨らます（滿心歡喜，滿腔希望） |
| | ➡ 胸をおどらせる（滿心歡喜）**3** |
| **むね** ②① | 【旨】**名** 意思，要點，趣旨；以～為宗旨， 以～為最好 **2** |
| **むりやり** ⓪ | 【無理矢理】**副** 硬，強迫，強逼 **1** |

## 歷屆考題

■ 蒸気を強くあてて熱を加えること。（1999-IV-5）

① たく　　② にる　　③ むす　　④ やく

**答案③**

**解** 答案以外的選項，其漢字形式和意思分別是：①「炊く」（煮飯，燒菜）；②「煮る」（煮）；④「焼く」（燒，烤）。

**翻** 用很強的蒸氣加熱。

■ 夢中（2002-IV-2）
① 彼は新しいアイデアに夢中している。
② 弟はテレビゲームに夢中だ。
③ わたしはそのとき、夢中に悩んでいた。
④ 今日本では若い人の間で何が夢中ですか。

**答案②**

**解**「夢中」是名詞兼形容動詞，不是サ動詞。選項①、③、④為誤用。①可改為「夢中になっている」；③可改為「非常に悩んでいた」（非常苦惱）；④可改為「何が流行っていますか」（流行什麼）。

**翻** ② 弟弟熱衷於玩電視遊戲。

220

#  め

🎵 168

| | |
|---|---|
| **め** ① | 【芽】名（草木的）芽；事物的開端、起頭 ❶ |
| **めあて** ① | 【目当て】名目標；企圖，打算，指望 ❶ |
| **めい** ⓪① | 【姪】名侄女，外甥女　⇔ 甥<sup>おい</sup> |
| **めいかく** ⓪ | 【明確】名・形動明確 ❷ |
| **めいさく** ⓪ | 【名作】名名作，有名的作品，傑作 |
| **めいし** ⓪ | 【名刺】名名片　⇨ 名刺<sup>めいしい</sup>入れ（名片盒，名片夾）❶ |
| **めいしょ** ⓪③ | 【名所】名名勝（古跡）N2 |
| **めいじる** ⓪③ | 【命じる】他上一命令；任命；命名　= 命<sup>めい</sup>ずる ❷ |
| **めいじん** ③ | 【名人】名名手，能手，專家；（圍棋、象棋的最高等級）國手，名人 |
| **めいぶつ** ① | 【名物】名名特產；有名、著名的事物；名茶具<br>➡ 名物<sup>めいぶつ</sup>にうまい物<sup>ものな</sup>無し（名產沒有好吃的；名不副實） |
| **めいぼ** ⓪ | 【名簿】名名冊 ❶ |
| **めいめい** ③ | 【銘銘】名・副各自，各各 |
| **めいれい** ⓪ | 【命令】名・他サ命令；行政機關的規定，條例 N3 |
| **めいわく** ① | 【迷惑】名・形動・自サ為難；打擾，麻煩 ❺ |
| **めうえ** ⓪ | 【目上】名（地位年齡比自己高的人）上司，上級，長輩<br>⇔ 目下<sup>めした</sup>（下屬，晚輩） |
| **めぐまれる** ⓪ | 【恵まれる】自下一（蒙受）幸運，賦予，富有 ❷ |
| **めくる** ⓪ | 【捲る】他五翻開（書等），掀開；扯下，撕 ❶ |
| **めぐる** ⓪ | 【巡る】自五轉，旋轉；環繞，圍繞；迴圈，輪迴；到處走走，巡遊　⇒ 回<sup>まわ</sup>る ❾ |
| **めざす** ② | 【目指す・目差す】他五瞄準，以～為目標；想得到 N2 |
| **めざまし** ② | 【目覚（ま）し】名叫醒，喚醒；鬧鐘；小孩睡醒後給的點心　⇨ 目覚<sup>めざ</sup>まし時計<sup>どけい</sup>（鬧鐘）❸ |

| | |
|---|---|
| めし ② | 【飯】名米飯；用餐，食物；生活 **1**<br>➡ 飯の食い上げ（失業） |
| めした ◎③ | 【目下】名比自己地位低、年紀輕的人　⇔ 目上 |
| めじり ① | 【目尻】名外眼角，眼梢 **1** |
| めじるし ② | 【目印】名標記，記號 **N2** |
| めだつ ② | 【目立つ】自五顯眼，顯著；超群的　⇒ きわだつ **6** |
| めちゃくちゃ ◎ | 【滅茶苦茶】名・形動亂七八糟，一塌糊塗；不合道理的，荒謬的 |
| めっきり ③ | 副(變化)顯著，急劇 **1** |
| めった（に）① | 【滅多（に）】形動・副胡亂，魯莽；(後接否定)不常，不多；幾乎不，很少～ **1** |
| めでたい ③ | 形恭喜，祝賀；可喜，可賀；順利，圓滿；頭腦簡單 **3** |
| めまい ② | 【眩暈】名・自サ頭暈，目眩，眼花 **2** |
| めやす ◎① | 【目安】名目標，大體的推測；基準；(算盤上的)定位的標識 |
| めん ① | 【綿】名棉，棉花 **1** |
| めん ◎① | 【面】名・接尾臉；面具；表面；書面，字面；方面；護面具；擊頭部；版面 **6** |
| めん ① | 【麺】名麵條，麵類食物 **1** |
| めんきょ ① | 【免許】名・他サ許可，批准；許可證，執照 |
| めんぜい ◎ | 【免税】名・他サ免稅 |
| めんせき ① | 【面積】名面積　⇨ 表面積（表面面積）**3** |
| めんせつ ◎ | 【面接】名・他サ接見，面試 **6** |
| めんどう ③ | 【面倒】名・形動費事，麻煩；困難，棘手；照顧 **N2** |
| めんどうくさい ⑥ | 【面倒臭い】形非常費事，極其麻煩 **2** |

## 歷屆考題

■ 「あのう、そちらで 働(はたら)きたいんですけど。」

「では、一度_____を受けに来てください。」（2007-Ⅲ-1）

① 営業(えいぎょう)　② 歓迎(かんげい)　③ 面接(めんせつ)　④ 訪問(ほうもん)

**答案③**

**解** 答案以外的選項，其漢字的讀音和意思分別是：①「営業」（營業，銷售）；②「歓迎」（歡迎）；④「訪問」（訪問）。這4個選項都是サ動詞。

**翻** 「我想在貴公司工作。」「那麼，請過來接受一次面試。」

**♬ 170**

| | |
|---|---|
| **もうかる** ③ | 【儲かる】**自五** 得利，賺錢；撿便宜 **1** |
| **もうける** ③ | 【儲ける】**他下一** 得利，賺錢；生兒育女；佔便宜，撿便宜　⇨ 儲(もう)け（利，利潤，賺錢，賺頭）**1** |
| **もうける** ③ | 【設ける】**他下一** 預備，準備；設立，建立，制定 **2** |
| **もうしこむ** ④ ⓪ | 【申し込む】**他五** 提議，提出；預約；申請，報名　⇨ 申(もう)し込(こ)み（申請；提議；預約）**4** |
| **もうしわけ** ⓪ | 【申し訳】**名・他サ** 辯解，申辯；形式上的，敷衍的 **1** |
| **もうしわけない** ⑥ | 【申し訳ない】**形** 十分對不起，實在抱歉 |
| **もえる** ⓪ | 【燃える】**自下一** 燃燒，著火；火紅，發亮；熱情洋溢 **2** |
| **もくざい** ② ⓪ | 【木材】**名** 木材，木料　⇨ 材木(ざいもく) **1** |
| **もくじ** ⓪ | 【目次】**名** 目次，目錄 **1** |
| **もくぜん** ⓪ | 【目前】**名** 眼前，目前 **1** |
| **もくぞう** ⓪ | 【木造】**名** 木造，木結構 **1** |
| **もくてき** ⓪ | 【目的】**名** 目的，目標 |
| **もくひょう** ⓪ | 【目標】**名** 目標，指標；記號 **N3** |

| | |
|---|---|
| **もぐる** ② | 【潜る】**自五** 潛入水中；鑽進，鑽入；隱藏，潛伏<br>⇨ 潜り込む（鑽入；藏身；躲入） |
| **もじ** ① | 【文字】**名** 文字，文章；字；（關於漢字的）學問 |
| **もしかしたら** ① | 【若しかしたら】**副** 如果，假如，萬一 ❹ |
| **もしかすると** ① | 【若しかすると】**副** 也許，或許，可能 |
| **もしも** ① | 【若しも】**副** 假使，萬一 ❶ |
| **もしや** ① | **副** 或許，是否～ ❶ |
| **もじゃもじゃ** ① | **副・自サ・形動**（毛髮等）濃密蓬鬆，亂蓬蓬 ❶ |
| **もたらす** ③ | 【齎す】**他五** 帶來；引起 ❸ |
| **もち** ② | 【持ち】**名** 持久性；耐久性；負擔；持有，擁有；適合～用；（象棋等）平局 ⇨ 力持ち（有力氣） |
| **もち** ⓪ | 【餅】**名** 年糕<br>⇨ もち肌（白嫩光滑的肌膚）<br>➡ 餅は餅屋（無論做什麼事還是得靠行家） |
| **もちあげる** ⓪ | 【持（ち）上げる】**他下一** 用手舉起，抬起，拿起；奉承，捧，阿諛；抬舉，過分誇獎 ❶ |
| **もちあじ** ② | 【持（ち）味】**名** 原味，固有的味道；固有的特色，獨特的風格 ❶ |
| **もちあるく** ④ | 【持（ち）歩く】**他五** 帶著走 ❶ |
| **もちいる** ③⓪ | 【用いる】**他上一** 用，使用；採用，採納；任用，錄用 |
| **もちだす** ⓪③ | 【持（ち）出す】**他五** 拿出來；提出，談及；掏腰包，分擔；開始持有；竊盜 ❹ |
| **もちぬし** ② | 【持主】**名** 持有者，物主 ❶ |
| **もちはこぶ** ④⓪ | 【持（ち）運ぶ】**他五** 搬運，挪動 ❶ |
| **もちもの** ②③ | 【持（ち）物】**名** 攜帶物品，隨身帶的東西；所有物 |
| **もったいない** ⑤ | 【勿体無い】**形** 可惜，浪費；過分（好）；不勝惶恐 ❺ |
| **もっとも** ① | 【尤も】**形動・接續** 合乎情理，正確；雖然這麼說 ⓯ |
| **もっとも** ③ | 【最も】**副** 最，頂 ❷ |

| | |
|---|---|
| **もと** ②⓪ | 【元・本・素・基】**名**本源，起源；基礎，根本；原因，起因；原料，材料；本錢 **6**<br>⇨ 元金(本錢，本金) ⇨ 元締め(總管；頭目)<br>➡ 元も子もなくなる(賠了夫人又折兵) |
| **もどす** ② | 【戻す】**他五**歸回原處；退回；嘔吐 **N2** |
| **もとづく** ③ | 【基づく】**自五**基於，根據，按照；由於～而來 **1** |
| **もとめる** ③ | 【求める】**他下一**尋求，找；要求，徵求；買，購買；想要，希望 ⇨ 買う **5** |
| **もともと** ⓪ | 【元々】**副・名・形動**(副)本來，原來；(名・形動)不賠不賺 **7** |
| **もとより** ①② | 【元より】**副**本來，當初；根本不用說，當然 **2** |
| **もの** ⓪② | 【物】**名**物體，物品，東西；所有物，所持物；對象；食物；質量，材料；泛指任何事物，凡事；文章；道理，事理 ⇨ 物陰(暗地裏，背地)<br>⇨ 物狂おしい(狂熱的) ⇨ 物寂しい(寂寞，孤單)<br>⇨ 物静か(寂靜；文靜) ➡ 物がいる(開銷，花費)<br>➡ 物が分かる(懂道理) ➡ 物になる(成為優秀人物)<br>➡ 物にする(學會；達到目的；做成像樣的東西)<br>➡ 物の数に入らない(不在話下)<br>➡ 物は相談(商量好辦事)<br>➡ 物は試し(一切事情要敢於嘗試)<br>➡ 物を言わせる(發揮作用；讓～說話) |
| **ものおき** ③④ | 【物置】**名**庫房 ⇨ 物置小屋(小屋) **1** |
| **ものおと** ③④ | 【物音】**名**響動；聲音，聲響 |
| **ものがたる** ④ | 【物語る】**他五**講，談；說明 |
| **ものごと** ② | 【物事】**名**事情，事物 |
| **ものさし** ③④ | 【物差(し)・物指(し)】**名**尺，測量器；判斷的標準，尺度 |
| **ものすごい** ④ | 【物凄い】**形**可怕的，令人害怕的；驚人的，不得了的 ⇒ すさまじい **3** |
| **ものたりない** ⓪⑤ | 【物足りない】**形**不能令人滿足的，美中不足的 **N2** |

| | |
|---|---|
| もはん ⓪ | 【模範】名 模範，典範，榜樣　⇨ 模範的 N2 |
| もむ ⓪ | 【揉む】他五 揉，搓，撚；按摩，推拿；爭辯，爭論 |
| もめる ⓪ | 【揉める】自下一 發生爭執，起糾紛；擔心，焦慮 |
| もも ① | 【股・腿】名 股，大腿 |
| もやす ⓪ | 【燃やす】他五 燃燒，燒；情緒高漲，燃起，激起 1 |
| もよう ⓪ | 【模樣】名 花樣，圖案；情形，樣子 |
| もよおし ⓪ | 【催し】名 籌畫，計畫；舉辦，主辦；集會，活動　⇨ 催す（主辦，舉辦） |
| もる ⓪ | 【盛る】他五 盛滿，堆起；盛，裝入器皿；(文中)洋溢著(思想、感情等)；配藥 |
| もれる ② | 【漏れる】自下一 漏出，透出；走漏，洩露；被淘汰，被除外；流露，說出 |
| もろい ② | 【脆い】形 脆，易壞的；脆弱；心軟，易動感情的；沒有耐力 2 |
| もんく ① | 【文句】名 語句，表現；不滿，抱怨 5　➡ 文句をつける（責難，挑剔） |
| もんどう ③ | 【問答】名・自サ 問答；交談，議論 1 |

## 歴屆考題

■ 父の大切なカメラをなくしてしまい、＿＿＿＿気持ちでいっぱいだ。

（1998-Ⅲ-12）

① いけない　② しょうがない　③ もうしわけない　④ だらしない

答案③

解 答案以外的選項，其意思分別是：①不行，不可以；②沒有辦法，無奈；④不檢點，散漫，放蕩，沒有規矩；邋遢，衣冠不整。

翻 我把爸爸非常珍貴的相機給弄丟了，心裏真是非常抱歉。

- むだに使<sup>つか</sup>われて残念<sup>ざんねん</sup>だと思<sup>おも</sup>う気持<sup>き も</sup>ち。（1999-Ⅳ-5）

① さびしい　② うらやましい　③ もったいない　④ おもいがけない
**答案③**

解　答案以外的選項，其漢字形式和意思分別是：①「寂<sup>さび</sup>しい」（寂寞，孤單；荒涼，空寂）；②「羨<sup>うらや</sup>ましい」（嫉妒；羨慕）；④「思<sup>おも</sup>いがけない」（意外，意想不到）。

翻　對浪費感到惋惜的心情。

# や

♪174

| | |
|---|---|
| **やがて** ⓪ | 【やがて】副 不久，馬上；幾乎，大約；結果，畢竟 **7** |
| **やかましい** ④ | 【喧しい】形 吵鬧，嘈雜；囉唆，嘮叨；嚴厲，嚴格；挑剔；議論紛紛 **N2** |
| **やかん** ⓪ | 【薬缶】名 水壺，鐵壺　⇨ 薬缶頭<sup>や かんあたま</sup>（禿頭） |
| **やかん** ①⓪ | 【夜間】名 夜間，夜晚 |
| **やきつける** ④ | 【焼（き）付ける】他下一 燒上記號；燒、焊接在一起；上釉彩；曬相片，洗相片；留下深刻印象；鍍 **1** |
| **やきもき** ① | 副・自サ 焦急，焦慮不安 **1** |
| **やく** ② | 【役】名・造語 任務，工作；職務；角色；用處 **3**<br>➔ 役<sup>やく</sup>に立<sup>た</sup>つ（有用，中用） |
| **やく** ① | 【約】名・副（名）約定，商定；簡略；（副）大約，大體 **12** |
| **やくがら** ⓪ | 【役柄】名 職務的性質；職位的身份；角色的類型 **1** |
| **やくしゃ** ⓪ | 【役者】名 演員；有才幹的人，人才 |
| **やくす** ② | 【訳す】他五 翻譯，譯　⇨ 訳<sup>やく</sup>する |
| **やくだつ** ③ | 【役立つ】自五 起作用，有用，有效 **6** |
| **やくにん** ⓪ | 【役人】名 官吏，官員，公務員 |
| **やくひん** ⓪ | 【薬品】名 藥品，藥，藥物 **1**<br>⇒ 薬物<sup>やくぶつ</sup>（藥物，藥材） |

| | |
|---|---|
| **やくめ** ③ | 【役目】名任務，職責，使命，作用　⇒役 |
| **やくわり** ③ ⓪ | 【役割】名分配任務(的人)；角色；作用 **2**　⇒任務 |
| **やけど** ⓪ | 【火傷】名・自サ燒傷，燙傷；(喻)遭殃，吃虧 **1** |
| **やこう** ⓪ | 【夜行】名夜間行動；夜間的火車，夜車 **1** |
| **やじるし** ② | 【矢印】名箭形符號 |
| **やすめる** ③ | 【休める】他下一使身心得以放鬆；使～得以休息；使(農田)休耕 **2** |
| **やたら** ⓪ | 【矢鱈】副・形動任意，胡亂；過分，非常 **1** |
| **やちん** ① | 【家賃】名房租 **2** |
| **やっかい** ① | 【厄介】名・形動麻煩，難對付；照顧，照料，幫助　⇒厄介払い(消災解厄)　⇒厄介者(添麻煩的人) |
| **やっきょく** ⓪ | 【薬局】名藥局，藥房，取藥處　⇒薬局員(藥劑員，調劑員) **1** |
| **やっつける** ④ | 他下一(狠狠地)整一頓，教訓，幹掉；(「する」「やる」的強調、粗魯的說法)幹完，做完；打敗，擊敗 |
| **やど** ① | 【宿】名家，房屋；臨時住處，旅館 **1**　⇒宿主(店主，房東) |
| **やとう** ② | 【雇う】他五雇傭 **5**　⇒雇い人(傭人)　⇒雇い主(雇主) |
| **やぬし** ① | 【家主】名一家之主，戶主；屋主，房東 |
| **やはり** ② | 【矢張り】副同樣，也；依舊，依然；果然；畢竟還是，終歸還是　＝やっぱり(「やはり」的口語形式) |
| **やぶく** ② | 【破く】他五弄破 |
| **やぶる** ② | 【破る】他五撕破，弄破；搞壞，破壞；違反；打破，突破；打敗 **3** |
| **やぶれる** ③ | 【破れる】自下一破裂；破損；失敗，破滅；輸，被打敗；滅亡 **N2** |
| **やぶれる** ③ | 【敗れる】自下一敗北，失敗　⇒負ける(輸，負) |
| **やまやま** ② ⓪ | 【山々】名・副(名②)群山；(副⓪)很多；很想 **1** |

| やむをえない ④ | 【止むを得ない】連語 不得不，無可奈何的 ③ |
| --- | --- |
| やめる ⓪ | 【辞める】他下一 辭退，辭職，停（學）⑦ |
| やや ① | 【稍】副 一點點，稍稍；不一會兒功夫；漸漸地 ⑧ |
| やりかた ⓪ | 【遣り方】名 做法，手段，方法 ⇒ 仕方 ④ |
| やりとり ② | 【遣り取り】名・他サ 交談；交換；爭論；敬酒 ③ |
| やりなおす ④ | 【やり直す】他五 重做，另做 N3 |
| やろう ② ⓪ | 【野郎】名・代名 小子，傢伙；小伙子 ② |

## 歷屆考題

■ 強い熱の影響で皮膚に起こる症状。（1995-IV-5）

① あくび　　② けが　　③ やけど　　④ せき

**答案③**

解　答案以外的選項，其漢字形式和意思分別是：①「欠伸」（哈欠）；②「怪我」（傷，負傷，過錯）；④「咳」（咳嗽）。

翻　皮膚遇到強熱而發生的症狀。

■ 今日は朝から＿＿＿＿電話が多くて、やり始めた仕事がなかなか進まない。（1997-III-12）

① なんとか　　② とっくに　　③ おおよそ　　④ やたらに

**答案④**

や
ゆ
よ

解　答案以外的選項，其意思分別是：①想辦法，設法；勉強；②早就・老早・很久以前；③大致，大體，大約。

翻　今天從早上起就電話不斷，簡直無法進行剛開始的工作。

■ この会社では、仕事が忙しい間は、アルバイトを＿＿＿＿ことにしている。（1999-III-3）

① えらぶ　　② たくわえる　　③ やとう　　④ とらえる

**答案③**

解 答案以外的選項，其漢字形式和意思分別是：①「選ぶ」（選擇，選）；②「貯える」（儲備，儲蓄，儲存）；④「捕らえる」（捉住，逮住，捕捉）。

翻 這家公司在工作繁忙的時候會請工讀生。

♫176

| | |
|---|---|
| **ゆいいつ** ① | 【唯一】名 唯一　＝ゆいつ |
| **ゆううつ** ⓪ | 【憂鬱】名・形動 憂鬱，陰鬱，鬱悶 N2<br>⇨ 憂鬱症　⇨ 憂鬱質 |
| **ゆうが** ① | 【優雅】名・形動 幽雅，優美；優裕　⇔ 粗野 ① |
| **ゆうかん** ⓪ | 【夕刊】名 晚報　⇔ 朝刊 |
| **ゆうき** ① | 【勇気】名 勇氣 |
| **ゆうぐう** ⓪ | 【優遇】名・他サ 優遇，優待　⇒ 厚遇 ①<br>⇒ 優待　⇒ 礼遇 |
| **ゆうげん** ⓪ | 【有限】名・形動 有限 ① |
| **ゆうこう** ⓪ | 【友好】名 友好 ⇒ 親善　⇒ 友好協力（友好合作）① |
| **ゆうこう** ⓪ | 【有効】名・形動 有效　⇔ 無効 N2 |
| **ゆうし** ① | 【有志】名 有志，志願，自願參加；有志者 ① |
| **ゆうしゅう** ⓪ | 【優秀】名・形動 優秀 N2 |
| **ゆうしょう** ⓪ | 【優勝】名・自サ 優勝，冠軍<br>⇨ 優勝カップ（奬盃）<br>⇨ 準優勝（第二名）N2 |
| **ゆうしょう** ⓪ | 【優賞】名 厚賞；優厚奬品 ① |
| **ゆうじょう** ⓪ | 【友情】名 友情 ① |
| **ゆうせん** ⓪ | 【優先】名・自サ 優先 ②<br>⇨ 優先順位（優先次序）　⇨ 優先権（優先權） |
| **ゆうそう** ⓪ | 【郵送】名・他サ 郵寄 ② |

230

| | |
|---|---|
| **ゆうだち** ⓪ | 【夕立】**名**（傍晚的）驟雨，（傍晚的）雷陣雨<br>⇨ 夕立雲〔ゆうだちぐも〕（積ం雲）<br>➡ 夕立〔ゆうだち〕は馬〔うま〕の背〔せ〕を分〔わ〕ける（岸北陣雨岸南晴） |
| **ゆうちょう** ① | 【悠長】**形動** 從容不迫，沈著冷靜，不慌不忙；悠然，慢條斯理；慢吞吞 **1** |
| **ゆうのう** ⓪ | 【有能】**名・形動** 有才能，能幹 ⇔ 無能〔むのう〕 |
| **ゆうり** ① | 【有利】**名・形動** 有利可圖；有優勢，有利 ⇔ 不利〔ふり〕 **2** |
| **ゆうりょう** ⓪ | 【有料】**名** 收費 ⇔ 無料〔むりょう〕（免費） |
| **ゆうりょく** ⓪ | 【有力】**名・形動** 有勢力，有權勢，（某方面的）權威；最有希望 ⇨ 最有力〔さいゆうりょく〕（最有希望） **N2** |
| **ゆか** ⓪ | 【床】**名** 地板 ⇔ 天井〔てんじょう〕（天花板）**1** |
| **ゆかい** ① | 【愉快】**名・形動** 愉快，快活，暢快 **2**<br>⇒ 楽〔たの〕しい ⇔ 不愉快〔ふゆかい〕 |
| **ゆげ** ① | 【湯気】**名** 蒸氣，熱氣 |
| **ゆけつ** ⓪ | 【輸血】**名・自サ** 輸血 |
| **ゆずる** ⓪ | 【譲る】**他五** 轉讓；出讓；謙讓，尊讓；讓步；延期 **N2** |
| **ゆそう** ⓪ | 【輸送】**名・他サ** 運輸，運送，輸送 |
| **ゆたか** ① | 【豊か】**形動** 富裕，豐富；豐盈，豐滿；悠然；足夠，十足 ⇒ 豊富〔ほうふ〕（豐富） ⇔ 貧〔まず〕しい（貧乏，貧窮）**9** |
| **ゆだん** ⓪ | 【油断】**名・自サ** 疏忽，缺乏警惕 **1**<br>➡ 油断〔ゆだん〕も隙〔すき〕もない（警惕性高）<br>➡ 油断大敵〔ゆだんたいてき〕（千萬不可大意，大意失荊州） |
| **ゆったり** ③ | **副・自サ** 寬敞，舒適；舒暢 **1** |
| **ゆでる** ② | 【茹でる】**他下一**（用熱水）燙，煮 **3** |
| **ゆらい** ⓪① | 【由来】**名・自サ・副**（**名・自サ** ⓪）起源，來歷；（**副** ①）原來，本來 ⇒ 元来〔がんらい〕 **1** |
| **ゆらゆら（と）** ① | **副** 搖搖晃晃；搖曳 **N2** |
| **ゆるい** ② | 【緩い】**形** 不緊，鬆弛；緩，不陡；不急，緩慢；不堅硬；不嚴厲；不濃 **2** |

231

**ゆるす** ②　【許す】他五 豁免，饒恕；允許，准許；容許；信賴，託付；放鬆，鬆弛；讓；公認，認可；免，免除 **3**

## 歷屆考題

■ 木綿でできた、夏の暑いときやおふろに入った後で着るきもの。

（1998-Ⅳ-4）

① ゆかた　　② しかた　　③ ねかた　　④ みかた

**答案①**

> **解** 答案以外的選項，其漢字形式和意思分別是：②「仕方」（手段，方法，做法）；③「根方」（根部，底部）；④「見方」（看法，觀點，想法）。

> **翻** 棉織品，夏季熱的時候或洗完澡後穿的和服。

■ 川野さんは＿＿＿＿＿人だ。おもしろいことを言ってよくみんなを笑

わせる。（2002-Ⅲ-2）

① あいまいな　　② いだいな　　③ みごとな　　④ ゆかいな

**答案④**

> **解** 這 4 個選項用的都是形容動詞的連體形。答案以外的選項，其漢字形式和意思分別是：①「曖昧」（含糊，曖昧；可疑）；②「偉大」（偉大）；③「見事」（美麗，好看；精彩，卓越；完全，徹底）。

> **翻** 川野是個令人愉快的人。經常說些有趣的事情讓大家笑。

■ 昨日の夜は、クラスの友達と愉快な話をした。

① 恐ろしい　　② 悲しい　　③ 楽しい　　④ 苦しい

**答案③**

> **解** 答案以外的選項，其意思為：①很恐怖；②很難過；④很辛苦，很痛苦。

> **譯** 昨天晚上跟同班同學聊很開心的事。

■ その犬を 私 に＿＿＿＿ください。

① あげて　② ゆずって　③ もらって　④ ゆずて

**答案②**

**解** 答案以外的選項，其意思為：①給（他）；③請收下；④為誤用。

**譯** 請把那一隻狗讓給我。

# よ

**♬178**

| よ ①⓪ | 【世】名世，世上，人世，社會；（歷史上的）治世，年代，時代；（人的）一生，一世；佛教中的過去、現在、未來三世 ① |
| | ⇨世慣れる（世故；通曉情場的事） |
| | ⇨世の常（平常事；普通） |
| | ➜世に処する（出世） |
| | ➜世に出る（出生；走入社會；出名） |
| | ➜世に問う（問世）　➜世を渡る（處世；生活） |
| | ➜世を捨てる（隱居，出家） |
| よ ① | 【夜】名夜，晚上，夜間 |
| よあけ ③ | 【夜明け】名天亮，黎明時分　⇔日暮れ（日暮）① |
| よいしょ ① | 感（扛重物發出的聲音）嘿喲 ① |
| よう ① | 【酔う】自五喝醉；暈車或船等；陶醉，入神 ① |
| ようい ⓪ | 【容易】形動簡單，方便　⇨易しい ① |
| ようい ① | 【用意】名・自他サ準備，預備；注意，警惕 |
| よういん ⓪ | 【要因】名主要原因 ① |
| ようがん ①⓪ | 【溶岩】名熔岩 |
| ようき ① | 【容器】名容器 |
| ようき ⓪ | 【陽気】形動・名（形動）活潑，爽朗；熱鬧，歡樂；（名）氣候，天氣，時令 |
| ようきゅう ⓪ | 【要求】名・他サ要求，請求 N2 |

| | |
|---|---|
| ようけん ③ | 【用件】名 要緊的事，重要之事 |
| ようご ⓪ | 【用語】名 用語，措詞；術語 |
| ようこそ ① | 感 衷心歡迎，熱烈歡迎 🄵 |
| ようし ① | 【要旨】名 要點，重點 🄵 |
| ようし ⓪① | 【用紙】名 紙張，格式表，規定用紙 ❹<br>⇨ 画用紙（畫圖紙） |
| ようし ① | 【容姿】名 外貌，姿容 N2<br>⇨ 画用紙（畫圖紙） |
| ようじ ① | 【幼児】名 幼兒 ❸<br>⇨ 幼児教育　⇨ 幼児期　⇨ 乳幼児（學齡前兒童） |
| ようしき ⓪ | 【様式】名 文體，風格，格調；格式；作法，樣式 ❷ |
| ようしゅ ⓪ | 【洋酒】名 洋酒 🄵 |
| ようしょ ⓪① | 【要所】名（軍事）要地；要點 N2<br>➡ 要所を押さえる（提到要點） |
| ようじん ① | 【用心】名・自サ 注意，警戒，慎重，小心 N2<br>⇨ 用心棒（門栓；保鏢；護身棒）<br>⇨ 用心深い（十分小心，十分謹慎）<br>➡ 用心に怪我なし（有備無患） |
| ようす ⓪ | 【様子】名 情況，情形；舉止，態度；光景，徵兆；緣故；似乎，好像 N2 |
| ようする ③ | 【要する】他サ 需要；埋伏；摘要，歸納　⇨ 必要 🄵<br>⇨ 要る　⇨ 要するに（總而言之） |
| ようせき ① | 【容積】名 容量；容積，體積 |
| ようそ ① | 【要素】名 成分，要素；因素 |
| ようだい ⓪③ | 【容体】名 病情，病狀；容貌，打扮 |
| ようち ⓪ | 【幼稚】形動 年幼；幼稚　⇨ 子どもっぽい N2<br>⇨ 幼稚園（幼稚園） |
| ようてん ③ | 【要点】名 要點　⇨ ポイント |
| ようと ① | 【用途】名 用途 |
| ようひんてん ③ | 【洋品店】名 服飾用品店 |

| ようぶん ① | 【養分】图 養分 |
|---|---|
| ようもう ⓪ | 【羊毛】图 羊毛 |
| ようやく ⓪ | 【漸く】副 總算，終於；漸漸地；好不容易，好歹 ❸ |
| ようやく ⓪ | 【要約】名・他サ 要點，概要，摘要；歸納 ❶ |
| ようりょう ③ | 【要領】图 要點；竅門，訣竅，方法 |
| よき ① | 【予期】名・他サ 預期；預料，預想 ❶ |

**よきん ⓪** 【預金】名・他サ 存款 ❶
⇒ 貯金 (ちょきん)　⇒ 預金口座 (よきんこうざ)(存款戶頭)
⇒ 預金通帳 (よきんつうちょう)(存摺)❶

**よくじつ ⓪** 【翌日】图 次日，第二天　⇒ あくる日 (ひ) ❸
⇔ 前日 (ぜんじつ)(前一天)

**よくねん ⓪** 【翌年】图 翌年，第二年，次年　⇒ 翌年 (よくとし) ❶

**よくばり ③④** 【欲張り】名・形動 貪婪，貪得無厭
⇒ 欲張る (よくばる)(貪得無厭，貪婪)

**よくぼう ⓪** 【欲望】图 慾望　⇒ 欲求 (よっきゅう) ❶

**よけい ⓪** 【余計】名・形動・副 多餘；無用；更加，更多 N❷

**よこぎる ③** 【横切る】他五 穿過，橫穿過

**よこす ②** 【寄越す・遣す】他五・補動 寄來，送過來；派人來；(以「V てよこす」)～來

**よごす ⓪** 【汚す】他五 弄髒；污染；貶低，侮辱

**よさん ⓪** 【予算】图 預算；預定經費 ❹
⇒ 予算案 (よさんあん)(預算草案)　⇒ 予算外 (よさんがい)(出乎意料)

**よす ①** 【止す】他五 作罷，停止　⇒ 止める (やめる) ❶

**よせる ⓪** 【寄せる】自・他下一 使靠近；集中；加；贈送；接近，逼近；投靠；訪問，拜訪；藉口，托故；寄予，寄託 ❸

**よそ ②①** 【余所・他所】图 別處；旁邊；別人；無視，棄置不顧
⇒ よそ目 (め)(旁人看來；從外表看) ❸
⇒ よそ見 (み)(旁觀；往旁邊看)

**よそく ⓪** 【予測】名・他サ 預見，預測 ❹

| | |
|---|---|
| **よつかど** ⓪ | 【四つ角】名 四個角；十字路口（＝交差点<ruby>こうさてん</ruby>） |
| **よっぱらう** ⓪④ | 【酔っ払う】自五 喝醉酒；暈車，暈船 **1**<br>⇨ 酔<ruby>よ</ruby>っ払<ruby>ばら</ruby>い（醉鬼，醉漢） |
| **よなか** ③ | 【夜中】名 半夜，夜半 ⇒ 夜半<ruby>やはん</ruby> ⇒ 夜更<ruby>よふ</ruby>け<br>⇨ 真夜中<ruby>まよなか</ruby>（深夜）**N2** |
| **よのなか** ② | 【世の中】名 世上，社會；時勢，時代 **N2**<br>➡ 世<ruby>よ</ruby>の中<ruby>なか</ruby>は相持<ruby>あいも</ruby>ち（人幫人，百事順） |
| **よび** ① | 【予備】名 預備，準備 |
| **よびかける** ④ | 【呼（び）掛ける】他下一 呼籲，號召；打招呼，呼喚<br>⇨ よびかけ（招呼；號召）**1** |
| **よびだす** ③ | 【呼（び）出す】他五 叫來，喚來；傳喚；開始叫 ⇨ 呼<ruby>よ</ruby>び出<ruby>だ</ruby>し（傳喚，呼叫）**2** |
| **よびとめる** ④ | 【呼（び）止める】他下一 叫住 **N2** |
| **よぶん** ⓪ | 【余分】名・形動 多餘，剩餘；超額，額外 |
| **よほう** ⓪ | 【予報】名・他サ 預報 **7** |
| **よぼう** ⓪ | 【予防】名・他サ 預防 ⇨ 予防接種<ruby>よぼうせっしゅ</ruby>（預防接種）**1** |
| **よみち** ① | 【夜道】名 夜路 **1** |
| **よみとる** ③⓪ | 【読（み）取る】他五 領會，讀懂，理解；推測，判斷 **1** |
| **よみもの** ③② | 【読み物】名 讀物；值得讀的文章；（說書場的）節目 **1** |
| **よゆう** ⓪ | 【余裕】名 多餘空間；多餘時間；多餘金錢；寬裕的心情；餘地；沉著，從容 **2**<br>⇨ 余裕<ruby>よゆう</ruby>しゃくしゃく（從容不迫，綽綽有餘） |
| **よる** ⓪ | 【因る・由る・依る・拠る】自五 由於，緣於；要看，憑藉；透過（某手段）；根據，按照；憑借 **12** |
| **よる** ① | 【夜】名 夜間，晚上 ⇔ 昼<ruby>ひる</ruby>（白天）**11** |
| **よわまる** ③ | 【弱まる】自五 變弱，衰弱 ⇔ 強<ruby>つよ</ruby>まる **1** |
| **よわめる** ③ | 【弱める】他下一 使衰弱；使變弱；減弱，關小 **1**<br>⇨ 弱<ruby>よわ</ruby>まる（變弱，衰弱） ⇔ 強<ruby>つよ</ruby>める |

## 歷屆考題

- 次の文章をよく読んで、＿＿＿＿をまとめなさい。（1998-Ⅲ-2）

① 整理　　② 要旨　　③ 理解　　④ 要領

**答案②**

> **解** 答案以外的選項，其漢字的讀音和意思分別是：①「整理」（整理，收拾）；③「理解」（理解）；④「要領」（要領）。

> **翻** 請仔細閱讀下文，並歸納其大意。

**♬182**

| | |
|---|---|
| **らいじょう** ⓪ | 【来場】名 到場，出席 |
| **らいてん** ⓪ | 【来店】名・自サ 來店光臨，光臨商店 ❶ |
| **らく** ② | 【楽】名・形動 快樂，舒適；簡單，輕鬆；（生活）充足富裕 ❸ |
| **らくだい** ⓪ | 【落第】名・自サ 留級；不及格　⇔ 及第（及格）❶ |
| **らくらく** ⓪③ | 【楽楽】副 舒服，安逸；非常容易，毫不費力 ❶ |
| **らん** ① | 【欄】名 專欄；欄杆；圍欄　⇒ コラム　⇒ 囲み |
| **らんぼう** ⓪ | 【乱暴】名・自サ・形動 粗野，粗魯；使用暴力；蠻橫不講理；胡亂，胡來　⇔ 丁寧（禮貌，鄭重）❶ |

## 歷屆考題

- 楽（2006-Ⅴ-2）

① 楽そうに遊ぶ子どもたちの声が聞こえてくる。

② では、こちらに楽な姿勢でこしかけてください。

③ 昨日は、久しぶりにお目にかかれて本当に楽でした。

④ どうぞ楽にいらっしゃってくださいね。お待ちしています。

**答案②**

# ⓑ

🎵 183

| | |
|---|---|
| **りえき** ① | 【利益】名 賺頭，利潤；益處，利益 ⇔ 損失 N2<br>⇨ 不利益（沒有利益，虧損）<br>⇨ 利益配当（分紅，分配紅利） |
| **りかい** ① | 【理解】名・他サ 瞭解，理解；體諒，諒解 9 |
| **りがい** ① | 【利害】名 利益，得失，利弊 |
| **りこう** ⓪ | 【利口】名・形動 聰明；能說善道；周到，圓滿；乖寶寶 ⇨ お利口さん（乖孩子） |
| **りそう** ⓪ | 【理想】名 理想；理念 ⇔ 現実 |
| **りつ** ① | 【率】名 比率，成數 7 |
| **りっしょう** ⓪ | 【立証】名・他サ 作證，證明 1 |
| **りゃくす** ② | 【略す】他五 簡略，縮減；省略，略去；奪取 N2<br>⇒ 略する（省略，簡略） |
| **りゅういき** ⓪ | 【流域】名 流域 |
| **りゅうこう** ⓪ | 【流行】名・自サ 流行，時尚，時髦；疾病流行 4<br>= 流行る ⇨ 大流行 |
| **りゅうしゅつ** ⓪ | 【流出】名・自サ 流出；（喻）外流 |
| **りょうあし** ⓪ | 【両足】名 雙腳，雙腿 |
| **りょうかい** ⓪ | 【了解】名・他サ 理解，了解；承諾，應允；諒解 1 |
| **りょうがえ** ⓪ | 【両替】名・他サ 換錢，兌換 1 |
| **りょうがわ** ⓪ | 【両側】名 兩側 ⇔ 片側（一側）2 |
| **りょうし** ① | 【漁師】名 漁夫 1 |

| りょうじ① | 【領事】名 領事 ⇨ 領事館 |
|---|---|
| りょうしゅう⓪ | 【領収】名・他サ 接受，領收<br>⇨ 領収書（收據，發票） |
| りょうしん① | 【良心】名 良心 ❶ |
| りょうたん⓪③ | 【両端】名 兩端；首尾 ❶ |
| りょうて⓪ | 【両手】名 兩手，雙手 ❹ |
| りょうめん⓪③ | 【両面】名 雙面，兩面；兩個方面 |
| りょうりつ⓪ | 【両立】名・自サ 兩立，並立 ❶ |
| りょくしょく⓪ | 【緑色】名 綠色 ＝ 緑色 ❶ |
| りろん① | 【理論】名 理論 ⇔ 実践（實踐）❷ |

### 最新考題

- 私の犬は利口な犬です。

① かしこい　　② かわいい　　③ 口のわるい　　④ 口がうまい

**答案①**

**解** 答案以外的選項，其漢字形式和意思為：②可愛い（可愛）；③口が悪い（嘴巴很壞）；④口が上手い（很會說話）。

**譯** 我的狗是很聰明的狗。

♬ 184

| るいけい⓪ | 【類型】名 類型；典型；類似的型；公式化<br>⇨ 類型的 |
|---|---|
| れい① | 【例】名 前例，先例；常例，慣例；與往常一樣；例子，事例；指彼此知道的人或事 ❽<br>⇨ 例示（舉例說明）　⇨ 例題 |
| れい① | 【霊】名 靈魂，魂魄；精神；萬物的精氣神靈 ❶<br>⇨ 霊感（靈感） |

| れいがい ⓪ | 【例外】名 例外 ❸ |
| れいぎ ③ | 【礼儀】名 禮儀，禮貌 N2 |
| れいせい ⓪ | 【冷静】名・形動 冷靜，沈著 N2 |
| れいだんぼう ③ | 【冷暖房】名 冷氣和暖氣；冷暖氣設備 ❶ |
| れいちょうるい ③ | 【霊長類】名 靈長類 ❶ |
| れいてん ③⓪ | 【零点】名 零分；（溫度計）零度；毫無價值；不夠格 |
| れいど ① | 【零度】名 零度 ❶ |
| れいとう ⓪ | 【冷凍】名・他サ 冷凍 ⇨ 冷凍食品 ❶ |
| れつ ① | 【列】名 列，隊，佇列；行列 ❸ |
| れっとう ⓪ | 【列島】名 列島，群島 ⇨ 日本列島 ❶ |
| れんあい ⓪ | 【恋愛】名・自サ 戀愛 ⇨ 恋 |
| れんが ① | 【煉瓦】名 磚 ❶ |
| れんごう ⓪ | 【連合】名・自サ 結合，聯合 |
| れんそう ⓪ | 【連想】名・他サ 聯想 ❷ |
| れんぞく ⓪ | 【連続】名・自他サ 連續 ❷<br>⇨ 連続ドラマ（連續劇） ⇨ 連続性 |

## 歷屆考題

- 木村さんは冷静な人だ。（2002-VI-1）

① しずかな　② おちついた　③ つめたい　④ うごかない

**答案②**

解 這 4 個選項的基本形和意思分別是：①静か（沉靜，文靜；平靜；寂靜）；②落ち着く（穩重，平心靜氣；平息；定居；有眉目）；③冷たい（冰涼；冷淡）；④動く（動；搖動；轉動；活動）。

翻 木村是個冷靜的人。

♫ 185

| | |
|---|---|
| **ろうご** ⓪ | 【老後】名年老之後，晚年 ❶ |
| **ろうどう** ⓪ | 【労働】名・自サ 勞動 ⇨ 労働契約（勞動合同）❺<br>⇨ 労働者（勞工）⇨ 頭脳労働者（腦力勞動者）<br>⇨ 肉体労働者（體力勞動者） |
| **ろうにん** ⓪ | 【浪人】名失去主人的流浪武士；失業者，考不上大學、找不到工作的畢業生 ⇔ 現役 ❶ |
| **ろうりょく** ① | 【労力】名勞動力，人手；費神，費力 ❶ |
| **ろくおん** ⓪ | 【録音】名・他サ 録音 |
| **ろじ** ① | 【路地】名胡同，小巷，弄堂 ❶ |
| **ろん** ① | 【論】名理論；意見，見解；討論，爭辯 ❸<br>⇨ 論点（論點） |
| **ろんじる** ⓪③ | 【論じる】他上一 論述，闡述；爭論，辯論，意見，見解，看法 ＝論ずる |
| **ろんそう** ⓪ | 【論争】名・自サ辯論，論戰，爭論 |
| **ろんぶん** ⓪ | 【論文】名論說文；論文 ❻ |

| | |
|---|---|
| **わ** ① | 【和】名和好，和睦；和，總和；日本的 |
| **わ** ① | 【輪】名圈，環；車輪；箍 ❷<br>➡ 輪をかける（誇大其詞，變本加厲） |
| **わえい** ⓪ | 【和英】名日語和英語 |
| **わかれる** ③ | 【分かれる】自下一 分歧；分開，分裂；區分；解散 ❶ |
| **わかわかしい** ⑤ | 【若若しい】形年輕的；年輕有朝氣的；看來年輕的 |
| **わき** ② | 【脇】名腋，胳肢窩；旁邊，附近；別處，旁處 ❷<br>⇨ 脇の下（腋下） ⇨ 脇道（歧路，岔路；歧途）<br>⇨ 脇役（配角） |

| | |
|---|---|
| **わきみ** ③② | 【脇見】名・自サ 往旁邊看 ❶ |
| **わく** ⓪ | 【湧く】自五 湧出，冒出；湧現，產生；(蟲子等)大量湧現，孳生 ⇨ 湧き出る (湧出；浮現) ❸ |
| **わくわく** ① | 副・自サ 歡欣雀躍 N2<br>➡ 胸がわくわくする (心撲通撲通地跳) |
| **わけめ** ③⓪ | 【分け目】名 關鍵；分界線 ⇨ 分かれ目 |
| **わける** ② | 【分ける】他下一 分離，分開；分割，劃分；分類，區別；分配；調停，仲裁；撥開，穿過 ❾ |
| **わざと** ① | 副 故意 ⇨ わざとらしい (假惺惺的) ❶ |
| **わざわざ** ① | 副 特別，特意；故意 ⇨ わざと N2 |
| **わし** ① | 【和紙】名 和紙，日本紙 ⇔ 洋紙(西洋紙) ❶ |
| **わしょく** ⓪ | 【和食】名 日本料理 ⇔ 洋食(西餐) ❶ |
| **わずか** ① | 【僅か】名・形動・副 僅，一點點；稍微，微小 N2 |
| **わすれっぽい** ⑤ | 【忘れっぽい】形 健忘 ❷ |
| **わた** ② | 【綿】名 棉花<br>⇨ 綿打ち (彈棉花) ⇨ 綿雲(積雲)<br>⇨ 綿入れ (棉衣，棉襖) ⇨ 綿油(棉籽油)<br>⇨ 綿飴(〔＝綿菓子〕棉花糖)<br>➡ 綿のように疲れる (筋疲力盡) |
| **わだい** ⓪ | 【話題】名 話題 ❺ |
| **わびる** ⓪ | 【詫びる】他上一 道歉，賠不是 ❶<br>⇨ 謝る (道歉，認錯) |
| **わり** ⓪ | 【割】名 比例；百分比；比較，比；加水；分派 ❺<br>➡ 割がいい (合算)<br>➡ 割が悪い／合わない (不合算) |
| **わりこむ** ③ | 【割(り)込む】自・他五 擠進；插嘴 N2<br>⇨ わりこみ (擠進人群；超車) |
| **わりに** ⓪ | 【割に】名 (比預想的)格外，出乎意料 ＝割と N2 |
| **わりざん** ② | 【割算】名 除法 ＝除法 ⇔ 掛け算(乘法) |
| **わりだか** ⓪ | 【割高】名・形動 比較貴 ❶ |

| | |
|---|---|
| わりに ⓪ | 【割に】副 意外地，格外地；比較地 ⇒割合に ⑩ |
| わりびき ⓪ | 【割引】名・他サ 減價，打折；貼現票據；(說話)打折扣 ⇔割増(加成) ❶ |
| わりびく ③ | 【割(り)引く】他五 打折扣，削價；貼現；說話打折扣 ❷ |
| わりまし ⓪ | 【割(り)増し】名 加價，增額，補貼 ❶ |
| わりやす ⓪ | 【割安】名・形動 比較便宜 |
| わる ⓪ | 【割る】他五 破壞；分，切，割；弄破；擠進，撥開；分配；除；分裂，離間；介入；低於，少於；加水，摻和；(相撲)摔出場 ❹ |
| わるくち ② | 【悪口】名 誹謗，說別人的壞話，罵人 |
| わん ⓪ | 【椀・碗】名 碗 |
| わん ① | 【湾】名 灣 |
| わんりょく ①⓪ | 【腕力】名 腕力，臂力；暴力，動武 ❶ |

## 歴屆考題

■ 申し訳なかったと、あやまる。(1999-Ⅳ-7)

① ことわる　　② わびる　　③ しかる　　④ とがめる

答案②

解 答案以外的選項，其漢字形式和意思分別是：①「断る」(預先通知，事先說好，拒絕，謝絕)；③「叱る」(責備，批評，斥責)；④「咎める」(責難，責備，盤問)。

翻 道歉說真是對不起。

■ わずか (2001-Ⅴ-4)

① 家から駅までわずか5分だ。
② 両親が死んで、私はわずかひとりになってしまった。
③ この問題はわずかに考えればできる。
④ 先生の話はわずかすぎて聞こえなかった。

答案①

**解** 選項②、③、④為誤用。②可改為「独りぼっちになってしまった」(只剩孤單一人);③可改為「ちょっと考えれば」(稍微想想);④可改為「わずかしか聞こえなかった」(只聽進去一點)。

**翻** ①從家到車站只要 5 分鐘。

■ 小野さんに先日のことをおわびした。(2003-Ⅵ-4)
① 怒鳴った ② 謝った ③ 感謝した ④ 質問した

**答案②**

**解** 這 4 個選項用的都是動詞常體過去式,它們的基本形和意思分別是:①「怒鳴る」(大聲喊叫;大聲申斥);②「謝る」(道歉,認錯;認輸,受不了);③「感謝する」(感謝);④「質問する」(提問;質詢)。題目中的「おわびした」是「詫びる」的謙讓語形式。其中與「詫びる」意思相近的是選項②。

**翻** 我為前些天的事情向小野道歉了。

# 片假名詞彙

♫188

| アイディア ①③ | ( idea )名 主意，想法，念頭；觀念；構想 **6** |
|---|---|
| **アイロン** ◎ | ( iron )名 熨斗 ⇒ こて |
| **アウト** ① | ( out )名 外，外邊；出界；出局，死；( 高球 )前半場 |
| **アクセント** ① | ( accent )名 重音；語調；重點，亮點；( 音 )強聲 **1** |
| **アドバイス** ③① | ( advice )名・自サ 意見，勸告，忠告 **2** |
| **アナウンス** ③② | ( announce )名・他サ 廣播，播報；正式發表，宣佈 **2** ⇨ アナウンサー( 播報員 ) |
| **アナログ** ◎ | ( analog )名 模擬 **1** |
| **アパート** ② | ( apartment house )名 公寓，公共住宅 **3** ＝ アパートメント・ハウス |
| **アピール** ② | ( appeal )名・自サ 呼籲，控訴；魅力，吸引力 ＝ アッピール |
| **アプローチ** ③ | ( approach )名・自サ 接近，靠近；探討，研究；( 滑雪 ) 滑行引道；( 高爾夫 )向球洞附近進球；( 建築 )大門前 **N2** |
| **アルバム** ◎ | ( album )名 相冊；紀念冊；唱片 |
| **アルファベット** ④ | ( alphabet )名 拉丁字母，字母序列，字母表；初步， 基本知識 ⇨ アルファベット順( 字母順序 ) **N2** |
| **アルミ** ◎ | ( aluminum )名 鋁 ＝ アルミニウム **1** |
| **アルミニウム** ④ | ( aluminium ) ( 化 )鋁 **1** |
| **アレルギー** ②③ | ( 德 allergie )名 過敏反應，過敏症；抗拒 **1** |
| **アンケート** ①③ | ( 法 enquête )名・自サ 抽樣調查，徵詢意見 **2** |
| **アンテナ** ◎ | ( antenna )名 天線 **1** |

| イコール ② | ( equal ) 名 等號；等於 **1** |
|---|---|
| イベント ⓪ | ( event ) 名 事件；集會，( 文化娛樂 ) 活動；運動比賽項目，比賽 **1** |
| イメージ ②① | ( image ) 名・他サ 形象，印象；意像，圖像 **2** |
| インタビュー ①③ | ( interview ) 名・自サ 採訪，訪問 **6** |

| ウインドー ⓪ | ( window ) 名 窗；櫥窗 |
|---|---|
| ウーマン ① | ( woman ) 名 女人，婦女，女性，女士 |
| ウール ① | ( wool ) 名 羊毛，毛線，毛織品 **1** |
| ウエートレス ② | ( waitress ) 名 ( 餐廳等的 ) 女服務員，女侍者 **1** = ウエイトレス |

| エチケット ①③ | ( etiquette ) 名 禮儀，禮節 |
|---|---|
| エネルギー ②③ | ( 德 energie ) 名 能源；精力；幹勁 **N2** |
| エピソード ①③ | ( episode ) 名 插曲，插話；軼事，奇聞；( 音 ) 間調 **1** |
| エプロン ① | ( apron ) 名 圍裙；停機坪；( 劇 ) 台口；皮圈；履帶；平板 |
| エンジン ① | ( engine ) 名 引擎，發動機 **1** ⇨ エンジン・ブレーキ ( 引擎剎車 ) |

♫ 190

| | |
|---|---|
| **オーケストラ** ③ | ( orchestra ) 名 管弦樂，管弦樂隊 **1**<br>⇨ シンフォニー・オーケストラ（交響樂隊） |
| **オーソドックス** ④ | ( orthodox ) 名・形動 正統派；正統的 **1** |
| **オートメーション** ④ | ( automation ) 名 自動操作，自動化 **3** |
| **オーバー** ① | ( over ) 名・形動・自サ 誇張；超出；外套；（攝）感光過度 **N2**<br>⇨ オーバー・タイム（加班；（比賽）超過時間）<br>⇨ オーバー・ワーク（加班）<br>⇨ オーバー・ウエート（超重）<br>⇨ オーバー・サイズ（尺碼過大） |
| **オープン** ① | ( open ) 名・形動・自他サ 開張，開業；開放，坦率，公開；露天 **N2** |
| **オフィス** ① | ( office ) 名 辦公室；公司；政府機關 **1** |
| **オブジェ** ① | ( 法 objet ) 名 題材；材料；前衛派的超現實作品 **1** |
| **オルガン** ⓪ | ( 葡 orgao ) 名 風琴 |

| | |
|---|---|
| **カーディガン** ③① | ( cardigan ) 名 對襟毛衣 |
| **カーブ** ① | ( curve ) 名・自サ 曲線；彎道；（棒球）曲線球 **1** |
| **ガール** ① | ( girl ) 造語 少女 ⇨ ガール フレンド（女朋友）**5**<br>⇨ エレベーター・ガール（電梯小姐）⇔ ボーイ |
| **カウンセラー** ②<br>① | ( counselor ) 名 輔導員<br>⇨ カウンセリング（心理諮詢） |
| **カウンター** ⓪ | ( counter ) 名 收款處；櫃檯 **1** |
| **カタログ** ⓪ | ( catalog ) 名 商品目錄，商品說明書 **1** |

| カバー ① | （cover）名・他サ 覆蓋物，外皮，套子；鞋套，襪套；彌補，補償，抵補；（棒球）補壘，掩護；（乒乓球）擦邊球 ■ |
|---|---|
| ガム ① | （gum）名 口香糖 ■ |
| カラー ① | （color）名 色彩；特色<br>⇨ スクール・カラー（獨特的校風）<br>⇨ ローカル・カラー（地方色彩）<br>⇨ カラー・フィルム（彩色膠捲） |
| カルチャー ① | （culture）名 文化，教養 ■<br>⇨ カルチャーショック（因為文化差異的）文化衝擊 |
| カロリー ① | （calorie）名・接尾 卡路里，熱量 ■ |

#

| キーホルダー ③ | （和 key ＋ holder）名 鑰匙圈 ■ |
|---|---|
| キャッチボール ④ | （catch ball）名・自サ 投接球練習 ■ |
| キャプテン ① | （captain）名 首領，隊長；船長；主力，主將；大尉，大佐 ■ |
| ギャング ① | （gang）名（攜帶手槍等兇器的）暴力團；盜夥，歹徒；罪犯，流氓 ■ |
| キャンセル ① | （cancel）名・他サ 取消 N2<br>⇨ キャンセル待ち（候補） |
| キャンパス ① | （campus）名（大學的）校園，學校場地 ■ |
| キャンプ ① | （camp）名・自サ 野營，露營 ■<br>⇨ キャンプ・サイト（露營地）<br>⇨ キャンプ・ファイアキログラム（營火，篝火會） |
| キロ ① | （kilo）接頭 千；（「キログラム」之略）公斤，（「キロメートル」之略）公里 ■<br>⇨ キログラム（公斤）　⇨ キロメートル（公里） |

♫ 192

| | |
|---|---|
| **クラシック** ③ ② | ( classic ) **名・形動** 古典，古典音樂，( 西方的 ) 傳統音樂；古典的；古典主義的；典型的；代表作 |
| **グラス** ① | ( glass ) **名** 玻璃，玻璃製品<br>⇨ グラス・ファイバー( 玻璃纖維 ) |
| **グラフ** ① | ( graph ) **名** 圖表；照片；畫報 **14** |
| **グラウンド** ⓪ | ( ground ) **名** 運動場，球場，廣場；土地；根底；( 電 )接地　＝グランド |
| **クリーニング** ④ ② | ( cleaning ) **名** 洗濯，洗衣服；乾洗 **1**<br>⇔ クリーニングサービス ( 送洗服務 ) |
| **クリア** ② | ( clear ) **形動・名・他サ** (**形動**) 清晰的；(**名・他サ**) 越過，跨過，跳過；( 足球 ) 解圍，為解除危險把球踢出去；清除，除掉不用的東西；付清，辦清；歸零 **N2**<br>＝ クリヤー |
| **クリスマス** ③ | ( Christmas ) **名** 耶誕節 **1** |
| **グループ** ② | ( group ) **名** 團體，組；志同道合的人們 **5** |
| **ケース** ① | ( case ) **名** 容器( 櫃、箱、盒 )；情形，場合；事件；病例；判例 **2** |
| **ゲスト** ① | ( guest ) **名** 客人；主顧；客串演出者 **1**<br>⇨ ゲスト・ハウス ( 賓館，招待所 )<br>⇨ 特別ゲスト ( 特邀嘉賓 ) |

♫ 193

| | |
|---|---|
| **コース** ① | ( course ) **名** 路程；跑道；經過；課程；順序；( 西餐 )一道菜　⇨ ハイキング・コース ( 郊遊路線 ) **4** |
| **コーチ** ① | ( coach ) **名・他サ** 教練 **4** |
| **コード** ① | ( cord ) **名** 絕緣電線；繩索 **1** |
| **コーナー** ① | ( corner ) **名** 角落；櫃檯；轉角；( 棒球 ) 本壘邊角 **2** |

| コーラス ① | ( chorus ) 名 合唱；合唱隊；合唱曲 |
|---|---|
| ゴール ① | ( goal ) 名 球門；球賽得分；終點；目標 |
| | ⇨ ゴール・キーパー（守門員） |
| | ⇨ ゴールイン（達到終點；射入球門；結婚） |
| コインロッカー ④ | ( 和 coin ＋ locker ) 名 投幣式置物櫃，投幣式保管箱 N1 |
| コック ① | ( cook ) 名 栓，旋塞，龍頭，開關 N2 |
| コマーシャル ② | ( commercial ) 名 ( 廣播以及電視的 ) 廣告；商業的 |
| コミュニケーション ④ | ( communication ) 名 交流，溝通；報導，通信 N3 |
| ゴム ① | ( 荷 gom ) 名 橡膠；樹膠；橡皮；保險套 |
| | ⇨ 輪<sup>わ</sup>ゴム（橡皮筋） |
| コレクション ② | ( collection ) 名 收藏，收集；新裝樣品 |
| コロン ① | ( colon ) 名 冒號 N1 |
| コンクール ③ | ( 法 concours ) 名 比賽，競賽；競演會 N4 |
| コンクリート ④ | ( concrete ) 名・形動 (名) 混凝土；(形動) 現實的，具體的 |
| コンセント ①③ | ( concentric ) 名 插座 N2 |
| コントロール ④ | ( control ) 名・他サ 控制，支配；控球力；調節 N1 |
| コンパクト ①③ | ( compact ) 名・形動 小的連鏡粉盒；小型而內容充實的；緊密地 N1 |

# サ

🎵 194

| サークル ① | ( circle ) 名 圓，圓周；小組，班；( 籃球 ) 中圈；軌道；週期 |
|---|---|
| サーフィン ①⓪ | ( surfing ) 名 衝浪運動，衝浪板 |
| サイエンス ① | ( science ) 名 科學；自然科學 |
| サイクリング ① | ( cycling ) 名 自行車運動 |

| | |
|---|---|
| **サイレン**① | ( siren )名 汽笛;警報器 **1** |
| **サイン**① | ( sign )名・自サ 信號;署名 **2** |
| **サラリーマン**③ | ( salaried man )名 薪水階層 ⇨ サラ金(高利貸)**1** |
| **サンドイッチ**④ | ( sandwich )名 三明治,夾心麵包;( 喻 )夾在中間的狀態;層狀結構 **4** |
| **サンプル**① | ( sample )名 樣品,樣本 **2** ⇨ ランダム・サンプリング ( 隨機抽樣 ) |

| | |
|---|---|
| **シーズン**① | ( season )名 季節;旺季;某種活動期間;賽季 **N2** |
| **シーツ**① | ( sheet )名 床單,褥單 **1** |
| **ジーパン**⓪ | ( 和 jeans + pants )名 牛仔褲 |
| **ジーンズ**① | ( jeans )名 牛仔褲;斜紋( 棉 )布;牛仔褲 |
| **システム**① | ( system )名 體系,組織;方法;學說主義 **1** |
| **シネマ**① | ( 法 cinéma )名 電影 **1** |
| **シャッター**① | ( shutter )名 百葉窗;捲簾式鐵門;快門 ⇨ シャッター・チャンス ( 應按快門的一瞬間 )**1** |
| **ジュニア**① | ( junior )名 少年;年少的;輕量級的 **1** |
| **ショップ**① | ( shop )名 商店,店鋪 ⇨ メンズショップ ( 男裝店 ) |
| **シリーズ**②① | ( series )名 系列,連續;一套,叢書;循環賽 **N2** |
| **シンプル**① | ( simple )形動 單純,簡單;樸素 **N2** |

# ス

| | |
|---|---|
| **スイッチ** ②① | ( switch ) 名・他サ 開關；轉轍器；轉換位置、方向、作法等 ❶ |
| **スクリーン** ③ | ( screen ) 名（框內嵌以薄布的）輕便屏風；銀幕，電影界；玻璃板，網線板；濾色片，濾光鏡；螢光幕 |
| **スクリプト** ③ | ( script ) 名 廣播稿，電影喜劇的腳本；手寫體羅馬字，書寫體鉛字 ❶ |
| **スケート** ◎② | ( skate ) 名 溜冰（鞋）<br>⇨ ローラー・スケート（四輪、直排輪溜冰〔鞋〕）<br>⇨ スケート・リンク（溜冰場） |
| **スケジュール** ②③ | ( schedule ) 名 行程，行程表，時間表 |
| **スター** ② | ( star ) 名 星，星狀物；明星，主角 |
| **スタート** ②◎ | ( start ) 名・自サ 開始，出發點，起動，開端<br>⇨ スタートライン（起跑線） |
| **スタイル** ② | ( style ) 名 文體；（服裝等的）款式，風格；樣子，體型 ❸ |
| **スタジオ** ◎ | ( studio ) 名 畫室，雕刻室；攝影棚；演奏室；播音室；照相室 ❶ |
| **スタンド** ◎ | ( stand ) 名 台，架，小桌子；觀眾席，看台；站著吃的小吃店；銷售處；枱燈；車站小賣部<br>⇨ ガソリンスタンド（加油站）<br>⇨ メーンスタンド（主看台）<br>⇨ 電気スタンド（枱燈） ⇨ ブック・スタンド（書架） |
| **スチュワーデス** ③ | ( stewardess ) 名 空姐 ❶ |
| **ステージ** ② | ( stage ) 名 舞臺，講壇；攝影棚 ❶ |
| **ステーション** ② | ( station ) 名 火車站，車站；所，局，站 ❶ |
| **ステップ** ② | ( step ) 名 步伐；臺階；階段，步驟；舞步 |
| **ストッキング** ② | ( stocking ) 名 絲襪 ⇨ パンスト |
| **ストップ** ② | ( stop ) 名・自他サ 停止，休止 ❶ |

| スピーカー ② | ( speaker ) 名 擴音器；小廣播；說話人；英美眾議院議長  |
| スピード ⓪ | ( speed ) 名 速度；快速，迅速　⇒ 速度 ⑥ |
| スペース ②⓪ | ( space ) 名 空間；空白；宇宙 ②<br>⇨ スペース・シャトル ( 太空船 ) |
| スマート ② | ( smart ) 形動 苗條的；瀟灑的；巧妙的；時髦的 |
| スムーズ ② | ( smooth ) 形動 圓滿的，順利的，流暢的；光滑的，平滑的 N2 |
| スライド ⓪ | ( slide ) 名・自他サ 幻燈 ( 機、片 )；( 顯微鏡 ) 玻璃板；浮動，調整；滑動；拉蓋；雪崩；滑壘 |
| スリッパ ①② | ( slipper ) 名 ( 在室內穿的 ) 拖鞋 |

# セソ

| セット ① | ( set ) 名・自他サ 一套；安放；裝配；戲劇、電影的裝置；接收器；( 比賽中的 ) 一局；梳整髮型；調節 ③ |
| ゼミナール ③ | ( 德 seminar ) 名 研究班；( 大學等的 ) 研究班課程；討論會 ②<br>＝ セミナー　＝ ゼミ |
| セメント ⓪ | ( cement ) 名 水泥；補牙用的黏固粉；接合劑 |
| センター ① | ( center,centre ) 名 中心地，中心區；中心 ( 機構 )；中央 |
| ソフト ① | ( soft ) 形動・名 ( 形動 ) 柔軟；柔和的；和藹的；( 名 ) 軟體；霜淇淋；壘球；軟帽 N2<br>⇨ ソフト・クリーム ( 霜淇淋 )<br>⇨ ソフト・ボール ( 壘球，略稱為「ソフト」) |
| ソフトウェア ⑤ | ( software ) 名 軟體 ( 略稱為「ソフト」) ① |

🎵 197

| | |
|---|---|
| **ダイエット** ① | ( diet ) **名・自サ** 減肥；限制飲食 **１**<br>⇨ ダイエット 食品（熱量少的食品） |
| **ダイジェスト** ① | ( digest ) **名・他サ** 摘要，文摘 **１** |
| **タイミング** ⓪ | ( timing ) **名** 時機 |
| **タイム** ① | ( time ) **名** 時間；（體）比賽暫停<br>⇨ タイム・アウト（暫停）<br>⇨ タイム・カード（計時卡）<br>⇨ タイム・アップ（規定時間已到）<br>⇨ タイム・テーブル（時間表，時刻表） |
| **タイヤ** ⓪ | ( tire ) **名** 輪胎，車胎 |
| **ダイヤ** ①⓪ | ( diamond ; diagram ) **名**（「ダイヤモンド」之略）鑽石，金剛石；（撲克牌）方塊；列車時刻表；圖表 |
| **ダイヤモンド** ④ | ( diamond ) **名** 鑽石，金剛石；方塊；（棒球的）內野，內場 |
| **ダイヤル** ⓪ | ( dial ) **名・自他サ**（電話機）撥號盤；（收音機、電視等顯示周波數的）刻度盤　＝ダイアル **１** |
| **ダウン** ① | ( down ) **名・自サ** 下降；倒下；因疲勞等病倒；潦倒；出局；失敗　⇔ アップ **№2** |
| **ダブル** ① | ( double ) **名** 雙重的，兩倍的；（威士忌）兩杯量；雙打；折褶式　⇔ シングル |
| **ダム** ① | ( dam ) **名** 水庫，水壩 |
| **チーム** ① | ( team ) **名** 團體，團隊，組；（體育）隊 **４**<br>⇨ チーム・ワーク（（隊員之間的）合作、配合） |
| **チップ** ① | ( chip ) **名** 小費；擦棒球 **２** |
| **チャンス** ① | ( chance ) **名** 機會 **２** |
| **チョーク** ① | ( chalk ) **名** 粉筆；白堊；石灰岩 |
| **チンパンジー** ③ | ( chimpanzee ) **名** 黑猩猩 **２** |

| | |
|---|---|
| **ディスク**① | ( disk )名 光碟片；( 留聲機的 )唱片；圓盤儲存裝置 **1** |
| **ディスプレー**④③① | ( display )名 陳列；顯示器 **1** |
| **テキスト**①② | ( text )名 教科書；原文，正文　＝テキスト・ブック |
| **テクニック**①③ | ( technique )名 技術，技巧　＝テクニーク **N2** |
| **デザイン**② | ( design )名・他サ 設計，創意；計劃；圖樣 **4** |
| **デジタル**① | ( digital )名 數字( 的 )，計數( 的 )　⇔アナログ **1**<br>＝ディジタル　⇨デジタル時計( 數字鐘錶 )<br>⇨デジタル・カメラ ( 數位相機 ) |
| **デビュー**① | ( 法 début )名・自サ 初次登臺，初出茅廬；初次上映<br>⇨デビュー作( 處女作 ) **1** |
| **デモ**① | ( demonstration )名 示威，示威運動，遊行示威；公開<br>表演；示範；表示，表明<br>＝デモンストレーション **1** |
| **デリケート**③ | ( delicate )形動 精緻，精密，微妙，纖細，敏感 |
| **テンポ**① | ( 義 tempo )名 速度；節拍；發展速度 **2** |
| **トーキング**① | ( talking )名 談話，會談 **1** |
| **トーク**① | ( talk )名 講話；閒談，漫談 **2** |
| **トップ**① | ( top )名( 幹部 )最高層，領導階層；最前頭，首位；<br>最高級，最好；最上面，頂部；報紙的頭條 **2**<br>⇨トップ・ニュース ( 頭條新聞 )<br>⇨トップ・レベル ( 最高級，最高水準 )<br>➡トップを切る ( 在最前頭，居於首位 ) |
| **ドライブ**② | ( drive )名・自サ 開車兜風；( 網球等的 )旋轉球；( 棒球 )<br>平飛球；( 高球 )遠打 **5**<br>⇨ドライブイン ( 路旁餐館；休息站；露天電影院 ) |
| **ドラマ**①② | ( drama )名 戲曲，戲劇 **1**<br>⇨連続テレビ・ドラマ ( 電視連續劇 ) |

| **トランプ** ② | ( trump )名 撲克牌 |
| | ⇨ トランプを切る（〔撲克牌〕洗牌） |
| **トレーニング** ② | ( training )名・自サ 練習，訓練，鍛煉 |
| | ⇨ トレーニング・センター（訓練中心） |

# ナネノ

♬ 199

| **ナイロン** ① | ( nylon )名 尼龍 |
| | ⇨ ナイロン・ストッキング（尼龍絲襪） |
| **ナット** ① | ( nut )名 螺母，螺帽 **1** |
| **ナンバー** ① | ( number )名・造語 數字，編號；車牌號；（雜誌）期， |
| | 號；曲目 **1** |
| | ⇨ ナンバー・プレート（車牌；號碼牌） |
| | ⇨ ナンバー・ワン（第一名） |
| **ネーム** ① | ( name )名 名字，名稱 |
| | ⇨ ネームバリュー（名聲，聲譽） |
| | ⇨ ネームプレート（名牌；商標） |
| **ノー** ① | ( no )感・造語 不，否；表示禁止　⇔ イエス |
| | ⇨ ノー・パーキング（禁止停車） |
| **ノーベルしょう** ④ | ( Nobel 賞 )名 諾貝爾獎 **1** |
| **ノック** ① | ( knock )名・他サ 敲門；（棒球的守備練習）擊球 **1** |
| | ⇨ ノック・アウト（擊倒、打倒對方） |
| | ⇨ ノック・ダウン（打倒；打出界外） |

# ハ

♬ 200

| **パーソナル** ① | ( personal )形動 個人（的），私人（的）；（與其他外來語 |
| | 複合）輕便的 **3** |

| | |
|---|---|
| バイオテクノロジー ⑥ | ( biotechnology ) 名 生物工程學 ❶ |
| バイト ⓪ | 名（課餘的）副業，工讀；工讀生；工作，勞動 ❶ ＝アルバイト |
| パイプ ⓪ | ( pipe ) 名 管，管道；煙斗；笛，管樂器 ❶ ⇨ パイプ・オルガン（管風琴） |
| パイロット ③① | ( pilot ) 名 飛行員；領港員，領航員 ❷ ⇨ パイロット・ボート（領航艇） ⇨ パイロット・ランプ（信號燈） |
| バケツ ⓪ | ( bucket ) 名（有提環的）水桶　＝バケット |
| パス ① | ( pass ) 名・自サ 通用；免票；月票；通行證；及格；傳球；不叫牌 |
| バスケットボール ⑥ | ( basketball ) 名 籃球 ❶ |
| パターン ② | ( pattern ) 名 類型，樣式；圖案；（視）字幕；榜樣 ⇨ ワン・パターン（老是一個式樣（模式）） |
| バック ① | ( back ) 名・自サ 背部；背後，背景；後臺，後盾；後衛；（網球）反拍；（游泳）仰泳；後退 ❶ |
| ハネムーン ③ | ( honeymoon ) 名 蜜月；新婚旅行 ❶ |
| パフォーマンス ② | ( performance ) 名 表演，把戲，演出，演奏 ❶ |
| パラドックス ③ | ( paradox ) 他五（與通常見解對立的）反論 ❶ |
| バランス ⓪ | ( balance ) 名 平衡　⇒ 均衡(きんこう) ❹ ⇨ バランス・オブ・パワー(勢力均衡) |
| バレーボール ④ | ( volleyball ) 名 排球 |
| パンク ⓪ | ( puncture ) 名・自サ 爆胎；撐破 N2 |
| パンツ ① | ( pants ) 名 內褲；（比賽中穿著的）短褲；褲子 ❶ |
| ハンドル ⓪ | ( handle ) 名 方向盤；把手 ❶ |

257

| | |
|---|---|
| ピアニスト ③ | ( pianist )名 鋼琴家，鋼琴演奏者 |
| ピーク ① | ( peak )名 山頂；頂點，最高潮，高峰值；尖頭，先端 |
| ヒーター ① | ( heater )名 電熱器，加熱器，電爐；暖房裝置 |
| ピストル ⓪ | ( 荷 pistol )名 手槍 |
| ビニール ② | ( vinyl )名 塑膠，合成樹脂，乙烯樹脂<br>⇨ ビニール 袋（塑膠袋）<br>⇨ ビニール・テープ（絕緣膠帶）<br>⇨ ビニール ハウス（塑膠薄膜溫室） |
| ピン ① | ( pin )名 大頭針；別針，扣針；髮夾；栓，樞，枝幹；木柱，球柱；小旗竿；（保齡球的）瓶 |
| ヒント ① | ( hint )名 暗示，啟發，線索 |

| | |
|---|---|
| ブーム ① | ( boom )名 熱潮 |
| ファースト ⓪ | ( first )名 第一，最初；（棒球）一壘手，第一壘<br>⇨ ファーストレディー（第一夫人） |
| ファスナー ① | ( fastener )名 拉鏈　＝チャック　＝ジッパー |
| ファッション ① | ( fashion )名 流行，時尚；樣式，剪裁樣式；時裝 <br>⇨ ファッション・ショー（時裝表演）<br>⇨ ファッション・モデル（時裝模特兒）<br>⇨ ファッション・ブック（時裝書） |
| ファミリー ① | ( family )名 家庭；一家，一族 <br>⇨ ファミリー・レストラン（〔適合家庭用餐的〕餐廳）<br>⇨ ファミリー・カー（家用汽車） |
| ブザー ① | ( buzzer )名 蜂鳴器，信號器；警報（器） |
| ブック ① | ( book )名 書，書籍；帳本，賬簿 |

| | |
|---|---|
| **フライパン** ⓪ | ( frypan ) 名 長柄平底鍋 |
| **ブラウス** ② | ( blouse ) 名（婦女、兒童等的）寬鬆的上衣、罩衫 **2** |
| **ブラシ** ①② | ( brush ) 名・他サ 刷子；畫筆；刷，擦<br>⇨ 歯ブラシ（牙刷） |
| **プラス** ⓪① | ( plus ) 名・他サ（符號）加號；正數；利益，收穫；加，<br>加上；陽性反應；（電極）正極<br>➡ プラスになる（有益處） ⇔ マイナス |
| **プラスチック** ④ | ( plastics ) 名 塑膠；可塑的 **2**<br>⇨ プラスチック製品（塑膠製品） |
| **プラットホーム** ⑤ | ( platform ) 名 月臺；講台，高臺 ＝ホーム **2** |
| **プラン** ① | ( plan ) 名 計畫，設計，方案；（建）平面圖，設計圖<br>**N2** |
| **フリー** ② | ( free ) 名・形動 自由；獨立，自主；免費，免稅；無黨<br>派的 ⇨ フリー・キック（任意球，罰球）<br>⇨ フリー・サイズ（單一尺碼）<br>⇨ フリーター（自由職業者）<br>⇨ フリー・パス（免費入場券；免費車票；免稅通關；<br>免試入學） |
| **フリーター** ② | ( free Arbeiter ) 名 自由職業者 **1** |
| **プリント** ⓪ | ( print ) 名・他サ 印刷；印花（製品）；洗印出的照片 |
| **フル** ① | ( full ) 形動 充分，最大限度，全部 **1** |
| **ブレーキ** ②⓪ | ( brake ) 名・自サ 剎車；阻止，制止 **1**<br>➡ ブレーキを掛ける（剎車） |
| **プレーヤー** ②⓪ | ( player ) 名 運動員，選手；表演者；播放器 **1** |
| **フレッシュ** ② | ( fresh ) 形動 新鮮；清新 **N2** |
| **プロ** ① | ( professional ) 名 專業（的），職業（的）；內行，專家<br>⇔ アマチュア **3** |
| **ブローチ** ② | ( brooch ) 名 胸針 |
| **プログラム** ③ | ( program ) 名 節目；計畫，安排；電腦程式 |
| **プロジェクター** ③ | ( projector ) 名 放映機；投影機；計畫提案者 **1** |

| | |
|---|---|
| **プロジェクト** ③ | ( project ) 名 計畫，專案；課題；投射 ❶ <br> ⇨ プロジェクト・チーム（專案推進小組） |
| **ベテラン** ◎ | ( veteran ) 名 老手，熟練者 ❶ <br> ⇨ ベテラン選手（老將，有經驗的選手） |
| **ベビー** ① | ( baby ) 名 嬰兒，寶寶；孩子氣（的人） |
| **ペンキ** ◎ | ( 荷 pek ) 名 油漆　⇨ ペイント（油漆，塗料）❶ |
| **ベンチ** ① | ( bench ) 名 長椅子，長凳；（選手及教練）座位，<br> 席位 ❷ |

# ホ

| | |
|---|---|
| **ポイント** ◎ | ( point ) 名 得分，分數；小數點；要點；點，句點；印<br> 刷字的大小單位；地點 ❷ <br> ⇨ セールス・ポイント（商品特點） <br> ⇨ チェック・ポイント（檢查站；檢查重點） <br> ⇨ マッチ・ポイント（決定勝負的一分）❷ |
| **ボーイ** ① | ( boy ) 名・造語 男孩；侍者 <br> ⇨ ボーイ・フレンド（男朋友）　⇔ ガール |
| **ボート** ① | ( boat ) 名 小船　⇨ モーター・ボート（汽艇）❸ |
| **ボード** ① | ( board ) 名 板 ❶ |
| **ボーナス** ① | ( bonus ) 名 獎金，津貼；紅利 ❶ |
| **ホーム** ① | ( home ) 名 家庭；老人院，療養所；（棒球的）本壘；<br> 故鄉，祖國 |
| **ホームシック** ④ | ( homesick ) 名 思鄉病 ❶ |
| **ホームステイ** ⑤ | ( homestay ) 名 （留學生）寄宿在別人家中 ❶ |
| **ボクシング** ① | ( boxing ) 名 拳擊 ❶ |
| **ポット** ① | ( pot ) 名 壺；熱水瓶 ❶　⇨ コーヒー・ポット（咖啡壺） |
| **ホットライン** ④ | ( hotline ) 名 熱線 ❶ |
| **ボランティア** ② | ( volunteer ) 名 義工，志願者 ❺ |

♫ 204

| | |
|---|---|
| **マーク** ① | ( mark ) 名・他サ 記號，符號；標籤，商標；盯人；( 體育 ) 重點防守；創紀錄 ❷ |
| **マーケット** ① ③ | ( market ) 名 市場，商場；銷售範圍，銷售地區 ❶ |
| **マイナス** ⓪ | ( minus ) 名・自他サ 負數；( 電極 ) 負極；損失，赤字；不利的方面　⇔ プラス ❷ |
| **マイペース** ③ | ( 和 my ＋ pace ) 名 自己的速度，自己的做法 N❷ |
| **マグネット** ③ | ( magnet ) 名 磁鐵，磁石 ❶ |
| **マスク** ① | ( mask ) 名 口罩；防毒面具；容貌；( 捧球 ) 面罩 ❶ |
| **マスコット** ③ | ( mascot ) 名 吉祥物；( 人偶或動物 ) 最喜愛的寶貝 ❶ |
| **マスコミ** ⓪ | ( mass communication ) 名 大眾傳播 ❶ ＝ マスコミュニケーション |
| **マスター** ① | ( master ) 名・他サ 主人，經營者；碩士；掌握，精通 ⇨ マスター・プラン ( 基本計畫 ) ❷ ⇨ マスター・キー ( 萬能鑰匙 ) |
| **マナー** ① | ( manner ) 名 禮儀，禮節；態度，舉止，風度；風格，手法　⇒ エチケット ( 禮節，規矩 ) ❷ |
| **マルク** ① | ( Mark ) 名 ( 德國的貨幣單位 ) 馬克 ❶ |
| **ミシン** ① | ( sewing machine ) 名 縫紉機 |
| **ミリ** ① | ( 法 milli ) 名 毫，千分之一 ❷ ⇨ ミリグラム ( 毫克 )　⇨ ミリメートル ( 毫米 ) ⇨ ミリリットル ( 毫升 ) |
| **メーター** ⓪ | ( meter ) 名 ( 長度單位 ) 米；( 自動計量的 ) 儀錶 ⇒ メートル |
| **メープル** ① | ( maple ) 名 ( 植物 ) 楓，楓木科，槭樹 ❶ |
| **メンバー** ① | ( member ) 名 會員，成員；隊員 ❸ |

| | |
|---|---|
| **モーター** ① | ( motor )名 發動機，內燃機，馬 |
| | ⇨ モーター・ショー（汽車展覽） |
| | ⇨ モーター・バイク（摩托車） |
| | ⇨ モーター・ボード（汽艇，摩托艇） |
| **モーターボート** ⑤ | ( motorboat )名 汽艇 ❶ |
| **モダン** ⓪ | ( modern )形動 現代流行的，新式的 |
| | ⇨ モダン アート（現代藝術） |
| | ⇨ モダン・ガール（時髦女郎） |
| | ⇨ モダン・ボーイ（摩登青年） |
| **ユーターン** ③ | ( U-turn )名・自サ 掉頭，U形轉彎；（喻）回到以前的 ❶ |
| **ユーモア** ①⓪ | ( humour )名 幽默，詼諧 N2 |

# ラリレロワ

| | |
|---|---|
| **ライト** ① | ( light )名・形動 光，燈光；明亮的；輕的，輕快的 |
| **ライフ** ① | ( life )名・造語 生命；生活；人生 ❶ |
| | ⇨ ライフ・ワーク（畢生的事業） |
| | ⇨ ライフ・スタイル（生活方式,人生觀） |
| | ⇨ ライフ・ボート（救生艇） |
| **ラケット** ② | ( racket )名 球拍 |
| **ラッシュ** ① | ( rush )名 尖峰（時間）；熱潮；（拳擊）猛攻 ❶ |
| | ⇨ ラッシュアワー(〔交通等〕擁擠時刻，高峰時間) |
| **ランダム** ① | ( random )名・形動 無規則的；隨機；漫無計劃的 |
| **ランニング** ⓪ | ( running )名 跑，跑步，賽跑 |
| **リサイクル** ② | ( recycle )名・他サ（廢物）再利用；循環處理 ❶ |
| **リスト** ① | ( list )名 名簿，名單；目錄，表，一覽表 ❷ |
| **リズム** ① | ( rhythm )名 韻律，拍子，節奏 ❹ |
| **リハビリ** ⓪ | ( rehabilitation )名（醫療）復健；（社會）回歸社會的輔導 ❶ |

| | |
|---|---|
| リボン ① | ( ribbon )名 緞帶，絲帶 ❸ |
| リラックス ② | ( relax )名・自サ 放鬆，輕鬆 N2 |
| レーザー ① | ( laser )名 雷射 ❶ |
| レーンコート ④ | ( raincoat )名 雨衣　＝レインコート ❷ |
| レクリエーション ④ | ( recreation )名 娛樂，消遣 ❷<br>＝レクレーション　＝リクリエーション |
| レコード ② | ( record )名 記錄；唱片 ❶<br>⇨ ステレオ・レコード ( 身歷聲 唱片 ) |
| レジスター ②③ | ( register )名 收銀機；收銀員；收銀台　＝レジ |
| レッド ① | ( red )名 紅，紅色的 ❶ |
| レポーター ②⓪ | ( reporter )名 報告人，匯報人；記者，通訊員；秘密<br>聯繫人 ❷ |
| レンタル ① | ( rental )名 出租　⇨ レンタカー( 租用汽車 ) N2 |
| ロケット ② | ( rocket )名 火箭<br>⇨ ロケット・ランチャー(火箭發射台)<br>⇨ ロケット・エンジン ( 火箭引擎 ) |
| ロッカー ① | ( locker )名 帶鎖箱櫃；文件櫃 ❷ |
| ロビー ① | ( lobby )名 門廳；( 議會 )會客室 |
| ロボット ①② | ( robot )名 機器人；( 喻 )傀儡 |
| ワンピース ③ | ( one-piece )名 連身裙 |

## 歷屆考題

■ 飾りとして身につけるもの。( 1999-IV-10 )

① ストッキング　② ブラウス　③ ハンドバッグ　④ アクセサリー

**答案④**

解 答案以外的選項，其原詞和意思分別是：① stocking ( 長筒襪 )；② blouse ( 女用襯衫 )；③ handbag ( 手提包 )。

翻 作為裝飾佩戴在身上的東西。

■ 考えや案など。（2004-IV-1）

① アイデア　　② イメージ　　③ スタイル　　④ ユーモア

答案①

> 解 答案以外的選項，其原詞和意思分別是：② image（形象，印象；圖像）；③ style（樣式；風格；身材）；④ humor（幽默）。
>
> 翻 想法和意見等等

■ 新しい友達と＿＿＿＿を交換しました。

① ロイン　　② アジュレス　　③ アドレス　　④ モダロス

答案③

> 解 其他選項①、②、④為誤用。
>
> 譯 跟新的朋友交換電子信箱。

■ 将来は＿＿＿＿になりたいです。

① ペイロット　② アナウンサー　③ アーバイト　④ クリンナー

答案②

> 解 選項①、③、④為誤用。
>
> 譯 將來我想當播報員。

■ 思い出の写真を＿＿＿＿におさめました。

① アロバム　　② フィルト　　③ アルバム　　④ ファイロ

答案③

> 解 其他選項①、②、④為誤用。
>
> 譯 我把回憶深刻的照片收到相簿裡。

■ 今年文学賞をもらった作家に、新聞記者が＿＿＿＿をして記事を書いた。

① ステージ　　　　　　　　② コンクール

③ インタビュー　　　　　　④ レクリエーション

答案③

**解** 答案以外的選項，其原詞和意思分別是：① stage（舞臺）；② concours（比賽）；④ recreation（娛樂，消遣）。

**翻** 報社記者對今年獲得文學獎的作家進行了採訪，並作了報導。

■ ＿＿＿＿＿が故障 して、車 が動かなくなった。
こ しょう　　　くるま うご

① アクセント　　② アンテナ　　③ エンジン　　④ オイル

**答案③**

**解** 答案以外的選項，其原詞和意思分別是：① accent（聲調，語調）；② antenna（天線）；④ oil（油，石油）。

**翻** 引擎發生故障，車子動不了了。

■ 料理をする時は必ず＿＿＿＿＿をつけてください。
りょうり　　とき　かなら

① アイロン　　② エプルン　　③ マキロン　　④ エプロン

**答案④**

**解** 選項①、②、③為誤用。

**譯** 煮東西的時候請務必圍圍裙。

■ 適当な程度をこえてしまうこと。
てきとう　ていど

① ストップ　　② マイナス　　③ オーバー　　④ ドライブ

**答案③**

**解** 答案以外的選項，其原詞和意思分別是：① stop（停止，終止）；② minus（減少，減，負）；④ drive（開車兜風）。

**翻** 超過一定的程度。

■ 医者に、太りすぎだから＿＿＿＿＿の高くない食事をしろと言われた。
いしゃ　ふと　　　　　　　　　　　たか　　しょくじ　　い

① カロリー　　② ナンバー　　③ サービス　　④ アイディア

**答案①**

**解** 答案以外的選項，其原詞和意思分別是：② number（數字，號碼；牌照）；③ service（接待，招待，服務；廉價出售；附帶贈送的物品）；④ idea（觀念；主意，點子）。

**翻** 醫生說，你太胖了，要吃熱量不高的食物。

■ ＿＿＿＿＿＿の高い料理を食べ過ぎると太る。

① カロリー　　② パーセント　　③ ビタミン　　④ メーター

答案①

解　答案以外的選項，其原詞和意思分別是：② percent（百分比）；
③ vitamin（維生素）；④ meter（〔長度單位〕米；測量表）。

翻　吃太多高熱量的菜會發胖。

■ 足りない点を補う。

① パスする　　② セットする　　③ カバーする　　④ マイナスする

答案③

解　這4個選項都是サ動詞，其他選項語幹部分的原詞和意思分別
是：① pass（合格，及格；通過）；② set（梳整髮型；安裝；安
排）；④ minus（減去）。

翻　補充不足之處。

■ 寒かったので帰りに＿＿＿＿＿を買いました。

① カーテン　　② カーデガン　　③ カーディガン　　④ カーティン

答案③

解　其他選項①「窗簾」；②④為誤用。

譯　回家時因為很冷所以買了薄的毛衣外套。

■ この先には急な＿＿＿＿＿があるので気をつけてください。

① カープ　　② ブレイキ　　③ カーベ　　④ カーブ

答案④

解　選項①、②、③為誤用。

譯　這前面有極灣的路所以請小心。

■ スポーツなどのチームをまとめる責任のある人。

① マスター　　② キャプテン　　③ メンバー　　④ ギャング

答案②

**解** 答案以外的選項，其原詞和意思分別是：① master（店主人，老闆；碩士；掌握）；③ member（成員）；④ gang（犯罪團體）。

**翻** 負責體育等隊伍的組織工作的人。

■ この大学は＿＿＿＿がせまくなったので、移転することになった。

（2000-Ⅲ-3）

① キャンパス　　② キャンプ　　③ トンネル　　④ マーケット

**答案①**

**解** 答案以外的選項，其原詞和意思分別是：② camp（露營，野營；帳篷）；③ tunnel（隧道）；④ market（市場，商店）。

**翻** 這所大學由於校園變小了，所以決定遷校。

■ 日曜日にお父さんと公園で＿＿＿＿をしました。

① ベースバール　　　　　② キャッチャーボール

③ バースケットボール　　④ キャッチボール

**答案④**

**解** 選項①、②、③為誤用。

**譯** 禮拜天跟爸爸一起在公園玩接球。

■ 今年の夏は家族で＿＿＿＿をする予定です。

① バベキュー　　② キャンプ　　③ バービキュー　　④ キャンペ

**答案②**

**解** 選項①、③、④為誤用。

**譯** 這夏天打算要跟家人露營。

■ コーヒーと一緒にチョコレートの＿＿＿＿を注文しました。

① ケーギ　　② ケーキ　　③ ケイキ　　④ ケエキ

**答案②**

**解** 選項①、③、④為誤用。

**譯** 跟咖啡一起點了巧克力蛋糕。

■ ある内容をほかの人に伝えること。

① コンクール　　　　　　　　② コレクション

③ コミュニケーション　　　　④ コンセント

答案③

解　答案以外的選項，其原詞和意思分別是：① concours（競賽）；

② collection（收藏，收藏品）；④ concentric plug（插座）。

翻　把某種意思傳達給其他人。

■ 人間は言葉による＿＿＿＿を 行 う動物である。（2003-Ⅲ-10）

① コミュニケーション　　　　② オートメーション

③ コレクション　　　　　　　④ ファッション

答案①

解　答案以外的選項，其原詞和意思分別是：② automation（自動控制，自動化）；③ collection（收藏；收藏品）；④ fashion（流行，時興；時裝）。

翻　人是靠語言進行交流的動物。

■ 試合には負けましたが、＿＿＿＿は怒りませんでした。

① コウチ　　② コオチ　　③ コアチ　　④ コーチ

答案④

解　選項①、②、③為誤用。

譯　比賽雖然輸了但是教練沒有罵我。

■ この 商品のサンプルを見せてください。（2004-Ⅵ-3）

① 価格　　② 材料　　③ 資料　　④ 見本

答案④

解　這4個選項的讀音和意思分別是：①「価格」（價格）；②「材料」（材料，原材料）；③「資料」（資料）；④「見本」（樣品；榜樣）。與「サンプル」意思相近的是選項④。

翻　請把這個商品的樣品給我看看。

■ 有名なレストランに出かけたが、店は休みで_____が閉まっていた。

① ロッカー　　② クーラー　　③ メニュー　　④ シャッター

**答案④**

**解** 答案以外的選項，其原詞和意思分別是：① locker（文件櫃，櫥櫃，帶鎖櫥櫃）；② cooler（冷氣設備）；③ menu（菜單）。

**翻** 去了一家有名的餐廳，然而店家休息關著鐵門。

■ _____は破けにくく丈夫なため、人気があります。

① ジンズ　　② ジェンズ　　③ ジーンズ　　④ ジェーンズ

**答案③**

**解** 其他選項①、②、④為誤用。

**譯** 牛仔褲不容易破又耐用所以很受歡迎。

■ 飛行機の中で乗客の世話をする人。

① ウェイトレス　　② スチュワーデス　　③ パイロット　　④ コック

**答案②**

**解** 答案以外的選項，其原詞和意思分別是：① waitress（女服務生）；③ pilot（領航員，飛行員）；④ cock（廚師）。

**翻** 在飛機中照顧乘客的人。

■ 今月の_____はもういっぱいで、ほかの予定は入れられない。

（2004-III-4）

① オフィス　　② シーズン　　③ スケジュール　　④ ダイヤ

**答案③**

**解** 答案以外的選項，其原詞和意思分別是：① office（辦公室，事務所）；② season（季節，旺季）；④ diamond（鑽石）或 diagram（火車時刻表）。

**翻** 這個月的日程已經排滿了，不能再安排其他事了。

■ スピード（2005-Ｖ-4）

① このガラスはスピードが増してあるので、ボールをぶつけても割れません。

② この火山のエネルギーはこのところスピードを増してきています。

③ 夏が近づくにつれ、気温はスピードを増してきた。

④ トラック徐々にスピードを増していった。

答案④

解 選項①、②、③為誤用。①可改為「強度」（強度）；②可改為「強さ」；③可改為「気温が次第に暖かくなってきた」（溫度逐漸變高了）。

翻 ④卡車慢慢地加快速度。

■ 今回のマラソンは、こちらの競技場から＿＿＿＿することになっています。（2006-Ⅲ-10）

① セット　　② ノック　　③ スタート　　④ サービス

答案③

解 答案以外的選項，其原詞和意思分別是：① set（梳整髮型；安裝；安排）；② knock（敲門；敲打）；④ service（接待；服務）。

翻 這次的馬拉松是從這個運動場起跑。

■ この＿＿＿＿を押すとゲームが始まります。

① スタット　　② スイッチ　　③ スウィッチ　　④ スターツ

答案②

解 選項①、③、④為誤用。

譯 按這開關遊戲就會開始。

■ まだ＿＿＿＿が固まっていない為、ここから先は立ち入り禁止です。

① セメントール　　② セムント　　③ セメント　　④ セメンタール

答案③

解 其他選項①、②、④為誤用。

譯 因為水泥還沒凝固所以從這邊以後是禁止進入。

■ 過激な_____は体に良くありません。

① ダイエット　　② スポツ　　③ スポッツ　　④ ダイエート

答案①

解　選項②、③、④為誤用。

譯　激烈的減肥對身體不好。

■ _____を見計らって逃げてください。

① ダイナミング　　② アランム　　③ アラーム　　④ タイミング

答案④

解　選項①、②、③為誤用。

譯　看好時機趕快逃！

■ 夏の海は_____のようにキラキラしています。

① タイヤモント　　　　　　② ダイア

③ ダイヤモンド　　　　　　④ ダイアモンド

答案③

解　其他選項①、②、④為誤用。

譯　夏天的海就像鑽石一樣閃閃發亮。

■ いい**チャンス**だから、その話は断らないほうがいい。

① 伝言　② 物語　③ 機会　④ 提案

答案③

解　這4個選項的讀音和意思分別是：①「伝言」（傳話、口信）；②「物語」（故事）；③「機会」（機會）；④「提案」（建議、提案）。與「チャンス」意思相近的是選項③。

翻　是個好機會，所以最好不要拒絕那件事。

■ 汚れてる所がないか、必ず＿＿＿＿してください。

① チエック　　② チック　　③ チョック　　④ チェック

**答案④**

解 選項①、②、③為誤用。

譯 檢查看看還有沒有髒的地方。

■ この曲はだれにでも歌いやすいテンポだ。

① 高さ　　② 長さ　　③ 速さ　　④ 明るさ

**答案③**

解 這4個選項的讀音和意思分別是：①「高さ」（高度）；②「長さ」（長度）；③「速さ」（速度）；④「明るさ」（亮度）。與「テンポ」意思相近的是選項③。

翻 這首曲子的拍子誰都容易上口。

■ 会社の＿＿＿＿が決めたことだから、したがわなければならない。

① プラン　　② タイプ　　③ セット　　④ トップ

**答案④**

解 答案以外的選項，其原詞和意思分別是：① plan（計畫，方案）；② type（類型）；③ set（一組，一套）。

翻 這是公司最高層決定的事情，必須照辦。

■ テレビで新しく始まった＿＿＿＿には、有名な俳優が出ている。

① レベル　　② モデル　　③ テンポ　　④ ドラマ

**答案④**

解 答案以外的選項，其原詞和意思分別是：① level（水平，水準）；② model（模型，模範）；③ tempo（速度，拍子）。

翻 電視上新播放的電視劇由著名的演員演出。

平
假
名
字
彙

■ このカバンは＿＿＿＿＿でできています。

① アイロン　　② カイロン　　③ ナイロン　　④ コッロン

答案③

解　其他選項①、②、④為誤用。

譯　這包包的材料是尼龍。

■ 部屋<sub>へや</sub>に入<sub>はい</sub>るときは、ドアを＿＿＿＿＿してください。

① プラス　　② ノック　　③ サイン　　④ カーブ

答案②

解　答案以外的選項，其原詞和意思分別是：① plus（加上）；③ sign
（簽名）；④ curve（拐彎）。

翻　進房間之前，請先敲門。

■ 黒板<sub>こくばん</sub>の文字<sub>もじ</sub>を＿＿＿＿＿に写<sub>うつ</sub>してください。

① ノート　　② ノーリ　　③ ノーロ　　④ ノット

答案①

解　選項②、③、④為誤用。

譯　請把黑板上的字抄到筆記本上。

■ 自動車<sub>じどうしゃ</sub>や機械<sub>きかい</sub>などを操作<sub>そうさ</sub>するために回<sub>まわ</sub>すもの。

① パイプ　　② ボタン　　③ ハンドル　　④ ピン

答案③

解　答案以外的選項，其原詞和意思分別是：① pipe（管，管道；煙
斗）；② botao（鈕扣）；④ pin（別針，扣針）。

翻　為了操縱汽車、機械等而轉動的東西。

■ 水<sub>みず</sub>をくんだり、掃除<sub>そうじ</sub>などのときに水<sub>みず</sub>をためたりするのに使<sub>つか</sub>う容器<sub>ようき</sub>。

（2007-IV-4）

① テント　　② ベンチ　　③ バケツ　　④ プラン

答案③

片
假
名
字
彙

273

■ 犯人は＿＿＿＿を所持しているのでじゅうぶんに警戒してください。

① ピアニスト　② ビートルズ　③ ピートル　④ ピストル

**答案④**

解 選項①、②、③為誤用。

譯 嫌犯身上有槍所以要十分注意。

■ 来月のコンサートの＿＿＿＿には、好きな曲があまり入っていない。

（1994-V-2）

① ダイヤ　② スタイル　③ リズム　④ プログラム

**答案④**

解 答案以外的選項，其原詞和意思分別是：① diamond（鑽石）或

diagram（行車時刻表）；② style（格式，風格，姿態）；③ rhythm

（韻律，節奏）。

翻 下個月音樂會的節目單上沒有什麼我喜歡的曲子。

■ 綺麗になるまで＿＿＿＿でこすってください。

① ブラツ　② ブーシ　③ ブラシ　④ ブラン

**答案③**

解 其他選項①、②、④為誤用。

譯 請用刷子刷到很乾淨。

■ 旅行の＿＿＿＿をたてましょう。（1992-V-2）

① プルン　② プレン　③ プリン　④ プラン

**答案④**

解 選項①、②、③為誤用。

譯 我們來計劃旅遊行程吧！

■ 特定の分野で豊富な経験のある人。

① コーチ　　② ベテラン　　③ キャプテン　　④ ジャーナリスト

**答案②**

> **解** 答案以外的選項，其原詞和意思分別是：① coach（教練）；③ captain（隊長；船長）；④ journalist（記者，新聞工作者）。
>
> **翻** 在特定的領域有著豐富經驗的人。

■ 重要な＿＿＿＿＿さえおさえていれば、テストで0点をとることはありません。

① スポート　　② ポイント　　③ スポット　　④ ポーイント

**答案②**

> **解** 選項①、③、④為誤用。
>
> **譯** 只要抓到重點就不會在考試中拿零分。

■ 砂浜で＿＿＿＿＿をみつけました。

① ボート　　② ボット　　③ ポート　　④ ポーット

**答案①**

> **解** 選項②、③、④為誤用。
>
> **譯** 在海灘上發現小船。

■ 運転＿＿＿＿＿を必ず守りましょう。

① マラー　　② マナー　　③ アナー　　④ カナー

**答案②**

> **解** 選項①、③、④為誤用。
>
> **譯** 要好好守候開車禮儀。

■ かぜなので、＿＿＿＿＿をつけて出かけます。

① マヌウ　　② アスク　　③ マスク　　④ マスグ

**答案③**

> **解** 其他選項①、②、④為誤用。
>
> **譯** 因為感冒所以戴口罩出門。

平假名字彙

片假名字彙

275

■ _____ で子供の洋服を作りました。

① ミシン　　② ニシン　　③ マシン　　④ ミシソ

**答案①**

解　選項②、③、④為誤用。

譯　我用縫衣機縫孩子的衣服。

■ 家に忘れ物をしたので、_____ してとりに行った。

① リクーン　　② ユターン　　③ リターン　　④ ユーターン

**答案④**

解　選項①、②、③為誤用。

譯　因為我忘東西在家，所以回頭去拿。

■ 通勤や通学をする人で交通機関が混雑する時間。

① ラッシュアワー　　　　　　② オートメーション

③ スケジュール　　　　　　④ プラットホーム

**答案①**

解　答案以外的選項，其原詞和意思分別是：② automation（自動化）；③ schedule（時間表，日程表，預定計劃表）；④ platform（月臺，站臺）。

翻　因為上班、上學的人很多，造成交通擁擠的時刻。

■ 通勤 _____ の電車の中で何度も足を踏まれました。

① ダッシュ　　② マッシュ　　③ ラッシュ　　④ ザッシュ

**答案③**

解　其他選項①、②、④為誤用。

譯　上班尖峰時刻的電車上腳被踩了很多次。

■ 歩けるようになるまで、_____ が必要です。

① リハビル　　② トレニング　　③ トレイニング　　④ リハビリ

**答案④**

**解** 選項①、②、③為誤用。

**譯** 必須要復健到可以行走為止。

■ 大事<sub>だいじ</sub>な日<sub>ひ</sub>の前日<sub>ぜんじつ</sub>は、できるだけ＿＿＿＿＿して過<sub>す</sub>ごしてください。

① テラックス　　② リラクス　　③ リラックス　　④ デラクス

**答案③**

**解** 其他選項①、②、④為誤用。

**譯** 有重大事情的前一天就盡量放鬆地過。

■ 仕事<sub>しごと</sub>をはなれて、心<sub>こころ</sub>を楽<sub>たの</sub>しませるためにすること。

① オートメーション　　　　　② コミュニケーション

③ レクリエーション　　　　　④ デモンストレーション

**答案③**

**解** 答案以外的選項，其原詞和意思分別是：① automation（自動控制，自動化）；② communication（溝通，交流）；④ demonstration（示威，遊行）。

**翻** 擺脫工作，做讓心情愉快的事情。

■ 腫瘍<sub>しゅよう</sub>を＿＿＿＿＿治療<sub>ちりょう</sub>で取<sub>と</sub>り除<sub>のぞ</sub>きました。

① レーザー　　② ステトー　　③ レザー　　④ ステート

**答案①**

**解** 選項②、③、④為誤用。

**譯** 把腫瘤用雷射去除掉了。

■ 雨<sub>あめ</sub>が降<sub>ふ</sub>っているため、＿＿＿＿＿を着<sub>き</sub>て出<sub>で</sub>かけます。

① レーンコート　　　　　　　② レニーコート

③ レイニーコート　　　　　　④ レンコート

**答案①**

**解** 選項②、③、④為誤用。

**譯** 因為有下雨所以穿雨衣出門。

■ いつかすごい_____を発明したいです。

① ミサエル　　② ロボット　　③ ミサール　　④ ロポット

**答案②**

**解** 選項①、③、④為誤用。

**譯** 總有一天我想發明很厲害的機器人。

■ 明日のデートは、_____を着て行きます。

① ワンピース　　② スーカト　　③ ワンピス　　④ スカット

**答案①**

**解** 選項②、③、④為誤用。

**譯** 明天的約會我要穿洋裝去。

# 模擬考試

**問題1 ＿＿＿の言葉の読み方として最もよいものを、1、2、3、4から一つ選びなさい。**

1. これは水をきれいにする装置です。
   1) しょち　　2) しょうち　　3) そち　　4) そうち

2. この店の客は女性が 80% を占める。
   1) しめる　　2) つめる　　3) せめる　　4) うめる

3. 間違って、大事なメールを削除してしまった。
   1) しょうじ　　2) しょうじょ　　3) さくじ　　4) さくじょ

4. 今回の国際会議では人口問題が議論の焦点になった。
   1) しょうてん　　2) しゅうてん
   3) じょうてん　　4) じゅうてん

5. 最近は、「就職活動」を略して「就活」と言うことがある。
   1) やくして　　2) かくして
   3) りゃくして　　4) きゃくして

**問題2 ＿＿＿の言葉を漢字で書くとき、最もよいものを 1、 2、3、4 から一つ選びなさい。**

6. 先生の一言が、私をこの研究にみちびいてくれた。
   1) 招いて　　2) 導いて　　3) 誘いて　　4) 伴いて

7. こわれやすいので、丁寧にあつかってください。
   1) 拠って　　2) 吸って　　3) 扱って　　4) 処って

8. ゼミにはせっきょくてきに参加してほしい。
   1) 責局的　　2) 積局的　　3) 責極的　　4) 積極的

9. 最初のうちは<u>ていこう</u>を感じていたが、いつの間にか慣れて
 しまった。

   1) 底抗　　2) 抵抗　　3) 底坑　　4) 抵坑

10. 昨日から<u>かた</u>が痛いんです。

   1) 腰　　2) 腹　　3) 背　　4) 肩

**問題 3　（　）に入れるのに最もよいものを、1、2、3、4 から一つ
　　　　選びなさい。**

11. その事件の犯人は、ビジネスマン（　）の男だったらしい。

   1) 状　　2) 式　　3) 風　　4) 流

12. 今はまだ（　）採用だが、いずれ本採用になるはずだ。

   1) 副　　2) 短　　3) 仮　　4) 半

13. ここは国際（　）の豊かな都市として知られている。

   1) 質　　2) 香　　3) 気　　4) 色

14. レポートの課題で、（　）外国の教育事情を調べて、違いを表に
 まとめた。

   1) 数　　2) 多　　3) 総　　4) 諸

15. A 社は、（　）価格の商品で市場の拡大を狙っている。

   1) 低　　2) 安　　3) 少　　4) 下

**問題 4　（　）に入れるのに最もよいものを、1、2、3、4 から一つ
　　　　選びなさい。**

16. 子どもが遊んだあとは、おもちゃが（　）いる。

   1) 飛び越えて　　　2) 散らかって
   3) 見わたして　　　4) 落ち込んで

17. 田中選手はサッカーの日本代表に選ばれたが、けがを理由に
 代表を（　）した。

   1) 避難　　2) 逃避　　3) 退場　　4) 辞退

18. 今回の調査で（　）結果は、今後のサービス向上に生かしていきたい。

    1) にぎった　　2) はさんだ　　3) 得た　　4) 込めた

19. 大きな荷物を（　）いたので、携帯電話に出られなかった。

    1) 抱<sub>だ</sub>いて　　2) 抱<sub>いだ</sub>いて　　3) 抱えて　　4) 抱きしめて

20. 法律が（　）されて、申請方法が以前とは大幅に変わりました。

    1) 改正　　2) 改造　　3) 転換　　4) 変換

21. 読書に（　）なっていて、友達との約束の時間を忘れていた。

    1) 好調に　　2) 夢中に　　3) 頑固に　　4) 強引に

22. 目が覚めたが、まだ時間が早かったので、しばらくベッドで（　）していた。

    1) ごろごろ　　2) ぶらぶら　　3) ゆらゆら　　4) うろうろ

**問題 5**　＿＿＿ **の言葉に意味が最も近いものを、1、2、3、4 から一つ選びなさい。**

23. この問題は、ただちに部長に報告しなければならない。

    1) あとで　2) すぐに　3) くわしく　　4) きちんと

24. 隣の部屋から奇妙な音が聞こえる。

    1) 変な　2) にぎやかな　3) 大きな　4) 嫌な

25. 明日までに、この資料を仕上げておいてください。

    1) 出して　2) 直して　3) 完成させて　4) 移動させて

26. 日中はアルバイトに行っています。

    1) 平日　2) 休日　3) 夜間　4) 昼間

27. このタオルとシャツはしめっているね。

    1) まだきれいになっていない

    2) まだ乾いていない

    3) もうきれいになっている

    4) もう乾いている

**問題 6　次の言葉の使い方として最もよいものを、1、2、3、4から一つ選びなさい。**

28.　とぼしい

   1) このスープは塩味がとぼしい。

   2) この国は天然資源にとぼしい。

   3) 音量がとぼしくて聞こえにくい。

   4) この商品にはとぼしい需要しかない。

29.　矛盾

   1) 山田さんはみんなで決めたことに矛盾している。

   2) 北半球と南半球では夏と冬が矛盾している。

   3) あの人の言ったことは、この前の話と矛盾している。

   4) 穏やかな彼女がロックを聞くなんて、矛盾している。

30.　問い合わせる

   1) ご質問はこの電話番号にお問い合わせください。

   2) 街で知らない人に道を問い合わせられた。

   3) 週末は映画を見に行かないかと、妹に問い合わせた。

   4) 言葉の正確な意味は辞書に問い合わせよう。

31.　交代

   1) 時計の電池が切れてしまったので、新しいのに交代した。

   2) 少し疲れたので、友達に運転を交代してもらった。

   3) 用事ができて、待ち合わせの時間を1時から3時に交代してもらった。

   4) 今年の4月に前の会社をやめて、今の会社に交代した。

32.　合同

   1) 複数の大学が合同でスポーツ大会を行った。

   2) みんなの合同で、イベントの準備は着々と進んでいる。

   3) 三つの市の合同で、県で一番大きな市が誕生した。

   4) 寮ではみんなが合同でシャワールームを使っている。

**答案**

**問題 1**

1）4　　2）1　　3）4　　4）1　　5）3

**問題 2**

6）2　　7）3　　8）4　　9）2　　10）4

**問題 3**

11）3　　12）3　　13）4　　14）4　　15）1

**問題 4**

16）2　　17）4　　18）3　　19）3　　20）1

21）2　　22）1

**問題 5**

23）2　　24）1　　25）3　　26）4　　27）2

**問題 6**

28）2　　29）3　　30）1　　31）2　　32）1

國家圖書館出版品預行編目資料

用聽的背日檢 N2 單字 3700 / 齊藤剛編輯組著 . -- 初
版 . -- [ 臺北市 ] : 寂天文化 , 2016. 05
　　面 ; 　公分 . --

ISBN　978-986-318-456-0（20K 平裝附光碟片）

1. 日語　2. 詞彙　3. 能力測驗

803.189　　　　　　　　　　　　　　105007522

# 用聽的背日檢 N2 單字 3700

| 作　　　者 | 齊藤剛編輯組 |
| 編　　　輯 | 黃月良 |
| 校　　　對 | 洪玉樹 |

| 封 面 設 計 | 林書玉 |
| 內 文 排 版 | 謝青秀 |
| 製 程 管 理 | 洪巧鈴 |
| 出 　版 　者 | 寂天文化事業股份有限公司 |
| 電　　　話 | +886-(0)2-2365-9739 |
| 傳　　　真 | +886-(0)2-2365-9835 |
| 網　　　址 | www.icosmos.com.tw |
| 讀 者 服 務 | onlineservice@icosmos.com.tw |

| 出 版 日 期 | 2016 年 5 月 | 初版一刷 | 200101 |
| 郵 撥 帳 號 | 1998620-0 | 寂天文化事業股份有限公司 |

- 劃撥金額 600（含）元以上者，郵資免費。
- 訂購金額 600 元以下者，請外加 65 元。

【若有破損，請寄回更換，謝謝。】